Patricia Hall

Tödlicher Frost

Aus dem Englischen von Stefan Howald

Ariadne Krimi 1122
Argument

Titel der englischen Originalausgabe: In the Bleak Midwinter

Redaktion und Lektorat: Iris Konopik und Else Laudan

Von Patricia Hall bei Ariadne bereits erschienen:

Tödliche Wahl *(Adrenalin 2022)*
Tödlicher Sommer *(Adrenalin 2035)*

Deutsche Erstausgabe

Eppendorfer Weg 95a, 20259 Hamburg
www.argument.de
Texterfassung durch den Übersetzer
Umschlaggestaltung & Satz: Martin Grundmann
Druck: Clausen & Bosse, Leck
Gedruckt auf säure- und chlorfreiem Papier
ISBN 3-88619-852-9

Eins

»Es gibt immer Schlaumeier, die glauben, dass sie mit Mord durchkommen«, sagte Amos Atherton im bissig-rechtfertigenden Tonfall eines Beinahe-Hereingefallenen. »Wir lassen es einfach nach Unfall aussehen, denken sie. Also, ich sag Ihnen, Junge, so leicht geht das verflixt noch mal nicht.«

Chefinspektor Michael Thackeray lächelte schief ins Telefon. »Erklären Sie's mir, Amos«, antwortete er. Seine Stimme klang so beherrscht wie die des Gerichtsmediziners aufgeregt.

»Ich hab hier ein Mädchen, angeblich ein Unfallopfer«, erwiderte Atherton. »Können Sie schnell mal rüberkommen?«

Thackeray, der gerade hatte gehen wollen, blickte sich im menschenleeren Büro der Kriminalpolizei um und seufzte. Wieder eine Verabredung zum Essen geplatzt, wieder eine Runde von Entschuldigungen fällig und diesmal vielleicht etwas weniger bereitwillig akzeptiert. Wenn er das nächste Mal die Einführungsrede für die neuen Polizeirekruten zu halten hatte, sollte er sie vorwarnen, dass eine zölibatäre Lebensweise die beste Voraussetzung für den Job darstellte.

»Geben Sie mir zehn Minuten«, sagte er.

Tatsächlich brauchte er weit weniger, um an diesem ruhigen Winterabend das Stadtzentrum von Bradfield zu durchqueren. Sein Atem beschlug in der bitterkalten Luft, und die von schimmernden Lichthöfen aus Raureif umgebenen Straßenlampen warfen dunkle Schattenhöhlen zwischen die Säulen und Erker des viktorianischen Rathauses.

Er betrat das Krankenhaus durch einen Nebeneingang. Eine Wache ließ ihn beiläufig passieren, und im schwachen Licht der Krankenhauskorridore ging er zur Leichenhalle im Untergeschoss. Dort ließen die gleißenden weißen Lampen ihn schmerzhaft die Augen zusammenkneifen, gleichzeitig nahm er die vertraute Obduktionsszene mit Amos Atherton wahr, der sich mitsamt einem Assistenten wie ein beleibter grüner Frosch über den marmorweißen Körper einer jungen Frau beugte.

Bevor Thackeray das Polizeihauptquartier verlassen hatte, hatte er sich bei der Streifenpolizei erkundigt, was für ein Unfallopfer Athertons erstaunlich zarten Händen anvertraut worden war, und hatte die nüchterne Prosa des Berichts über den Unfall mit Todesfolge durchgeblättert. Linda Wright war nördlich der Stadt an einer Straße durch die Moorlandschaft tot in ihrem Wagen gefunden worden, das Auto halb versunken in einem abgelegenen Wasserreservoir. Eigentlich hätte es im zehn Meter tiefen, eiskalten und dreckigschwarzen Wasser untergehen müssen, was den Fund um Monate verzögert hätte. Aber zufällig hatten sich die Vorderräder an einer schadhaften Stelle in der Betoneinfassung verkantet. Ein vorbeikommender Autofahrer hatte das herausragende Heck erspäht und die Polizei benachrichtigt – vermutlich nur wenige Stunden, nachdem der Wagen von der kurvenreichen, eisglatten Straße abgekommen war. Die Notfallstreife hatte die Sache als Unfall behandelt, die Leiche geborgen und im Krankenhaus abgeliefert, ohne weitere Fragen zu stellen.

Atherton nickte Thackeray bloß zu, als dieser eintrat, und fuhr fort, die inneren Organe aus der perfekt vom Brustkorb bis zum Schambein aufgeschnittenen Leiche zu entfernen. Er arbeitete mit einer Geschicklichkeit, die seine Körperfülle Lügen strafte. Sein Bauch wölbte sich unter der grünen Schürze, und die blassblauen Augen leuchteten über der Schutzmaske. Mit einem befriedigten Grunzen richtete er sich auf und legte Linda Wrights Lungen in ein Becken, das ihm sein Assistent bereithielt.

»Sie ist ertrunken«, erklärte er. »Sehen Sie den Schaum, den sie ausgeworfen hat. Genau was man von einer Leiche erwarten würde, die aus einem untergetauchten Wagen geborgen worden ist. Genau was man von uns erwartet, dass wir erwarten sollen.«

»Aber ...?«, parierte Thackeray. Er kannte und vertraute Atherton genug, um zu wissen, dass er gute Gründe haben musste, sich mit dem Offensichtlichen nicht zufrieden zu geben.

»Schauen Sie hier«, fuhr Atherton fort. Er hob das lange blonde Haar der jungen Frau, das immer noch feucht und zerzaust war, aber unter den gleißenden Lampen langsam trocknete und einen goldenen Glanz zurückgewann. Sie war eine sehr schöne junge Frau gewesen, dachte Thackeray und rang mit dem beklemmenden Gefühl von Vergeudung, das ein vorzeitiger Tod immer in ihm auslöste. Linda war vierundzwanzig Jahre alt gewesen.

Mit einem behandschuhten Finger wies der Gerichtsmediziner sanft auf eine Stelle am blassen Hals. Thackeray konnte knapp unterhalb von beiden Ohren ganz schwache blaue Spuren ausmachen.

»Man sieht Schwellungen hier und hier ...«, Atherton fuhr mit dem Finger unter das Kinn und ließ ihn in der weichen Höhlung des Halses unterhalb der Luftröhre ruhen, »...und hier. Sie ist tatsächlich ertrunken, aber jemand hat sie gewürgt, bevor sie starb. Nicht heftig genug, um sie zu töten, aber heftig genug, um sie das Bewusstsein verlieren zu lassen, und vielleicht heftig genug, dass er glaubte, er habe sie umgebracht.«

»Ist es nicht denkbar, dass sie verletzt wurde, als der Wagen über die Böschung kippte?«, fragte Thackeray, obwohl er die Antwort wusste. Hätte Linda Wright in einem schleudernden Wagen das Bewusstsein verloren, dann wäre ihr Kopf angeschlagen oder ein Sicherheitsgurt hätte auf ihrer Schulter Striemen hinterlassen. Aber kein mechanischer Gegenstand konnte diese schwachen, symmetrischen Spuren an ihrem Hals verursacht haben, Spuren von Daumen und Fingern, im Tod kaum wahrnehmbar erhalten geblieben.

Amos Atherton bedachte Thackeray mit dem verächtlichen Blick, den die Frage, wie sie beide wussten, verdiente. »Sie hat noch gelebt, als sie unterging«, meinte er. »Hat lange genug gelebt, dass sich ihre Lungen mit Wasser füllten, was nicht immer passiert, wenn das Wasser eiskalt ist. Sehr oft genügt der Schock.«

»Sonst noch etwas Ungewöhnliches?«

»Nichts, was ich mit bloßem Auge erkennen könnte. Man hat mir gesagt, es sei ein gewöhnlicher Verkehrsunfall, aber jetzt, wo ich weiß, dass das nicht stimmt, werde ich die üblichen Tests durchführen. Nebenbei, sie war keine Jungfrau, und sie war nicht schwanger.

Und hatte kurz vor ihrem Tod keinen Sex, soweit ich sehe, obwohl das Wasser diese Bestimmung erschwert. Hat sie ziemlich gründlich ausgewaschen, viel Schlamm und nicht viel anderes zurückgelassen. Na ja, Sie kriegen morgen einen schriftlichen Bericht.«

Thackeray seufzte tief. Die ausspülenden Kräfte des Wassers aus dem Reservoir, in dem Linda Wright gestorben war, würden nicht das einzige Problem bleiben. Ein Mord, der nicht auf Anhieb als Mord zu erkennen war, würde seiner beschränkten Erfahrung nach nichts als Quälerei bedeuten. Der Tatort zertrampelt von der Notfallstreife. Der Wagen ohne besondere Sorgfalt zur Polizeisammelstelle oder womöglich sogar zu einer passend gelegenen privaten Autowerkstatt verfrachtet. Und beides nun dem heftigen Regen ausgesetzt, der den ganzen Abend über der Stadt niedergegangen war. Die Jagd nach Linda Wrights Mörder, dachte er, begann äußerst erschwert und verzögert, auch wenn der Wagen nicht auf den Grund des Reservoirs gesunken war, wie es ihr Mörder zweifellos geplant hatte.

Laura Ackroyd, mit der Thackeray hatte zu Abend essen wollen, hatte ebenfalls einen harten Tag hinter sich. Ungeduldig wartete sie noch eine weitere Stunde auf ihren Polizisten und tröstete sich mit dem Gedanken, dass sie, in die Enge getrieben, immerhin wusste, wie man eine Niederlage würdevoll hinnahm.

Heute am späten Vormittag hatte sie ihre schlanken Beine übereinander geschlagen, sich eine störrische Strähne ihres kupferroten Haars aus den Augen gestrichen, den beiden Männern, die ihr am Schreibtisch ihres Chefs gegenübersaßen, ein müdes Halblächeln geschenkt und kapituliert. »Also gut«, hatte sie gesagt, »ich gehe. Aber nicht für lange. Sagen wir zwei Monate?«

Sie warf einen raschen Blick auf ihren Vorgesetzten Ted Grant. Der Chefredakteur der *Bradfield Gazette* saß mürrisch auf einem harten Stuhl neben seinem schwarzen, von seinem Besucher mit Beschlag belegten Ledersessel. Laura wusste, dass sie für Grant gar nicht lange genug von der *Gazette* weg bleiben konnte, aber wie sie vermutet hatte, antwortete der andere Mann – schlank, gebräunt, in modisch elegantem italienischem Anzug, doch mit dem Blick eines hungrigen Hais, der das Bein eines unvorsichtigen Schwimmers begutachtet.

David Ross war vom Londoner Hauptsitz des Medienkonzerns mit einer bestimmten Absicht nach Bradfield gekommen, und weder Grant, der darüber Bescheid wusste, noch Laura, die nichts wusste, würde ihn auch nur einen Millimeter davon abbringen. »Mindestens drei Monate«, erklärte Ross. »Und ich will regelmäßige Berichte, direkt zu mir nach London.«

Laura griff nach der zerlesenen Ausgabe des *Arnedale Observer*, die zwischen ihnen auf dem Schreibtisch lag. Der wöchentlich erscheinende *Observer* gehörte demselben Konzern wie die täglich publizierte *Gazette*, aber damit hörten die Gemeinsamkeiten auch schon auf.

Während die Boulevard-Schlagzeilen von Ted Grant allabendlich auf die Stadtbewohner von Bradfield einbrüllten, klammerte sich der *Observer* an Stil und Ton einer vergangenen Epoche. Der Abstinenzlerverein warnte angesichts der bevorstehenden Festtage vor übermäßigem Alkoholkonsum, lokale Pfarrer suchten immer noch Unterstützung für ihre Kampagne gegen die Einsetzung von Pfarrerinnen, und das alles inmitten der überaus altmodischen klassifizierten Kleinanzeigen. Die waren nicht diskret auf hinteren Seiten versteckt, sondern wie im 19. Jahrhundert über die ganze Titelseite verstreut. Im Innern des Blatts suhlten sich lokale Notabeln in einer Ehrerbietung, die sich in anderen Teilen der Region längst wie Nebel über dem Moor verzogen hatte.

»Sie stören sich also nicht an der politischen Linie?«, fragte Laura und schnippte mit den Fingern über die wöchentliche Kolumne von Arnedales Parlamentsabgeordnetem.

»Die stimmen ja für den Mistkerl«, erwiderte Ross achselzuckend.»Das hab ich Ihnen gesagt. Darum geht's nicht. Es geht um dieses neue radikale Revolverblättchen und dessen Unterstellungen gegen Reg Fairchild. Konkurrenz an sich ist übel genug, aber die können wir abwehren. Wenn's sein muss, senken wir den Verkaufspreis des *Observer* und drücken die Konkurrenz aus dem Markt. Rupert Murdoch muss mir nicht zeigen, wie ich meinen Gegner flambiere. Aber das braucht seine Zeit, und es ist verflucht schwieriger, wenn Reg in einen Skandal verwickelt ist. In diesen kleinen Städtchen bleibt Dreck gern haften. Das tut der Auflage nicht gut.«

Ross, dachte Laura, scherte sich einen Dreck darum, ob die moralischen Vorwürfe zutrafen, ihn interessierte nur, ob sie Auswirkungen auf seine Zahlen unter dem Strich hatten. Sie warf erneut einen kurzen Blick auf ihren grollenden Chef, strich sich wieder die Haarsträhne aus dem Gesicht und lächelte süß. Sie merkte, wie Ross sie begutachtete und vermutlich zu einem positiven Resultat kam. Mit Bedacht stellte sie ihre Beine nebeneinander und arrangierte sie unter dem kurzen Rock ihres tiefgrünen Kostüms etwas züchtiger. Ein wenig Bewunderung machte ihr nichts aus, aber sie verspürte keinerlei Wunsch, Ross am Abend am anderen Ende der Telefonleitung oder sonst wo zu haben. Es mochte Frauen geben, die für einen Karriereschritt auch die Beine breit machten, aber sie hatte nichts dergleichen vor.

»Und kein Wort zu diesem Polizisten, mit dem du so gut stehst«, knurrte Ted. »Wir wollen nicht, dass die Polizei ihre Nase in Firmenangelegenheiten steckt, die sie nichts angehen. Dave, wie wär's mit Lunch im *Clarendon*?«, fuhr er fort, drehte sich zu seinem Kollegen um und schloss Laura aus dem Gespräch aus. »Sie servieren ein feines Roastbeef vom Braten des Vorabends ...«

Ross zuckte leicht zusammen und antwortete kurz angebunden. »Danke, lieber nicht. Ich habe eine Stunde im Fitnessraum des Hotels gebucht, und danach muss ich nach Arnedale, um Reg Fairchild über seine neue Redakteurin zu informieren.« Er tätschelte sich selbstzufrieden den straffen Bauch unter dem blendend weißen Hemd und warf einen missbilligenden Blick auf die schwammige Gestalt von Ted, der linkisch auf dem ungewohnten harten Stuhl zusammengesackt war. Die kühlen blauen Augen sagten alles. Ted knurrte und drehte sich weg. Sein Gesicht lief purpurrot an, was weder für seine Gesundheit Gutes verhieß noch für Untergebene, die im Laufe des Tages seinen Weg kreuzen würden. Als David Ross heute Morgen in die Redaktionsräume der *Gazette* gestürmt war, hatte er Angst und Schrecken mitgebracht. Nicht mal Ted Grant, dachte Laura, war ganz dagegen gefeit.

Nach dem Gespräch war Laura langsam aus Teds Büro in einen verstummenden Nachrichtenraum marschiert, wo sich aller Blicke auf sie hefteten, als sie langsam zu ihrem Schreibtisch ging. »Alles in Ordnung«, sagte sie zu Jane Archer, der jungen Azubi, die sich unzählige Male an ihrer Schulter ausgeweint hatte und ihr jetzt mit einem verstörten Ausdruck auf ihrem blassen Mädchengesicht entgegensah. Laut genug, dass es alle mitbekamen, sagte sie: »Ich bin nicht entlassen. Nur für ein paar Monate nach Arnedale abgestellt, um dem alten Reg Fairchild aus einer Klemme zu helfen.«

»Ach du Scheiße«, meinte sie mit zusammengebissenen Zähnen zu ihrem Spiegelbild auf dem leeren grauen Computerbildschirm, als sie sich am Schreibtisch niederließ. Ein bleiches, ernstes ovales Gesicht blickte sie an, die normalerweise hell blitzenden Augen umwölkt, das auffallende rotgoldene Haar zu einem schmutzigen Braun reduziert: getreues Abbild ihrer Gemütsverfassung.

Nicht, dass sie den Wechsel nicht zu schätzen wusste. Ted Grants unberechenbare Stimmungsumschwünge frustrierten sie zunehmend. Mehr Verantwortung bei einer kleineren Zeitung mochte eine erfreuliche Herausforderung sein. Und falls Reg Fairchild, der für seine ungebrochene Hingabe an altmodische Werte so berühmt war wie für seine redaktionelle Langlebigkeit, in die eigene Tasche gewirtschaftet hatte, fand sie nichts dabei, seine Heuchelei oder Schlimmeres zu entlarven.

Schließlich gab es mehr Verbrechen in luxuriösen Büros als auf den Straßen verarmter Sozialwohnblocks, wie sie Chefinspektor Michael Thackeray gegenüber einst betont hatte, wobei sie selbst den feurigen fundamentalistischen Sozialismus ihrer Großmutter in ihrer Stimme hörte. Michael hatte nur sein typisches langsames Lächeln gelächelt und gesagt, sie habe vielleicht Recht, obwohl das schwierig zu beweisen sei. Sollten die halb verhüllten Andeutungen in Arnedales neu gegründetem Gratisanzeiger stimmen, dann war dies womöglich eine Gelegenheit, ihre These zu belegen.

Es war Michael Thackerays Reaktion auf ihre erzwungene Ortsveränderung, die sie beunruhigte. Thackeray, mit dem Laura eine Beziehung aufrecht erhielt, die zu eng war, als dass man sie eine bloße Freundschaft hätte nennen können, und zu fragil, um als Liebesaffäre zu gelten, würde es heftig gegen den Strich gehen, dass sie den Ort aufsuchte, an dem er aufgewachsen war und den er verabscheute. Ihm sagen zu müssen, dass sie nach Arnedale ging, erfüllte sie mit mehr Unruhe, als Ted Grant und David Ross zusammen hätten hervorrufen können – auch wenn die beiden Männer, beide auf ihre Art ausgesprochene Tyrannen, erstaunt gewesen wären, das zu hören. Sie lächelte Ted boshaft zu, als er an ihr vorbei zu seinem einsamen Lunch ging.

»Du fährst verdammt noch mal nicht in die Ferien«, knurrte er.

»Ich schick dir trotzdem eine Ansichtskarte«, antwortete sie freundlich. »›Bin froh, dass du nicht hier bist.‹ Geht das in Ordnung?«

Schließlich schob sie die Sache wie befürchtet auf. Thackeray war verspätet eingetroffen, müde und in Gedanken mit einem Mord beschäftigt, der allzu spät entdeckt worden war. Morgen früh würde die große Ermittlung anlaufen, und vermutlich waren die meisten Spuren im eisigen Wasser des Reservoirs von Scarsdale weggespült worden.

»Sagst du mir, was los ist?«, fragte er schließlich leise. Er stützte sich neben Laura im Bett auf den Ellbogen und rauchte die von ihr boshaft als postkoital bezeichnete Zigarette. Er war groß, breit gebaut und muskulös, mit der Figur eines Rugby-Stürmers, was er einst auch mit Begeisterung gewesen war. Aber im Moment fesselte nicht sein Körper Lauras Aufmerksamkeit sondern seine Augen, verblüffend blau unter wirrem dunklem Haar. Nach verausgabter Leidenschaft hatte er sich von ihr weggerollt, seine Zigarette angezündet und jene Miene wachsamer Vorsicht aufgesetzt, die für immer verbannt zu haben sie halb gehofft hatte.

Sie setzte sich auf, lehnte sich gegen die Kissen und zog das Betttuch leicht fröstelnd bis unter die Kinnspitze. Sie war nackt, und ihr Haar stand in einer roten Wolke um das erhitzte Gesicht. Es war Mitternacht. Thackeray war hungrig gewesen, allerdings nicht auf das Abendessen, das sie gekocht hatte, und sie waren im Bett gelandet, bevor sie den Mut aufbrachte, ihm zu sagen, was er nicht hören wollte. Sie strich sich Haare aus den Augen, beugte sich hinüber und küsste ihn zart auf die Wange.

»Ich kann dir offenbar nichts mehr vorenthalten.« Es hatte Zeiten gegeben, da hatte sie aus gewohnter Loyalität und beruflicher Vorsicht dem Polizisten nicht alles erzählt.

»Ich wünschte, du würdest es nicht versuchen«, meinte er ernst.

Sie seufzte. Ihr war nicht ganz klar, was er von ihr eigentlich wollte, abgesehen vom ausgelassenen Sex, den sie gerade genossen hatten. Über die sexuelle Anziehungskraft zwischen ihnen hatten nie Zweifel bestanden, aber sie wusste nicht und vermutlich fragte er sich gar nicht erst, wohin die Reise führen würde, die sie kaum begonnen hatten.

Das gegenwärtige Problem war allerdings um einiges greifbarer. Ted Grants Warnung eingedenk, Thackeray nicht in Interna einzuweihen, sagte sie ihm, sie müsse ein paar Monate in Arnedale arbeiten. Nur vorübergehend, und sie werde so oft als möglich nach Bradfield kommen. Den Verdacht der Firma bezüglich Reg Fairchild erwähnte sie nicht.

»Mein Gott«, meinte Thackeray. Er schwang sich abrupt aus dem Bett und starrte, ihr den Rücken zugekehrt, aus dem Fenster auf den dunklen Garten hinter dem Haus und den schwachen orangefarbenen Schimmer der Stadt unten im Tal. Er wusste, er konnte nicht ansatzweise den Gefühlsaufruhr erklären, in den sie ihn gestürzt hatte, und er fühlte alte Depressionen ihn wie Nebel umschließen. »Hättest du nicht ablehnen können?«, fragte er.

»Und meinen Job aufs Spiel setzen? Du weißt, es gibt mehr arbeitslose Journalistinnen als unaufgeklärte Einbrüche.«

»Er hätte dich entlassen?« Thackerays Stimme klang ungläubig.

»David Ross würde seine eigene Großmutter entlassen«, erwiderte sie. »Warte nur, bis die Polizei privatisiert ist. Dann siehst du auch, wie es in der wirklichen Welt zugeht.«

Thackeray starrte schweigend aus dem Fenster. Laura schlang ihre Arme um die Knie und barg ihr Gesicht in der weichen, süß riechenden Decke. »Ist Arnedale wirklich so schlimm?« Ihre Stimme klang erstickt. Unwillkürlich drehte sich Thackeray zu ihr um und legte ihr einen Arm um die nackten Schultern.

»Ich geh nie auch nur in die Nähe«, erklärte er. »Nicht, wenn es sich vermeiden lässt. Manchmal hab ich Alpträume deswegen ...«

»Das liegt alles weit zurück«, meinte sie zögernd.

»Es ist aber wie gestern.« Er sprach so eiskalt entschieden, dass sie nicht wagte, weiter zu fragen.

»Dann komm eben nicht nach Arnedale. Es sind ja nur dreißig Kilometer. Ich komme an den Wochenenden, und auch unter der Woche, wenn ich kann. Es ist nicht zu weit zum Pendeln.«

»Gut«, sagte er, und sie erkannte an seiner Stimme und der Anspannung, mit der er sie hielt und ihre Schultern drückte, dass es überhaupt nicht gut war.

»Komm zurück ins Bett«, sagte sie. »Ich mach uns einen Kaffee.« Aber er wollte nicht. Im Halbschatten der Nachttischlampe zog er sich an und behauptete, da er am Morgen lange zum Aufstehen brauche, müsse er nach Hause gehen, um seinen Sergeant um sieben nicht zu verpassen. Laura glaubte ihm kein Wort. Einen Augenblick lang stand er im Mantel an der Schlafzimmertür und fuhr sich mit der Hand durchs Haar, das sich wie Stacheln vom erleuchteten Wohnzimmer abhob. Seine Augen lagen im Schatten. Er wirkte fast bedrohlich, und Laura hatte das Gefühl, ihn gar nicht wirklich zu kennen.

»Ich ruf dich an«, sagte er. Als die Wohnungstür ins Schloss fiel, ließ sie sich in die Kissen sacken und fragte sich, wohin, wenn überhaupt, sie und Michael Thackeray ihr Weg wohl führte.

Es war ein Abend, an dem die Gemeinde von High Clough etwas christliche Nächstenliebe hätte gebrauchen können. Auf den Hochmooren der Pennines war es bitterkalt. Es wehte ein frischer Ostwind, als der Vikar von Arnedale seinen klapprigen Kombi die gewundene Straße hinaufquälte, um das jährliche Weihnachtssingen Mitte Dezember durchzuführen. Für die Weihnachtsmesse war es verdammt früh, stimmten die Einheimischen im *Quarryman* bei ihrem Bier mürrisch überein; aber besser früh als gar nicht. Letzten Endes hatten sie irgendwann akzeptiert, dass, wer eine richtige Messe wollte, sogar am Weihnachtstag den steilen Hügel hinunter bis in die Stadt fahren musste. Außer am vierten Sonntag des Monats, wenn sich die Gemeinde der Fürsorge ihres geistlichen Hirten erfreuen durfte, blieb die gedrungene Steinkirche mit dem winzigen Türmchen geschlossen und leer, während die einsame Glocke in dem von den welligen Hochmooren herüberfauchenden Wind lose schwang und schaurig vor sich hinklagte. Es gab zu wenige Kirchgänger für eine mehr als nominelle Unterstützung durch die Diözese, die selbst zu wenig Geld hatte.

Aber Nächstenliebe bekam Faith Lawrence an diesem Abend nicht zu spüren. Rund hundert Menschen hatten sich in der Kirche versammelt: Anglikaner, Methodisten, ein paar Angehörige der Brüdergemeinde Yorkshire und vermutlich eine Mehrheit von Leuten, die sich zu gar nichts bekannten, aber ein paar erhebende Lieder zu passender Jahreszeit schätzten. Beinahe das ganze Dorf war anwesend, dachte Faith, als sie sich umblickte. Abgesehen von Joe Thackeray, der ein orthodoxer Katholischer war und eine bettlägerige Frau zu pflegen hatte. Gelegentlich fuhr er mit seinem schlammbedeckten Wagen zur Messe nach Arnedale, aber ökumenische Gottesdienste mit St. Hugh oder der Brüdergemeinde weiter unten im Tal kamen für ihn nicht in Frage.

Die winzige Kirche wirkte überfüllt, obwohl nicht mehr als sechzig Erwachsene anwesend sein konnten. Alle kannten sich. Die Kälte drang in die Knochen; sie schien aus den altertümlichen Steinmauern zu strömen und legte sich auf jeden Zentimeter ungeschützte Haut, völlig unbeeindruckt von dem rotierenden Elektroheizer, den der Vikar unverzagt vor dem Altar aufgestellt hatte. Aber die robusten Leute aus den Pennines ließen sich vom Winterwetter nicht abhalten. Sie zogen ihre Schals hoch, behielten ihre Handschuhe an und stampften unauffällig mit den Füßen im Takt der Musik.

Erst bei der zweiten Hymne, einer zittrigen Wiedergabe von ›It Came Upon a Midnight Clear‹, bei der das altersschwache Harmonium noch verstimmter als üblich klang, ging eine Welle der Unruhe durch die Gemeinde. Köpfe wandten sich verstohlen, Augen hoben sich insgeheim vom Notenblatt, und Kinder starrten unverhohlen die Neuankömmlinge an, die hinten zur Tür hereingeschlüpft waren.

Es war eine weitere Familie. Der Mann jung und hoch gewachsen mit schwarzen Haaren, die er zu einem langen Pferdeschwanz zurückgebunden hatte, die Frau kleiner und hellhaariger, mit einem Wust aus winzigen geperlten Zöpfchen, die unter der Kapuze ihres Dufflecoats hervorlugten. Die beiden Kinder blickten sich stumm, mit weit aufgerissenen Augen in der fremden Umgebung um. Sie sahen ihrem Vater sehr ähnlich, dunkeläugig und fast schwarzhaarig. Der Wind hatte ihre Wangen gerötet, und sie waren eingepackt in ein Sammelsurium von Schals und Jacken und Leggings und Stiefeln wie zwei winzige russische Bauern, die sich gegen das Schlimmste wappnen, was die Steppe ihnen zumuten kann.

Die kleine Gruppe drängte sich in der hintersten Sitzbank zusammen. Der Mann lehnte sich schwach lächelnd zurück und ergriff ein paar Notenblätter, die auf einem Regal neben den säuberlich aufgestapelten Gebetsbüchern lagen. Als er das tat, schwappte ein Murmeln unchristlichen Aufruhrs wie eine Welle dreckigen Wassers durch die Versammlung, und beinahe erstarb die wunderbare alte Hymne.

Mit festem Bariton begann der Vikar die nächste Strophe. Zögernd folgte ihm seine Herde, wandte sich ihm mürrisch zu und nahm das Lied wieder auf. Nur ein einziger Mann, breitschultrig, rothaarig und mit rötlichen Gesichtszügen, blieb halb umgedreht in seiner Bank sitzen, finstere Ablehnung auf dem Gesicht. Faith Lawrence schaute ihn an und dann nach hinten. Sie bot den Neuankömmlingen ein winziges Lächeln der Sympathie, bevor sie wieder auf ihr Notenblatt blickte. Selbst diese winzige Geste der Unterstützung blieb nicht unbemerkt.

Der Gottesdienst war beinahe beendet, als die Familie nochmals die Aufmerksamkeit auf sich zog. Das jüngere Kind war gelangweilt und unruhig, und als es von seiner Mutter mit ängstlichem Blick aufgefordert wurde, still zu sitzen, brach es in durchdringendes Jammern aus. Aufgestörte Kirchgänger starrten zornig nach hinten. Hörbares Gemurre des rothaarigen Mannes mischte sich in die Lesung der letzten Lektion von der Kanzel.

Schwer seufzend erhob sich Faith, die am Rand einer weiter entfernten Sitzreihe saß, schritt durch den Gang nach hinten und packte das reizbare Kind. Ihre Stiefelabsätze dröhnten auf den ausgetretenen Steinplatten, und ihr Silberhaar schwang hin und her.

»Ich nehme sie mit nach draußen«, sagte sie entschlossen zu den aufgeschreckten Eltern. »Komm, Melodie, meine Liebe, du kannst hier drin nicht solchen Lärm machen.«

Am Ende des Gottesdienstes, als die Versammlung sich langsam nach hinten schob, um dem Vikar am Kirchenportal die Hand zu schütteln, war die Familie bereits gegangen, war hinausgeschlüpft, während ›Hark the Herald Angels‹ die Insekten in den Dachsparren aufgestört hatte, die solche Inbrunst nicht gewohnt waren. Faith, in einen dicken Mantel gehüllt, einen Schal über die Haare gezogen, schützte sich im Portal der Kirche vor dem Wind und wartete auf ihren Sohn und ihren Ehemann.

Sie war eine auffallende Frau. Nicht schlank, aber groß und selbstsicher. Die silbergrauen Haarsträhnen unter dem dunklen Schal gaben ihr das Aussehen einer viktorianischen Heldin, die auf einem windumtosten Moor steht. Leicht amüsiert erwiderte sie aus tiefliegenden Augen die unfreundlichen Blicke einiger Gottesdienstbesucher. »Wozu sollte das gut sein?«, fragte der mürrische rothaarige Mann, der sich breitschultrig einen Weg zwischen weniger standfesten Kirchgängern hindurch bahnte, um Faith im Portal zu konfrontieren. »Verfluchte Zigeuner.« Faith zuckte die Achseln. Eine öffentliche Auseinandersetzung mit Ray Harding vor der ganzen Gemeinde konnte sie jetzt wirklich nicht brauchen. Sie drückte sich an dem streitlustigen Bauern vorbei und schüttelte dem Vikar herzlich die Hand. Ein wenig amüsiert betrachtete der Pfarrer ihr entschlossenes Gesicht, mittleren Alters und ohne jede Spur von Make-up, die Wangen vom Wind gerötet und ein Funkeln in den grauen Augen.

»Gut gemacht«, murmelte der Vikar. Der Wind trug seine Worte davon und verunmöglichte es anderen, sie zu hören. Faith zuckte die Achseln. Es war eine freundschaftliche Geste gewesen, die sie bald vergessen würde. Andere würden das offensichtlich nicht. »Fröhliche Weihnachten«, fügte der Vikar hinzu.

»Ja, vielleicht«, erwiderte Faith ohne große Überzeugung, da sie ihren Ehemann Gerry und Sohn Tim durch die Menge auf sie zukommen sah. Mit ergrauenden Haaren, einer Haut, die die Farbe und Konsistenz abgetragenen Leders angenommen hatte, und merkwürdig steifbeinig wirkte Gerry Lawrence um viele Jahre älter als seine Frau. Der schlaksige, ungelenke, in Jeans und Anorak hinter ihm herschlurfende Jugendliche verbarg seine ungesunde Blässe teilweise unter einem hellen Haarschopf, der die Augen verdeckte und auf den Kragen fiel. Faith lächelte den beiden schwach zu und zuckte gegenüber dem Vikar kaum merklich die Achseln. »Sofern wir die Dämonen in Schach halten können«, erwiderte sie im selben vertraulichen Murmeln, ehe sie sich zu ihrer Familie gesellte. »Wie stehen wohl die Chancen für eine Weihnacht ohne viel Alkohol?«

Zwei

»Liebhaber, Boss«, erklärte Sergeant Mower mit unverblümter Gewissheit. »Wer so umwerfend aussieht, hat Liebhaber, und zwar jede Menge.«

Michael Thackeray blickte seinen Sergeant einen Moment lang ausdruckslos an. Sie saßen im Polizeiwagen vor einem gesichtslosen Zweifamilienhaus in einem der weniger begüterten Vororte von Bradfield. Nicht zum ersten Mal fand er, dass Mower in seiner erklärten Leidenschaft für das andere Geschlecht womöglich übers Ziel hinausgeschossen war.

»Sie haben sich mit ihr getroffen, sagen Sie?«, hakte er nach. Ob Mower in seiner Wertschätzung von Linda Wrights Attraktivität die Grenze zwischen einem Berufsermittler und einer Zeugin dienstwidrig überschritten hatte? Wenn er die Frau, deren Leiche jetzt sauber zusammengenäht, beschriftet und tiefgefroren in der Leichenhalle des Krankenhauses lag, allzu intim gekannt hatte, würde er von der gerade begonnenen Morduntersuchung ausgeschlossen werden müssen.

»Boss, ich hab Ihnen gesagt, sie hat für Cheetham and Moore gearbeitet«, antwortete Mower und ließ sich seine Ungeduld anmerken. Das war, wie er wusste, im Umgang mit Thackeray nie eine gute Idee. »Sie hat im Musterhaus der neuen Wohnsiedlung hinter Southwaite gearbeitet. Ich hab mir gedacht, es lohnt sich, da oben die Hypotheken zu überprüfen, weil Cheetman and Moore mittlerweile ziemlich viel auf diese Karte gesetzt haben. Falls zweifelhafte Hypotheken angeboten worden sind, dann am ehesten dort oben.«

Mower hatte eine Reihe von Hypothekenschwindel-Affären untersucht, deren einzige Gemeinsamkeit darin bestand, dass die verdächtigen Hauskäufer alle Kunden des Maklerbüros Cheetham and Moore waren.

»Aber Linda Wright hatte nichts Brauchbares zu bieten?«, setzte Thackeray mit einer Zweideutigkeit nach, die Mower für Absicht hielt.

»Nix«, erwiderte er, grinste und vergalt die Zweideutigkeit mit einer eigenen. »Viel versprochen und nichts gehalten, Boss. Falls sie irgendwas über doppelte und dreifache Hypotheken wusste, hat sie nichts verraten.«

Mower erinnerte sich, wie er zur neuen Siedlung hochgefahren war, deren Häuser mit ihren steinernen, Cottage-ähnlichen Erkern und Giebeln und Mansardenfenstern trotz der Rezession Bradfields besser gestellte junge Paare anzogen. Er hatte sich in enge Replay-Jeans geworfen und unter seiner Lederjacke einen lose gerippten Stone-Island-Pullover getragen – elegant und modisch genug, um jedes Verkaufstalent zu beeindrucken, das vielleicht auf ihn warten mochte in dem teuer ausgestatteten Musterhaus mit den pastellfarbenen Teppichen, den protzigen Vorhängen und dem Bett mit den vier Bettposten: Ein Schnäppchen für jeden jungen leitenden Angestellten, wenn es samt Inhalt verkauft wurde. Begrüßt wurde er von einer Naturblonden, die Bradfields Häusermaklerin des Jahres 1992 gewesen war und das niemanden vergessen lassen wollte, am allerwenigsten einen nicht unattraktiven jungen Polizei-Sergeanten. Trotzdem war sein Angebot auf einen Drink nach Feierabend glatt abgelehnt worden.

»Sie haben sie nicht nochmals getroffen?«, fragte Thackeray scharf.

»Keine Chance«, erwiderte Mower. »Hinter den blauen Augen war ein Taschenrechner am Werk, und ich hatte deutlich den Eindruck, bei mir kam keine ausreichende Summe raus.«

Ein paar Wochen und einen gewaltsamen Tod später hatte Mower mit einiger Überraschung erfahren, dass Linda Wright mit ihren vierundzwanzig Jahren, obwohl sie bei Cheetham and Moore ansehnlich verdiente, immer noch bei ihren Eltern im Zweifamilienhaus am schäbigeren Stadtrand von Bradfield wohnte. Die Vorortsstraßen mündeten hier in ein Kuddelmuddel von Schrebergärten, zu dieser Jahreszeit selbst vom entschlossensten Gemüse- und Früchtezüchter im Stich gelassen. Noch weiter dahinter lagen mit niedrigem Buschwerk bewachsene Felder, von dunklen Sandsteinmauern durchzogen, wo ein paar Kühe zusammengedrängt Schutz vor dem kalten Wind suchten. Es war ein Wunder, dachte Mower, als er und Thackeray die trübe Landschaft hinter den winterlichen Vorortsgärtchen betrachteten, dass noch niemand sich dieses halb verwahrloste Land unter den Nagel gerissen und darauf Häuschen für Erstkäufer errichtet hatte, die von Cheetham and Moore zu Schleuderpreisen verscherbelt werden könnten.

Die beiden Ermittler teilten einen unausgesprochenen Widerwillen, den Eltern gegenüberzutreten, die bereits wussten, dass ihre Tochter tot war, deren Leid jetzt aber vergrößert würde durch die Eröffnung, dass sie ermordet worden war. Mower erinnerte sich klar an Lindas sorgfältig zur Schau gestellte Hübschheit. Sie war nur durch ein winziges Anzeichen von Besorgnis gestört worden, als er sie aufforderte, ihm alles zu erzählen, was sie über den Hypothekenschwindel wusste. Aber sie hatte jede Kenntnis irgendwelcher Unrechtmäßigkeiten abgestritten, und es war ihm nicht gelungen, ihre Fassade gekränkter Unschuld zu durchbrechen, auch nicht, als er sie so weit wie möglich unter Druck setzte. Er hätte weder Thackeray noch einem anderen Vorgesetzten erklären können, warum er ihr nicht glaubte. Aber so war es.

»Also, bringen wir es hinter uns«, meinte Thackeray leise. Sie stiegen aus dem Wagen. Mower hob den bronzenen, hufeisenförmigen Türklopfer und ließ ihn niederfallen. Auf der Einfahrt aus gesprungenen Zementplatten vor dem hölzernen Garagentor, das dringend einen neuen Anstrich brauchte, stand kein Auto, und das Haus wirkte unbewohnt. Aber fast gleichzeitig mit Mowers Klopfen wurde die Tür aufgerissen. Er stand einer untersetzten Frau mittleren Alters mit grau werdenden Haaren gegenüber, die sichtlich noch immer die sanfte Hübschheit ihrer Tochter aufwies, allerdings unter äußerster Anspannung. Die Augen der Frau waren rot gerändert, die einst rosig weiße Haut wirkte grau vor Müdigkeit, und ihr Haar fiel ungekämmt über die Augen.

Sie machte ein langes Gesicht, als sie Mower erkannte. »Gott, ich hab gedacht, es wäre der Bestattungsunternehmer«, sagte sie. »Vater ist endlich eingeschlafen, und ich hab gedacht, ich könnte alles erledigen, bevor er aufwacht.«

»Mrs. Wright?«, fragte Thackeray. Sie nickte. Sanft ergriff er ihren Arm und führte sie ins Haus. »Es tut mir Leid«, sagte er, »ich habe noch mehr schlechte Neuigkeiten für Sie.«

»Noch mehr?«, fragte Mrs. Wright scharf. »Was kann noch schlimmer sein? Unsere Linda ist tot ...« Krampfhaft hob sie eine Hand zum Mund, dann packte sie beide Männer an den Armen und zog sie ungeschickt ins Wohnzimmer.

»Kommen Sie hier rein«, meinte sie. »Wissen Sie, Vater. Er hat Herzbeschwerden. Deshalb sind wir immer vorsichtig. Keine Schocks. Keine Aufregungen ...« Ihre Stimme verlor sich für einen Augenblick, bevor sie sich wieder auf Thackeray konzentrierte. Abrupt setzte sie sich in einen der mit Chintz überzogenen Lehnsessel, und ihr Gesicht verzog sich schmerzhaft. »Sagen Sie es mir«, flüsterte sie.

Sie hörte schweigend zu, als Thackeray erklärte, wie Linda gestorben war und dass das Begräbnis zumindest vorübergehend verschoben werden musste.

»Das wird Vater den Rest geben«, sagte sie schließlich, nachdem sie die Nachricht verdaut hatte. »Es wird ihn umbringen. Er hat Linda vergöttert.«

»Wir müssen mit ihm reden«, erklärte Thackeray. »Nicht heute, wenn Sie denken, es wird zu viel für ihn. Aber vielleicht könnten Sie uns ein paar zusätzliche Einzelheiten geben?«

»Ich hab gewusst, dass was nicht stimmt, als sie nicht nach Hause kam«, zischte Mrs. Wright. »Ich hab es Vater nicht gesagt. Ich hab gestern Morgen nur gesagt, sie will ausschlafen. Aber ich hab gewusst, dass was nicht stimmt. Das hat gar nicht zu unserer Linda gepasst, überhaupt nicht. Normalerweise ist sie so ein vernünftiges Mädchen.«

»Sie haben nicht gewusst, wohin sie gegangen ist?«, fragte Thackeray. »Mit wem sie sich treffen wollte?«

»Sie hat es nicht gesagt«, erwiderte Mrs. Wright. »Das sag ich Ihnen doch. Sie ist gegen acht in ihrem Wagen los, hat nicht mal einen Tee getrunken, hat gesagt, sie würde später essen. Ich hab gedacht, sie trifft sich mit ihrem neuesten Freund, Jimmy heißt er, Jimmy Townsend. Ich kenn ihn nicht so gut. Sie ist sehr beliebt, unsere Linda. Es gibt immer wieder neue Freunde. Man verliert ein wenig den Überblick. Als ich am nächsten Morgen gegen neun mit einer Tasse Tee in ihr Zimmer gegangen bin, ist sie nicht da gewesen. Das Bett war unberührt ...«

Stückweise lockten sie das Bild einer jungen Frau hervor, die das Leben genossen hatte, am Abend selten zu Hause war, eine ganze Reihe von Freunden besaß, aber laut ihrer Mutter hatte es bisher keine ernsthafte Beziehung gegeben.

»Sie hat auf die wahre Liebe gewartet, wie sie gesagt hat«, erklärte Mrs. Wright, und eine Träne rann ihre blasse Wange hinab. »Sie hätte sich besser mit was Geringerem begnügt, nicht? Mehr als einer hat sie heiraten wollen. Nette Jungs. Gute Jungs. Aber sie wollte immer was Besseres.« Mrs. Wright lieferte ihnen eine Reihe von Namen, konnte wenig über Adressen und Aussehen sagen, wusste aber gelegentlich die Farbe oder die Marke eines Wagens, in dem Linda abgeholt und wieder heimgebracht worden war.

Leise gingen die drei zu Lindas Schlafzimmer hoch und durchsuchten ebenso leise Schränke und Schubladen. Thackeray nahm Lindas Tagebuch, Kalender und finanzielle Dokumente an sich und beschloss, eine mittlerweile verstörte Mrs. Wright in Frieden zu lassen.

»Wie sag ich's bloß ihrem Vater?«, fragte sie erneut, als sie die beiden nach draußen begleitete. »Wie sag ich ihm, dass irgendwer unser Mädchen umgebracht hat?«

Beim Einsteigen seufzte Thackeray tief, und Mower blickte ihn neugierig an. »Arme Frau«, meinte er.

»Und, was haben Sie im Kleiderschrank gefunden?«, fragte Thackeray schnell. Er hatte gesehen, wie Mower Lindas Kleider mit mehr als oberflächlichem Interesse begutachtet hatte.

»Ach, ich glaube, sie hat ihren besonderen Freund gefunden, Boss«, erwiderte Mower befriedigt. »Ihr Schrank war voller Designerklamotten. Und der Schmuck in der Schublade des Frisiertischs war kein Plunder. Einiges davon ziemlich hochkarätig. Gold.«

David Mendelson saß in einem mit Stapeln juristischer Akten voll gestopften Zimmer an einem mit weiteren Aktenstapeln bedeckten

Schreibtisch und seufzte. Von der anderen Seite des Raumes starrte ihn Chefinspektor Michael Thackeray finster an. Sergeant Kevin Mower studierte betont aufmerksam seine italienischen Lederhalbschuhe.

»Ich kann leider nichts machen, Chefinspektor«, erklärte Mendelson. »Ihr habt zwar genug Beweise gegen die vier Angeklagten in der Hand, eine gute Chance auf eine Verurteilung. Aber solange nicht mindestens einer von denen die Häusermakler belastet, könnt Ihr gegen die nichts unternehmen. Für eine Anklage wegen versuchtem Betrug liegt nicht genügend vor. Es könnte alles Zufall sein. Eher unwahrscheinlich, aber möglich, und keinerlei stichhaltige Beweise fürs Gegenteil. Tut mir Leid.«

»Vier verschiedene Leute, die Baugenossenschaften betrügen, alle vier kaufen Häuser über dieselben Makler, und da soll keine Verbindung bestehen?«, fragte Mower unvermittelt. Er verbarg den Zorn in seinen dunklen Augen nicht. »Das kann ich nicht glauben.«

»Sie haben sicher Recht, das nicht zu tun«, erwiderte Mendelson und bedachte den modisch angezogenen jungen Ermittler mit einem nicht eben freundlichen Blick. Seine kurzen Begegnungen als Staatsanwalt mit Mower hatten den unauslöschlichen Eindruck hinterlassen, dass dieser Mann mehr auf seinen eigenen Vorteil als auf etwas so Abstraktes wie Gerechtigkeit aus war. Mower hatte, wie Mendelson wusste, die meiste Arbeit in einem ziemlich eindeutigen Fall von Hypothekenschwindel geleistet. Er zweifelte nicht daran, dass sie vier klare Verurteilungen erreichen würden. Aber er war gar nicht überzeugt, dass sie die Beteiligung eines der renommiertesten Häusermaklers der Gegend beweisen konnten, trotz Mowers Bitte, den hiesigen Manager verhaften und unter Anklage stellen zu dürfen.

»Sie haben keine Beweise«, sagte er ruhig zu Mower und verbarg seine Abneigung unter neutraler beruflicher Besorgnis.

»In Ordnung, das wär's dann«, meinte Thackeray. Mowers nächsten Protest schnitt er mit eiskaltem Blick ab. »Wir halten ein Auge drauf, David. Falls sie mit drinhängen, machen sie womöglich nächstes Mal einen Fehler.«

»Klar«, sagte Mendelson. »Falls sie mit drinhängen, geht es vielleicht um mehr, als wir bisher bewiesen haben. Ein paar Asiaten, die billig Reihenhäuser an der Aysgarth Lane aufkaufen und dann drei

Hypotheken darauf aufnehmen, das sind kleine Fische. Falls ihr nach einer Verbindung sucht, wird es vermutlich ein asiatischer Mittelsmann sein, aber die werden kaum jemanden verpfeifen. Falls es mehr als das ist, lohnt es sicher, ein Auge drauf zu halten. Aber Cheetham and Moore ist eine große Bude, altehrwürdig, mit Filialen im ganzen Bezirk. Da braucht ihr eine hundertprozentige Anklage. Sydney Cheetham kennt jeden, den zu kennen sich lohnt, bis zum und einschließlich dem Polizeichef.«

»Und Barry Moore ist ein arroganter Despot. Ich kann mich von Arnedale her an ihn erinnern«, steuerte Thackeray unerwartet heftig bei. Die beiden jüngeren Männer, etwa im selben Alter, aber im Aussehen so verschieden wie Stadt- und Landmaus, der eine modisch elegant, der andere beinahe gammelig lax, mit gelockerter Krawatte und aufgerollten Hemdsärmeln, schauten ihn überrascht an.

»Moore arbeitet immer noch hauptsächlich dort oben, nicht?«, fragte Mendelson. »Cheetham leitet die Geschäfte in Bradfield.«

Thackeray nickte. »Ja, das stimmt«, sagte er schnell, offensichtlich bestrebt, seinen uncharakteristischen Ausbruch zu überspielen. Mendelson blickte Thackeray einen Moment lang neugierig an, bevor er sich wieder an sein stilles Gelöbnis erinnerte, das Gespräch von jenem Thema fernzuhalten, das Thackeray offenkundig peinlich war. »Und jetzt habt ihr diesen Mord am Hals?«, fragte er.

»Eine Angestellte von Cheetham and Moore», warf Mower grimmig ein.

»Glaubst du, es besteht eine Verbindung?« Mendelson richtete die Frage demonstrativ an Thackeray. Der Chefinspektor zuckte die Achseln. »Nichts, was wir bisher gefunden haben, deutet darauf hin«, meinte er. »Aber möglich ist alles.«

Michael sieht müde aus, dachte David Mendelson, als er die Akten schloss, die ihm die Polizisten gebracht hatten, und sie ihnen über den Schreibtisch zurückgab. So müde, als hätte er seit einer Woche nicht geschlafen. Er blickte auf seine Uhr.

»Bist du für heute fertig, Michael? Wie wär's mit einem Drink?« Sein Ton stellte klar, dass er Mower von der Einladung ausschloss. Der Sergeant nahm es unbewegt hin. Das gut aussehende, intelligente Gesicht verriet nichts.

»Ich nehm die Akten mit, Boss«, bot er an. »Erledige den Papierkram im Büro. Ich rufe Sie an, wenn Sie gebraucht werden.« Thackeray zögerte. Mit einer Hand fuhr er sich durch das dunkle Haar, das an den Schläfen erste graue Strähnen zeigte und nie ordentlich gekämmt wirkte. Plötzlich überschwemmte ihn Müdigkeit, drohte die frostige Fassade zu überfluten, die er normalerweise der Welt zeigte. Er reichte Mower die Akten.

»Danke«, sagte er. »Lassen Sie es mich wissen, wenn Sie den Freund aufgespürt haben.« Linda Wrights jüngste Eroberung, Jimmy Townsend, war an diesem Tag bei Cheetham and Moore nicht zur Arbeit erschienen. Er war auch nicht in seiner Wohnung in einem viktorianischen Haus in der Nähe des Stadtzentrums gesehen worden, was die Polizei nur davon überzeugte, dass sie dringender mit ihm sprechen mussten als bisher angenommen.

Thackeray und Mendelson sahen schweigend zu, wie der Sergeant in seinen dunkelblauen Mantel schlüpfte und sich verabschiedete.

»Er hat einen ausgesprochen teuren Geschmack. Ist er sauber?«, fragte David Mendelson, nachdem die Fußtritte im langen Korridor verhallt waren und sie die Lifttür zugehen gehört hatten. Thackeray erlaubte sich ein grimmiges Lächeln.

»Das rate ich ihm, sonst kriegt er eine Einfachkarte nach London«, meinte er. »Nein, ich glaube, er ist sauber. Er ist wie ich, allein stehend, keine Familie – zumindest soweit wir wissen. Er gibt all sein Geld für Kleidung aus. Durch und durch ein Londoner Junge. Geübt, clever, vielleicht ein wenig zu ehrgeizig. Und hat Erfolg bei den Frauen, wie man mir sagt. Aber ich vertraue ihm.«

»So weit du überhaupt jemandem vertraust«, erwiderte David hintersinnig.

»Genau so weit«, bestätigte Thackeray.

»Du siehst mitgenommen aus. Diese Reorganisation muss den Druck noch verstärken. Hast du schon entschieden, ob du dich als Kripochef bewerben willst?«

»Und für den Rest meiner Karriere am Schreibtisch sitzen?«, fragte Thackeray düster. Es war kein Geheimnis, dass die vorgeschlagene Reorganisation der Polizei, die gegenwärtig im Parlament beraten wurde, im mittleren Kader, deren Jobs mit der Zeit aufgehoben werden sollten, Unruhe auslöste. »Ich weiß es nicht, David. Ich weiß es schlicht und einfach nicht.«

»Sollen wir den Drink überspringen? Komm mit zum Abendessen. Vicky wird sich freuen, dich zu sehen. Wir essen, was gerade da ist.«

Thackeray zögerte. David Mendelson, ein Anwalt, der aus unmodischem öffentlichen Pflichtgefühl die Familienfirma zugunsten der Staatsanwaltschaft ausgeschlagen hatte, war einer der wenigen Freunde, die er gewonnen hatte, seit er vor beinahe einem Jahr nach Bradfield gekommen war. Aber er wusste nicht, ob Davids warmes, angenehmes, willkommen heißendes Heim voller Kinder ihn in seiner gegenwärtigen Stimmung nicht allzu grausam daran erinnerte, was seine eigene düstere Junggesellenwohnung niemals bieten würde.

»Vicky hat genug mit dem neuen Baby zu tun, dass sie keinen unangemeldeten Besuch braucht.«

»Unsinn«, sagte David. »Besuch ist genau das, was sie nach einem Tag allein mit der Brut braucht. Sie braucht die Gesellschaft von Erwachsenen, Gespräche ...«

Thackeray seufzte und gab nach. »Wenn du meinst«, sagte er.

Als die beiden Männer eine halbe Stunde später eintrafen, schien Vicky tatsächlich erfreut, Thackeray zu sehen. Mit vom Kochen geröteten Wangen und zwei kleinen Söhnen auf den Fersen stand sie im Flur, küsste David herzlich auf die Lippen und Michael auf die Wange, während die beiden ihre Mäntel auszogen.

»Ich hab im Lokalsender gehört, dass ein Mord passiert ist«, sagte sie. Thackerays Müdigkeit entging ihr nicht. »Schlimm?«

»Nicht schön«, meinte er kurz angebunden, »eine junge Frau.« Er wollte nichts weiter sagen, die Idylle nicht stören. »Ich muss womöglich weg, wenn irgendetwas Neues passiert.«

»Es gibt nur Pasta«, sagte sie leichthin. »Naomi Laura ist heute Nachmittag ein absolutes kleines Scheusal gewesen. Sie hat pausenlos geschimpft. Mit den Jungs hab ich diesen Ärger nicht gehabt. Weibliche Perversion.« Die Mendelsons waren begeistert gewesen, als auf Nathan und Daniel ein Mädchen gefolgt war.

»Wie die Mutter, so die Tochter«, neckte David sie zärtlich.

»Eher wie ihre Namensvetterin«, erwiderte Vicky. Sie lächelte Thackeray süß und durch und durch unaufrichtig an. »Ich war nie pervers.«

Thackeray biss auf den Köder nicht an, sondern drehte sich um und bewunderte die beiden dunkelhaarigen, wuschelköpfigen Jungen, die ins Wohnzimmer zurückrannten, um weiterzuspielen. Sein Gesicht war unbewegt, als er ihnen zusah, aber er konnte die Traurigkeit in seinen Augen nicht verbergen.

»Soll ich sie ins Bett bringen?«, fragte David Vicky. »Es ist schon spät. Und ich muss nachher noch arbeiten.«

»Sie haben gebettelt, dass sie auf bleiben dürfen, bis du kommst«, erklärte Vicky schuldbewusst. »Sie sind so aufgeregt wegen morgen.«

»Morgen?«, fragte Thackeray, nicht sicher, ob er sich an einen bevorstehenden Geburtstag erinnern sollte.

»Chanukka – so was wie jüdische Weihnachten«, erklärte David. »Das Fest der Lichter. Sie werden Geschenke kriegen.«

»Also kommt Weihnachten für sie früher?«

»Weihnachten kommt für sie außerdem noch«, erwiderte Vicky lachend. Sie schaute nachsichtig zu, als David sich zu seinen Söhnen auf dem Boden gesellte, drei dunkle Köpfe, die sich zusammen über die Spielzeuge beugten. »Komm und hilf mir beim Tischdecken«, meinte sie und nahm Thackeray beim Arm. »Normalerweise essen wir vor den Fernseher gelümmelt. Heute mache ich eine Ausnahme und lege ein Tischtuch auf.«

Leichtfüßig ging sie in die geräumige Küche, wo der große Holztisch noch mit den Überresten des Abendbrots der beiden Knaben übersät war. Eine Königin in ihrem Reich, vor Zufriedenheit strahlend, dachte Thackeray. Dabei hatte sie nichts von der scharfen Intelligenz verloren, die ihr zusammen mit Laura Ackroyd durch das Universitätsstudium geholfen hatte. Thackeray dachte voller Elend an alles, was er verloren hatte. Er hätte Davids Einladung nicht annehmen sollen. Den Fehler würde er nicht so bald wieder machen.

Vicky hantierte am Herd, wo ein riesiger Topf Wasser für die Nudeln kochte. In einer fast ebenso großen Pfanne blubberte eine fein riechende Soße, die winzige, tief orangerote Spritzer in die Luft und auf die umgebende Ablagefläche warf. Vicky musterte Thackeray, dann gab sie ihm ein hartes, reif riechendes Stück Parmesan und eine Reibe. »Eine Schüssel davon macht es fast authentisch«, sagte sie.

Er nickte und begann gehorsam zu reiben.

»Du magst doch Italienisch? Es ist mein beliebtes Gericht auf Abruf, weil's so schnell geht.« Sie ließ die steifen Spaghetti langsam ins Wasser gleiten, ohne sie zu zerbrechen.

»Italienisch ist in Ordnung«, murmelte er und rieb gleichmäßig.

»Willst du das den ganzen Abend durchhalten, oder erzählst du mir, wie es zwischen dir und Laura steht?«

»Ach«, meinte Thackeray. Das Schweigen verstärkte sich. Vicky nahm Gläser, Wein und Mineralwasser aus Schrank und Kühlschrank. Sie goss sich ein wenig Chianti ein und für ihn Wasser mit Eis und Zitrone. Er schaute den Blasen zu, wie sie am Eis zerplatzten. Sein Gesicht wirkte ebenso eisig, und sie dachte, sie habe jede Verbindung zu ihm verloren. Da gewährte er ihr plötzlich eines seiner seltenen Lächeln und nickte, wie in Übereinstimmung mit einem Gedanken, den sie noch nicht mal ausgesprochen hatte.

»Vermutlich hat sie dir gesagt, das ich mich wegen ihrem neuen Job ziemlich übel aufgeführt habe?«, meinte er.

»So etwas hat sie angedeutet.«

»Ich hasse Arnedale«, erklärte er. »Es birgt für mich zu viele schlechte Erinnerungen. Aber ich werde sie besuchen. Ich habe einen Anruf von meinem Vater gekriegt. Er möchte, dass ich bald mal zu Hause vorbeikomme. Er will die Farm verkaufen. Es wird alles zu viel für ihn. Ich werde mich anstrengen, ich verspreche es.«

»Ich will nicht, dass Laura wehgetan wird«, sagte Vicky plötzlich heftig. Dann starrte sie peinlich berührt mit roten Wangen und glitzernden Augen auf ihren Wein.

»Ich weiß«, erwiderte Thackeray beinahe unhörbar. Aber er konnte sie bezüglich des Glücks ihrer besten Freundin nicht so beruhigen, wie sie es sich wünschte, und er hasste sich dafür. Der Moment wurde von Nathan und Daniel unterbrochen, die hereinstürmten, um Gute Nacht zu sagen, bevor sie von ihrem Vater die Treppe hinaufbugsiert wurden. An diesem Abend wurde Laura nicht mehr erwähnt.

Drei

Der dicke Florteppich im Hauptbüro von Cheetham and Moore in Bradfield wirkte opulent, doch die schweigenden Telefone und überwiegend leeren Schreibtische widersprachen diesem Eindruck. Die hell erleuchteten Schaufenster zur Hauptstraße hin mochten voller verlockender Immobilienangebote sein. Doch die fehlende Geschäftigkeit drinnen war mehr als nur eine Weihnachtspause, dachte Thackeray, als er und Mower ins Heiligtum des Managers geführt wurden. Ein großer, schlanker Mann in einem unglaublich weiß leuchtenden Hemd stand von seinem hellen Eichenschreibtisch auf und begrüßte sie mit einem Händedruck, einem breiten Lächeln und kalten Augen.

»Stephen Stokes mein Name, Chefinspektor«, sagte er leutselig. »Es tut mir Leid, Sie unter solchen Umständen begrüßen zu müssen. Ich habe viel über Ihre Erfolge gehört, seit Sie nach Bradfield gekommen sind. Wie kann ich Ihnen helfen?«

Thackeray musterte Stokes, registrierte den modischen leichten Anzug, die Seidenkrawatte in geschmackvollen Rosa- und Blautönen sowie die nikotingefärbten Finger, die leicht zitterten, als Stokes die von Thackeray ignorierte Hand zurückzog.

»Sie scheinen zwei Ihrer Angestellten eingebüßt zu haben, Mr. Stokes«, erklärte Thackeray. »Ich hörte, dass Sie über Linda Wright Bescheid wissen. Aber ich möchte auch mit Jimmy Townsend sprechen, und mein Sergeant sagt mir, Sie wissen nicht, wo er sich aufhält. Stimmt das?«

»Ein schrecklicher Schock, Lindas Tod«, meinte Stokes. »Ein

schrecklicher Schock für uns alle. So ein reizendes Mädchen ... lebhaft, intelligent, alles stand ihr offen ...«

»Und Jimmy Townsend?« Thackeray sprach noch immer leichthin, aber in seiner Stimme lag eine gewisse Schärfe. Stokes bemerkte das sehr wohl, wie ein leichtes Aufblitzen von Panik in seinem Gesicht zeigte.

»Jimmy«, sagte Stokes und leckte sich die Lippen. »Er hat über die Weihnachtstage Urlaub eingetragen, ziemlich lange, von Donnerstag an. Ich hatte keine Einwände. Um diese Jahreszeit ist das Maklergeschäft immer ruhig, wissen Sie.« Er blickte durch die Glastür des Büros auf die verlassene Verkaufsabteilung. Seine Finger trommelten auf der polierten Oberfläche des Schreibtischs herum. Ein Mann am Rande des Nervenzusammenbruchs, dachte Thackeray. Er fragte sich, ob das bloß am Zustand des Immobilienmarktes lag.

»Sie haben keine Ahnung, wohin er in den Ferien gefahren ist? Teneriffa? Die Seychellen? Club Med?«

»Er hat gar nichts gesagt«, erklärte Stokes rasch. »Ihre Leute haben mit allen meinen Angestellten gesprochen. Keiner scheint etwas zu wissen. Natürlich, vielleicht hat er es Linda gesagt ...«

»Aber Linda ist leider nicht mehr in der Lage, es uns zu sagen«, meinte Thackeray. In seiner Stimme schwang weiterhin ein drohender Unterton mit, während er sich an Amos Athertons klinische Beschreibung erinnerte, wie Linda gestorben war, womöglich nur halb bewusstlos und im versinkenden Wagen an den Sitz gegurtet.

»Wie lange ging das schon?«, fragte Mower von der anderen Seite des Raums her. Er hatte sich elegant gegen einen Heizkörper gelehnt und beobachtete Stokes.

»Ich habe gewusst, dass die beiden sich mal verabredeten, aber sie machten nicht den Eindruck, als sei es etwas Ernsthaftes«, meinte Stokes. »Nur eine Bürobekanntschaft, meines Erachtens. Ich halte meine Angestellten nach Feierabend nicht unter Kontrolle, Inspektor Thackeray. Warum sollte ich?«

»Wie ich hörte, hat Linda eine ganze Reihe von Freunden gehabt«, sagte Thackeray. »Ist sie mit noch jemandem ausgegangen, der Verbindung zur Firma hatte?«

Stokes schüttelte heftig den Kopf und steckte sich eine Zigarette an, ohne den beiden Männern eine anzubieten. »Nicht dass ich wüsste«, sagte er durch den Rauch hindurch. »Wie gesagt ...«

»Sie halten Ihre Angestellten nach Feierabend nicht unter Kontrolle«, ergänzte Mower brüsk. »Waren Sie mit Linda und Jimmy zufrieden, Mr. Stokes? Haben viel gebracht, oder? Linda oben im Musterhaus, und Jimmy ... was genau machte der?«

»Linda war ein hervorragendes Verkaufstalent«, erläuterte Stokes schwärmerisch. »Wir haben nie gedacht, dass sich die neue Siedlung unter den gegebenen Umständen so verkaufen würde, wie sie sich verkauft hat. Prächtiges Mädel. Prächtig. Hätte mit ihrer Persönlichkeit den Eskimos Eisschränke verkaufen können.«

»Und Jimmy?«, wiederholte Thackeray die Frage.

»Jimmy hat hier im Büro Verhandlungen geführt. Recht ordentlich, wenn man die Rezession berücksichtigt. Ich hatte keinen Grund zur Beschwerde.«

»Verantwortlich für das Einfädeln von Hypotheken?« fragte Mower scharf.

»Alle unsere Agenten beraten in Hypothekenfragen«, meinte Stokes. »Das ist so üblich.«

»Aber nicht doppelte oder dreifache Hypotheken, hoffe ich«, warf Mower ein.

Stokes zog heftig an seiner Zigarette und drückte sie im Kristallaschenbecher auf dem Schreibtisch aus. »Ich glaube nicht, dass ich die Richtung mag, in die Ihre Fragen zielen«, sagte er. »Niemand hier im Büro ist in illegale Machenschaften verwickelt. Nicht, so weit ich weiß. Diese Fragen habe ich mit Ihnen schon besprochen, Sergeant Mower.« Er warf Mower einen Blick echter Abneigung zu.

»Wüssten Sie es, Mr. Stokes, wenn Jimmy Townsend sich nebenbei auf eigene Rechnung noch ein wenig um Hypotheken gekümmert hätte?«, fragte Thackeray.

»Möglicherweise nicht«, gestand Stokes ein.

»Und wenn Sie es herausfänden?«

»Dann würde ich ihn selbstverständlich entlassen. Mr. Cheetham und Mr. Moore würden nichts anderes erwarten.«

»Mr. Cheetham und Mr. Moore? Sind das Ihre Vorgesetzten?«

»Mr. Moore ist nur indirekt mein Boss«, erklärte Stokes. »Er befasst sich hauptsächlich mit dem Geschäft in Arnedale. Barry Moore ist der zweite Moore. Sein Vater war der ursprüngliche Partner. Mr. Cheetham lebt in Bradfield, hat hier ein Büro, aber er kommt nur etwa einmal pro Woche vorbei. Er wird langsam alt, wissen Sie. Ist in den Siebzigern. Die Tagesgeschäfte überlässt er mir.«

Thackeray nickte, als ob ihm das alles neu wäre. Er kannte Vater und Sohn Moore vermutlich besser als Stephen Stokes.

Stokes blickte nervös auf seine Uhr. »Vermutlich habe ich Ihnen nicht viel weiterhelfen können, aber ich habe in zehn Minuten einen wichtigen Termin mit einem Kunden vor Ort. Gibt es sonst noch etwas, womit ich Ihnen helfen kann?«

»Ich brauche alle Hintergrundinformationen, die Sie über Linda und Jimmy Townsend besitzen«, erklärte Thackeray. »Personalakten, die Namen aller, die mit den beiden gearbeitet haben ...«

Stokes drückte einen Knopf der Gegensprechanlage auf dem Schreibtisch und wiederholte Thackerays Bitte gegenüber seiner Sekretärin. »Kein Problem«, meinte er. »Und falls ich noch irgendwie helfen kann, lassen Sie es mich wissen. Ein schrecklicher Verlust, das mit Linda.«

»Danke«, erwiderte Thackeray. »Und wir lassen es Sie auch wissen, wenn wir Sie nochmals sehen möchten, Mr. Stokes. Da können Sie sicher sein.«

»Der steckt bis zum Hals in irgendwas drin, Boss«, meinte Mower, als sie durch Schneeregen und Scharen von Weihnachtseinkäufern zügig zum Polizeihauptquartier zurückgingen.

»Ja, aber in was?«, erwiderte Thackeray. »Das müssen wir herausfinden.«

Selbstkritisch begutachtete sich Laura im Spiegel. Geschäftsmäßig, aber nicht zu streng, hatte sie sich vorgenommen, als sie den Kleiderschrank nach dem besten Kostüm für ihren ersten Eindruck beim *Arnedale Observer* durchwühlte. Es war halb acht an einem kalten, finsteren Montagmorgen, und Lauras Mangel an Begeisterung für die ihr von David Ross aufgehalste Aufgabe hatte sich übers Wochenende noch verstärkt.

Zu Hause in Bradfield hatte sie sich vor allem mit dem Problem

Thackeray herumgeschlagen. Er hatte sich zwei Tage lang in düstere Schweigsamkeit zurückgezogen und in letzter Minute eine Verabredung platzen lassen, angeblich wegen Arbeitsüberlastung. Trotz der Mordermittlung hatte ihm Laura das nicht ganz abgenommen. Seine Haltung sei lächerlich, hatte sie ihn schließlich angebrüllt, schier zur Verzweiflung getrieben durch seine Weigerung, sich auszusprechen. Aber er hatte bloß die Achseln gezuckt und ihre verbale Attacke mit einer zur Schau getragenen Gleichgültigkeit abgewehrt, die sie noch zorniger machte. Sie hatten sich gestern Abend per Telefon verabschiedet; das Gespräch bestand von seiner Seite hauptsächlich aus langen schweigsamen Pausen und von ihrer Seite aus etlichen Seitenhieben über katholische Schuldkomplexe, die sie jetzt bedauerte.

»Es wird nicht hinhauen«, unkte sie kryptisch und schnitt ihrem Spiegelbild eine Grimasse. Die kupferroten Strähnen fielen über den schwarzen Wollpullover und rahmten ihr ovales Gesicht ein wie ein leicht ausgefranster Lichthof.

Verärgert gab sie das Powerdressing auf, stopfte ein paar Kleider in den Koffer auf dem Bett und ließ die Schlösser fest zuschnappen. Man hatte ihr in Arnedale eine Unterkunft über dem Redaktionsbüro angeboten, falls sie abends so lange arbeitete oder so früh am Morgen anfangen musste, dass sich die Rückfahrt nach Bradfield nicht lohnte. Sie warf Stiefel und eine Windjacke auf den Rücksitz ihres Wagens und entschloss sich, das Beste aus ihrer Landpartie zu machen.

Die Fahrt nach Arnedale im grauen Licht des frühen Morgens dauerte länger als gedacht. Pendlerverkehr strömte auf der Hauptstraße Richtung Bradfield und Milford. Die Hügel zu beiden Seiten des Tals waren noch in Nebel gehüllt, der gelegentlich wie Rauch über die Straße trieb, so dass entgegenkommende Wagen unerwartet aus der trüben Suppe auftauchten wie Tiere mit hellgelben Augen und dampfendem Atem.

Neun Uhr war längst vorbei, als sie ihren Wagen in der breiten Hauptstraße von Arnedale parkte. Später in der Woche würde dieser Platz von Marktständen belegt werden. Arnedale war eine blühende kleine Stadt, strategisch günstig am Zusammenfluss der Maze und ein paar kleinerer Zuflüsse gelegen, die hier ihren Lauf von den Höhen herab in einen breiten, mäandernden und insgesamt würdigeren

Fluss zwischen der Stadt und den umgebenden Feuchtwiesen beendeten.

Laura stand einen Augenblick lang neben dem Wagen und schaute sich die vorwiegend aus dem achtzehnten Jahrhundert stammenden Fassaden der Pubs und Geschäfte entlang der Broad Street an. Eine wässrige Sonne hatte den Nebel durchbrochen und warf ein mildes Licht über die goldgelben Steindächer, die Mauern in Pastellfarben und die großzügig bemessenen Fenster. Sie lächelte, wider Erwarten hob sich ihre Stimmung. Sie würde ihre Zeit hier so sehr wie möglich genießen, dachte sie. Schließlich lautete das Urteil nicht auf lebenslänglich.

Aber vielleicht würde es sich bald so anfühlen, konstatierte sie eine Stunde später düster, als sie der großen, gebeugten Gestalt von Reg Fairchild aus der Redaktion des *Observer* in Peggy's Coffeeshop folgte. Hinter den beschlagenen Fenstern waren die dunklen Eichentische mit Kunden besetzt, die hier Pause machten. Aber die Servierin im traditionellen Schwarz mit einer weißen Schürze lächelte Reg freundlich zu und winkte ihn zu einem kleinen Ecktisch für zwei, auf dem ein Reserviert-Schild stand.

»Zweimal Kaffee?«, fragte sie. »Und für die junge Dame ein Teegebäck?«

Fairchild gab Laura keine Chance, aus dem überquellenden Angebot an Kuchen und klebrigen süßen Brötchen hinter der Theke etwas anderes auszuwählen. Er grunzte bloß und winkte sie in einen der beiden Windsor-Stühle mit Chintz-Überzug. Laura musterte ihn nicht allzu verstohlen, als er sich niederließ. Er war eine schlaksige Gestalt, altmodisch in braunem Tweed-Anzug und rehbraunem Shetlandpullover über einem Hemd mit entschieden ruralem Muster; die reinste Karikatur eines Provinzredakteurs mit dem länglichen grauen Haar, das ihm in die Stirn fiel, und der verfärbten Bruyèrepfeife, die er aus der Tasche zog und auf den Tisch legte.

Das Gesicht auf dem dürren Hals mit dem auffälligen Adamsapfel entsprach diesem Bild allerdings nicht. Zwar zeigte ein Gewirr feiner Fältchen um die Augen die Spuren des Alters, aber Fairchild hatte nicht die blühende Farbe eines Mannes, der sich viel im Freien aufhält. Es war das Gesicht eines Ästheten, lang und zart, die Haut pergamentfarben, die Augen ungewöhnlich dunkelgrau, und nur der beinahe unpassend volllippige Mund wies auf einen sinnlicheren Charakterzug hin.

Wider Willen empfand Laura eine gewisse Sympathie für Reg Fairchild, trotz allem, was sich eben im Büro abgespielt hatte. Der Empfang war eher kühl als frostig gewesen und versprach einen unerquicklichen Aufenthalt in Arnedale, falls sie sich nicht schnell als eine Mitarbeiterin erwies, mit der zu rechnen war.

»Ich trink hier wohl seit bald vierzig Jahren meinen Morgenkaffee«, sagte Fairchild plötzlich. In der wohltönenden Stimme, der er nie versucht hatte, den lokalen Akzent ganz auszutreiben, klang eine Spur Herausforderung mit.

»So lange sind Sie schon Redakteur?«, fragte Laura.

»Ich habe hier als Lehrling angefangen, als ich sechzehn war, gerade aus dem Gymnasium. Ich bin immer hier gewesen, abgesehen vom Militärdienst und ein paar Jahren bei der *Evening Post* in Leeds.« Das halbe Lächeln, das beinahe einer Grimasse glich, deutete an, dass die Erfahrung in der Großstadt nicht die glücklichste gewesen war. »Da unten gab's jede Menge sozialistisches Geschwätz und wichtigtuerische Klavierfestivals«, sagte er. »Arnedale war damals eine andere Welt. Der Viehmarkt wurde da draußen auf der Broad Street abgehalten, wissen Sie. Einige trieben immer noch ihre Schafe zu Fuß von den Hochmooren runter ... Die Tiere wurden genau dort vor dem *Bull Inn* versteigert.« Er wies auf die nebelbeschlagenen Fenster, vor denen sich die quirlige Hauptstraße in beide Richtungen erstreckte. »Den neuen Viehmarkt haben sie erst '64 gebaut, nachdem der alte Frank Moore gestorben war. Natürlich wollte sein Sohn Veränderungen, wollte ausbauen, wie es junge Männer halt so wollen. Hat den ganzen Charakter des Orts verändert, wie wir es uns nicht hätten träumen lassen. Das und der Ausbau der Talstraße. Die war früher so eng, dass sie jahrelang die Halunken aus der Stadt fern gehalten hat, weil die fürchteten, ihre modischen Wagen zu verbeulen. Danach sind sie alle angebraust gekommen – Landentwickler, Boutiquebesitzer, Aufmöbler von alten Cottages, die Gummistiefelbrigade ...«

»Sie sollten eine Lokalgeschichte schreiben, wenn Sie in Rente gehen«, meinte Laura.

»Geht es darum?«, fuhr der Redakteur auf. »Was passiert, wenn ich in Rente gehe? Ich bin erst zweiundsechzig, verdammt noch mal. Die sollten genug Anstand haben, dass ich mich richtig verabschieden kann, bevor sie cleveren Nachwuchs wie Sie hochschicken, um mein Lebenswerk zu verpfuschen.«

»Ich bin nur hier, um auszuhelfen«, erwiderte Laura zurückhaltend. »Ich mache, was immer Sie wollen, solange Greg weg ist.« Die plötzliche Krankheit von Greg Winters, Fairchilds Stellvertreter, der vor ein paar Wochen einen Herzanfall erlitten hatte, war der Vorwand für ihre Anwesenheit.

»Das hat der große weiße Häuptling aus London auch gesagt, als er uns kürzlich mit seiner Anwesenheit beehrt hat«, meinte Fairchild skeptisch. »Aber hinter dem, was David Ross tut, steckt immer mehr. Ich zweifle nicht daran, dass Sie noch andere Aufgaben zu erfüllen haben. Den *Observer* modernisieren? Geht's darum? Die Kleinanzeigen endlich von der Titelseite wegkriegen und uns arme Schlucker ins einundzwanzigste Jahrhundert zerren?«

Laura schüttelte den Kopf, aber Fairchild war nicht besänftigt. »Was tun Sie, wenn ich Ihnen sage, dass die Kunden die Anzeigen auf Seite eins mögen?«, fuhr er fort. Die Adern auf seiner Stirn schwollen an, als er in Fahrt geriet.

Laura begutachtete den getoasteten Teekuchen mit zerlaufener Butter, den die Serviererin etwas mürrisch vor ihr abgesetzt hatte. Sie schien aus Fairchilds Haltung zu schließen, dass sein Gast nicht gerade auf seine Einladung hier war, und war bereit, alles zu tun, um einen ihrer Lieblingskunden zu verteidigen.

»Als ich ein kleines Mädchen war, nahm mich meine Großmutter manchmal mit zu Peggy's in Bradfield, da gab es diese Kuchen auch.« Sie machte eine Pause, damit er dieses Leumundszeugnis würdigen konnte. »Ich glaube nicht, dass Ross die geringste Ahnung von Arnedale hat«, fuhr sie dann fort. »Ihn interessiert nur der Profit. Was ihm Sorgen macht, ist dieses Gratisblättchen, *Inside Info*, oder? Wenn Sie das abwehren und Ihre Auflage halten können, glaube ich nicht, dass er sich einen Deut darum schert, ob Sie Ihre Anzeigen auf der Titelseite oder auf der Rückseite platzieren oder als Fahne auf dem Bürodach flattern lassen.«

Fairchild quittierte das mit einem skeptischen Grunzen und goss sich eine zweite Tasse Kaffee ein. »Der Gratisanzeiger ist doch bloß ein zwielichtiges Skandalblättchen. Wird es nicht lange machen. Der Knabe, der es betreibt, ist irgendein Dahergelaufener, ein Schotte. Was weiß der schon über die Dales?«

Laura lächelte, befriedigt, das Gespräch von der vermeintlichen Bedrohung durch ihre Person zu einer durchaus realen, äußeren gelenkt zu haben. Sie hatte ein paar Ausgaben des zwielichtigen Skandalblättchens in ihrem Aktenkoffer und wusste, wie heimtückisch Fergal Mackenzie, der verachtete Schotte, sein konnte. »Sie sind sehr zuversichtlich«, sagte sie. »Wie sieht es mit dem Rest der Belegschaft aus? Mich beschlich der Eindruck, dass Jonathon mich nicht gern hier sieht.« Ihr war schnell klar geworden, dass Jonathon West, der dritte ausgebildete Journalist und der einzige, der neben Fairchild zählte bei einer Zeitung, die hauptsächlich mit Azubis gemacht wurde, jung, eifrig und auf Karriere aus war. Fairchild lachte unfroh und bitter.

»Ich hab gesehen, wie er nach Greg Winters Herzanfall auf seine Gesundheit getrunken hat – und ich meine nicht auf seine Genesung. Der wird es weit bringen, der Junge, und je weiter, desto besser, was mich betrifft. Ich hab ihn nur genommen, weil sein Vater im Bezirksrat sitzt und sein Onkel Lord Radcliffe ist.« Er sah Laura bei dieser Eröffnung zusammenzucken und lächelte grimmig.

»Hier oben zählt so etwas noch«, sagte er. »Wir sind hier nicht in Bradfield. Landbesitz und alter Lebensstil bedeuten immer noch etwas. Veränderungen vollziehen sich langsam, und es gibt viel Widerstand dagegen. Unsere größten Storys sind gegenwärtig Pläne für neue Steinbrüche oben in den Mooren und der Zustand der Bauernhöfe auf den Hügeln. Wenn die Subventionen für Schafe nicht erhöht werden, sind bei Winterende viele Kleinbauern bankrott. Also los, Mädel, trinken Sie aus und ich geb Ihnen eine Besichtigungstour samt Lunch. Schließlich ist erst Montag. Andruck ist erst am Donnerstagnachmittag.

Vier

Der Lastwagen hatte seine Fuhre Steine im ersten Morgenlicht aufgeladen. Er musste nicht so früh am Rand des Moorlandes von Ray Harding sein, aber der Fahrer wollte zeitig Feierabend machen, um mit seiner Frau noch ein paar Weihnachtseinkäufe zu erledigen. Deshalb fuhr er den steilen Hügel nach High Clough noch in der Morgendämmerung hoch bis dorthin, wo Harding seit Wochen eine der Kalksteinmauern auseinander nahm, die sich über das raue Land hinzogen, die Hänge hinauf, bis nicht einmal mehr der Anschein brauchbaren Weidelands aufrecht erhalten werden konnte. Und deshalb rumpelte jetzt der schwer beladene Wagen über den unebenen Weg zum verwahrlosten Gatter zurück und begann die steile, kurvenreiche Straße zwischen weiteren Mauern aus demselben leichten grauweißen Stein hinabzurollen, gerade als eine Hand voll älterer Kinder aus dem Dorf zum Schulbushalt St. Hughes zuckelte.

Nach der bitterkalten Nacht war der Morgen beißend und frostig. Nebel hing über den Feldern. Da die Straße in geschützteren Bodensenken lag, tauchten die Schafe, die zum Überwintern näher ans Dorf herangebracht worden waren, unerwartet auf wie umherwirbelnde Geister, mit glitzernden Wassertropfen im Fell, kaum zu sehen, bis sie aufgescheucht wurden und sich mit protestierendem Geblöke in die Unsichtbarkeit zurückzogen.

An der Bushaltestelle balgten sich sieben oder acht Kinder in bunten Anoraks, aufgeregt, weil es die letzte Woche vor den Ferien war und die beißende Luft für die freien Tage Schnee versprach. Der Bus, der sie zur Sekundarschule in Arnedale bringen sollte, hatte Verspätung. Halb neun war vorbei, als sie ihn den Hügel hoch auf das Dorf zu brummen hörten.

Schwerfällig schwenkte der einstöckige Bus rückwärts in den Wendeplatz beim Friedhoftor. Die Kinder versammelten sich bei der Holzbank, einem Geschenk der Kirchenvorsteher von 1974 ans Dorf. Jeden Morgen warteten sie dort und schauten zu, wie der Fahrer den Hals verdrehte, um sicherzugehen, dass er beim Manövrieren nicht das überdachte Friedhofstor beschädigte.

Einen Augenblick lang war die enge Straße durch die Kühlerhaube des Busses restlos blockiert. Gerade in diesem Moment bog der Fahrer des Lastwagens zu schnell um die Kurve und sah keine Möglichkeit zum Ausweichen. Er trat voll auf die Bremse, kam auf der vereisten Straße ins Rutschen, erwischte die Breitseite des Busses und riss die entsetzten Kinder mit.

Auf den markerschütternden Krach des Zusammenpralls folgte ein Augenblick des Schweigens. Dann begannen die überlebenden Kinder zu schreien. Faith Lawrence hatte ärgerlich dreckige Wäsche in ihre Waschmaschine gestopft, als sie eines durchdringenden Tons gewahr wurde, der ihren Magen in urtümlicher Panik zusammenzog. Instinktiv blickte sie sich nach ihrem Sohn um, bevor sie sich scharf ermahnte, dass Tom wie gewöhnlich um diese Morgenzeit tief schlief, eng in eine Decke im Mief der dunklen Kammer im oberen Stock verpackt, wo er die meiste Zeit verbrachte.

Faith ließ die Wäsche fallen, öffnete die Hintertür ihres alten steinernen Bauernhauses, das etwas oberhalb der Kirche stand, und schaute die Dorfstraße hinunter. Mit Mühe ihre Fassung bewahrend, überblickte sie die Situation beim Friedhoftor und rannte ins Haus zurück, um Polizei und Krankenwagen zu alarmieren. Dann packte sie hinter der Tür ein paar Mäntel und lief hinaus, um zu sehen, wie sie helfen konnte.

Als Laura Ackroyd und Jonathon West in High Clough eintrafen, war das Schlimmste schon vorbei. Laura war gerade ins Büro gekommen, als bekannt wurde, dass im Moorlanddorf ein schwerer Unfall passiert war. West hatte bereits seinen Barbourmantel und Stiefel angezogen und wollte eben den Nachrichtenraum verlassen.

»Ich komme mit«, sagte Laura, als sie die Nachricht gelesen hatte, die mehrere Tote befürchten ließ.

»Sie brauchen Stiefel«, meinte West ohne große Begeisterung. Seine Miene war nicht zu deuten, die Augen blickten kalt.

»Sind im Wagen«, erklärte Laura kurz angebunden und folgte dem großen jungen Mann die Treppe hinunter. Eine ihrer ersten Lektionen zum Arbeitsantritt bei der *Gazette* war Ted Grants Ermahnung gewesen, sich Stiefel zu besorgen für schmutzanfällige Einsätze wie Unfälle oder Minenunglücke. Obwohl die Zechen mittlerweile der Industriegeschichte angehörten, wusste Laura diesen Rat nach wie vor als vernünftig zu würdigen. »Wir nehmen meinen Wagen. Sie können mich lotsen«, sagte sie. West zögerte eine Sekunde lang vor seinem eigenen Sportwagen, Protest in den blauen Augen, bevor er sich mit einem Achselzucken und einem Schwung der blonden Haare Lauras Käfer zuwandte. Du gefällst dir zu gut, Junge, dachte Laura, und das meinte sie nicht nur in beruflicher Hinsicht.

Es gab immer Männer, die einen beim ersten Treffen mit den Augen auszogen, und sie hatte die unverhüllte Beeindrucktheit in Wests Blick gesehen, als sie zum ersten Mal durch die Bürotür getreten war. Der *Arnedale Observer* mochte sich auf seinen altväterischen Charme verlassen, aber West war offensichtlich ein von den karrieregeilen achtziger Jahren geprägter junger Mann, und seine Beeindrucktheit war bald tiefem Misstrauen gewichen. Wenn Laura, wie sie annahm, als Bedrohung für Jonathon Wests Karriere eingeschätzt wurde, dann würde er zweifellos versuchen, diese Bedrohung auf die älteste Art zu neutralisieren, die zwischen den Geschlechtern angewandt wurde. Wollte sie als Jonathons Chefin bestehen, dann musste sie ihn schnell und nachdrücklich mit mehr als ihrer Figur beeindrucken.

Unbehaglich schweigend fuhren sie aus Arnedale hinaus und die Talstraße hoch. West beschränkte sich auf einsilbige Anweisungen, wann Laura von der Hauptstraße abzubiegen hatte, und der steile, kurvenreiche Aufstieg nach High Clough begann. Nachdem sie die Dorftafel passiert hatten, fiel die Straße kurz ab und machte eine scharfe Biegung über eine gekrümmte Steinbrücke, die einen reißenden Bach überspannte, ehe sie die letzten hundert steilen Meter bis zur Kirche und den paar Häusern dahinter führte. Ein Uniformpolizist stoppte sie bei einem morastigen Ausweichplatz auf der unteren Seite der Brücke. Weiter oben am Hügel waren die Blaulichter von

Krankenwagen und Polizei sowie ein Szenario von erheblichem Chaos zu sehen.

Offenbar erkannte der Polizist West und nickte ihm freundlich zu, als er das Seitenfenster herunterkurbelte. »Sie kommen nicht näher heran«, sagte er, »es ist eine verdammte Sauerei dort oben.«

»Tote?«, fragte West. Der Polizist nickte ernst. »Ein kleines Mädchen«, erwiderte er. »Vielleicht auch noch mehr. Sie versuchen immer noch, den Lastwagenfahrer rauszuholen.« Sie schauten zu, wie ein Krankenwagen vorsichtig den Weg zu ihnen heruntermanövrierte und die Sirene aufheulen ließ, sobald er sie passiert hatte.

»Warum besorgen Sie sich nicht die amtlichen Einzelheiten, und ich sehe mal, ob ich Augenzeugen finden kann«, schlug Laura in einem Ton vor, der West keine Möglichkeit ließ, ihre Zuteilung der Verantwortlichkeiten oder ihr Recht dazu anzuzweifeln. Mach nur so weiter, dachte sie grimmig, als er ihr erneut einen altmodisch chauvinistischen Blick zuwarf. Wenn man dem einen kleinen Finger gibt, packt er die ganze Hand.

Behutsam bahnte sich Laura einen Weg um die Wracks von Schulbus und Lastwagen. Überall lagen die Werkzeuge der Helfer, die sich immer noch abmühten, die beinahe ins Innere des Busses gedrückte Führerkabine auseinander zu nehmen. Schließlich schickte man Laura zu einem niedrigen Steinhaus seitlich der Kirche etwas höher den Berg hinauf – zum Haus von Faith Lawrence, wie der Auskunftgeber erklärte. Hinter einem schmalen Vorgarten, der braun und feucht im Winterkleid dalag, stand die Küchentür des solide gebauten alten Hauses offen, sie hörte Stimmengemurmel.

Einen Augenblick lang sammelte sie sich auf der Türschwelle. Dann trat sie ein. Sie hatte die Auswirkungen von Gewalt schon öfter erlebt. Zimperliche Gemüter hatten als Reporter nichts verloren, war ihr von Ted Grant ebenfalls schon früh erklärt worden, als sie einst schluchzend von der Besichtigung einer lokalen Tragödie zurückgekehrt war. Seit damals hatte sie nie mehr geweint, zumindest nicht in seiner Hörweite. Gelegentlich hatte sie sich Tränen für ihr Kissen aufgespart, da sie allzu oft Zeugin des Schlimmsten wurde, was das Leben den Unschuldigen und Bescheidenen antun konnte.

Ein Teil ihrer Gefühle floss, so hoffte sie, in ihr Schreiben ein, aber ihres Erachtens streifte das nicht mehr als die Oberfläche der Schrecken, die sie zu Gesicht bekam. Und selbst nach zehn Jahren wusste sie, dass sie nicht dieselbe harte Schale wie andere Reporter entwickelt hatte, und als sie über die Schwelle in die Küche der Lawrences trat, rangen in ihr bereits Kummer und Zorn.

Faith Lawrence stand am alten Steinherd. Sie goss heißes Wasser in einen Teekessel, nickte bloß und hob fragend eine Augenbraue. Laura stellte sich vor. Drei weitere Frauen saßen um den riesigen Kieferntisch, zusammen mit zwei zerzausten Kindern in Schuluniformen. Zwei jüngere Kinder spielten in merkwürdig gedämpfter Stimmung auf dem Boden neben dem Steinherd, und ein dünner, in eine Decke mit schreiendem Schwarzweißmuster gehüllter Jugendlicher stand im Flur. Der Junge hatte starre blaue Augen in einem bleichen und leicht ausgezehrten Gesicht unter einem ungekämmten Schopf strohblonder Haare. Niemand sprach.

»Wir würden gern über den Unfall berichten«, sagte Laura schließlich. »Ich möchte mit allen reden, die gesehen haben, was passiert ist.«

Das etwa vierzehnjährige Mädchen, das am Tisch saß, begann leise zu schluchzen. Eine der Frauen legte beschützerisch einen Arm um sie und starrte Laura an. »Sehen Sie nicht, dass die Kinder unter Schock stehen?«, erwiderte sie. »Die können Ihnen nichts sagen, es ging alles so schnell.«

»Den sollte man dafür hängen, den Fahrer dieses verfluchten Lastwagens«, warf eine andere wütend ein. »Fahren diesen Hügel runter wie der Teufel, einige von denen. Über kurz oder lang musste es ja einen Unfall geben.«

Faith Lawrence hatte nichts gesagt. Konzentriert goss sie Tee in die Ansammlung von Tassen auf dem Tisch. Sie war groß, mittleren Alters, aber mit einer gewissen Geschmeidigkeit in den Bewegungen, und ihr silbergraues Haar fiel in einem Stil, der in ihrer Jugend modisch gewesen sein musste, um ein waches, kluges Gesicht. Zu einem lose schwingenden kittelähnlichen Oberteil trug sie schwarze Hosen. Falls sie die erdverwurzelte Bäuerin spielen wollte, gelang ihr das Lauras Meinung nach nicht ganz. Man mochte sich Faith Lawrence anvertrauen, doch vermutlich war die Antwort eher schroff als tröstlich. Ihre grauen Augen blickten fürsorglich, als sie sich um die kleine Gruppe am Tisch kümmerte, Laura hingegen sah sie scharf und kühl an.

»Suzy und Dan haben mit den anderen Kindern auf den Schulbus gewartet«, erklärte Faith sachlich. »Der Bus wollte gerade wenden, das macht er jeden Tag, und der Lastwagen kam zu schnell um die Kurve und geriet ins Rutschen. Möchten Sie eine Tasse Tee?«

Laura nickte und setzte sich zu den anderen Frauen. Nach und nach bekam sie Namen und Alter der Kinder heraus, die auf dem Hügel gewartet hatten. Vier waren ins Krankenhaus gebracht worden, auch das Kind, das unter den Lastwagen geraten und tot unter dem Wrack hervorgezogen worden war. Zwei waren nach Hause gegangen.

»Kann ich die anderen Kinder sehen, wenn sie nicht verletzt sind?«, fragte Laura. Überrascht registrierte sie ein unbehagliches Schweigen auf die Frage.

»Das sind Zigeuner«, murmelte der Dan genannte Junge schließlich. »Die sind ins Lager zurückgegangen.« Laura blickte Rat suchend Faith Lawrence an, bekam aber als Antwort nur ein leichtes Achselzucken.

Laura wandte sich Tim Lawrence zu, der sich ebenfalls an den Tisch gesetzt hatte und hungrig ein Müsli in sich hineinschaufelte, immer noch in die Decke gehüllt. »Hättest du nicht bei den anderen sein sollen?«, fragte sie, weil sie ihn auf sechzehn oder siebzehn schätzte. Der Junge schaute sie verdutzt an und antwortete nicht.

»Tim ist von der Schule abgegangen«, erklärte Faith in einem Ton, der zu keiner weiteren Frage ermutigte. Es folgte erneutes unbehagliches Schweigen, bald unterbrochen von einem Ambulanzhelfer und Jonathon West.

»Ich kann die beiden jetzt zur Notaufnahme mitnehmen, wenn sie bereit sind«, sagte der Ambulanzhelfer. »Besser, wir untersuchen sie, nach dem, was sie hinter sich haben.« Grimmig blickte er auf die Runde am Tisch. »Wer sind die Mütter?«, fragte er. Zwei der Frauen gaben sich zu erkennen, und die ganze Gruppe wurde weggeführt. West stand einen Augenblick lang im niedrigen Türrahmen, eine Hand auf dem Rahmen, und überflog die Szene. »Ich gehe mit ins Krankenhaus«, sagte er, »und mach dann von dort aus weiter. In Ordnung?« Er gab Laura keine Chance zur Widerrede, machte auf dem Absatz kehrt und folgte dem Ambulanzhelfer. Laura zog missbilligend die Mundwinkel herab, konnte aber nichts gegen Wests Vorhaben einwenden, höchstens gegen seinen Ton. Sie wusste, dass Faith die kleine Spannung bemerkt hatte, bevor sie durch die verbliebene Nachbarin abgelenkt wurde, die die beiden anderen Kinder einsammelte und ging.

Faith schloss den Deckel ihres Steinherdes und setzte sich zu ihrem Sohn und Laura an den Tisch. Sie sah mitgenommen aus. Laura bemerkte zum ersten Mal, dass Faiths Rock voller Dreck und Öl und ihre linke Hand notdürftig verbunden war. Faith fing ihren Blick auf und zuckte die Achseln. »Ich war die Erste dort oben«, sagte sie, »es sah aus wie ein Schlachtfeld.«

»Es war einer von Ray Hardings Lastwagen«, meinte der Junge plötzlich. Seine Stimme klang rau, als ob er erst kürzlich den Stimmbruch gehabt hätte. Aber Laura vermutete, dass die Rauheit mindestens ebenso sehr von unterdrückten Gefühlen her rührte.

»Ray Harding?«, fragte sie.

»Ihm gehört der Hof ganz oben auf dem Hügel. East Rigg«, erklärte Faith. »Wohl das kärgste Land der Gegend. Schon zu guten Zeiten kann man da kaum bauern, und gegenwärtig sind alle ziemlich verzweifelt. Auf jeden Fall verschafft er sich einen kleinen Nebenverdienst, indem er die Steine von ein paar alten Mauern und Scheunen verscherbelt. Das hat etliche Aufregung ausgelöst – weil es die Landschaft hier oben verändert, wissen Sie, so in der Art, aber es scheint nicht viel zu geben, womit man ihn stoppen könnte. Es ist sein Land, und es sind seine Steine ...«

Laura dachte an die wilden, wogenden Hügel, die sich kilometerweit nach Norden erstreckten, geprägt durch die langen, gewundenen Mauern aus rohem Kalkstein, die die leuchtend grünen Wiesen trennten und die Ränder des nutzbaren Lands von den wilden Mooren jenseits davon schieden. Die Felder waren übersät mit alten Steinscheunen, die herkömmlicherweise dem Vieh Unterschlupf geboten hatten, aber jetzt zumeist aufgegeben waren und leer standen. Für Bauern in Geldnöten besaßen sie offensichtlich mehr Wert als die Viehherden, die sie beherbergt hatten.

Faith sah nach den Ereignissen des Morgens müde und niedergeschlagen drein, aber der Junge an ihrer Seite kochte vor Wut. Er starrte Faith und dann Laura an. »Die lassen sie einfach damit durchkommen«, sagte er. »Eigentlich ist das hier Landschaftsschutzgebiet, aber Steinbrüche sind bis zu den Dales hinauf erlaubt ...« Er brach ab und sah peinlich berührt aus, dass er sich hatte hinreißen lassen. Die Decke enger um sich ziehend stand er auf und ging hinaus.

»Sie sind neu beim *Observer*?«, fragte Faith, nachdem die Küchentüre hinter ihm ins Schloss gekracht war. »Ich habe Ihren Chefredakteur Reg Fairchild kennen gelernt. Wir haben hier oben eine Kampagne gestartet. Es gibt Gerüchte, dass Ray Harding den alten Steinbruch am oberen Ende seines Grundbesitzes wieder in Betrieb nehmen will. Seit Jahren ist da nicht mehr gearbeitet worden, aber jetzt hat die Nachfrage nach Kalkstein für den Straßenbau wieder zugenommen. Für das Dorf wäre es eine Katastrophe. Schwere Lastwagen wie der heute würden den ganzen Tag den Hügel auf- und abfahren und uns durchschütteln. Es wird sicher noch mehr Unfälle geben ...«

»Leben Sie schon lange hier oben?«, fragte Laura. Die unterdrückte Leidenschaft in der Stimme von Faith, die die Befürchtungen ihres Sohnes ohne dessen schrille Empörung wiedergab und keine Spur des einheimischen Akzents verriet, weckte ihre Neugier.

Faith schüttelte den Kopf und lächelte andeutungsweise. »Nicht sehr lange«, sagte sie. »Ich habe die meiste Zeit meines Lebens in Südengland verbracht, obwohl meine Familie ursprünglich von hier stammt. Dieses Haus habe ich von einer Tante geerbt. Als mein Mann vor achtzehn Monaten in Rente ging, entschieden wir uns, hierher zu ziehen.« Laura war sich nicht sicher, aber sie glaubte ein leichtes Zögern gehört zu haben, als Faith die Pensionierung ihres Mannes erwähnte.

»Also, was heute geschehen ist, ist genau das, wogegen Sie eine Kampagne geführt haben?«, fragte sie, witterte eine Story hinter der unmittelbaren Tragödie.

»Genau«, bestätigte Faith. »Sie müssen sich nur das Dorf anschauen, um zu sehen, wie es durch Schwertransporte in Mitleidenschaft gezogen würde, ganz zu schweigen vom Unfallrisiko. Genau das haben wir alle befürchtet, und jetzt haben wir die Bestätigung.« Sie blickte auf ihre Hände und rieb ergebnislos an einem Ölfleck herum. »Ich sollte mich wohl waschen«, meinte sie unentschieden.

»Erzählen Sie mir nur noch ein wenig über die Dorfkampagne«, sagte Laura. »Oder kann ich alles im Archiv finden? Der *Observer* wird ja darüber berichtet haben, oder?«

Faith blickte sie nachsichtig an. »Sie müssen wirklich neu hier sein«, meinte sie. »Ihr Mr. Fairchild steht nicht gerade auf diese Art Kampagnen. Wir haben Dutzende von Briefen geschrieben. Aber wir kommen nicht weit damit. Die Linie des *Observer* besteht darin, dass die Gegend jede wirtschaftliche Entwicklung braucht, die sie kriegen kann, und um die Umwelt müssen wir uns nicht kümmern.«

»In einem Landschaftsschutzgebiet?«

»In einem Landschaftsschutzgebiet. Haben Sie die Steinbrüche in Wharfedale nicht gesehen? Das Gleiche befürchten wir für hier. Wir kriegen viel mehr Unterstützung von dem neuen Gratisblatt als von euch«, erklärte Faith leicht verbittert.

Laura spitzte erneut die Ohren. »Ach, ja?«, meinte sie. »Ist das der Schotte, Fergal MacSonstwie?«

»Mackenzie. Er kam vor etwa einer Woche hierher, um über einen Artikel zu sprechen, den er plant«, sagte Faith. »Als ich hörte, dass jemand Neues zum *Observer* kommt, hoffte ich, dass wir dort auch ein geneigteres Ohr finden.«

»Ich vertrete bloß Greg Winters«, erwiderte Laura gleichmütig.

»Ja, ich habe gehört, dass er krank ist«, meinte Faith. »Nicht, dass es mir Leid tut. Der alte Reg Fairchild sagt zumindest höflich nein. Winters bildet sich ein, er arbeite beim *Globe* und müsse sich entsprechend aufführen. Vor ein paar Monaten hat er eine absolut scheußliche Serie über die Reisenden geschrieben. Geradezu rassistisch, meines Erachtens: Bettler, Faulenzer, die Ungeziefer und Plagen bringen, all die alten Klischees.«

»Reisende?«, fragte Laura und kam sich ziemlich blöd vor, weil sie viel zu wenig über die Gegend wusste, über die sie zu berichten hatte.

»Seit dem Herbst ist im alten Steinbruch ein Lager von Reisenden. Die meisten Einheimischen hassen es. Wenn sie es wagten, würden sie die Leute mit Gewalt vertreiben. Harding ist einer der Bösartigsten, obwohl es sein Land ist und sie, glaube ich, ursprünglich seine Bewilligung erhalten haben. Vermutlich dient der Plan, den Steinbruch wieder in Betrieb zu nehmen, teilweise dazu, die Wohnwagen loszuwerden.«

»Sie haben hier wohl nicht das erhoffte gute Leben gefunden? Nicht gerade Friede, Freude, Eierkuchen?«, fragte Laura. Sie sah sich in der fliesenbelegten Küche mit den hängenden Kräuterbüscheln, Trockenblumen und einfachen Kiefernmöbeln um. Faith lächelte freudlos.

»Sie ham's erfasst, wie man in Los Angeles sagt«, meinte sie. Mit leicht zitternder Hand griff sie zur Teetasse. Laura bezweifelte allmählich, dass Faiths nervöse Angespanntheit allein von dem Unfall herrührte. Das unbehagliche Gefühl bestätigte sich, als die Tür zum Hausinneren erneut aufging und ein Fremder eintrat.

»Wohin hat sich der Junge verdrückt?«, fragte der Neuankömmling. Er war untersetzt, sichtlich älter als Faith, unordentlich wiewohl nicht billig gekleidet, da sein Sportunterhemd und die bequemen Hosen offenbar bessere Tage gesehen hatten. Aber sein Gesicht zog die Aufmerksamkeit auf sich: Rötlich-purpurn gefärbt, die Augen wässrig und gegen das Licht zusammengekniffen, Lippen und Kinn leicht zitternd.

»Das ist mein Ehemann, Gerry«, erklärte Faith betont sachlich.

»Wo ist der verfluchte Bengel hin?«, wiederholte Gerry Lawrence und übersah Laura vollkommen. »Ich hab ihn eben weggehen sehen.«

»Ich weiß es wirklich nicht«, antwortete Faith.

»Wohl wieder zu diesen verfluchten Zigeunern«, meinte Gerry und hielt sich mit Mühe am Kieferntisch fest. »Verbringt die ganze Zeit da oben mit diesen verdammten Zigeunern. Sollte besser arbeiten. Finde ich. Wenn er nicht zur Schule gehen und studieren will, dann soll er arbeiten. Ich hab gearbeitet, als ich so alt war wie er. Nichts von diesem Herumgetue, Platten hören, die ganze Nacht auf bleiben ...«

Da es ihm sichtlich schwer fiel, sich aufrecht zu halten, setzte sich Lawrence unvermittelt hin und lehnte sich so dicht bei Laura quer über den Tisch, dass sie instinktiv zurückfuhr. Sein Whiskyatem war überwältigend.

Nicht im Geringsten verlegen stand Faith auf und brachte Laura zur Tür. Ihr Gesicht war unbewegt, die grauen Augen ohne Ausdruck. »Wenn ich Ihnen helfen kann, rufen Sie mich bitte an«, sagte sie. »Und falls Sie etwas über die Kampagne gegen die Steinbrüche schreiben könnten, wären wir Ihnen sehr dankbar. Es wäre doch jammerschade, wenn Ihr junger schottischer Rivale Ihnen einen Schritt voraus bliebe, oder?«

Draußen stand Laura einen Augenblick auf dem fliesenbelegten Gartenweg. Tief sog sie die kalte Winterluft ein. Die Sonne war mittlerweile durch die Wolken gebrochen und hatte den Nebel vertrieben. Von Faith Lawrences Garten aus lag das weite Panorama des Tales unter ihr ausgebreitet. Wenn man die Hauptstraße hinaufblickte, lagen die Dorfhäuser mit ihren Schieferdächern fast wie zum Schutz im Windschatten der Moorlandschaft. Hinter dem letzten Feld, das mit Schafen und verstreuten Kalksteinbrocken getüpfelt war wie von Resten schmelzenden Schnees, rollten die hohen Hügel als wogendes Meer gen Norden, und am fernen Horizont war gegen den dunstigen Himmel gerade noch die massige graue Hülle von Ingleborough auszumachen.

Laura konnte sich vorstellen, warum Faith Lawrence versucht gewesen war, hierher zu ziehen. So wie sie sich von ihrer Kindheit her erinnerte, musste es nach dem hektischen, verkehrsverstopften Süden wie ein sicherer Hafen erschienen sein, von dem sich Faith erhoffte, dass sich hier die offensichtlichen Spannungen in ihrer Familie glätten mochten.

Doch jetzt verunstaltete eine Ansammlung von Notfallfahrzeugen die zeitlose Dorfstraße, und anscheinend war auch Faiths Suche nach Ruhe und Frieden fruchtlos geblieben. Die Pensionierung ihres Mannes hatte sie es genannt. Schöne Pensionierung.

Als der letzte Krankenwagen langsam mit Blaulicht davonrollte, vermutete Laura, dass der Lastwagenfahrer aus seiner zusammengedrückten Fahrerkabine befreit worden war, wohl eher tot als lebendig. Mit einem Seufzer marschierte sie müde den Hügel hinunter zu ihrem Auto.

Aus Neugier fuhr sie über die enge Steinbrücke zurück, an den Trümmern des Unfalls vorüber, den Hügel hinauf zum Ende des Dorfes, vorbei an der Kirche, am Haus der Lawrences und am *Quarryman*, das sich bis auf das im Wind schwingende Wirtshausschild und ein paar Tische und Bänke, die jenseits der geschlossenen Bartür auf einem nassen Steinboden standen, in nichts von den übrigen Cottages unterschied. Noch eine weitere Reihe von Cottages, dann endete das eigentliche Dorf, obwohl sie weiter oben noch ein paar niedrige Gebäude sehen konnte, vermutlich Bauernhäuser, in einer Falte des Hügels angesiedelt zum Schutz gegen die Stürme und Schneestürme, die in den kommenden Monaten über die Moore und Anhöhen hinwegfegen würden.

Die Straße verengte sich zur Bergkuppe hin, und als sie vor sich eine Gestalt bergan steigen sah, verlangsamte sie ihre Fahrt. Laura erkannte den Jungen, Tim Lawrence. Jetzt trug er Jeans und eine Armeejacke mit hochgeschlagenem Kragen. Sie hielt neben ihm.

»Soll ich dich mitnehmen?«, fragte sie.

Der Junge zögerte und schob sich dann auf den Beifahrersitz.

»Komme ich hier zur Hauptstraße nach Arnedale zurück, wenn ich über die Kuppe hinausfahre?«, fragte sie, um das Schweigen auszufüllen. Aber offensichtlich war Tim nicht in gesprächiger Stimmung. Zusammengesackt saß er neben ihr, das Kinn auf die Brust gesenkt.

»Ist eine Sackgasse«, murmelte er schließlich. »Führt nur bis zum Steinbruch und verläuft sich dann in einen einfachen Weg. Mit einem Vierradantrieb kann man ihn befahren, aber nicht mit diesem Ding.« Er zeigte verächtlich auf das Innere des Käfers.

»Dann wende ich oben«, gestand Laura zu. »Ist das für dich in Ordnung?« Zur Antwort grunzte der Junge. Laura dachte schon, das sei alles, was sie aus ihm herauskriegen würde. Doch als sie einen Einschnitt im Hügel erreichten, starrte er sie nervös von der Seite an, und dann begannen die Worte aus ihm herauszusprudeln, als ob ein Damm gebrochen sei.

»Ich könnte sie alle umbringen«, sagte er. »Alle. Ich hasse sie. Es ist wie in diesem Gedicht – kennen Sie das? ›They fuck you up, your mum and dad‹, von ... wie heißt er gleich?«

»Philip Larkin«, sagte Laura sanft. »Habt ihr ihn in der Schule durchgenommen?«

»Ein wenig. Ich hätte mehr gemacht, in der Abschlussklasse, wenn ich an der Schule geblieben wäre. Aber ich musste abbrechen, als Vater seinen Job verloren hat. Es hat nicht mehr fürs Schulgeld gereicht. Also sind meine Abschlussprüfungen den Bach runter, so wie das Haus und alles andere.«

»Internat?«, fragte sie. Sie stellte den leicht abgehackten südlichen

Akzent in Rechnung, die Hübschheit des bleichen Gesichts mit den blonden Haaren, beeinträchtigt durch dunkle Schatten unter den Augen und einen mürrischen Zug um den Mund, der sich einzugraben drohte. Er nickte stumm, als wagte er nicht mehr zu sagen, weil er sich verraten könnte.

»Ich bin in Surrey auf einem Internat gewesen«, sagte Laura. »Ich hab's gehasst. All diese Regeln und Vorschriften ...«

»Meins war überhaupt nicht so«, erwiderte Tim schnell. »Keine von diesen grässlich reglementierten Eliteschulen. Wir hatten auch Mädchen, und wir haben viel kreatives Zeug gemacht. Theater und Kunst. Ich bin in einer Rockgruppe gewesen ...« Er zögerte erneut, bevor er fortfuhr. »Es gab da ein Mädchen ...« Laura nickte. Er brauchte nicht mehr zu sagen.

»Das war, bevor ihr hierher gezogen seid?«

»Ich hab nie hierher kommen wollen. Ich wollte nicht auf irgendeine lausige Staatsschule, wo sie Larkin für eine Vogelart halten. Ich bin eine Zeit lang hingegangen, um meinen ersten Abschluss zu machen, aber ich hab's gehasst. Sie haben mich wegen meines Akzents und allem ausgelacht. Yorkshirer Hinterwäldlergesocks.«

»Das Gymnasium in Arnedale? Ich kenne jemanden, der es besucht und nachher in Oxford studiert hat. Bist du da wirklich fair?«

»Was ist schon fair?«, meinte der Junge. »Dass Vater seinen Job und all sein Geld als Privathaftender bei Lloyd's verloren hat, war auch nicht fair, oder? Es ist nicht fair gegenüber Mutter, dass er so säuft, oder? Dass Caro in Devon lebt und ich hier oben stecken geblieben bin, ist auch nicht fair. Nichts ist fair.«

Laura hatte den Punkt erreicht, wo die bekieste Straße an einem Viehgatter endete und jenseits davon, wie der Junge gewarnt hatte, nur als rauer, durchfurchter, gegenwärtig morastiger Weg weiterführte. Sie wendete den Wagen, so dass sie wieder ins Tal hinunter blickten, und blieb stehen. Prüfend musterte sie ihren jungen Beifahrer.

»Aber du magst die Landschaft?«, fragte sie und erinnerte sich an seinen Zorn über die mögliche Verschandelung des Tals.

»Es ist fast wie Frankreich«, meinte er mürrisch. »Wäre toll ohne die Froschfresser. Der Ort hier wäre großartig ohne sture, ignorante

Rüpel wie Ray Harding. Die zerstören die Umwelt, das ökologische Gleichgewicht, alles. Rob sagt, es gibt EU-Gesetze gegen solche Sachen.«

»Rob?«

»Sie können mich hier absetzen«, meinte der Junge. Laura bemerkte auf der einen Seite der Straße eine Lücke in der Steinmauer, anscheinend ein Durchgang in den Steinbruch, der mit seinen schroffen Schründen den Hügel aufriss. Von der Straße aus waren die Dächer und Aufbauten einer bunten Ansammlung von altersschwachen Wohnwagen und umgebauten Bussen zu erkennen, die am Fuß des Steinbruchs parkten. Zwischen den Wagen flatterte Wäsche an einer improvisierten Leine, und als sie das Fenster öffnete, hörte sie Hunde bellen und spielende Kinder lachen.

»Rob lebt hier oben«, erklärte Tim. »Bei den Reisenden. Der alte Harding will sie vertreiben. Er hasst sie.«

In High Clough lag eine ziemliche Menge an Hass und Unglück in der Luft, dachte Laura. Vielleicht zu viel für eine kleine Gemeinde. Sie schaute dem Jungen nach, als er den Pfad hinunterstieg. Etwa auf halbem Weg begegnete er einem großen, schlanken Mann mit schwarzen Haaren und gemusterter Jacke auf dem Weg nach oben. Beide blieben stehen und sprachen kurz miteinander. Der dunkle und der blonde Kopf waren einen Augenblick lang in merkwürdiger Intimität vereint, die Laura leicht peinlich berührte.

Als der Fremde die Kuppe des steilen Hügels erreichte, während Tim weiter hinunterstieg, lächelte er Laura zu und trat zum offenen Fahrerfenster heran. »Sie sind also von der Presse«, sagte er. »Ein weiterer Erguss über die rücksichtslosen, gesetzlosen, nichtsnutzigen Fahrensleute?«

»Keineswegs«, erwiderte Laura scharf, »ich bin hier, um über den Unfall zu berichten.«

»Ach ja, davon hab ich gehört«, sagte der Mann. »Zwei unserer Kinder sind leicht verletzt worden, aber glücklicherweise nicht schlimm. Man sollte nicht erlauben, dass Lastwagen eine so enge Straße hinunterfahren dürfen. Das muss ja zu Unfällen führen.«

Laura zögerte einen Augenblick. Sie betrachtete das schmale, wettergegerbte Gesicht, die zu einem Pferdeschwanz zurückgebundenen schwarzen Haare, die tief liegenden braunen Augen, umgeben von Lachfalten, die sich sympathisch verzogen, als der Mann erneut sein leicht ironisches Lächeln anbrachte.

»Gehören Sie also zur Brigade ›Schützen wir den alternativen Lebensstil‹?«, fragte er. »Das wird hier oben nicht gut ankommen.« Keine ungeschulte Stimme, frei von Dialekt, und das weckte Lauras Neugier.

»Sie müssen Rob sein«, sagte sie. »Tim hat mir von Ihnen erzählt. Kann ich Sie ein Stück mitnehmen?«

»Wenn Sie sich bei den Einheimischen äußerst unbeliebt machen wollen?«, meinte er grinsend. Als sie nickte, öffnete er schnell die Beifahrertür und stieg ein.

»Rob Tyler«, stellte er sich vor. »Ich erschnorre mir gerade meinen nächsten Postscheck. Hat Ihnen Ihre Mutter nicht gesagt, dass Sie fremden Männern keine Mitfahrgelegenheit anbieten sollten?«

»Meine Mutter hat mir viele Dinge untersagt«, erwiderte Laura nachdrücklich. »Ich habe nicht viel darauf gegeben, als sie noch bei mir war, und ich werde jetzt nicht plötzlich damit anfangen. Sie sehen aber auch nicht aus, als ob Sie sich an die Ratschläge Ihrer Mutter gehalten hätten.«

Er grinste entwaffnend, reagierte aber nicht auf ihre Stichelei, und sie verfielen in ein unbehagliches Schweigen. Laura fühlte sich begutachtet, als sie langsam den engen Weg zum Dorf hinunterfuhr.

»Ist das Hardings Hof?«, fragte sie, als sie eines der beiden vereinzelt stehenden Anwesen am obersten Ende des Dorfes passierten. Tyler schüttelte den Kopf.

»Nein, seiner ist weiter oben, am Ende des Steinbruchs. Das da ist Joe Thackerays Haus. Der Mann ist nicht so übel. Seine Frau sitzt im Rollstuhl, die arme Seele. Mit ihm haben wir keine Probleme.«

Laura verdaute diese Information schweigend. Sie war nicht willens, mehr als ein flüchtiges Interesse an der Familie Thackeray zu zeigen, auch wenn sie einen langen Blick auf das niedrige Steinhaus und die umgebenden kleinen Felder voller überwinternder Schafe riskierte. Vorsichtig fuhr sie weiter, vorbei an den Wracks von Schulbus und Lastwagen, die vor der Kirche auf den Kran warteten, der zu ihrem Abtransport notwendig sein würde.

»Himmel, was für ein Alptraum«, sagte ihr Passagier mit Gefühl.

»Zum Glück sind meine Kinder noch nicht groß genug, um zur Schule zu gehen.«

»Sie haben Kinder?«

»Zwei«, erwiderte er kurz angebunden. »Zigeunerbrut nennen sie sie hier oben. Obwohl ich kein Zigeuner bin, auch wenn ich so aussehe. Ich hab bloß eine spanische Mutter. Aber es kommt mir manchmal ganz gelegen. Es ist schwieriger, Zigeuner loszuwerden als bloße Reisende. Zigeuner haben ein paar Rechte. Allerdings nicht mehr lange, wenn es nach gewissen Leuten geht.«

Laura blickte ihren Passagier neugierig an und fühlte, wie ihre eigenen Vorurteile ein wenig ins Wanken gerieten. »Weshalb sind Sie zum Reisenden geworden?«, fragte sie.

»Kein Job, kein Zuhause, anfangs«, sagte er leichthin. »Und dann gewöhnt man sich allmählich an das Leben im Freien und an die Unabhängigkeit. Es wäre schwierig, sich wieder an ein Haus zu gewöhnen. Es sind mittlerweile zehn Jahre.«

Sie näherten sich der Hauptstraße. Laura hielt und wartete auf eine Lücke im Verkehr Richtung Arnedale. Tyler öffnete die Wagentür und lächelte ihr beinahe herzlich zu. »Das reicht mir, danke«, sagte er und stieg aus. »Bis bald.« Er schlug den Jackenkragen hoch und entfernte sich schnell in die entgegengesetzte Richtung, ohne zurückzuschauen.

Fünf

»Wenn das die Yorkshire Dales sind, dann halte ich mich an Marbella«, murrte Mower und folgte dem Chefinspektor an den Rand des Reservoirs. »Kommt man wirklich zum Ferienmachen hierher, Boss?« Er schauderte. »Der Mistkerl hat sich die richtige Stelle ausgesucht, was? Hier oben könnte man ein Massaker veranstalten, und niemand würde was merken.«

Das Reservoir von Scarsdale lag zwischen den graubraun gefärbten Abhängen der Pennines hinter einem gedrungenen Steindamm, der quer durch das Tal schnitt, wie ein Blatt gehämmerten Zinns, durch den eisigen Wind leicht bewegt. Michael Thackeray schlug den Kragen seiner wasserfesten Jacke hoch und ging langsam zum Ende der engen Straße zurück. Der an der Außenseite der Kurve aufgeworfene Kies war immer noch von Fuß- und Reifenspuren durchfurcht. Zu viele Reifen und Füße, dachte Thackeray, um irgendwelche brauchbaren Hinweise zu hinterlassen, obwohl er das Gebiet vorsorglich hatte absuchen lassen.

Nur eine Reifenspur entfernte sich vom Weg, über den Bordstein und quer durch den Streifen toten, verrottenden Moorlandgrases, das zwischen Straße und Wasser wuchs. Im Hochsommer konnte man erwarten, dass einige wenige Wanderer und Vogelbeobachter das Ufer des künstlichen Sees, an dem weder Fischen noch Bootfahren gestattet war, belebten; aber selbst dann war es eine ziemlich verlassene Gegend. Jetzt, mitten im Winter, wo die Abhänge durch Winterregen und frühen Schnee rutschig und sumpfig waren, lag sie tot und verlassen da.

»In einer kalten, nassen Nacht muss man schon Glück haben, hier oben jemanden zu treffen«, meinte Thackeray. »Seit sie die M62-Autobahn gebaut haben, gibt es selbst im Sommer auf diesen Hügelstraßen wenig Verkehr. Im Winter können sie durch Schnee tagelang blockiert sein.« Er blickte in Richtung Bradfield, das 25 Kilometer östlich und über 300 Meter tiefer lag. »Das muss der nächste Bauernhof sein«, er wies auf eine Ansammlung von niedrigen Steingebäuden, die in beinahe zwei Kilometer Entfernung abseits der Straße lagen. »Ich glaube kaum, dass sie was gehört haben, aber wir gehen besser nach Protokoll vor.«

Sie gingen zum Wagen zurück. Thackeray fuhr langsam die kurvenreiche, böschungslose Straße hinunter, wo ein paar winterharte Schafe sich unter dem spärlichen Schutz von Stechginster und abgestorbenem Farn zusammendrängten. Vorsichtig bog er in einen holperigen Furchenweg ein, der auf einem morastigen Hof endete. Der Sergeant schaute sich angewidert um und blickte auf seine italienischen Schuhe.

»In Streatham ist der Dreck trockener«, sagte er.

»Tja, also, Sie kennen die Antwort darauf«, erwiderte Thackeray ohne Mitgefühl und schwang seine Beine in einem Paar solider fester Stiefel in den feuchten schwarzen Dreck. Kaum hatte er sich aufgerichtet, stand er einem etwa fünfundreißigjährigen Mann mit gerötetem Gesicht und breiten Schultern gegenüber, gut eingepackt in wattierter Jacke und Tweedmütze.

»Doug Wetherby«, stellte er sich vor. »Sie müssen von der Polizei sein. Kommen Sie wegen dem Mädchen, das ertrunken ist? Ist im Lokalsender gebracht worden. Ich hab mir gedacht, dass Sie kommen.«

»Haben Sie in jener Nacht irgendetwas Ungewöhnliches gesehen oder gehört, Mr. Wetherby?«, fragte Thackeray.

»Da musste man schon Glück haben, wenn man was hören wollte. Es hat ein Sturm von den Höhen getobt. Und normalerweise hätte ich auch nichts gesehen. Ich wär so spät nicht auf gewesen. Wir haben einen Säugling, und wir bleiben sowieso nicht spät auf, wegen dem Vieh, das wir frühmorgens füttern müssen. Aber in jener Nacht hab ich meine Frau samt Kind nach Bradfield zu ihrer Mutter gebracht. Sie hat sich nicht wohl gefühlt und brauchte jemanden, der bei ihr bleibt.«

»Wann sind Sie zurückgekommen?« Thackerays graue Zellen erwachten in der Hoffnung auf brauchbare Informationen.

»Etwa um zehn, würde ich sagen. Ich hab nicht auf die Uhr geschaut, als ich reingekommen bin, aber ich hab den Fernseher angestellt, und die Abendnachrichten liefen noch.«

»Haben Sie auf der Straße etwas bemerkt?«

»Ja. Ich hab noch gedacht, das ist merkwürdig. Ein großer Wagen parkte auf dem geraden Stück gleich hinter unserem Tor. Hatte Standlicht an, sonst hätte ich ihn gar nicht gesehen. Ich hab mir gedacht, es ist ein Liebespärchen, das ein ruhiges Plätzchen sucht. Das kommt vor im Sommer, aber nicht sehr oft zu dieser Jahreszeit jetzt. Aber soweit ich gesehen hab, war nur eine Person im Wagen. Nur der Fahrer.«

»Mann oder Frau? Konten Sie das erkennen?«, fragte Thackeray.

»Ach, ein Mann, glaub ich. Ich hab nicht so genau drauf geachtet, aber es war sicher ein Mann.«

»Haben Sie die Automarke erkannt?«

Diesmal schüttelte Wetherby den Kopf. »Ich bin in die Zufahrt abgebogen, deshalb hab ich auf die Straße geachtet. Es ist eine enge Kurve. Es war eine große, niedrige Kiste, dunkle Farbe – vielleicht ein Rover oder ein Jaguar, irgendwas Hochklassiges. Ich könnt mich nicht dafür verbürgen. Aber hat sie nicht einen Metro gefahren, das Mädchen, das gestorben ist? So einer war's nicht. Da bin ich sicher.«

»Ein paar Jungs überprüfen bei den Reisebüros, ob er wirklich eine Reise gebucht hat«, erklärte Chefinspektor Thackeray. »Die Kollegen in Manchester habe ich gebeten, die Adresse seiner Mutter nachzuprüfen – sie ist wohl dort hingezogen, um bei ihrer Schwester zu wohnen, als sein Vater starb. Bis jetzt hatten wir kein Glück. Er ist nirgends gesehen worden. Niemand hat auch nur eine Vermutung, wo er hin sein könnte.«

»Und sie hat ihn an jenem Abend getroffen?«, fragte Kripochef Jack Longley.

»Das sagt zumindest ihre Mutter. Obwohl ich vermute, dass ihre Mutter nicht mal die Hälfte von dem weiß, was ihre kostbare Tochter so getrieben hat«, antwortete Thackeray.

»Welche Mutter weiß das schon?«, meinte Longley mit abgeklärtem, zynischem Blick. Seine üblicherweise gemütlichen Gesichtszüge waren verzerrt von einer Nervosität, die Thackeray nicht ganz verstand.

»Haben Sie Ihren Durchsuchungsbefehl schon?«, fragte er.

»Wir schauen uns seine Wohnung heute Nachmittag an«, erklärte Thackeray.

»Gut. Das mag Ihnen ein paar Spuren liefern, wohin er gegangen ist. Dieser Kerl ist Ihr Hauptverdächtiger. Es kann kein Zufall sein, dass er in der Nacht verschwindet, in der das Mädchen stirbt. Sie müssen sich überlegen, wann Sie die Presse bitten wollen, ein Foto, die Kfz-Nummer seines Wagens und so weiter zu veröffentlichen. Besser früher als später, würde ich sagen, wenn Sie ihn kriegen wollen.« Longley blickte einen Augenblick auf seinen überfüllten Schreibtisch, trommelte mit den Fingern und gab sich dann einen leichten Ruck, als käme er zu einer Entscheidung. »Ich kriege in diesem Fall gewissen Druck, Michael«, sagte er. Eine leichte peinliche Röte überzog den fleischigen Hals, und sein Blick wich Thackeray aus. »Der alte Sydney Cheetham findet, seine Firma ist wegen eurer Hypothekenschwindelermittlung bereits über Gebühr belästigt worden. Und jetzt auch noch das. Geht vermutlich auf die Kappe des jungen Kevin Mower. Hartnäckiger Bursche, nicht?«

»Nicht ohne Grund hartnäckig«, erwiderte Thackeray scharf. Nicht zum ersten Mal fühlte er, wie die Sicherheitsgitter um Bradfields Elite vor ihm herunterrasselten, sobald eine Ermittlung auch nur in ihre Nähe führte. »Sie müssen nicht alles glauben, was Sie im *Lodge* oder in der Bar des *Clarendon Hotel* zu hören bekommen.«

»Ich höre zu, Junge, das ist alles«, meinte Longley. Er hielt seinen Ärger gerade noch unter Kontrolle. »Ich höre nur zu. Und wenn Mower Gründe für seine Fragen hat, dann sollten Sie mittlerweile wissen, dass ich ihm den Rücken stärke, selbst gegen den verdammten Buckingham Palace, falls nötig. Aber Cheetham wird nicht gerade erfreut sein, in eine weitere Polizeiuntersuchung verwickelt zu werden. Erst recht nicht, wenn es sich dann bloß um einen außer Kontrolle geratenen Beziehungskrach handelt und keine Verbindung zum Geschäft besteht. Denken Sie daran, das ist alles, was ich will. Eine schnelle Aufklärung würde allseits geschätzt.«

Thackeray richtete sich von seinem bevorzugten Sitzplatz auf Longleys Fenstersims auf. Etwas müde reckte er seine kräftige Gestalt. »Vielleicht möchten Sie den Fall schön verpackt unter dem Weihnachtsbaum?«, fragte er und verbarg seinen Unmut nicht.

»Also, ich muss sagen, wir könnten alle richtige Ferien brauchen«, meinte Longley in dem leicht onkelhaften Ton, unter dem er gern seinen scharfen Verstand und eisernen Willen verbarg. Thackeray sagte nichts mehr, aber er ließ sich nichts vormachen, und er wusste, dass Longley das klar war.

An diesem Nachmittag nahmen sie Jimmy Townsends Heim auseinander. Sergeant Mower schaute dem Durchsuchungsteam, das sich auf Townsends überraschend geräumige Parterrewohnung stürzte, ein Weilchen zu. Häusermaklern musste es immer noch passabel gehen, dachte er, als er das teuer ausgestattete Wohnzimmer mit Hightech-Stereoanlage, Fernseher und Video sowie die Anzüge begutachtete, die sauber aufgereiht in einem Doppelwandschrank im Schlafzimmer hingen. Es gab keinerlei Anzeichen dafür, dass Townsend die Wohnung für immer hatte verlassen wollen. Auf keinen Fall hätte er den Armani-Anzug und die CD-Sammlung zurückgelassen.

Mower unterdrückte einen Anflug von Neid, setzte sich und ging den Inhalt eines kleinen Sekretärs im Flur durch, in dem Townsend offenbar die banaleren Einzelheiten seines Lebens aufbewahrte. Das leichte Zwicken des Neids verschwand schnell. Wie tüchtig Townsend auch beruflich sein mochte – wobei Mower das positive Zeugnis für den Vermissten durch dessen Vorgesetzten anzweifelte –, es war unschwer zu erkennen, dass Townsends privates Leben ziemlich in Unordnung war und zusehends unordentlicher wurde. Unbezahlte Rechnungen, Kontoauszüge, Abrechnungen von Kreditkarten und persönliche Briefe waren bündelweise in den Sekretär gestopft, einige der Papiere noch in den Briefumschlägen, andere knittrig, als wären sie aufgemacht und ärgerlich zerknüllt worden, bevor Townsend sie wieder geglättet und außer Sichtweite verwahrt hatte.

Mower las und ordnete und beurteilte, was er las, mit einem Gefühl des Déjà-vu. Gelegentlich pfiff er angesichts der entdeckten Summen leise vor sich hin. Wenn man die Dokumente chronologisch sortierte, erzählten sie die unerbittliche Geschichte wachsender Schulden und sinkenden Einkommens, während die Ausgabenlimits von einem halben Dutzend Kreditkarten überschritten wurden und das Bankkonto jeden Monat weiter in die roten Zahlen schlidderte. Es war ein steiler Abhang, den Mower auch einmal hinuntergerutscht war, allerdings nicht so schnell und so vollständig wie Jimmy Townsend. Er wusste nur zu gut, wie schwierig es war, wieder hinaufzuklettern, indem man mit einer minimalen Zahlung da und einem beschwichtigenden Brief dort jonglierte. So wie Mower wusste, wenn er einen Kriminellen verhaftete, dass er als Jugendlicher in Südlondon auf dieselbe schiefe Bahn hätte geraten können, verspürte er jetzt ein wenig Mitgefühl für den jungen Mann mit dem sichtlich kostspieligen Geschmack, den er sich keinesfalls noch länger leisten konnte.

Nach etwa einer halben Stunde rief er Chefinspektor Thackeray an, um ihm die Kfz-Nummer von Townsends Wagen durchzugeben. Er hatte gerade die Zulassungspapiere des weißen Ford Escort Kabrio unter einem Stapel Garagenrechnungen hervorgezogen.

»Wie wird man als angestellter Vertreter bezahlt, Boss?«, fragte er.

»Grundlohn plus Provisionen, nehme ich an«, antwortete Thackeray. Mower blickte erneut auf die Einnahmenkolonne auf dem Bankauszug.

»Ja, das dürfte hinhauen«, sagte er. »Die Sache ist bloß die, dass die Provisionen zusehends ausgeblieben sind.«

»Und keinerlei andere Einnahmen?«

»O doch, er hatte andere Einnahmen. Aber es gibt keine Hinweise, woher die gekommen sind. Er hat in den letzten zwei Jahren in unregelmäßigen Abständen größere Summen bar einbezahlt.«

»Wie groß?«, fragte Thackeray.

»Tausende«, erwiderte Mower.

»Sein Anteil an dem Hypothekenschwindel, meinen Sie?«

»Das würde mich nicht überraschen«, erwiderte Mower befriedigt.

»Es tut mir Leid, Michael, wirklich, aber ich muss einfach zu dieser Feier«, sagte Laura. Am anderen Ende der Leitung verstärkte sich das Schweigen.

»Es ist Arbeit«, erklärte sie so ruhig, wie es ihr wachsender Zorn zuließ. »Kennst du dich damit aus?« Der Sarkasmus war mehr als gerechtfertigt, sagte sie sich. Ihre zunehmend distanzierte Beziehung, emotional wie räumlich, war durch seine unregelmäßigen Arbeitszeiten viel stärker belastet als durch ihre.

»In Ordnung«, erwiderte Chefinspektor Michael Thackeray und hängte ein.

»Scheiße«, fauchte Laura die uralte Schreibmaschine an, auf der sie ihren Beitrag über den Unfall in High Clough zu schreiben versuchte. Im Vergleich zu den Computern, die sie bei der *Gazette* benutzten, fühlte sich die Tastatur ziemlich arthritisch an und hinkte ihren Gedanken hinterher.

»Probleme?«, fragte eifrig Jonathon West, der lautlos neben ihr aufgetaucht war. Er legte ihr nicht gerade eine Hand auf die Schulter, aber Laura empfand seine Nähe und den undefinierbaren Geruch des teuren Rasierwassers wie eine Bedrückung und wusste, dass sie mit Bedacht so belästigt wurde.

»Ich finde es nur etwas mühselig, fünfzig Jahre zurückzuspringen«, antwortete sie süßlich, entschlossen, keinen Millimeter nachzugeben. »Ich bin eigentlich erstaunt, dass Reg nicht via Tardis auftaucht. Er sieht ein wenig wie Doctor Who aus.«

»Na, na, na«, meinte Jonathon. Laura entnahm dem Spiegelbild im Fenster vor ihr, dass er erfreut wirkte. »Ich nehme an, Sie gehen heute Abend zur Weihnachtsfeier der Handelskammer? Es lässt sich nicht viel Gutes darüber sagen, außer dem Tempo, in dem der Schnaps fließt. Aber vielleicht könnten wir nachher gemeinsam eine Kleinigkeit essen gehen?«

»Nein, danke«, erwiderte Laura kühl. »Ich fahre noch nach Bradfield zurück.« Das hatte sie zwar nicht vorgehabt, ja, das hatte sie eben gerade abgelehnt, aber Wests Annäherungsversuch erinnerte sie daran, wie dringend sie Michael Thackeray sehen wollte. Sie würde ihren Stolz eben runterschlucken, sagte sie sich und wunderte sich, was für eine Närrin sie war.

»Lassen Sie sich bloß nicht mit Trunkenheit am Steuer erwischen, Süße«, mahnte West und wandte sich ab. Ihm war nicht bewusst, dass sie seine nörglerische, muffige Miene im Fenster sehen konnte.

Um sechs Uhr verließ Laura die Redaktion und stieg die schmale

Treppe zum obersten Stock des Gebäudes hoch, wo ihr ein Kabuff, von Reg Fairchild mit dem großartigen Titel ›Wohnung‹ belegt, als Unterkunft diente. Der Hauptzweck bestand darin, im Winter eingeschneite Journalisten zu beherbergen, wenn einzelne Straßen nicht mehr befahrbar waren. Ein kombinierter Wohnschlafraum mit einer kleinen Küche und einem Bad war mit den Hinterlassenschaften verschiedener Generationen von *Observer*-Journalisten gefüllt worden. Es spartanisch zu nennen, wäre eine Beleidigung für die alten Griechen gewesen, dachte Laura ärgerlich. Sie nahm ein schwarzes Kleid aus dem weißen Garderobenschrank und hielt es kritisch gegen ihren Körper.

Der Feier heute Abend sah sie nicht gerade begeistert entgegen, aber Reg hatte auf ihrer Anwesenheit bestanden. Es sei eine gute Gelegenheit, alle wichtigen Leute in der Stadt kennen zu lernen, und die konnte nicht ausgelassen werden, wenn sie in den nächsten Monaten für die Zeitung von Nutz oder Zier sein wollte. Der gequälte Ton seiner Stimme machte ziemlich klar, dass er weder das eine noch das andere ernstlich erwartete.

Wenn sie mit dem heikleren Auftrag, den ihr David Ross für die Zeit in Arnedale erteilt hatte, Fortschritte machen wollte, dann, so musste sie sich eingestehen, war die Chance, sich mit den honorablen und vielleicht auch nicht so honorablen Lokalgrößen zu treffen, von entscheidender Bedeutung. Nach Fertigstellung ihres Berichts über den Unfall in High Clough hatte sie an diesem Nachmittag noch einige Zeit damit verbracht, durch jüngere Ausgaben des *Observer* zu blättern, um ein Gespür für ihre neue Zeitung zu bekommen.

Wie Faith Lawrence gesagt hatte, waren Regs wöchentliche Leitartikel nicht dazu angetan, die lokalen grünen Aktivisten zu ermutigen. Der *Observer* hatte die Umgehungsstraße um Arnedale und die Erweiterung der Straße nach Lancashire befürwortet, hatte die Entwicklung des neuen Industrieparks am Rande der Stadt kräftig propagiert; sie hatte praktisch alles unterstützt, was die Einkommen der ansässigen Bauern erhöhen konnte, wie die Eröffnung von mehr Steinbrüchen und die Einführung von Tourismus in den zuvor ruhigen Arealen des Landschaftsschutzgebiets.

Täglich trafen Briefe ein, die diese Standpunkte heftig kritisierten.

Laura hatte das selbst gesehen, als sie neugierig die Post überflog. Aber die erschienen selten in der Zeitung. Eine ganze Welt des Widerstands, wie sie in Fergal Mackenzies Gratisblatt auftauchte, das praktisch allen Raum Protesten, Petitionen und Kampagnen widmete, wurde in der älteren Zeitung kaum je erwähnt.

Es war möglich, dachte sie, dass Reg Fairchild wirklich im Einklang mit dem Zeitgeist stand, dass er akzeptierte, das ländliche England habe sich zu verändern, um zu überleben. Es war aber auch möglich, wie der geheimnisvolle Fergal Mackenzie ständig andeutete, dass Regs Verbindungen zu denen, die mit den Veränderungen schnellen Reibach machten, enger waren als sie sein sollten. Allerdings hatte Laura dafür bislang keine Beweise.

Mit entnervtem Kopfschütteln schlüpfte sie in ihr schwarzes Kleid, legte eine Goldkette sowie goldene Ohrringe an und steckte ihr ungebärdiges rotes Haar fest. Kritisch überprüfte sie sich im zersprungenen Spiegel des Badezimmers und lächelte halbwegs befriedigt.

Als sie eine halbe Stunde später mit Reg Fairchild und Jonathon West im *Dales Gateway Hotel* eintraf, wurde Fairchild sofort in das Gewimmel mittelalterlicher Männer einbezogen, die allem Anschein nach dem Alkohol bereits seit einiger Zeit zugesprochen hatten. Er wirkte etwas fehl am Platz, wie eine magere schwarze Krähe inmitten wohlgenährter, plumper Tauben, war aber merklich ein gern gesehener Gast. West stand einen Augenblick lang mit Laura bei der Türe und begutachtete die Szene leicht hochnäsig.

»Hauptsächlich Ladenbesitzer, Häusermakler, Autowerkstättenbesitzer und die reicheren Bauern«, erklärte er leise. »Die meisten kaum wert, Zeit mit ihnen zu verschwenden. Der, mit dem Reg gerade spricht, ist allerdings interessant: Dr. John Priestley.« Er wies auf einen dicklichen Mann im Tweed-Anzug, dessen Weste vergeblich versuchte, einen enormen Bauch im Zaum zu halten. »Unser hiesiger Coroner. In seiner Freizeit Zeremonienmeister der Fuchsjagd. Mir tut sein Pferd Leid. Einst Vorsitzender der lokalen Konservativen. Falls Sie einen Draht zum einheimischen Parlamentsabgeordneten brauchen, ist er der geeignete Mann.«

Laura sagte nichts. Ihres Erachtens war der Draht des *Observer* zur herrschenden Politik bereits jetzt allzu gut, und ein Kontakt zur lokalen Opposition wäre sinnvoller. Allerdings würde sie den hier ziemlich sicher nicht finden.

West nahm ein Glas Scotch von einem Tablett, das eine Serviererin anbot, und ließ seinen Blick weiter über die bevölkerte, angeregte Szene schweifen. Auf der anderen Seite des Raums wurde eifrig festlichem Essen zugesprochen, das sich auf einem Tisch türmte. Laura nahm sich einen Gin Tonic und nippte nachdenklich daran. »Kommen die Kleinbauern nicht zu solchen Feiern?«, fragte sie. »Die Leute aus High Clough zum Beispiel?«

West schüttelte abschätzig den Kopf. »In diesen winzigen Dörfern sind sie praktisch alle pleite. Mit der Schafzucht lässt sich in dieser Größenordnung kein Geld machen. Fragen Sie bloß Barry Moore dort drüben. Das ist der Moore von Cheetham and Moore, Auktionatoren und Immobilienmakler. Natürlich einer unserer größten Anzeigenkunden. Vermutlich hat er gegenwärtig unter diesen kleinen Leuten mehr mit Konkursverkäufen als mit allem anderen zu tun. Muss bald Millionär sein, hört man. Des einen Freud, des andern Leid.«

Offensichtlich gewahr, dass über ihn gesprochen wurde, fing Moore Lauras Blick durch den Raum hinweg auf und steuerte nach kurzer, offener Begutachtung auf sie zu. West übernahm die gegenseitige Vorstellung.

»Ich habe Sie bei der Arbeit gesehen, als Reg mich zum Viehmarkt mitgenommen hat«, bemerkte Laura und musterte den Mann. Bisher hatte sie ihn nur eingepackt in einen schweren Schaffellmantel und einen braunen Klapprandhut gesehen, wie er auf dem Markt am Stadtrand mit atemberaubender Geschwindigkeit Kühe und Schafe von den Auktionspferchen zu den wartenden Lastwagen und Lieferwagen dirigiert hatte. Unter den tweedbemützten Bauern mit ihren dreckigen Stiefeln, die unbewegt um den Ring standen, eine Wolke aus Atem und Pfeifenrauch über ihren Köpfen, schweigend das angebotene Vieh begutachteten und ihre Gebote mit dem knappsten Kopfnicken oder Heben eines Fingers anbrachten, hatte Moore in seinem Element gewirkt. Hier wirkte er eher deplatziert, das Gesicht ein wenig zu wettergegerbt, die Hände etwas zu knotig, um zum teuren Anzug mit der Seidenkrawatte und den schweren Goldringen zu passen. Falls Barry Moore ein paar Kröten gemacht hatte, wie es im lokalen Jargon hieß, dann musste das spät in seinem Leben geschehen sein. Geboren worden war er damit nicht.

»Sie werden nicht lange hier bleiben, hab ich gehört«, sagte Moore. Sein begrüßendes Lächeln reichte nicht bis zu den ziemlich kalten blauen Augen unter sandgrauen buschigen Brauen.

»Nur eine befristete Ernennung, um etwas auszuhelfen«, meinte Laura leichthin und schenkte dem Auktionator ein engelhaftes Lächeln.

»Wie befristet?«, setzte Moore nach, offenbar von dem Lächeln beeindruckt, aber nicht ganz überzeugt.

»Bis Greg Winters sich erholt hat«, antwortete Jonathon West an Lauras Stelle. Sie war sicher, dass sie sich den beruhigenden Ton in seiner Stimme nicht einbildete.

»Ach ja, wie geht's dem alten Greg? Üble Sache, das«, bemerkte Moore besorgt.

»Er muss mindestens zwei Monate Pause einlegen«, erklärte West. Laura glaubte erneut eine unerwartete Nuance in seiner Stimme zu hören: die schwache Hoffnung, dass die Pause unendlich verlängert werde.

»Tja, also, sein Ersatz ist auf jeden Fall ungleich attraktiver als er«, äußerte Moore fröhlich, keineswegs angefochten durch Lauras ironisch gehobene Augenbrauen. Vielleicht hatte er deren Bedeutung auch nicht mitbekommen.

»Ist das Immobiliengeschäft in Arnedale noch nicht auf Talfahrt?«, fragte Laura aggressiver als beabsichtigt.

»Es geht auf und ab, meine Liebe, auf und ab«, gab Moore zu. »Aber hier oben ist es noch nicht so schlimm wie in Südengland. Dort haben sie wirklich Schwierigkeiten. Bankrotte, Entlassungen und so.« Er tätschelte ihre Hand in einer Art, die mehr als väterlich war. Laura blickte sich nach Ablenkung um, sah aber keine. Jonathon West hatte sich verdrückt und einer Gruppe auf der anderen Seite des Raums angeschlossen. »Nun denn, meine Liebe, ist es nicht langsam Zeit, dass Sie etwas essen und ein paar unserer Honoratioren kennen lernen?« Besitzergreifend packte Moore Lauras Ellbogen und führte sie ins Gedränge um das kalte Büfett. »Ich glaube, es gibt echten Kaviar. Ich hab ihnen gesagt, sie sollen ein wenig auftischen. Und dann gibt es sicher geräucherten Lachs, wenn die Vielfraße uns nicht zuvorgekommen sind.« Er drückte ihr einen Teller in die Hand und begann Essen darauf zu häufen. »Ganz im Vertrauen, es heißt Perlen vor die Säue werfen«, meinte er vertraulich. »Die Hälfte von denen würde Kaviar nicht von Kabeljaurogen unterscheiden können.«

Halb belustigt, halb fasziniert ließ sich Laura von Moore herumführen, begrüßte diesen und jenen im Gewühl, ein Wirbel von Namen und geröteten Gesichtern, an die sie sich am nächsten Tag kaum mehr erinnern würde. Gelegentlich erspähte sie Reg Fairchild und Jonathon West in ein zunehmend lebhaftes Gespräch vertieft, während die Drinks freigiebig ausgeschenkt wurden und auf die Kanapees geräucherter Lachs und Artischockenherzen folgten, dann dicke Scheiben Roastbeef und Truthahn, dann Kartoffelsalat und Krautsalat voller Mayonnaise und schließlich Törtchen und Schlagsahne.

Sie wusste, dass sie als Moores Trophäe vorgeführt wurde, die interessanteste Frau im Raum, vorgestellt vom Pfau an ihrer Seite. Aber sie ließ es zu und hielt die Ohren offen für wissenswerten Klatsch, der ihr einen Hinweis geben mochte, ob Reg Fairchilds Beziehungen so unschuldig waren, wie sie wirkten. Doch sie hörte nicht viel Brauchbares, abgesehen vom Ende eines Gesprächs über die unwillkommene Ankunft von Fergal Mackenzie und seinem Gratisanzeiger.

»Ich habe diesen Mackenzie noch nicht kennen gelernt«, sagte sie beiläufig zu Moore. »Ich nehme nicht an, dass er sich auf Ihrer Gästeliste befindet.«

»Nein, wirklich nicht«, meinte Moore abschätzig. Seine Stimme verhärtete sich merklich. »Der Mann ist eine Plage. Alles Dreck und Verleumdung. Wenn er nicht aufpasst, wird er noch wegen Rufschädigung drankommen. Ein paar Leute werden wegen dieser Giftschleuder ziemlich ärgerlich, sag ich Ihnen.« Dann blickte er sich im Raum um. »Jetzt sollten Sie den langen Arm des Gesetzes kennen lernen, meine Liebe. Man kann ja nie wissen, wann man ihn brauchen kann.« Laura konnte nicht ausmachen, ob es einen Zusammenhang zwischen seiner Abneigung gegen Mackenzie und seinem plötzlichen Interesse an der Polizei gab. Sie unterdrückte ein Zögern, Moore zu folgen, und lächelte brav. Er führte sie zu einem untersetzten, hellhaarigen Mann mit einem vierschrötigen, ausgeprägten Kiefer und harten hellblauen Augen.

»Das ist Les Thorpe, Chefinspektor Thorpe, unser einheimischer Kripomann.« Laura drehte erneut ihr Lächeln auf. Nach Stunden erzwungener Fröhlichkeit fühlte sie, wie ihr Gesicht langsam zu schmerzen begann. Der Polizist nickte ihr eher misstrauisch als begeistert zu.

»Sie sind das Mädchen, das von dieser Thurston-Frau in Bradfield verletzt worden ist, nicht wahr?«, fragte er. Laura nickte. Sie wurde ungern an die Ereignisse erinnert, bei denen die erlittene physische Gewalt noch das am leichtesten zu bewältigende Stück einer persönlichen Tragödie gewesen war. »Sie hatten Ihre Nase in was reingesteckt, das Sie nichts anging, was?«, fragte Thorpe ohne Mitgefühl.

»Das hängt vom Standpunkt ab«, erwiderte Laura scharf, nachdem sie ihre Fassung wieder gefunden hatte.

»War einer von Michael Thackerays Fällen«, fuhr Thorpe fort und schlug damit eine Richtung ein, die Laura noch weniger behagte. »Er macht sich gut in Bradfield, wie ich höre. Hat sich wohl gefangen.«

»Gefangen?«, fragte Laura ruhig.

»Hat Glück gehabt, dass er überhaupt noch bei der Polizei war, als er Arnedale verließ«, meinte Thorpe abschätzig. »Ich hätte ihn rausgeworfen, wenn's nach mir gegangen wäre.«

Moore hatte dem Gespräch ungewöhnlich aufmerksam zugehört. »Alkohol, nicht?«, fragte er.

»Unter anderem«, meinte Thorpe knapp. »Ich muss los, Barry. Bitte richte meinen Dank aus. Klasse Angelegenheit, wie immer. Und die besten Wünsche für die Feiertage, falls ich dich nicht mehr sehe.«

Laura fröstelte plötzlich trotz der Hitze, die sich im überfüllten Raum entwickelt hatte. Sie fühlte, wie ihr Hirn von allzu vielen Gins benebelt war, und wusste, dass sie nicht wie beabsichtigt nach Bradfield fahren sollte. Da sah sie Jonathon West durch die Menge auf sich zu kommen.

»Wollen wir gehen?«, fragte er.

»Ich bin müde«, gestand sie.

»Immer noch kein Interesse, noch irgendwo hinzugehen?«

Laura schüttelte den Kopf. »Sind Sie immer so hartnäckig?«

»Normalerweise schon«, erwiderte West. »Also, wie sieht es aus?«

»Nein, für heute Abend hab ich genug. Aber ich wäre froh, wenn Sie mich zur Redaktion zurückfahren«, räumte Laura ein.

»Ihr Wunsch ist mir Befehl, Madame«, sagte er. Aber sein Lächeln erreichte seine Augen nicht.

Sechs

Laura suchte beschwipst nach dem Schlüssel, um die Seitentür zum *Observer*-Gebäude zu öffnen, die direkt ins Treppenhaus und zur Wohnung oben führte. Sie bemerkte den dunklen Wagen nicht, der ein wenig weiter unten in der Straße geparkt war, bis sie aus dem Augenwinkel sah, wie sich die Tür öffnete und eine hoch gewachsene Gestalt ausstieg.

Einen Moment lang erstarrte sie. Nervös blickte sie die schlecht beleuchtete Straße hinauf und hinunter und merkte, dass sie verlassen dalag. Peggy's Coffeeshop lag im Dunkeln, geschlossen. Die Rücklichter von Jonathon Wests Wagen waren nirgends mehr zu sehen. Die einzigen Lebenszeichen stammten von einer Fisch-und-Fritten-Bude, die außerhalb Rufweite lag. Falls sie überfallen würde, wäre sie auf sich gestellt und müsste die Selbstverteidigungstechniken anwenden, die auf der Matte in einer Turnhalle so einfach ausgesehen hatten und jetzt unanwendbar schienen. Ihr Magen zog sich zusammen, dann erkannte sie Michael Thackeray.

»Mein Gott, hast du mir einen Schrecken eingejagt«, sagte sie und war erstaunt über ihre Nervosität.

»Tut mir Leid«, erwiderte er.

»Ach, Michael«, sagte Laura, schlang ungestüm ihre Arme um ihn und küsste ihn heftig. »Ich bin so froh, dich zu sehen. Ich habe gedacht, du kommst nicht nach Arnedale.«

Thackeray zuckte etwas schuldbewusst die Achseln und entzog sich ihr, ohne ihre Umarmung zu erwidern. »Ich hab ein paar Stunden frei«, erklärte er. »Es sei denn, es passieren ungeahnte Entwicklungen. Ich bin unterwegs nach High Clough, um meinen Vater zu sehen. Er überlegt sich, den Hof zu verkaufen.«

»Ach«, meinte Laura. Ihr Schlüssel steckte immer noch im Schloss, und sie war sich trotz des benebelnden Alkohols der Distanz bewusst, die er zwischen sie gelegt hatte. »Willst du reinkommen? Die Wohnung, die sie mir gegeben haben, ist ziemlich primitiv. Ein Einzelbett, das mich an meine Studienzeit erinnert – entschieden hart und uneben.« Das harte und unebene Bett hatte sie damals nicht davon abgehalten, es gelegentlich mit ihrem ersten ernsthaften Liebhaber zu teilen. Aber dieses Detail eröffnete sie Michael Thackeray in seiner gegenwärtigen Stimmung wohl besser nicht.

»Gehen wir spazieren«, sagte er brüsk, drehte sich um und ließ ihr keine große Wahl. Laura sah auf ihre hochhackigen Schuhe sowie das dünne schwarze Kleid unter ihrem Mantel und bedachte das Problem, sich aufrecht zu halten. Noch immer umklammerte sie die Scotchflasche, die Jonathon West in der Tombola gewonnen und ihr beim Aussteigen aus dem Wagen in die Hand gedrückt hatte. Unter den gegebenen Umständen konnte sie Thackeray die Flasche nicht gut zum Tragen geben.

»Nur einen kurzen Gang«, bat sie. »Es war eine ganz schön anstrengende Party.«

»Die frische Luft wird dir gut tun«, meinte Thackeray ohne Mitgefühl. Schweigend gingen sie nebeneinander einen der breiten Bürgersteige der Broad Street hinunter, an den geschlossenen Türen und den Müllsäcken vorbei, die auf die morgendliche Abfuhr warteten, vorbei am *Bull*, das zusammen mit dem säuerlichen Geruch von Bier und dem Lärm von Gelächter einen orangefarbenen Schimmer der Fröhlichkeit auf die Straße warf, vorbei an der Frittenbude, wo ein paar magere Jungen und Mädchen in schwarzen Lederjacken herumhingen, und dann weiter einen engen Weg hinunter, der von einem Ortsunkundigen kaum bemerkt worden wäre. Hinter einem steinernen Bogen erweiterte sich der Weg zu einer von steinernen Reihenhäusern gesäumten Straße. Die meisten lagen unbeleuchtet und anscheinend verlassen da. Thackeray blickte sie im schwachen orangefarbenen Licht einer viktorianischen Straßenlampe genauer an und lachte.

»Als ich noch auf Streife ging, war das hier der Rotlichtbezirk von Arnedale«, sagte er. »Sofern man überhaupt davon reden konnte. Ein Mädchen namens Annie und eine zweite, die sich Dolores nannte, obwohl sie in der Schule noch Brenda geheißen hatte. Aber diese Häuschen waren Sauställe. Ich frage mich, wozu sie aufgemotzt worden sind.«

Die Antwort stand auf einer dezenten Tafel am Ende der Wohnsiedlung, die verkündete, ›Schiffers Ferienhäuschen‹ könnten durch die Agentur Cheetham and Moore gemietet werden.

»Warum Schiffer?«, fragte Laura verwirrt.

»Deswegen«, erklärte Thackeray, nahm ihren Ellbogen und führte sie um die Ecke auf einen mit groben Steinen gepflasterten Pier an einem schmalen Kanal. Im schwarzen Wasser ankerten etliche Hausboote und ein paar Motorboote. »Das letzte Mal, als ich hier war, haben sie hier noch Kohle abgeladen. Im Ernst. Direkt von der letzten Zeche in Milford.«

Von den Hügeln wehte ein scharfer Wind. Er drang durch Lauras dünnen Mantel, ohne die trunkenen Spinnweben aus ihrem Gehirn zu blasen. Sie fröstelte. Thackeray legte einen Arm um sie. »Was soll das? Eine Reise in die Vergangenheit?«, fragte sie. Thackeray antwortete nicht. Sie gingen zum Ende des Piers und betraten eine steil gewölbte Brücke. Thackeray hielt an, lehnte sich gegen die steinerne Brüstung und starrte ins dunkle Wasser hinunter. Es war ein Blick in eiskalte Tiefen, an die er sich nur zu deutlich erinnerte. Laura stand neben ihm und stellte die Scotchflasche auf die roh behauenen Steine.

»Ich habe Barry Moore auf der Party getroffen«, sagte sie, sowohl um Thackerays angespanntes Schweigen zu brechen, als auch, weil der zielstrebige Auktionator sie interessierte. »Bist du mit ihm zur Schule gegangen wie mit Dolores?«

»Er ist ein paar Jahre älter als ich«, antwortete Thackeray. Er fragte sich, ob Laura rein zufällig einen Namen erwähnte, der auch in seinen eigenen Untersuchungen auftauchte. Aber er war nicht abgeneigt, ein Thema aufzugreifen, das keinerlei Beziehung zu dem hatte, was ihn wirklich beschäftigte. »Ich glaube, er war noch an der Schule, als ich anfing. Ich habe ihn besser durch die Kirche gekannt. Komisch, das

Geschäft ist enorm gewachsen, seit er es übernommen hat. Damals war es bloß ein kleines lokales Maklerbüro. Nichts Besonderes. Jetzt scheint es die Stadt zu beherrschen, alles und jedes auszubauen. Ich frage mich, ob er immer noch derselbe Tyrann wie als Kind ist.«

»Oh, ich glaube schon«, sagte Laura. Sie dachte daran, wie er sie auf der Party mit Beschlag belegt hatte.

Einen Augenblick lang standen sie in einem ungeselligen Schweigen da, jeweils in eigene Gedanken verloren.

»In High Clough gibt es ziemlichen Krach wegen der Wiedereröffnung eines Steinbruchs«, machte Laura schließlich einen Vorstoß. Die Kombination aus den Drinks und der kühlen Nachtluft machte sie kühn. Es war Zeit, dachte sie, nicht länger auf Zehenspitzen um Thackerays Empfindlichkeiten herumzuschleichen. Sie spürte eher als dass sie sah, wie er sich versteifte.

»Bist du da oben gewesen?«, fragte er.

»Heute Morgen«, antwortete sie und berichtete ihm von dem Unfall mit dem Schulbus. Er hörte schweigend zu.

»Hast du meinen Vater getroffen?«, fragte er schließlich.

Laura ergriff seinen Arm. »Nein«, sagte sie. »Obwohl mir jemand sein Haus gezeigt hat. Michael, da ich hier oben zwei oder drei Monate arbeiten werde, werde ich unvermeidlich auf Leute treffen, die dich kennen.« Sie zögerte und erinnerte sich trotz ihres Zustands überraschend klar an den Polizisten, den sie bereits getroffen hatte, sowie an die genauen Worte, die Les Thorpe über Michael Thackeray geäußert hatte. Sie wusste, dass das Eis unter ihren Füßen so dünn war wie der brüchige Eisfilm, der sich auf dem unbeweglichen schwarzen Wasser unter der Brücke zu bilden begann.

»Schnüffle nicht herum, Laura«, meinte Thackeray. »Das ist alles, worum ich dich bitte.«

»Dann *rede* mit mir!«, schrie sie plötzlich entnervt. »Ich halte dieses endlose Schweigen nicht aus.«

Er antwortete nicht, sondern wandte sich ab und begann langsam, auf der anderen Seite der Brücke hinunterzusteigen. »Ich denke daran, den Dienst zu quittieren«, warf er plötzlich über die Schulter zurück.

Laura schnappte nach Luft. »Um was zu tun?«

»Vielleicht übernehme ich den Hof meines Vaters«, sagte er.

»Das kannst du nicht«, meinte sie entsetzt. »Dazu bist du ein viel zu guter Polizist.«

»Es sieht aber nicht so aus, als ob sie weiterhin Chefinspektoren brauchen. Vielleicht bleibt mir gar keine andere Wahl, als zu gehen.«

Sie eilte ihm nach. In ihren Stöckelschuhen war sie auf den Pflastersteinen der steilen Brücke ziemlich unsicher auf den Beinen. Als sie ihn eingeholt hatte, rutschte sie aus. Die Scotchflasche entglitt ihr und zerschellte auf dem Boden. Im schwachen Licht bückte sie sich und kramte in den Glasscherben herum, während die starken Dämpfe ihre Augen zum Tränen brachten. Zornig wischte sie sie weg. Sie fürchtete die heillos verwirrten Gefühle, die sie zu überwältigen drohten. »Ach, verflixt und zugenäht«, sagte sie.

»Laura, Laura.« Thackeray kniete sich neben sie und half ihr, die Glasscherben an den Straßenrand zu schieben. Wider Willen musste er lachen. »Was mache ich bloß mit dir?«

»Du könntest mich ja heiraten«, sagte sie und warf in der in den Augen brennenden, berauschenden Luft alle Vorsicht über Bord, als ob sie in einem riesigen Scotch mit Eis schwämme.

»Das würdest du nicht sagen, wenn du mich besser kennen würdest«, meinte er schnell. Er half ihr auf die Beine, entzog sich aber ihrer spontanen Umarmung. »Komm, ich bring dich zurück. Vermutlich ist der Weihnachtsgeist heute Abend ein wenig zu freizügig geflossen.«

»Vielleicht«, sagte sie dumpf und ließ zu, dass er ihren Arm in einer väterlichen Art ergriff, die ganz und gar nicht das war, wonach ihr Körper verlangte. In drückendem Schweigen gingen sie den Weg, den sie gekommen waren, zurück.

Thackeray versuchte die Wirkung, die Barry Moore auf das Aussehen des alten Arnedale hatte, einzuschätzen und zu einem gewissen Grad zu würdigen. Laura ging an seiner Seite und bedauerte einiges, was sie an diesem Abend gesagt und getan hatte.

Als sie wieder in die Broad Street einbogen, wurden gerade die letzten Zecher aus dem *Bull* und den anderen Pubs am Fuß des Hügels hinauskomplimentiert. Die meisten Trinker stiegen in ihre Wagen. Nur eine einsame Gestalt schwankte unsicher den Hügel hinauf ihnen entgegen, ohne Mantel oder Hut, aber offensichtlich des kalten Windes nicht gewahr.

Laura spürte, wie sich Thackerays Griff um ihren Arm verstärkte. Sie fragte sich, ob es jemand war, den er kannte und dem er lieber nicht begegnen wollte. Dann merkte sie, dass das nicht möglich war, weil es jemand war, den sie kannte. Gerry Lawrence kam auf ihre Höhe und schwankte noch mehr zur Seite des Gehwegs, als er versuchte, ihnen auszuweichen. Dabei verlor er den Halt und fiel direkt vor ihren Füßen in den Rinnstein.

Sie hörte Thackeray ganz untypisch vor sich hinfluchen. Lawrence, offensichtlich unverletzt, kämpfte sich in sitzende Stellung hoch und lächelte missbilligend in ihre Richtung.

»Ich such eine Taxe«, sagte er mit alkoholbeschwerter Stimme. Mit den Händen fuchtelte er wie ein Dirigent herum. »Hier sollte 'n Taxistand sein, aber ich kann ihn nicht finden.«

»Ist hier...?«, begann Laura, drehte sich zu Thackeray um und sah überrascht, wie er mit einem schwer zu verstehenden Gesichtsausdruck zurückwich. »Du siehst aus, als hättest du einen Geist gesehen«, sagte sie.

»Vielleicht habe ich das auch«, erwiderte er mit belegter Stimme. »Ich muss gehen. Das Wetter wird schlechter. Vielleicht schneit es in High Clough bereits.«

»Er muss auch dorthin«, sagte Laura und nickte in Richtung von Lawrence. Der war in der Zwischenzeit mühsam wieder auf die Beine gekommen und lehnte sichtlich erschöpft unsicher am Lampenpfosten. »Das ist der Ehemann von Faith Lawrence. Sie wohnen gleich neben der Kirche. Du kennst das Haus sicher. Sie hat es von ihrer Tante geerbt.«

»Dora Long«, meinte Thackeray automatisch. »Das wird das Haus der alten Miss Place sein.«

»Kannst du ihn nicht mitnehmen? Sie ist eine nette Frau, und sie wird sich Sorgen um ihn machen. Sie verdient es nicht.«

»Niemand verdient so etwas, Laura«, sagte Thackeray plötzlich mit bitterer Verachtung. Er schritt schnell auf Lawrence zu, legte ihm einen Arm um die Hüfte und den anderen um den Hals, manövrierte ihn die Straße hinunter zu seinem Wagen und ließ ihn ziemlich rücksichtslos auf den Hintersitz gleiten.

Er zögerte einen Augenblick mit offener Fahrertür. »Ich ruf dich an«, sagte er dann.

»In Ordnung«, meinte Laura beinahe unhörbar, während der Wagen wegfuhr. Als die Schlusslichter die Broad Street hinunter verglimmten und nach der scharfen Kurve Richtung Lancashire verschwanden, zuckte sie entmutigt die Achseln. Das wird ja eine Weihnacht geben, dachte sie. Schöne Bescherung.

Um den Schmerz und den Kater der vergangenen Nacht zu betäuben, stürzte sich Laura am nächsten Morgen in die Arbeit. Die neueste Ausgabe des *Observer* war erschienen; die aufwühlenden Beschreibungen von Jonathon West und ihr über den Unfall in High Clough beherrschten die Nachrichtenseiten. Es hatte zwei Opfer gegeben, ein zwölfjähriges Mädchen und den Lastwagenfahrer. Zwei weitere Kinder waren in kritischem Zustand noch im Krankenhaus, aber sie würden vermutlich überleben.

»Machen wir einen Nachzieher?«, fragte Laura bei der morgendlichen Redaktionskonferenz. »Was haben so große Lastwagen auf diesen engen Landstraßen zu suchen? Wie viele Bauern verkaufen ihre Steinmauern? Was bedeutet das für die Umwelt in den Dales?«

Reg Fairchild lehnte sich im Stuhl zurück und schaute sie mit einem merkwürdig distanzierten Ausdruck an, als ob sie einen unerwünschten Geruch in sein Büro gebracht habe.

»Das haben wir alles schon früher gemacht, Laura«, meinte Jonathon West abschätzig. »Man kann Bauern nicht daran hindern, ihr Eigentum zu verkaufen, wenn sie bis zum Hals in Schulden stecken. Man kann auch Lastwagen nicht daran hindern, öffentliche Straßen zu benutzen. Der Bus war im Unrecht, so zurückzusetzen. Die Polizei meint, sie erheben vielleicht Anklage gegen den Busfahrer.«

»Dort oben gehen die Emotionen immer noch ziemlich hoch«, sagte Laura störrisch. »Es würde ein gutes Feature abgeben. Faith Lawrence sagt …«

Der Name wirkte wie ein rotes Tuch auf einen Stier. Der üblicherweise zurückhaltende Fairchild lief dunkel an und machte ein Geräusch wie ein knurrender Hund. »Diese Frau stellt eine öffentliche Bedrohung dar«, sagte er. »Warum haben Sie mit ihr gesprochen?«

»Sie hat geholfen, die Kinder aus dem Wrack zu ziehen«, erwiderte Laura scharf. »Mit wem hätte ich sonst reden sollen?«

»Sie ist fremd hier, hat keine Ahnung und redet dummes Zeug«, erklärte Fairchild. »Welches Recht hat sie, herzukommen und den Leuten zu sagen, wie sie leben sollen? Die Dales sind zurande gekommen, bevor sie hereingeschneit kam, und die Dales werden zurande kommen, lange nachdem sie und ihresgleichen wieder verschwunden sind. Es muss Veränderungen geben, sonst bleiben in diesen Dörfern keine Bauern und keine Arbeitsplätze mehr übrig, nichts als Ferienhäuser und jeden Morgen von hier bis Leeds und Bradfield Wagenkolonnen voller Pendler.«

»Ist das keine Story?«, konterte Laura, ebenso zornig. »Die zwei Seiten einer Medaille?«

»Es gibt keine zwei Seiten«, erwiderte Fairchild ohne Umschweife. »Was ich von Ihnen für die nächste Ausgabe möchte, ist ein Feature zu Weihnachten. Die kommende Nummer wird unsere Hauptausgabe für die Feiertage sein. Am Weihnachtsabend bringen wir nur noch eine nominelle Ausgabe heraus. Gehen Sie mal bitte das Archiv durch, um zu sehen, was wir vorletztes und letztes Jahr gemacht haben. Das ist es, was unsere Leser erwarten, Laura, also geben wir es ihnen. Falls David Ross etwas Anderes will, kann er wenigstens den Anstand haben, zu warten, bis ich gegangen bin. Solange ich hier Chefredakteur bin, leite ich die Zeitung auf meine Weise. Das können Sie ihm brühwarm erzählen, wenn Sie wollen. Mir ist es gleich.«

Entlassen und leicht beunruhigt, wie nahe Reg Fairchilds letzte Stichelei der Wahrheit gekommen war, ging Laura durch den Nachrichtenraum in das kleine Zimmer, das dem *Observer* als Archiv diente. Das Blatt war zu klein, um eine eigene Bibliothek zu führen. Gebundene Ausgaben der Zeitung, die zwanzig oder dreißig Jahre zurückreichten, standen auf soliden Holzregalen. Schachteln und braune Kartonmappen mit Ausschnitten und Hintergrundmaterial quollen wie Kraut und Rüben aus Bücherschränken, die vom Boden bis zur Decke reichten. Etwas nach ein paar Monaten zu finden, ohne die schweren Bände der Zeitung durchzublättern, wäre beinahe unmöglich, dachte Laura. Ihr Interesse daran, das Archiv auf länger als ein Jahr zurückliegende Geschehnisse zu durchsuchen, hatte allerdings nichts mit Weihnachten zu tun.

Mit einem schuldbewussten Seufzer nahm sie den letztjährigen Band vom Regal, blies den Staub weg und tat, was Fairchild ihr geraten hatte. Sie machte sich planlos ein paar Notizen über die letztjährigen Proben zu Händels *Messias*, der jährlich von der einheimischen Chorgesellschaft aufgeführt wurde. Arnedale ging offenbar von der Annahme aus, keine echte Frau oder kein echter Mann aus Yorkshire fühlte sich genügend für den Truthahn mit Beilagen vorbereitet, wenn sie oder er nicht zuvor rituell einer Vorführung des Halleluja-Chors gelauscht hatte, wie stümperhaft die auch sein mochte.

Dann las sie sich durch ein langweiliges Interview mit dem Parlamentsabgeordneten über die Aussichten für den einheimischen Handel und die Beschäftigungslage im neuen Jahr. Nachdem sie allerdings gemerkt hatte, dass es von Reg Fairchild höchstpersönlich geschrieben worden war, zweifelte sie, ob ihr erlaubt würde, etwas so Ernsthaftes zu schreiben. Und sie nickte beinahe ein, als sie es las. Die vergangene Nacht, zu ihrem ausgesprochenen Kummer allein im schmalen und unebenen Bett verbracht, war unruhig gewesen, da sie sich erfolglos zu überzeugen versuchte, dass Thackeray und sie eine gemeinsame Zukunft hatten.

»Zum Teufel mit dem Mann«, sagte sie schließlich laut, schloss den schweren Band knallend und sprang auf. Sie ließ den Finger leicht über die Rücken vergangener Jahre laufen und hinterließ eine schwache Spur im angesammelten Staub. Endlich kam sie zum Band der Ausgaben von vor zehn Jahren. »Schnüffle nicht herum«, hatte er gesagt, und sie hatte, bereits als er es gesagt hatte, gewusst, dass sie die Bitte ignorieren würde.

Die Wahrscheinlichkeit, über irgendetwas oder irgendjemanden aus seiner Vergangenheit zu stolpern, musste in einer so kleinen Stadt sehr groß sein, sagte sie sich rechtfertigend. Umso mehr musste sie die Wahrheit sachlich herausfinden, statt unvorbereitet mit einem womöglich schockierenden Gerücht oder einer Anspielung konfrontiert zu werden, wie gestern Abend geschehen.

Etwas Schreckliches war Thackeray in Arnedale vor zehn Jahren zugestoßen, als er seinen kleinen Sohn verloren hatte. Solange sie es nicht herausfand, sah sie keine Chance, vertrauter mit ihm zu werden als ihre derzeitige empfindliche und zutiefst unbefriedigende Beziehung. Sie wusste, dass es eine riskante Strategie war, als sie den

Band öffnete und ihren Blick den Todesanzeigen entlang auf der Rückseite der Ausgabe vom 5. Januar hinuntergleiten ließ.

Etwa in der Mitte des Jahresbandes fand sie, was sie suchte. Vier kurze Zeilen in kleiner Schrift berichteten von der Tragödie, die er ihr kurz erzählt hatte. Ian, geliebter Sohn von Michael und Aileen Thackeray, im Alter von acht Monaten; Totenmesse Ende der Woche in der Kirche zum Heiligen Herzen in Arnedale.

Die nackte Verkündigung schwarz auf weiß zu sehen verursachte Laura beinahe körperliche Schmerzen. Plötzlich wusste sie mit unerwarteter Gewissheit, dass sie kein Recht hatte, herumzuschnüffeln. Sie spielte mit Michaels Seele, und dass sie ihn liebte, war keine Entschuldigung. Hör auf, sagte sie sich, obwohl sie wusste, dass sie es nicht konnte.

Sieben

Michael Thackeray war an diesem Morgen in tiefer Depression vom Hof seines Vaters nach Bradfield zurückgefahren. Nach zehn Jahren, in denen er sein Leben durch eine Mischung von grimmiger Entschlossenheit und geografischer Distanz auf Kurs gehalten hatte, fand er sich zerrissen von Kräften, die er für immer gebannt geglaubt hatte.

Kurz nach Morgengrauen hatte er auf dem West Rigg-Hof an der Grenze des Moorlandes von High Clough am Schlafzimmerfenster seiner Mutter gestanden und auf die Schafherde gestarrt, die sich draußen auf dem dünn überfrorenen Weideland seines Vaters zusammendrängte. Er hatte dem alten Mann zugeschaut, der, den Kragen seines Dufflecoat hochgeschlagen, eine abgenutzte Tweedmütze bis zu den Augen heruntergezogen, von einem Anhänger aus die windzerzausten zähen kleinen Swaledale-Mutterschafe fütterte, die zum

Schutz vor dem schlimmsten Winterwetter näher zum Haus gebracht worden waren.

Am vorangegangenen Abend hatte Thackeray seinem Vater gesagt, dass er nicht tun konnte, was dieser wollte. Jetzt hasste er sich für die Zurückweisung der vorsichtigen Bitte um Hilfe, einem Stolz abgerungen, der jegliche Anfrage um Unterstützung bitter verabscheute. Auf diesen Hügeln zu bauern war selbst zu guten Zeiten ein harter Job, und gegenwärtig waren die Zeiten gar nicht gut. Joe hatte sich beklagt, dass die Preise tief waren und die Parasiten, die die Bergschafe befielen, dieses Jahr besonders viele Schwierigkeiten verursachten. Aber das eigentliche Problem, das selbst für einen Fremden allzu offensichtlich war, bestand in Joes Alter. Selbst mit einer gesunden Frau hätte er es schwierig gefunden, zurechtzukommen. Und im Bett hinter ihm, bewegungslos unter der Decke, lag Thackerays Mutter Molly im Sterben.

In gewisser Weise hatte das begonnen, als Michael im Alter von vierzehn Jahren gesagt worden war, dass sie an akuter Multipler Sklerose litt. Die Diagnose hatte damals für ihn wenig bedeutet. Molly war eine Kämpfernatur, und jahrelang hatte sie versucht, ihre zunehmende Behinderung zu ignorieren; aber als Michael von der Universität zurückkehrte, saß sie im Rollstuhl.

Michael war nie fähig gewesen, seine Eltern zufrieden zu stellen. Nachdem sie sich damit abgefunden hatten, dass er den Hof nicht übernahm, hatten sie gehofft, er werde Pfarrer, und dann, als sein Glaube mit zunehmender Krankheit seiner Mutter gefror, er werde Lehrer. Aber weder Keuschheit noch Pädagogik zogen ihn an. Er hatte Aileen, seine erste Liebe, geheiratet und war gleich nach Studienabschluss der Polizei beigetreten.

Seit sein Sohn Ian gestorben war, hatte Thackeray Mutter und Vater sehr selten gesehen. Von seiner Seite aus hatte ihn sein Stolz abgehalten und von seiten der Eltern deren Vorurteile, als seine Ehe und beinahe sein ganzes Leben zerbrach. Doch der Schock, das unverwüstliche Zentrum seiner Kindheit, deren klare blaue Augen und unerschütterliche Entschiedenheit er geerbt hatte, als runzlige, grauhaarige alte Frau wiederzufinden, hatte eine Trauer ausgelöst, die er kaum bewältigen konnte.

Trotz der Bitten in den immer noch blauen Augen im Bett hinter ihm wusste Thackeray, dass er nicht tun konnte, was seine Eltern wünschten. Selbst angesichts der gegenwärtigen Reorganisierung der Polizei und der eigenen unsicheren Zukunft hatten ihn Anblick und Klänge von West Rigg mit Verzweiflung erfüllt. Es herrschte hier eine enge, unerbittliche Eigenschaft vor, nicht nur im strikten Glauben seiner Eltern, sondern tief verwurzelt in einer Gemeinschaft, die sich Fremden verschloss und unbeugsam ihre Vorurteile aufrecht erhielt.

Ich habe zu viel gesehen und zu viel mitgemacht, dachte er, um mich wieder anpassen zu können. Er starrte den Hügel hinunter auf die Ansammlung von Steindächern, denen er allen immer noch unfehlbar einen Familiennamen zuordnen konnte. Neuankömmlinge waren immer noch so selten in High Clough, dass sie eine Neuheit darstellten, und keine willkommene Neuheit, anders als in ein paar zugänglicheren Dörfern in den Dales, die sich begeistert Teestuben und Feriencottages zu eigen gemacht hatten.

Außer Hörweite von Molly hatte Joe laut und deutlich gesagt, die Alternative, falls Michael nicht nach West Rigg zurückkommen wollte oder konnte, bestünde darin, das Land, das den Thackerays seit vier Generationen gehörte, zu verkaufen. Es gab, hatte er hinzugefügt, Leute, die es kaufen wollten, obwohl er bezweifelte, dass dann weiterhin Lämmer gehalten würden, so wie er sie ein Leben lang aufgezogen hatte.

Thackeray hatte sich umgedreht, um seine Mutter zum Abschied zu küssen. Aber ihr Blick war nicht auf ihn, sondern auf den Nachttisch gerichtet, wo ihr Rosenkranz neben dem Gebetbuch lag. Er setzte sich neben das Bett, nahm die Perlen auf und ließ sie sanft durch ihre kraftlosen Finger gleiten, eine nach der anderen, wobei er stumm die allzu bekannten Gebete memorierte, um ihr Zeit zu lassen, selber die Worte zu finden: »Ave Maria, gracia plena ...« Überrascht merkte er, wie schnell er sich wieder an das Latein seiner Kindheit erinnerte.

Er fühlte sich bis auf den Grund seiner Existenz erschöpft. Falls es ihr half, zu glauben, dass ihm das Ritual etwas bedeute, dann würde er sie nicht enttäuschen. Es gab schon zu viel Grausamkeit in der Welt, als dass er noch eine weitere hinzufügen musste. Er hatte gehört, wie Joe in die Küche zurückkam, das Keuchen, als er sich aus den Stiefeln quälte, und den dumpfen Ton, mit dem jeder auf dem schmutzigen Linoleumboden auftraf.

»Ich komme wieder, sobald ich kann«, sagte er zu seiner Mutter. Ihre Augen hingen stumm bittend an ihm, als er den Raum durchquerte und die Treppe hinunterstieg. Joe stand mit gebeugten Schultern über der Spüle und füllte den Teekessel auf. Sein Keuchen war immer noch nicht ganz abgeebbt.

»Es ist ganz passabel draußen«, meinte der alte Mann und beobachtete, wie seinen Sohn den Mantel anzog. »Vermutlich wird es noch mal schneien.« Er hielt einen Papierstreifen an den Kohleherd und zündete einen Gasring für den Teekessel an. »Du wirst uns also nicht helfen?«, fragte er.

»Ich mache alles, was ich kann, um zu helfen«, erwiderte Thackeray scharf. »Falls du Geld brauchst, musst du es nur sagen.«

»Geld?«, fragte der alte Mann. »Es geht nicht nur ums Geld. Obwohl wir nicht viel haben. Aber mehr als Geld brauch ich zusätzliche Hände zum Arbeiten. Ich werde älter, Junge, und deine Mutter braucht mich jetzt mehr als die Schafe.«

Thackeray seufzte und sah weg, um seinem Vater nicht in die Augen schauen zu müssen. »Ich kann meinen Job nicht aufgeben. Ich bin nun mal Polizist. Und ich will Polizist bleiben, falls das möglich ist. Die Thackerays und die O'Donnells mögen seit Generationen Bauern gewesen sein, aber offenbar habe ich das entsprechende Gen nicht geerbt. Es tut mir Leid.«

»Also soll ich an diesen raffinierten Gauner Barry Moore verkaufen?«, fragte der alte Mann zornig.

»An Barry Moore?«, rief Thackeray erstaunt aus.

»Nicht an ihn persönlich, aber an seine Firma. Er wird ohne Zweifel irgendetwas planen. Hat dieser Junge jemals keine Pläne geschmiedet?«

»Bietet er dir einen fairen Preis?«, fragte Thackeray misstrauisch.

»Ja, das schon. Bei der gegenwärtigen Marktlage ist das Angebot gar nicht schlecht. Heute lässt sich mit Schafen nichts mehr verdienen, weißt du«, erklärte der alte Mann. »Wir kriegen kein Geld fürs Nichtstun wie diese Gelegenheitsbauern mit ihren schicken Höfen. Die nehmen uns die Subventionen weg.«

»Das sagst du mir jetzt«, murmelte Thackeray ironisch. In der vergangenen Nacht hatte er Stunden damit verbracht, seinem Vater zuzuhören, wie der die Vorzüge des Hofs als gesundes Unternehmen pries. »Vermutlich wollen Cheetham and Moore das Land in einen Golfplatz oder so etwas verwandeln. Es wird auf diesen Hügeln bald mehr Golfer als Schäfer geben.«

»Ja, so ähnlich«, bestätigte Joe Thackeray bitter. »Bei Netherdale sind im letzten Jahr zwei Höfe aufgegeben worden. Niemand wollte sie, als die alten Betreiber starben.«

»Warum will Barry Moore dieses Land?«, fragte Thackeray mehr sich selbst als seinen Vater, der damit beschäftigt war, siedendes Wasser in die alte braune Teekanne zu gießen.

Der alte Mann stellte die Kanne auf den soliden Tisch, der durch Jahre unabsichtlicher Stöße und Schnitte und Kratzer von Generationen unachtsamer Thackerays gezeichnet war. Der Tisch stand im Zentrum des Raums, in dem er immer gestanden hatte, Denkmal einer Familie und einer Lebensweise, deren Ende Thackeray und sein Vater beide auf ihre Weise beklagen würden, aber das zu verhindern sie vermutlich unfähig waren. Thackeray nahm eine Tasse des dunklen, bitteren Gebräus entgegen.

»Ich muss nach Bradfield zurück«, sagte er langsam. »Ich stecke mitten in einer Morduntersuchung. Ich kann nicht mehr länger weg bleiben.«

»Tja, vielleicht ist es am besten so. Du hast dir dein eigenes Bett gemacht. Dann musst du auch drin schlafen.« Ohne ein weiteres Wort hatte ihn der alte Mann gehen lassen. Aber Thackeray war sich bewusst, dass er ihn beobachtete, als er seinen Wagen aus dem zugeschneiten Hof und auf die Straße manövrierte.

Beim Erreichen der Autostraße nach Bradfield schaltete Thackeray in den fünften Gang hoch. Der Verrat, dachte er, hörte nie auf. Er hatte seine Eltern nie zufrieden stellen können, seit er die Hügel um den Hof erforscht und in Gedanken nach Wegen gesucht hatte, ihrer erstickenden Umarmung zu entrinnen. Diese letzte Enttäuschung war für sie nur eine von vielen, eine weitere geraubte Illusion. Aber mit Laura, dachte er, hätte es anders sein können. Mit Laura hatte er sich die Möglichkeit eines Neuanfangs vorgestellt, einen schwachen Hoffnungsschimmer für sich, bis ihn am vergangenen Abend Panik überwältigt hatte und er sah, wie sie bei seiner Abweisung zurückzuckte.

Er presste den Fuß aufs Gaspedal, und der Tacho kletterte auf 130. Dann wandte er sich wieder seiner Arbeit und dem anstehenden Problem zu. Die beharrliche Herausforderung verdrängte alles andere. Falls das auch noch verloren ging, dachte er und nahm Geschwindigkeit zurück, würde er wirklich durchdrehen.

Mower traf ihn an der Tür des Untersuchungsraums, die dunklen Augen voller Triumph. »Es waren ein paar Fingerabdrücke auf dem Wagen, Boss«, sagte er. »Zwei Hände, auf dem Kofferraum, wo der Mistkerl ihn ins Wasser gestoßen hat.«

»Haben wir eine Identifikation?«, fragte Thackeray.

»Bis jetzt nicht, jedenfalls nicht im Strafregister. Aber ich habe, was wir in Townsends Wohnung gefunden haben, zur Überprüfung geschickt. Ich wette, sie stimmen überein.«

»Dann wird es wohl Zeit, den Medien mitzuteilen, dass wir mit Mr. Townsend reden möchten«, meinte Thackeray. »Ich spreche mit Jack Longley.«

»Er wird nicht weit kommen«, sagte Mower. »Außer er hat sich die Taschen von irgendwoher mit Barem vollgestopft. Auf seinem Konto hat er nicht mal genug Geld, um den Wagen aufzutanken. Er ist pleite.«

In der Kirche zum Heiligen Herzen beobachtete Pater Frank Rafferty neugierig, wie eine ihm unbekannte schlanke junge Frau, deren kupferrotes Haar das farbige Sonnenlicht von den schmalen Glasfenstern auffing, in seiner Kirche umherwanderte, als ob sie nach etwas suchte. Sie war nicht katholisch, das sah er an der Art, wie sie das Sakrament auf der einen Seite des Hochaltars ignorierte. Sie beugte weder den Kopf noch bekreuzigte sie sich, als sie daran vorbeiging. Beim ungewohnten Geruch des Weihrauchs verzog sie leicht die Nase. Sie wirkte nachdenklich, ließ eine Hand über die eichenen Sitzbänke gleiten und blickte beim langsamen Vorbeigehen neugierig auf die Statue von Maria mit Kind und die Stationen des Kreuzwegs. Sie hielt nur inne, um die Inschriften an den Wänden zu lesen. Es gab wenig genug davon. Das hier war eine moderne Kirche, aus hellem Beton, spartanisch in der Ausstattung und spartanisch in ihrer kurzen Geschichte.

An den eleganten schmiedeeisernen Gittern der Kapelle der Heiligen Maria, die ein lokaler Handwerker gestiftet hatte, blieb sie stehen, und Pater Rafferty glaubte sie seufzen zu hören. Einen Augenblick lang stand sie bei den flackernden Kerzen und schaute auf das halbe Dutzend Gedenkinschriften, die alle Kindern gewidmet waren. Sie hörte nicht, wie der Priester mit berufsmäßig leisem Schritt hinter sie trat. Seine Soutane rauschte kaum und verursachte keinerlei Luftzug.

»Kann ich Ihnen helfen, meine Liebe?«, fragte er leise. Überrascht nahm er wahr, wie schnell sie sich umdrehte und wie erschrocken sie aussah, wie ein aufgestörtes oder vielleicht schuldbewusstes Tier.

»Ich glaube nicht«, erwiderte Laura. Sie fühlte sich erröten, wie wenn sie bei einer kindischen Tat ertappt worden wäre. »Es sei denn ...«

»Es sei denn?«

»Es sei denn, Sie wären vor zehn Jahren schon hier gewesen, als Michael Thackerays Sohn Ian gestorben ist.«

»Ach«, meinte Rafferty. »Und wer möchte das wissen?«

»Bloß eine Freundin«, sagte sie, und es war beiden klar, dass er ihr das nicht glaubte.

»Eine Freundin der Familie?«, fragte er. Sie schüttelte den Kopf. »Eine Freundin von Michael. Seine Familie kenne ich nicht.«

»Offensichtlich auch seine Geschichte nicht«, meinte Rafferty. Er zögerte. Er ließ Lauras bleiche Schönheit auf sich wirken und ihr rotes Haar, das ihn an eine Frau aus Dublin erinnerte, die er einst bewundert hatte und von der er immer noch träumte, sowie ihre offenherzigen graugrünen Augen, die ihn um etwas baten, wonach zu fragen sie nicht ganz wagte, und er fühlte Mitleid mit ihr.

»Wenn Sie eine Freundin von Michael sind, dann müssen Sie ihn selber fragen, was Sie wissen wollen«, sagte er ruhig. »Ich kann Ihnen nicht helfen.«

»Weil Sie sein Beichtvater sind?«

»Ich war sein Beichtvater. Ich glaube nicht, dass Michael heute noch viel auf Priester gibt«, murmelte Rafferty.

»Seit das da geschehen ist?«, fragte Laura und blickte auf die Gedenkinschrift für Ian, die im weichen Kerzenlicht unter dem gelassenen Blick der Jungfrau Maria lag. Rafferty antwortete nicht. Er beugte nur leicht den Kopf, was sie als Zustimmung nahm. Laura schüttelte wild den Kopf. »Ich dringe nicht zu ihm durch«, sagte sie. »Er will nicht darüber sprechen, und es zerreißt mich ...«

»Ich kann Ihnen nicht helfen, meine Liebe«, erwiderte der Priester. »Ich bete für Sie, für euch beide. Ich würde gern helfen, wenn ich könnte, aber ich kann Vertraulichkeiten nicht enthüllen, so wie Sie es möchten. Ich kann Ihnen nicht sagen, was Sie wissen wollen. Das kann nur Michael.«

Laura machte auf dem Absatz kehrt und marschierte schnell aus der Kirche, ohne sich umzusehen. Rafferty sah ihr traurig nach. Er wusste, wenn Laura fand, was sie suchte, würde es nicht das sein, was sie zu hören wünschte.

Warum, fragte er sich nicht zum ersten Mal, hatte Gott, wenn er wollte, dass die Menschen treu blieben, das menschliche Herz so ungezügelt gemacht? Und warum wurden immer die Unschuldigen verletzt? Ian Thackeray war der Erste gewesen, der wegen Michael Thackeray Schlimmes erlitten hatte, aber er würde offensichtlich nicht der Letzte sein.

Acht

Faith Lawrence rief Laura Ackroyd früh am nächsten Morgen atemlos in der Redaktion an. »Im Lager der Reisenden ist die Hölle los«, sagte sie. »Ray Harding versucht sie zu vertreiben. Wenn Sie schnell raufkommen, kriegen Sie eine hübsche Story.«

Reg Fairchild blickte misstrauisch drein, als sie ihm die Nachricht weiterleitete. Doch er fand keinen triftigen Grund, sie zu hindern, nach High Clough zu fahren und nachzuschauen, was los war. Jonathon West arbeitete an einem anderen Auftrag, und selbst Reg musste zugeben, dass die Azubis zu unerfahren waren, um über eine womöglich gewalttätige Konfrontation zu berichten.

»Das ist nicht unsere Art Story«, versuchte er Ausflüchte zu machen, während Laura bereits Mantel und Stiefel anzog. »Unsere Leser haben keinerlei Sympathien für diese Arbeitsscheuen. Die meisten würden dabei helfen, sie loszuwerden, wenn sie die Chance kriegen würden.«

»Wie sieht es denn mit leben und leben lassen aus?«, fragte Laura verärgert, wartete aber keine Antwort ab. Sie wusste auch so, wie sie ausfallen würde.

Auf der kurvenreichen Straße nach High Clough drückte sie hart aufs Gaspedal. Die letzten zwei Kilometer fuhr sie hinter einem Polizeiwagen mit Blaulicht her, über die Brücke, die Dorfstraße hoch und die letzten paar hundert Meter durch offenes Land bis zum Steinbruch. Bis meine Zeit hier um ist, werde ich noch zur Rallyefahrerin, dachte sie grimmig, bremste hart ab und rutschte in der letzten Kurve leicht weg. Sie parkte am Straßenrand hinter dem Polizeiwagen und folgte zwei Uniformpolizisten den steilen, engen Pfad in den eigentlichen Steinbruch hinab.

Dort herrschte ein wildes Durcheinander. Ein schwerer Traktor stand quer über den Weg und verbarrikadierte Ein- und Ausfahrt für alle anderen Fahrzeuge. Dahinter waren die Kleinlaster und Wohnwagen der Reisenden mitsamt einem altertümlichen, blau und hellgelb angemalten Bus abwehrbereit in einem Kreis geparkt. Die Szene erinnerte gespenstisch an einen Western, wo sich eine Planwagenkolonne gegen räuberische Indianer verteidigt. Der einzige Unterschied, dachte Laura ironisch, war, dass für die meisten gesetzestreuen Bürger hier die Rollen vertauscht waren: Die ›Wilden‹ steckten drinnen und die ›Guten‹ draußen.

Hinter dem Traktor spielte sich offensichtlich ein erregter Wortwechsel ab. Ein wild gestikulierender Haufen von Leuten brach in zwei Gruppen auseinander, als sich die Gesetzeshüter näherten. Laura erkannte die hoch gewachsene Gestalt von Rob Tyler und sah leicht belustigt zu, wie er den Polizisten selbstsicher entgegentrat, eine Gruppe zerzauster Männer und Frauen und Hunde hinter sich. Die meisten Kinder des Lagers schienen die Ereignisse aus der Sicherheit der Wagenburg zu beobachten.

»Ich bin froh, dass Sie hier sind«, erklärte Tyler umgänglich und schloss Laura zusammen mit den Polizisten in seine Begrüßung ein. »Wir haben ein Problem mit Mr. Harding und seinem Traktor.«

Bei der Erwähnung seines Namens trat ein untersetzter, feindselig dreinblickender Mann mit auffallend roten Haaren ebenfalls vor und begann auf die Polizisten einzureden. »Ich will sie von meinem Land runter haben«, sagte er ohne Umschweife. »Ich hab den Traktor mitgebracht, um sie abzuschleppen. Ich will, dass sie am Nachmittag verschwunden sind, sonst kann ich für nichts mehr garantieren. Dem ganzen Dorf stehen sie bis zum Hals: Hippies und Arbeitsscheue und kleine Rabauken. Sie müssen weg. Es ist mein Land, und ich kenne meine Rechte.«

»Mr. Harding weiß, dass ich ein Abkommen mit ihm habe, wonach wir den Winter über hier bleiben können –«, begann Tyler, wurde aber sogleich von Harding unterbrochen, hinter dem sich eine Gruppe von zornigen Anhängern versammelt hatte; einige trugen hässlich aussehende Knüppel.

»Scheiß drauf«, schimpfte Harding. »Ich hab nie eine Bewilligung für diesen ganzen Haufen gegeben. Jedes Mal, wenn ich mich umdrehe, steht noch so ein verfluchter Wagen auf dem Gelände. Überhaupt hat sich die Lage geändert. Ich hab jetzt andere Pläne für das Land. Ich brauch es jetzt wieder.«

Laura hörte, wie hinter ihr jemand scharf die Luft einzog. Sie drehte sich um. Faith Lawrence und Tim standen auf dem Weg, lauschten aufmerksam jedem Wort von Harding und sahen entrüstet aus.

»Dann stimmt es also«, meinte der Junge. »Er will den Steinbruch wieder in Betrieb nehmen.«

»Das habe ich befürchtet«, erklärte Faith leise zu Laura. »Bis jetzt ist es nur ein Gerücht gewesen. Angeblich braucht er keine Baubewilligung, sondern kann den Betrieb einfach wieder aufnehmen, wie und wann er will. Wie viele Kinder werden noch getötet werden, wenn jeden Tag Dutzende von Lastwagen durchs Dorf fahren?«

Laura zückte ihr Notizbuch und begann aufzuschreiben, was sie bis jetzt gehört hatte. Das schien bei Ray Harding nicht auf uneingeschränkte Zustimmung zu stoßen.

»Wer sind Sie, verflucht noch mal?«, fragte er und trat aus der heftigen Debatte aus, die rund um die Polizisten im Gange war. Seine Hand wollte das Notizbuch packen, aber Laura wich schnell aus.

»Ich will nichts im *Observer* drinhaben«, sagte er umstandslos, nachdem sie ihm erklärt hatte, wer sie war. »Das geht nur die und mich was an. Hat nichts mit irgendjemand anderem zu tun, also können Sie schon mal von meinem Land verschwinden. Und Sie ebenfalls, Mrs. Lawrence. Ich will nicht, dass Sie hier rumschnüffeln.«

»Was im *Observer* erscheint, haben wohl nicht Sie zu entscheiden, Mr. Harding«, begann Laura leise und vernünftig. Aber die Bemerkung schien Harding nur noch mehr in Rage zu bringen. Sein Gesicht lief ungesund puterrot an, und er ballte in ohnmächtiger Wut die Fäuste, sichtlich nur beherrscht, weil es seiner Sache nicht dienlich wäre, in Anwesenheit von Gesetzeshütern eine Frau zu schlagen.

»Das werden wir noch sehen«, sagte er, drehte sich um und marschierte zu den Polizisten zurück, als wollte er ihre Dienste in Anspruch nehmen. Die ganze Gruppe wandte sich in Richtung der beiden Frauen, und nach einer kurzen Auseinandersetzung kam einer der Polizisten, gefolgt von Rob Tyler, auf Laura zu.

»Harding wird uns nicht so schnell los«, erklärte Tyler. Er nickte Faith und ihrem Sohn zu, mit einem wachsamen Blick, der Laura irritierte. »Und man hat mir gesagt, wenn ich Sie in meinen Wagen einlade, dann kann er dagegen auch nichts machen, also sind Sie hiermit offiziell eingeladen.« Er grinste entwaffnend, offenbar unbeeindruckt vom schwelenden Groll der einheimischen Männer wenige Meter hinter ihm.

»Wenn er unser Abkommen brechen will, muss er vor Gericht gehen«, fuhr er fort. »Natürlich hat er es in der Zwischenzeit schon mit illegaler Einschüchterungstaktik versucht. Letzte Nacht flogen Ziegelsteine durch ein halbes Dutzend Fenster. Nichts Besonderes, aber es erschreckt die Kinder, also habe ich bei der Polizei Anzeige erstattet. Selbstverständlich wird die nichts unternehmen, aber vielleicht bringt es uns ein paar ruhige Nächte. Man kann ja nie wissen. Kommen Sie und schauen Sie es sich an. Gibt eine gute Story her.«

Ausnehmend selbstbewusst legte Tyler beschirmend die Arme um die beiden Frauen und geleitete sie an der immer noch heftig streitenden Gruppe um die Polizisten vorbei zu dem Kreis aus Kleinlastern und Wohnwagen. Tim Lawrence folgte ihnen dichtauf. Als er den Wagenkreis erreichte, rannten zwei kleine Kinder auf ihn zu und umschlagen seine Beine.

»Melody und Flint«, sagte Tyler zu Laura. Er brauchte nicht zu erklären, dass es seine Kinder waren. Ihr Aussehen verkündete es laut und deutlich. Im Innern des schützenden Kreises standen andere Frauen und Kinder, die meisten von ihnen in merkwürdige Kombinationen von mehr oder weniger abgenutzten Kleidern gehüllt, Schichten von Stoffen und Decken und Selbstgestricktem. Rob führte sie zu seinem umgebauten, fröhlich blau und gelb bemalten Bus. Er stand leicht schräg aufgrund eines Plattfußes.

»Das waren die«, sagte er und wies auf den beschädigten Reifen. »Wie sie erwartet haben, dass wir so von hier verschwinden, kann ich mir nicht vorstellen. Und die Scheiben, schauen Sie –« Er wies auf die Windschutzscheibe des Busses, die auf der Fahrerseite eingeschlagen war. »Und dort.« In mehreren Seitenfenstern gab es ähnliche Löcher, notdürftig mit Karton und Papier abgedichtet. »Ich glaube, sie wollen uns ausfrieren, wenn alles andere nicht hinhaut.«

»Ist jemand verletzt?«, fragte Faith aufgeregt. »Ist Topaz in Ordnung?«

»Topaz?«, fragte Laura.

»Meine Partnerin« erklärte Rob, leicht abschätzig, wie es Laura schien. Er wandte sich wieder Faith zu, als ob sie zu beruhigen für ihn das Wichtigste sei. »Ja, wir sind alle in Ordnung«, sagte er. »Wir schlafen im hinteren Teil, und den haben sie in Ruhe gelassen, wenn auch wohl nicht aus Menschenfreundlichkeit. Als ich das Glas splittern hörte, habe ich mein Gewehr geholt und in die Bäume geschossen. Das hat sie verscheucht.«

»War das klug, Rob?« Die Besorgnis von Faith wuchs offensichtlich, als sie den kleinen Clan von Kindern betrachtete, die sich neugierig um sie versammelt hatten. »Du willst doch keinen Krieg anzetteln.«

»Wir sind es nicht, die den Krieg anzetteln«, antwortete er. Die beiden Frauen sahen sich mit demselben Gedanken an: Die Reisenden mochten den Krieg nicht anzetteln, aber sie waren zweifellos diejenigen, die ihn am Ende verlieren würden.

Faith Lawrence saß müde und ausgelaugt am Küchentisch Laura gegenüber, die sie auf eine Tasse Tee eingeladen hatte. Sie strich ihr feines silbergraues Haar aus der Stirn. Heute, dachte Laura, sah Faith so alt aus, wie sie wirklich war.

»Es wird eskalieren. Davor fürchte ich mich», sagte Faith. »Es gibt eine Menge Kinder hier oben. Jemand könnte ernstlich verletzt werden. Und Tim verehrt Rob. Er verbringt die Hälfte seiner Zeit im Lager. Ich fürchte halb, er schließt sich ihnen an, wenn sie weiterziehen. Er hat sich völlig in Ökologie, grüne Forderungen und so weiter verbissen ...«

»Dorfleben«, meinte Laura und blickte sich in der steinernen Küche um, in der sich die Katzen ausgiebig am ehrwürdigen Steinherd reckten. »Es sieht reizvoll aus, aber unter der Oberfläche gärt alles Mögliche.«

»Ich hab das niemals gewollt«, erwiderte Faith scharf. »Es war reine Notwendigkeit. Hintergrund war eine vollkommene Katastrophe, wenn Sie's wissen wollen.« Sie errötete leicht und hatte offenbar das Gefühl, zu persönlich geworden zu sein. Laura lächelte beruhigend.

»Tim hat mich einigermaßen ins Bild gesetzt. Ich hab ihn im Auto zum Lager mitgenommen.«

»Er ist kreuzunglücklich, und ich scheine ihm nicht helfen zu können«, meinte Faith. »Er hat die Schule aufgegeben, es gibt keine Arbeitsplätze, er ist wütend auf seinen Vater ...« Sie zuckte die Achseln. »Vielleicht wäre es das Beste, wenn er für eine Weile wegginge. Es würde Gerry und mir die Chance geben, die Dinge wieder ins Lot zu rücken – falls das möglich ist.« Sie zerkrümelte ein Biskuit zwischen ihren Fingern auf den Tisch.

»Reden Sie, wenn das hilft«, sagte Laura. »Ich nehme nicht an, dass ich irgendwie helfen kann, aber Sie wissen ja, was man über geteiltes Leid sagt.«

»Ich hätte mir nicht vorgestellt, dass Reporter so sind wie Sie«, meinte Faith. »Der einzige andere Journalist, den ich je gekannt habe, war ein geschmeidiger junger Mann vom *Daily Telegraph*, den ich bei den Rennen in Ascot kennengelernt habe. Eton und Christ Church College in Oxford oder so was. Kennen Sie den Typ? Einer von denen, die denken, die Welt schuldet ihnen ein Einkommen und Frauen schulden ihnen einen Gefallen. Gerrys Geschäft hatte eine Loge, unterhielt Geschäftsfreunde, all diese Sachen ...« Ihre Stimme verlor sich, und sie sah sich in der Küche um, Bedauern über das Verlorene im Blick.

»Wie kamen Sie dazu, sich für Umweltfragen zu interessieren?«, fragte Laura. Der soziale Hintergrund der Ehefrau eines Geschäftsmanns, den Faith gerade angedeutet hatte, schien sich nicht mit ihren gegenwärtigen grünen Anliegen zu vertragen.

»Eigentlich durch Zufall. Ich hatte eine Freundin, die Vorsteherin einer Mädchenschule in unserer Nähe, und sie wollten eine Verbindungsstraße zur Autobahn M25 direkt durch deren Sportplatz legen. Es war so banausisch, quer durch eines der wunderschönsten Täler in der Umgebung, dass es mich wütend machte und ich ihr bei der Kampagne half. Wir organisierten Petitionen und schwenkten Plakate, und ein paar tapfere Seelen legten sich vor die Bulldozer. Natürlich stießen Hippies und Reisende aus ganz Südengland dazu, wurden verhaftet und brachten die Einheimischen gegen sich auf. Da habe ich Rob Tyler und Topaz kennengelernt. Die Planer haben das ganze letztlich gar nicht beachtet, aber damals schien es den Einsatz wert zu sein.»

»Und dann sind Sie nach Yorkshire gezogen?«

»Und dann mussten wir nach Yorkshire ziehen«, korrigierte Faith. Etwas von ihrer normalen Schroffheit kehrte in die Stimme zurück. »Reden wir nicht um den heißen Brei herum, Laura. Dieses Haus war unsere Rettung. Wenn Tante Dora nicht gestorben wäre, wären wir auf der Straße gelandet.«

»Der Zusammenbruch von Lloyd's?«

»Ach, das war nur der letzte Tropfen. Gerry war schon lange am Schliddern: Freunde und Kollegen, die ihn deckten; offiziell Erkältungsanfälle, wenn er sich besinnungslos getrunken hatte, die Streitereien, die versteckten Flaschen in der Sockenschublade, im Gartenhäuschen, wo auch immer, das Selbstmitleid, die Versprechungen, es aufzugeben ... Tut mir Leid, ich kann nicht mehr gut die loyale Ehefrau markieren. Es geht schon zu lange.

Ursprünglich hatte ich vor, nur mit Tim hier raufzukommen. Ich wollte Gerry verlassen, damit er sich selbst retten konnte, wenn das Haus in Surrey verkauft war. Aber zwei Tage, bevor wir ausziehen wollten, entließ er sich selber aus der Klinik, in der er angeblich ausgenüchtert werden sollte. Ich packte ihn auf den Rücksitz und nahm ihn mit. Ein bisschen wie ein Familienhund, von dem man sich nicht zu trennen vermag.« Sie lachte ziemlich freudlos.

»Ist er gegenwärtig in Behandlung?«, fragte Laura.

»Er behauptet, er geht zu Treffen der Anonymen Alkoholiker. Natürlich hat er seinen Führerschein abgeben müssen, also nimmt er den Bus nach Arnedale, aber meistens kommt er mit einer Schnapsfahne zurück. Normalerweise kann er sich eine Rückfahrt erbetteln. Kürzlich hat ihn ein vollkommen Fremder nach Hause gebracht. Sagte, er sei Joe Thackerays Sohn. Hatte ihn in der Broad Street gefunden und heimgebracht. Also weiß ich nicht genau, was er dort unten treibt und was ich glauben soll. Er ist verschlagen, ausweichend. Sie wissen ja, wie Alkoholiker sind.«

»Eigentlich nicht«, erwiderte Laura, entsetzt über das, was Faith erzählte und die Möglichkeit, ja Wahrscheinlichkeit, dass Michael Thackeray einst diesen Weg beschritten hatte.

»Ich möchte mal wissen, wo er das Geld fürs Trinken herkriegt«, fuhr Faith fort. Nachdem sie einmal begonnen hatte, sprudelte es jetzt nur so aus ihr heraus, ungeachtet der Wirkung auf Laura. »Von mir kommt es sicher nicht. Ich halte den Laden zusammen mit dem wenigen Kapital, das mir meine Tante zusammen mit dem Haus hinterlassen hat. Aber das wird nicht mehr lange reichen. Sehr bald brauche ich einen Job, oder wir nagen am Hungertuch.«

»Es tut mir Leid«, sagte Laura und fühlte sich hilflos.

»Das sollte es nicht«, meinte Faith. »Ich komm schon klar. Ich geb nicht so schnell auf. Außerdem hab ich hier oben eine gewisse Entschädigung gefunden.« Sie lächelte befriedigt, führte das aber nicht weiter aus. »Und jetzt«, meinte sie, »erzähle ich Ihnen mal, wie wir Ray Harding daran hindern wollen, den Steinbruch wieder in Betrieb zu nehmen.«

Laura notierte sich pflichtbewusst die Pläne von Faith, sich mit anderen Gruppen gegen Steinbrüche in den Dales zusammenzutun. Es war eine gute, solide, alltägliche Story über eine Protestaktion; eine jener Kampagnen, die in allen ländlichen Gebieten Englands begonnen hatten, seit bislang abgelegene Gebiete durch neue Straßen und Autobahnen für Pendler und Käufer von Zweitwohnungen erschlossen wurden und traditionelle Gemeinschaften, durch die wirtschaftlichen Einbrüche der späten achtziger Jahre erschüttert, verzweifelt nach neuen Wegen suchten, ehrliches Geld zu verdienen.

Sie wollte gerade gehen, als sich die Küchentüre öffnete und zu ihrer Überraschung Rob Tyler mit der Vertrautheit eines regelmäßigen Besuchers eintrat. Er wirkte überrascht, Laura anzutreffen, und einen Moment lang schien Faith aus der Fassung zu geraten.

»Ich wollte dir bloß sagen, dass Tim heute Nacht im Lager bleibt«, erklärte Tyler. Seine dunklen Augen blickten amüsiert. Eine Hand leicht auf Faiths Schulter gelegt stand er da, und sie blickte mit einer Wärme zu ihm auf, die alles über die in High Clough gefundene Entschädigung enthüllte.

»Ich muss gehen«, meinte Laura. Die offenkundige Intimität zwischen den beiden berührte sie peinlich.

»Doch nicht unseretwegen«, erwiderte Tyler.

»Aber wegen meinem Chefredakteur.«

»Der vermutlich kein Wort von dem drucken wird, was wir Ihnen heute Nachmittag gesagt haben«, meinte Faith trocken.

»Das wollen wir doch mal sehen«, versprach Laura.

Keine der beiden Frauen behielt ganz Recht. Reg Fairchild lehnte sich mit halb geschlossenen Augen in seinem Stuhl zurück und hörte Lauras Bericht über die Auseinandersetzung in High Clough gleichmütig zu.

»Früher waren es richtige Zigeuner, die auf ihrer Fahrt zum Pferdemarkt in Appleby hier wohnten«, sinnierte er. »Ich werde ein Kapitel über sie in meinem Buch schreiben.«

»Ihrem Buch?«, fragte Laura überrascht.

»Ich schreibe ein Buch über die Geschichte der Dales«, erklärte Fairchild scharf. »Obwohl ich bezweifle, dass ich es fertig kriege, bevor ich in Rente gehe. Es gibt in diesen abgelegenen Dörfern jede Menge mündlich überlieferter Geschichte, wenn man sich die Mühe macht, danach zu fragen.«

»Das glaube ich«, murmelte Laura. »Aber was diese Story betrifft ...«

»*Die* sind keine Zigeuner«, sagte Fairchild und kehrte abrupt in die Gegenwart zurück. »Das sind bettelnde Arbeitsscheue. Parasiten. Haben Sie den Bauern nach seiner Meinung befragt? Wir können die Story als Versuch aufziehen, eine Bedrohung für die lokale Umgebung loszuwerden, mit Harding als Held.«

»Harding ist kein Held, er ist ein Schläger«, meinte Laura geradeheraus.

»Tja, nun, vielleicht hat er gute Gründe, wütend zu sein. Sein Bruder hat sich während der letzten Michaelsmesse mit einem Gewehr das Hirn aus dem Schädel gepustet, weil er finanziell nicht mehr klar kam. Hatte einen Bauernhof drüben Richtung Netherdale.«

Laura hielt kurz inne, aber nur sehr kurz. »Backsteine durch Fenster auf schlafende Kinder zu werfen, könnte tödlich enden«, beharrte sie.

»Wissen wir, dass Mr. Harding die Backsteine geworfen hat?«

»Also – nein«, musste Laura zugeben.

»Dann ist das, was Sie da behaupten, Verleumdung. Das sollten Sie wissen.«

Laura wurde rot. Fairchild hatte Recht. Und sie hätte das selbst und von vornherein erkennen müssen. Dass Harding an der mitternächtlichen Belästigung des Lagers beteiligt war, war reine Vermutung von Rob Tyler. Niemand hatte die Angreifer gesehen, die in der Dunkelheit gekommen und wieder verschwunden waren. Sie schalt sich innerlich eine Idiotin und wusste, dass sie ihr Anliegen unwiderruflich geschwächt hatte.

»Sprechen Sie mit Harding, holen Sie sich seinen Standpunkt«, sagte Fairchild. »Wir reservieren dafür ein paar Absätze. Und dann klemmen Sie sich besser wieder hinter Ihr Weihnachtsfeature.«

Laura ging zu dem überladenen und unordentlichen Schreibtisch zurück, den sie von Greg Winters übernommen hatte, ebenso wütend auf sich wie auf Fairchild. Quer durch den Raum lächelte ihr Jonathon West boshaft zu, als wüsste er, dass ihr Gespräch mit dem Chefredakteur nicht das Erhoffte erbracht hatte.

Auf ihrer Schreibmaschine lagen zwei handschriftliche Notizen. Die eine bat sie, Ted Grant bei der *Gazette* in Bradfield anzurufen, die andere bestand nur aus dem Namen Thackeray und einer Telefonnummer hier in Arnedale. Die Schrift war die von West, und Laura wusste, dass er sie scharf beobachtete.

Sie erledigte den einfacheren Anruf zuerst. Ted war, wie vorherzusehen, kurz angebunden und despotisch, und seine Anweisung nicht sehr willkommen – was weniger vorhersehbar war. Er erklärte, dass David Ross Ende der Woche einen Anruf von ihr erwarte. Er sei auf Ergebnisse erpicht.

Verärgert unterbrach sie die Verbindung und wählte die Nummer, die Thackeray hinterlassen hatte. Eine ihr unbekannte Stimme in breitem ländlichen Dialekt klang misstrauisch und wenig hilfsbereit. »Er ist schon wieder weg«, sagte Joe Thackeray. »Zurück nach Bradfield. Wer sind Sie?«

»Nur eine Freundin«, erklärte Laura. Manchmal fragte sie sich allerdings, ob sie vielleicht nicht einmal das war.

»Wie ist Ihr Name?«, beharrte der alte Mann. Doch sie legte auf, ohne zu antworten und starrte lange auf den Hörer. West unterbrach ihre privaten Gedanken mit der üblichen Direktheit.

»Haben Sie das schon gesehen?«, fragte er und warf ihr eine zusammengerollte Zeitung zu. Laura entfaltete sie langsam. Es war das Gratisblatt, *Inside Info*, das unregelmäßig publiziert wurde, meist ein paar Tage, bevor der *Observer* erschien. Die Schlagzeile war die, die sie sich selber gewünscht hatte: ›High Clough droht ein Steinbruch‹. Und die Story war die, die sie hatte schreiben wollen. Aber es steckte noch mehr darin. Laut Fergal Mackenzie gab es Gerüchte im Dorf, ein weiterer Hof werde an einen mysteriösen Bauunternehmer verkauft. Das fragliche Land lag in West Rigg und gehörte Joe Thackeray.

Laura stöhnte, und West schenkte ihr einen Blick triumphierenden Mitgefühls. »Derselbe Thackeray, oder?«, fragte er erbarmungslos mit einem Seitenblick auf die Nachricht, die er für sie in Empfang genommen hatte.

»Das ist hier in der Gegend ein verbreiteter Name«, gab sie bissig zurück. »Aber das lässt uns nicht besonders gut informiert aussehen.« Sie wies auf das Gratisblatt.

»Unsinn. Kein Mensch interessiert sich für diese Kampagnen. Die Einheimischen werden sich um Jobs im Steinbruch reißen«, konterte er. »Die interessieren sich nicht für die Grünen und ihre Hirngespinste.« Er wandte sich ab und traktierte eine Zeit lang halbherzig seine Schreibmaschine. Dann nahm er seine Attacke wieder auf. »Was machen Sie Weihnachten?«, raunte er, wobei er sich vertraulich in ihre Richtung neigte.

»Was geht Sie das an?«, konterte Laura schärfer als beabsichtigt. Schuldbewusst fiel ihr ein, dass sie noch keinerlei Vorbereitungen für die Feiertage getroffen hatte, die sie wie üblich mit ihrer Großmutter verbringen würde. Die Aussicht erfüllte sie ausnahmsweise nicht mit großer Begeisterung, hauptsächlich weil sie bisher nicht den Mut gefunden hatte, Michael Thackeray nach seinen Plänen zu fragen, da sie eine seiner unwägbaren, betäubend schmerzhaften Zurückweisungen fürchtete. West schien ihre Unklarheit zu spüren, denn er verfolgte das Thema weiter.

»Vielleicht hätten Sie Lust, mit zu meinem Onkel zu kommen. Es gibt dort immer eine große Party, mit Truthahn und Rosinenplumpudding, Weihnachtsliedern und am Stephanstag einer kleinen Jagd. Alles sehr traditionell und nett.«

»Wenn ich einen Jagdhund sehe, versuche ich ihn eher von der Fährte abzubringen, als ihm zu folgen«, erklärte Laura scharf. »Ich werde nie verstehen, warum ihr das Wild nicht in Ruhe lassen könnt.«

»Und ich verstehe nicht, warum ihr Städter darauf beharrt, euch in etwas einzumischen, von dem ihr offensichtlich nichts versteht«, gab West zurück.

»Es ist nett gemeint, aber ich bin für Weihnachten schon verabredet«, erklärte Laura besänftigend. Schließlich musste sie mit diesem unerträglichen jungen Mann zusammen arbeiten, und durch Feindseligkeit ließ sich nichts gewinnen.

»Aha«, erklärte West wissend. »Sie müssen gar nichts weiter sagen.«

Laura biss auf die Zähne, schluckte ihren Stolz herunter und befolgte seinen Rat. Zumindest diesmal.

Neun

Fergal Mackenzie war ein haariger Mann. Mit wachen, wissenden Augen blickte er aus einem Wust dichter, dunkelgrauer Locken und einem ebenso dichten buschigen Bart auf die Welt, Augen, die schon alles und noch etwas mehr gesehen zu haben schienen. Selbst seine Hände waren dicht behaart, und Laura mutmaßte, dass Arme und Brust, falls er sich je von seinem schmuddeligen Jeanshemd trennte, ebenfalls mit dichtem Pelz überzogen waren. Hätte er spitze Ohren enthüllt, hätte sie das nicht besonders überrascht.

Aber Mackenzie, den sie in einem verfallenen Steincottage in einer heruntergekommenen Gasse in der Nähe des Kanals ausfindig gemacht hatte, wo er offenbar sowohl wohnte als auch arbeitete, war kein Narr. Zwischen den Bücher- und Papierstapeln auf seinem Schreibtisch stand das Neuste an Computertechnologie mit allem Zubehör, das ihn mit der Außenwelt verband.

»Was verschafft mir die Ehre eines Besuchs vom *Observer*?«, fragte er. Sein schottischer Akzent war weniger ausgeprägt als erwartet, eher Edinburgh als Glasgow. Seine Augen leuchteten in diebischer Freude.

»Wenn die rauskriegen, dass ich Sie besucht habe, habe ich vermutlich keinen Job mehr«, sagte Laura direkt.

»Aha«, meinte er wissend. Er wies auf einen abgenutzten braunen Plüschsessel, der in besseren Tagen in einem anrüchigen viktorianischen Etablissement nicht fehl am Platze ausgesehen hätte. »Darf ich daraus schließen, dass Sie keine schrankenlose Anhängerin des Heiligen Reg Fairchild sind?«

»Das kann man wohl sagen«, antwortete Laura mit einem schwachen Lächeln.

»Irgendein spezieller Grund dafür?«, fragte Mackenzie mit offensichtlich gespielter Arglosigkeit. Seine Ähnlichkeit mit einem Gartenzwerg wurde durch die vorgetäuschte Unschuld noch verstärkt.

»Ich habe gedacht, Sie könnten mir einen Grund liefern. Sie lassen genügend Andeutungen fallen. Wie kommt es, dass Sie aus dem hohen Norden anreisen und lokale Skandale ausfindig machen, die zuvor niemand bemerkt zu haben scheint? Was tun Sie eigentlich hier?«

»Fragen über Fragen«, neckte Mackenzie mit einem Lächeln, das sowohl zu einer besonders kratzbürstigen Katze als auch zu einem ziemlich gutmütigen Tiger passte. »Ich erzähl Ihnen eine Geschichte«, sagte er. »Sitzen Sie bequem?«

Laura grinste unwillkürlich entwaffnet. Sie setzte sich im durchhängenden Plüschsessel zurecht und zog sich den Rock über die Knie.

»Es war einmal«, begann Mackenzie ganz ernsthaft, »ein Kaiser, der neue Kleider brauchte ...«

»Die Geschichte kenne ich«, meinte Laura.

»Tja, wie steht's dann mit der über das kleine Mädchen mit dem roten Käppchen, dessen Großmutter im Wald wohnte ...?«

»Kenne ich auch«, erwiderte Laura. »Wie wär's mit einer klassischen Geschichte: Das hübsche hölzerne Pferd, das die Bürger nach Troja hineinschleppten ...?«

»Sehr gut«, meinte Mackenzie, »und die Moral von der Geschichte?«

»Wenn man keine Fragen stellt, nicht die richtigen Fragen stellt, dann wird man reingelegt oder auch nach Strich und Faden übers Ohr gehauen?«

»Genau. Ich bin ziemlich zufällig vor sechs Monaten nach Arnedale gekommen. Ich habe jahrelang oben in Schottland ein radikales Blättchen herausgegeben, und es ist eingegangen, deshalb hab ich mich entschieden, mit meiner Abfindung nach Süden zu ziehen. Ein paar Wochen lang hab ich bei einem Freund in Netherdale gewohnt und angefangen, den Arnedale *Observer* zu lesen, und ich konnte nicht umhin zu bemerken, dass niemand hier in der Gegend die richtigen Fragen stellt, oder überhaupt Fragen stellt.«

»Worüber?«

»Eigentlich über alles. Aber besonders darüber, warum diese Stadt durch Bauunternehmungen ruiniert wird, die den Planungsvorschriften eine lange Nase drehen, sich über den Landschaftsschutz hinwegsetzen und offenbar alle Fehler der sechziger Jahre in den angeblich so umweltbewussten Neunzigern wiederholen.«

»Die Leute stellen durchaus Fragen«, meinte Laura. »Die Leserbriefe, die beim *Observer* eintreffen, sind voller Proteste. Sie werden bloß nicht gedruckt.«

»Ebenso wenig wie die Ansichten der Politiker und Aktivisten, deren Gesichter denen nicht passen, die hier das Sagen haben. Zumindest sind sie nicht gedruckt worden, bis ich aufgetaucht bin und ihnen eine Stimme gegeben hab.«

»Wobei Sie sich äußerst unbeliebt gemacht haben«, ergänzte Laura und erinnerte sich an Barry Moores Drohungen gegen Mackenzie während der Weihnachtsfete.

»Ja, tatsächlich«, meinte Mackenzie. »Aber wenn man seinen Job richtig macht, kann man nicht erwarten, allzu beliebt zu werden, oder? Sie haben das sicher mittlerweile gelernt, falls Sie wirklich eine Reporterin sind.«

Laura nickte. Es war eine unbequeme Maxime, die der wenig zimperliche Ted Grant sicher unterschrieben hätte. Sie blickte auf Mackenzies Bücherregale und erkannte ein paar marxistische Titel, die sie während ihrer Studienzeit ebenfalls beeindruckt hatten.

»Und es nützt alles der Sache«, meinte sie. »Ich hätte nicht gedacht, dass es in den Yorkshire Dales revolutionäre Kader gibt.«

»Es ist ein langer Marsch, Genossin«, erwiderte Mackenzie, »ein langer Marsch.« Offenbar wollte er das Thema nicht weiter verfolgen. »Und wie lautet die nächste Frage, Ms. Ackroyd?«

Laura griff seinen Ton wieder auf. »Warum wird im *Observer* nicht über die Proteste berichtet, Mr. Mackenzie?«, fragte sie.

»Sehr gut, Ms. Ackroyd.« Mackenzies Gesicht verdüsterte sich plötzlich, und er ließ den scherzenden Ton fallen. »Wenn ich das wüsste, hätte ich es veröffentlicht. In dieser Beziehung vergeuden Sie also Ihre Zeit. Ich halte keine Informationen zurück. Sowie ich etwas beweisen kann, drucke ich es.«

»Und was können Sie bis jetzt noch nicht beweisen?«, erwiderte Laura schnell.

»Dass Barry Moore dank Geld und Druck zum Millionär werden will – mindestens. Vielleicht Schlimmeres. Und einer der Leute, die er kauft oder unter Druck setzt, ist Ihr geschätzter Chefredakteur. Aber vermutlich ist das Ruhigstellen der Presse nur ein Nebenschauplatz. Figuriert auf seiner Steuererklärung wahrscheinlich unter Public Relations.«

»Das muss ich beweisen können«, meinte Laura.

»*Sie* müssen das beweisen können?«, fragte Mackenzie überrascht.

»Im Gegensatz zu dem, was Sie denken, ist die Firma nicht beglückt darüber, wenn ihr Chefredakteur gekauft oder unter Druck gesetzt wird«, erklärte sie.

»Also deswegen sind Sie hier«, erwiderte Mackenzie boshaft lächelnd. »Ich hab es ein wenig komisch gefunden, dass Greg Winters ersetzt wurde. Die Nachrichten, die der *Observer* druckt, könnten von Reg und ein paar angelernten Schimpansen geschrieben werden.«

»Autsch«, machte Laura.

Mackenzie reckte sich ausgiebig und hackte ein paar Wörter in seinen Computer. »Reg Fairchild«, erklärte er, als ein Text auf dem Bildschirm aufleuchtete. »Ich habe eine Liste von Themen, zu denen er in den letzten zwölf Monaten Leitartikel geschrieben hat, sowie seine Position dazu. Die Umgehungsstraße – direkt durch eine Au von besonderer wissenschaftlicher Bedeutung: ›entscheidend für Arnedales künftigen Aufschwung‹. Der Ausbau des Industriegebiets: ›neuer Stellenboom für Arnedale‹ – es erübrigt sich zu sagen, dass der Boom bisher nicht eingetreten ist. Ein Golfplatz und eine Freizeitanlage in Netherdale: ›aufregende neue Gelegenheiten für die Dales‹. Das betraf übrigens den Hof von Ray Hardings Bruder. Cheetham and Moore kauften ihn für einen Bauunternehmer, nachdem sich David Harding erschossen hatte. Die Untersuchung des Todesfalls findet zufällig am kommenden Freitag statt. Könnte spannend sein. Die Baubewilligung ist problemlos durchgegangen, obwohl sie für das Land vermutlich nur Preise für landwirtschaftliche Bewirtschaftung bezahlt haben – mit anderen Worten praktisch nichts angesichts der gegenwärtigen Marktlage für Schafe.«

»Cheetham and Moore sind wichtige Inserenten im *Observer*. Das Blatt ist auf ihre Anzeigen angewiesen.«

»Das ist das eine. Sie würden sich zweifellos nicht scheuen, ihre

Anzeigen zurückzuziehen, falls es ihnen nützt«, stimmte Mackenzie zu.

»Glauben Sie, das ist alles?«

»Ach nein, keineswegs. Meine Hauptfrage bezüglich Barry Moore ist nicht, ob er die Gesetze bricht, sondern wie.«

»Er scheint auf ziemlich gutem Fuß mit den Gesetzeshütern zu stehen«, steuerte Laura bei und erinnerte sich an Chefinspektor Les Thorpe. »Zumindest mit dem Chef der Kripo.«

»Tut er das? Das hab ich bisher nicht gewusst«, meinte Mackenzie fröhlich und tippte etwas in seine Tastatur. »Damit haben Sie sich einen Gefallen meinerseits verdient.« Er zog eine Scotchflasche aus einer Schublade. Als Laura nickte, schenkte er großzügig ein. »Was wollen Sie wissen?«

»Alles, was Sie über Reg haben«, sagte sie schnell, bevor ihre Skrupel sie übermannen konnten. Mackenzie nahm einen kräftigen Schluck Scotch und wandte sich wieder dem Bildschirm zu. Er setzte einen Drucker in Bewegung, der ein um das andere dicht beschriebene Blatt auszuspucken begann.

»Sieht wie eine Biografie aus«, meinte Laura.

»Also, glauben Sie mir, das ist es auch«, erklärte Mackenzie. »Ich hab den Großteil der Bevölkerung von Arnedale hier drin. Wunderbar, all die Verbindungen, die man mit einem guten Programm herstellen kann.«

»Ist das nicht gefährlich?«, fragte Laura ernst. »Jeder, der das herausfindet, könnte es löschen.«

»Keine Sorge«, erwiderte Mackenzie. »Ich bin nicht so blöd, wie ich aussehe. Ich hab von allem Kopien gemacht, und die Disketten sind an einem Ort versteckt, den nicht mal Barry Moore mit all seinen Verbindungen finden kann. Was für einen Eindruck hatten Sie übrigens von Faith Lawrence, als Sie oben in High Clough waren? Ich hab Ihrer Story über den Unfall entnommen, dass Sie mit ihr gesprochen haben.«

Laura zögerte. Zweifellos würde jeder Klatsch, den sie weitergab, pflichtbewusst zum späteren Gebrauch in Mackenzies Computer landen.

»Zähe Frau mit chaotischem Familienleben«, meinte sie kurz angebunden.

»Tja, ich bin eines Abends in der Broad Street über ihren Ehemann gestolpert – ganz wörtlich. Hier unten sieht man nicht viele, die so sternhagelvoll sind wie der. In den alten Zeiten am Samstagabend in Edinburgh war das anders.«

»Sie glaubt, er geht zur Behandlung nach Arnedale«, erklärte Laura und erinnerte sich an ihre eigene Begegnung mit dem vertikal herausgeforderten Gerry Lawrence.

»Das mag sie vielleicht glauben. Mein Eindruck ist, dass es Leute gibt, die ihn ganz gerne mit Öl am Hut sehen und ihn als nützliche Quelle benutzen, um Informationen über seine Frau zu kriegen. Der arme Kerl merkt vermutlich nicht mal, dass er ausgenützt wird. Sind ja alles gute Kumpel im Club der Konservativen.«

Laura trank ihr Glas aus und stand auf. »Sie sind sehr gut informiert«, meinte sie kühl.

»Tja, das sollten Sie auch sein, wenn Sie in dieser Stadt überleben und gedeihen wollen«, erwiderte Mackenzie. »Machen Sie sich nichts vor, Mädchen. Sie haben es hier nicht mit Bauerntölpeln zu tun. Reg Fairchild mag ein naiver alter Narr sein, aber er rennt mit den Wölfen. Passen Sie bloß auf, dass Sie nicht wie Rotkäppchen gefressen werden, wenn Sie die richtigen Fragen zur falschen Zeit stellen.«

Laura fuhr diese Nacht nach Bradfield zurück. Sie fühlte sich verunsichert und unbefriedigt, und ganz konkret sehnte sie sich danach, eine Nacht lang in ihrem bequemen Bett schlafen zu können. Achtlos warf sie ihre Tasche auf den Boden und blickte flüchtig auf die *Gazette,* die auf dem Flurboden lag. Sie nahm das verschwommene Foto eines Mannes auf der Titelseite wahr, vermutlich Thackerays Hauptverdächtiger, neben einem Aufruf an ihn, sich mit der Polizei in Verbindung zu setzen, um ihn ›aus den Untersuchungen auszuschließen‹. Thackeray musste Fortschritte machen, dachte sie, als sie den Telefonhörer ergriff und ihn zu Hause anrief. Aber es ging niemand ran. Also versuchte sie Vicky Mendelsons Nummer, wo sofort abgenommen wurde.

»Ich bin gerade nach Hause gekommen. Ich muss reden«, sagte Laura.

»Mit mir oder mit Michael?«, fragte Vicky. »Er ist hier. Er hat sich zum Abendessen eingeladen. Soll ich ihn rufen? Willst du mit ihm reden?«

Laura zögerte. »Unbedingt, Vic«, sagte sie dann und flüsterte, damit sie niemand anders als Vicky hören konnte. »Aber ich will nicht, dass er das weiß.«

»Ach, Laura, du bist schlecht drauf«, erwiderte Vicky ebenso leise. Ihre Stimme klang belegt. »Er wirkt ebenfalls deprimiert. Warum könnt ihr beide nicht aufhören, euch gegenseitig zu quälen, und die Sache in Ordnung bringen? Ich sag ihm, dass du zu Hause bist, ja? Wetten, dass er plötzlich eine Entschuldigung findet, heimzugehen?«

»Da wäre ich mir nicht so sicher«, erwiderte Laura nüchtern. »Wie geht es Naomi Laura?«

»Blühend«, antwortete Vicky stolz. »Noch ein Zahn mehr und endlich ein paar ruhige Nächte. Komm bald vorbei, um sie zu sehen.«

Es verging eine Stunde, bis Thackeray kam. Laura hatte ihn schon fast aufgegeben. Er hatte den Kragen gegen die bittere Kälte hochgeschlagen, sein Gesicht war grau vor Müdigkeit, und in der Wohnung sackte er umstandslos mit den Händen in den Taschen und gebeugten Schultern auf ihrem Sofa zusammen.

»Ich dachte schon, ich hätte dich verpasst«, sagte sie. Ihre Nervosität über das, was in High Clough entschieden worden war, machte sie beinahe so zurückhaltend, wie er sich offenbar fühlte. Sie hätte sich gern neben ihn gesetzt und ihn umarmt; aber sie wusste aus Erfahrung, dass er in sich dieser Stimmung nur versteifen und ihre ungehemmte Zuwendung zurückweisen würde.

Er sah zu ihr auf, sah ihr bleiches, ungeschminktes Gesicht, die Wolke rotgoldenen Haares sowie die Nervosität in ihren Augen, und er wünschte, er könnte ihr mehr Freude machen. »Mein Vater hat eine schlechte Wirkung auf mich«, sagte er entschuldigend.

»Und deine Mutter?«

»Sie liegt im Sterben«, erklärte er einfach. »Liegt da mit einem Blick, der schwer zu ertragen ist ...« Er zuckte die Achseln. Den Schmerz im niedrigen Schlafzimmer konnte er nicht beschreiben, in dem der Wind selbst in den mildesten Sommertagen wie ein Klagegesang getönt hatte. »Es ist kein Leben«, sagte er. Zorn und Verzweiflung, die er in West Rigg gefühlt hatte, ließen seine Stimme brüchig werden. »Mein Vater hätte diesen meinen Gedanken als Todsünde verdammt, aber sie wäre besser schon tot.«

»Was hast du entschieden?«, fragte sie schnell.

»Ich bewerbe mich als Kripochef, wenn sie mit der Reorganisation loslegen«, erklärte er. »Ich glaube, ich kann besser Schurken als verlorene Schafe jagen.«

»Das glaube ich auch«, bestätigte sie mit einer gewaltigen Erleichterung, die sie selber überraschte. Es war ihr nicht klar gewesen, wie sehr sie gefürchtet hatte, dass Michael Thackeray nach Arnedale zurückkehrte; doch seine Neuigkeit schien eine große Last von ihren Schultern zu nehmen. Sie wusste nicht genau, warum er den Ort so hasste, aber sie war überzeugt, dass er es nicht aushalten würde, falls er zurückkehrte. Das zeigten die Alpträume, die zuweilen seinen Schlaf störten, nur allzu deutlich. »Aber dein Vater ist enttäuscht?«

»Sehr.«

»Wird der Hof verkauft?«

»O ja. Er kommt damit nicht mehr zurande. Und man kann kein Geld mehr damit machen, was er mir verschwiegen hat, als er versucht hat, mich zur Übernahme zu bewegen.« Thackeray klang so deprimiert wie noch nie, seit sie ihn kannte, dachte Laura und wusste nicht, wie sie die Barriere durchbrechen konnte, die er wieder zwischen ihnen zu errichten schien.

»Der Gratisanzeiger-Mann vermutet, dass das Land an einen Bauunternehmer geht – es würde mich nicht wundern, wenn es Barry Moore wäre.« Sie machte Konversation, nur um überhaupt etwas zu sagen. In seiner Gesellschaft fühlte sich Schweigen nie behaglich oder tröstlich an, dachte sie düster, weil es zu viel Drohung enthielt.

Aber Thackeray blickte sie scharf an, als sie die Vermutung bestätigte, die sein Vater bereits über das Schicksal des Hofes geäußert hatte.

»Warum Moore?«, fragte er.

»Einfach weil er – oder seine Kunden – anscheinend alles aufkaufen, was sie zum Bebauen kriegen. Sie planen einen Golfplatz oben in Netherdale, was mir ziemlich abwegig vorkommt, auf einem Hof, wo sich irgendein Kerl erschossen hat. Vielleicht haben sie auch für High Clough entsprechende Pläne.«

»Was hast du sonst noch über Barry Moore herausgefunden?«, fragte Thackeray. Laura bemerkte plötzlich, dass seine Augen voller Polizistenwissbegier glitzerten. Sie begriff nicht, warum.

»Ich hab dir ja erzählt, dass ich ihn auf der Weihnachtsfeier getroffen habe«, meinte sie unsicher. »Der Gratisanzeiger-Mann lässt ziemlich offen durchblicken, dass er ein Gauner ist, und ich glaube, er benützt irgendeine Art Einfluss, um Reg Fairchild auf seiner Seite zu halten. Das ist nicht weiter schwierig, weil er ein großer Anzeigenkunde ist.«

»Es gibt von unserer Seite auch ein paar Fragezeichen bezüglich Cheetham and Moore«, erklärte Thackeray. »Wir stoßen ständig auf die Firma. Die junge Frau, die ermordet worden ist, und ihr Freund haben dort gearbeitet. Halt mich auf dem Laufenden, bitte. Falls sich das mit deiner Journalistinnenehre vereinbaren lässt.«

»Du magst Moore nicht, oder?«, fragte sie neugierig.

»Ich hab ihn als Junge gehasst«, erklärte Thackeray. »Was mich jetzt ein wenig vorsichtig macht. Vielleicht bin ich nur darauf aus, alte Rechnungen zu begleichen.«

»Nach all den Jahren?«, fragte sie ruhig.

»In Arnedale halten Erinnerungen lange.«

Er brach ab, und das Schweigen wurde zunehmend unbehaglich.

»Kannst du hier bleiben?«, fragte Laura schließlich.

Er stöhnte. »Ich bin vollkommen geschafft«, sagte er. Sie sah es ihm an. Unter seinen Augen lagen dunkle Ringe, und das Grau in den Haaren schien ausgeprägter als üblich. Sie schlüpfte neben ihn aufs Sofa und ergriff seine Hand, eine quadratische, fähige Hand, die ihre eigene kleine, sommersprossige ganz umschloss. Thackeray zog sie an sich und küsste sie sanft. »Es tut mir Leid wegen letzter Nacht«, sagte er. »Ich glaube nicht, dass ich dich verdiene.«

»Bleib hier«, sagte sie grinsend. »Und ich sag's dir nachher.«

Zehn

»Das ist überhaupt nicht in Ordnung«, sagte Jonathon West mit angespannter, mühsam beherrschter Stimme. Laura stellte nüchtern fest, dass sein Gesicht weiß und verkniffen wurde, wenn er wütend war. Und an diesem Morgen war er ziemlich wütend.

»Sie sind erst seit fünf Minuten hier. Sie kennen die Stadt überhaupt nicht. Es ist lächerlich.«

Laura saß in Reg Fairchilds abgenutztem Drehstuhl, an Reg Fairchilds unordentlichem Schreibtisch, und da Besitz schon neun Zehntel Recht war, beabsichtigte sie nicht, die beiden Dinge preiszugeben. Sie war an diesem Morgen später als geplant aus Bradfield beim *Observer* eingetroffen. Thackeray hatte ihre Gedanken erfolgreich von der Arbeit abgelenkt, wie immer, wenn er über Nacht bei ihr blieb. Doch Reg Fairchild hatte eine Grippe gekriegt, und West verkündete allen, die zuhörten, dass er für die nächste Ausgabe als Chefredakteur amtieren werde.

»Nein, das glaube ich nicht«, hatte Laura ruhig gesagt, sobald sie mitbekam, was vor sich ging. Einen Augenblick lang schien er nicht zu verstehen, was sie gesagt hatte, und fuhr fort, Debbie, der jungen Azubi, Anweisungen zu erteilen, ohne Laura anzuschauen. Laura stand an der Tür, wickelte sich langsam aus dem Schal, mit dem sie sich gegen den bitterkalten Nordwind zu schützen versucht hatte, und wiederholte, was sie gesagt hatte. »Nein«, sagte sie dieses Mal etwas lauter. »Ich bin als Stellvertreterin von Reg hergeschickt worden. Wenn Reg krank ist, vertrete ich ihn.«

Diesmal hatte West sie deutlich verstanden. Sie sah zu, wie seine Kiefermuskeln sich versteiften und der Mund sich vor Überraschung leicht öffnete. Er wandte sich von der stummen Debbie ab, die ob der peinlichen Situation errötete und in ihre Kaffeetasche starrte, um den Blicken der beiden auszuweichen.

»Im Büro?«, sagte er schließlich mit angespannter Stimme. Doch er verlor augenblicklich die Initiative, da er zurücktrat, um Laura den Vortritt in Regs voll gepferchten Raum zu lassen. Sie setzte sich entschieden hinter Regs Schreibtisch. Solche altmodischen Manieren waren einer der Nachteile der Erziehung in einer teuren Privatschule, dachte sie erbarmungslos, als sie sich demonstrativ im Stuhl zurechtrückte.

»Also, ich bin ignorant, unerfahren und natürlich eine Frau«, sagte sie freundlich. West zögerte, ob er sich in den Besuchersessel niederlassen und so ihren höheren Status akzeptieren oder unbequem über den Schreibtisch gelehnt stehen bleiben wollte, was als drohende Geste ausgelegt werden konnte. Schließlich setzte er sich. Laura entspannte sich.

»Das habe ich nicht gesagt«, meinte West, »das Geschlecht hat nichts damit zu tun.«

»Aber höheres Dienstalter hat etwas damit zu tun«, erklärte Laura knapp. »Ich bin genau deshalb hierher geschickt worden, um Greg Winters zu vertreten, weil ich, obwohl eine Frau, nicht ignorant und unerfahren bin. Und Greg vertreten ist das, was ich tun werde.«

»Ich ruf Reg an und frage, was er davon hält«, erwiderte West. Sein Gesicht hatte sich unter dem flauschigen hellen Haar mürrisch verzogen. Wie ein kleiner Junge, dem man seine Süßigkeiten weggenommen hatte.

»Und ich rufe David Ross in London an, damit er meine Position bestätigt«, sagte sie. »Er hat mich hergeschickt. Er ist derjenige, der entscheidet.«

»Ich rufe Reg trotzdem an. Er wird seine Vorstellungen haben, worüber wir berichten sollen.« West war offensichtlich nicht bereit, so schnell klein bei zu geben.

»Die hat er bestimmt. Ich hab nichts dagegen, mit ihm darüber zu reden, falls er sich wohl genug zum Reden fühlt«, erwiderte Laura.

»Aber seien Sie sich darüber im Klaren, Jonathon: Wenn ich die Ausgabe herausgebe, gebe ich sie tatsächlich heraus. Dann gilt, was ich sage. Klar?«

»Wenn das Ihre Kumpel in London bestätigen, wird es wohl so sein«, räumte West ein. »Vermutlich rennen Sie zum Lehrer und verpetzen uns, wenn wir aus der Reihe tanzen.«

»Schieben Sie es sich sonstwohin, Jonathon«, sagte Laura, plötzlich maßlos gereizt. Zum ersten Mal verstand sie das altehrwürdige Privileg des Chefredakteurs, Untergebene zu beschimpfen, und war froh darüber. »Machen Sie einfach Ihren Job, dann muss niemand petzen.«

Die Angelegenheit war schnell geregelt, als sie den Firmensitz in London anrief und sogleich mit David Ross verbunden wurde. »Kommen Sie zurande?«, fragte er knapp, nachdem sie die Lage geschildert hatte.

»Selbstverständlich«, antwortete sie.

»Ihr Kollege war anderer Meinung, als er hier angerufen hat«, meinte Ross. Laura brauchte einen Augenblick, bevor ihr aufging, was die Bemerkung bedeutete, und warf Jonathon West einen angewiderten Blick zu. »Das muss er ja wohl, oder?«, gab sie zurück. »Aber wenn Sie hier wirklich ein paar Änderungen sehen wollen, überlassen Sie das besser mir.«

»In Ordnung.« Ross war offensichtlich kein Mann der vielen Worte.

»Was die andere Sache betrifft«, sagte sie zögernd. »Damit bin ich noch nicht sehr weit gekommen ...«

»Warum bringen Sie dem alten Reg nicht ein paar Blumen?«, schlug Ross vor. Niemand, der zuhörte, hätte etwas anderes in seinem Ton als Besorgnis hören können. »Heitern ihn ein bisschen auf. Schütten sich gegenseitig das Herz aus?«

»Das könnte ich machen«, sagte Laura. »Und danke«, fügte sie hinzu, obwohl Ross vermutlich bereits aufgelegt hatte. Sie lehnte sich im Sessel zurück und starrte West lang und hart an. Schließlich senkte er seine kalten blauen Augen.

»Wir haben zwei Tage, um eine Zeitung zu produzieren«, meinte sie kühl. »Ich mache mich an die Titelstory über die Proteste in High Clough und den anderen Dörfern in den Dales. *Sie* können das übliche Weihnachts-Feature verfassen. Auf meinem Schreibtisch finden Sie ein paar Notizen über Weihnachtslieder und Gottesdienste.«

Chefinspektor Thackeray starrte ebenfalls nicht sehr begeistert über seinen Schreibtisch hinweg auf einen Untergebenen. Kevin Mower stand unbehaglich vor ihm, und Thackeray fragte sich, ob sein Sergeant zu guter Letzt zu weit gegangen war.

»Angesehene Anwälte legen nicht formell Beschwerde ein über Belästigungen, wenn sie keine guten Gründe haben«, sagte er milde. Er hoffte, dass er damit falsch lag und dass Mendelson, Green and Macdonald unerklärlicherweise über die Stränge geschlagen hatten.

»Anwaltshelfer wie Ronnie Shepherd machen alles, wovon sie denken, sie kommen damit durch, wenn sie was erreichen wollen, Boss«, erwiderte Mower heftig. Er sah ungewöhnlich zerzaust aus: Die Seidenkrawatte hing lose über einem zerknitterten Hemd, die Jacke seines modisch grauen Anzugs war achtlos über den Schreibtisch gebreitet. Alles Anzeichen, dachte Thackeray, dass es mit Mowers Gewissen vielleicht nicht zum Besten stand. Er fragte sich immer wieder, welchen Prozentsatz seines Gehalts Mower wohl für Kleidung ausgab. Sicher mehr, als vernünftig war, selbst für einen allein stehenden Mann, der, soweit er wusste, keinerlei Verpflichtungen hatte. Obwohl, bei Kevin Mower konnte man nicht einmal dessen sicher sein. Womöglich lebte er in ständiger Angst vor der Rache der Behörde, die ihren Unterhaltspflichten nicht nachkommende Väter aufspürte.

Thackeray hatte Mower ohne Umschweife aus der Kantine zu sich kommandiert, sowie die fragliche Beschwerde von einem wütenden Kripochef Jack Longley auf Thackerays Schreibtisch geknallt worden war. Er lächelte schwach bei der Vorstellung, dass ein Anwaltshelfer bei Gelegenheit den Geist des Gesetzes weiter auslegen würde als Mower selbst. »Um Himmels Willen, setzen Sie sich und berichten Sie von Anfang an«, sagte er ruhiger. Vorläufig wollte er sich im Zweifelsfall hinter Mower stellen. Er hatte mit dem Sergeant zusammen gearbeitet, seit er vor beinahe einem Jahr nach Bradfield versetzt worden war, nicht lange nachdem Mower selber in den Norden gezogen war. Er schätzte ihn als intelligent, ehrgeizig und körperlich hart. Aber bei Thackeray war ein leiser Verdacht zurückgeblieben, dass Mower, den von der Londoner Polizei her Gerüchte über persönliche Probleme umschwirrten, durchaus die eine oder andere Vorschriften übertreten mochte, wenn es darauf ankam, Ergebnisse zu erzielen.

Mower ließ sich in den Stuhl fallen und fuhr sich durch das modisch kurz geschnittene Haar. Seine Augen glühten vor Empörung, ohne dass das seinen Chef ganz überzeugt hätte. »Darrell France«, sagte er knapp. »Afro-karibisch, etwa dreißig, verheiratet, zwei Kinder, feste Beschäftigung, ein Muster an Ehrbarkeit, außer dass zu viel Bares vorhanden ist. Er arbeitet unten bei Frazers, dem großen Lagerhaus in der Industriewohnsiedlung. Die Frau arbeitet nicht mehr, seit das zweite Kind geboren worden ist. Aber er fährt einen Sierra Cosworth, und das ist nicht der erste Wagen, den er besitzt. Alles abbezahlt, vollkommen legal. Und er kauft sich ein Haus in der neuen Siedlung bei Southwaite.«

»Wie sind Sie auf ihn aufmerksam geworden?«, fragte Thackeray unwillkürlich interessiert.

»Ein Routinefall. Die Verkehrspolizei hat ihn wegen überhöhter Geschwindigkeit angehalten: Schwarzer Junge, schneller Wagen, Sie wissen, wie die denken. Haben ihn überprüft, den Wagen durchsucht, nichts gefunden ... haben es aber für alle Fälle an die Kripo weitergeleitet.«

»Und?«

»Mich hat nicht so sehr der Wagen interessiert als vielmehr die Adresse. Die Siedlung, in der Linda Wright gearbeitet hat. Die Häuser gehen dort für rund hunderttausend Pfund weg. Das schien mir für einen ehrlichen Lagerhausarbeiter ein ziemlicher Batzen. Also habe ich beim Verkaufsbüro ein paar vorsichtige Erkundigungen eingezogen; ich habe angedeutet, ich würde demnächst heiraten, bräuchte was zum Wohnen und so.« Mower grinste unvermittelt bei der Erinnerung.

»Das Büro, in dem Linda gearbeitet hat?«

»Richtig, Boss«, bestätigte Mower. »Sie kennen die Art Blondinen, die in diesen Musterhäusern arbeiten. Linda war eine davon. Gutes Aussehen, nicht unbedingt viel im Kopf. Ihr Ersatz, Jacquie Coates, gehört zur selben Kategorie, und es hat sich herausgestellt, dass sie eine Freundin von Linda war. Hat gehörig über Linda und Jimmy getratscht, obwohl sie nicht viel gesagt hat, was wir nicht schon wussten. Allerdings erwähnte sie, dass Linda vermutlich einen anderen Mann im Schlepptau hatte – einen älteren Mann, mit ziemlich viel Barem. Sie klang ziemlich eifersüchtig auf Laura, als ich meinen Charme andrehte und sie ein wenig offenherziger wurde.«

»Ich hoffe doch, Sie haben sich ausgewiesen?«

Mower zuckte gleichmütig die Achseln. »Ich habe ihr gesagt, dass ich bei der Polizei bin«, meinte er. »Auch Polizisten brauchen Häuser, hab ich gesagt.«

»Fahren Sie fort«, sagte Thackeray. Vorläufig wollte er die Halb-Täuschung auf sich beruhen lassen.

»Also, ich habe ein paar Andeutungen über die Nachbarn erbeten, ob das wohl die Art von Leuten wäre, mit denen meine Verlobte klarkäme.«

»Mit anderen Worten, lassen sie etwa Schwarze in die Siedlung?«, meinte Thackeray verächtlich.

»Ich habe vorgegeben, mich würden mehr die Pakis beunruhigen – wie es denn mit Currygeruch stünde? Das würde es nicht geben, versicherte sie mir, obwohl sie ein Haus an eine sehr nette karibische Familie verkauften hatten, waren vor ein paar Monaten eingezogen, kleine Kinder, sehr ehrbar. Das, sagte ich ihr, ginge in Ordnung. Damit könnten wir leben. Ich habe mich jovial gegeben. Nur Pakis ...« Mower zuckte viel sagend die Achseln, sichtlich immer noch erbaut von seiner Vorstellung. Aber er bekam den kühlen Blick von Thackeray mit. »Sie wissen doch, Boss, das sind verfluchte Heuchler«, erklärte Mower besänftigend. »Sie machen dabei mit. Sie wissen genau, dass es ungesetzlich ist. Na ja, ich bin dann auf Hypotheken zu sprechen gekommen, und sie war sehr entgegenkommend, hat gesagt, ihre Firma könnte da helfen, ich müsste mir keine Sorgen machen, so lange mein Einkommen geregelt sei, gäbe es keine Probleme.«

»Und auf Grund dessen haben Sie Darrell France aufs Revier gebeten?«

»Nicht sofort, nein. Zuerst habe ich alle Hypothekenvermittler angerufen, die in letzter Zeit aufs Kreuz gelegt worden sind. Habe mit den Bankverwaltern gesprochen, mit denen wir zu tun hatten bei den Fällen, wo Ihr Freund David Mendelson die Häusermakler nicht unter Anklage stellen will.« Das, dachte Thackeray, machte Mower offensichtlich immer noch zu schaffen. »Und richtig, France hatte achtzig Prozent des Kaufpreises bei einem der Hypothekenverleiher aufgenommen. Muss wohl sein Einkommen übertrieben haben, um das zu kriegen, aber sie sagten, er zahle pünktlich, also hatten sie keinerlei Grund zur Besorgnis. Auf jeden Fall noch nicht.«

»Und auf Grund dessen haben Sie ihn hierher gebracht? Das ist nicht nur dünn, das ist geradezu durchsichtig«, schnappte Thackeray.

»Bloß um ein paar Fragen zu beantworten, nichts Schwerwiegendes«, protestierte Mower. »Bloß um bei Untersuchungen über die Geschäftsmethoden von Cheetham and Moore behilflich zu sein, wie er ihren Service fand, was sie ihm wegen der Hypothek vorschlugen, mit wem er gesprochen hat. Wir sind immer noch an ihnen interessiert, Boss. Wir brauchen mehr Beweise, hat David Mendelson gesagt.«

»Und France hat einen Anwalt verlangt, statt Fragen zu beantworten?«

»Er hat sich aufgeregt. Ich weiß nicht weswegen. Ich muss noch mal meine Notizen durchgehen ...«

»Sie haben das Gespräch nicht aufgenommen?«

»Ich wollte ihn nicht aus der Fassung bringen. Er war freiwillig hier, bloß für ein Gespräch, deshalb hatte ich ihm seine Rechte nicht vorgelesen. Aber wie gesagt, am Ende verlangte er einen Anwalt, Shepherd kreuzte auf, wurde sehr aggressiv und fing von Belästigung und Rassismus an. Wenn er glaubt, ich sei ein Rassist, dann sollte er ein paar meiner alten Kumpel südlich der Themse treffen.« Mower war aufrichtig verärgert, und das zu Recht, dachte Thackeray ironisch. Mower mochte zuweilen krumme Sachen machen, aber rassistische Vorurteile konnte man dem Punjabi sprechenden Sergeant nicht vorwerfen.

Das Telefon auf Mowers Schreibtisch piepte. Automatisch nahm er ab, klemmte den Hörer zwischen Kinn und Schulter, während er nach Kugelschreiber und Papier griff, um sich Notizen zu machen. Thackeray schaute ihm müßig zu. Er war jetzt überzeugt, dass die

Beschwerde ungerechtfertigt war, obwohl sie von einem der meistrespektierten Anwaltsbüros der Stadt kam und von einem, mit dem er via David Mendelson in persönlicher Beziehung stand. Thackeray bemerkte, dass Mower lächelte, als er den Hörer auflegte.

»Bingo«, erklärte dieser. »Das war der Geschäftsführer der West Yorkshire Baugenossenschaft. Ich habe ihn gefragt, ob er Darrell France Geld auf das Haus in Southwaite geliehen hat, und er hat gesagt, niemand dieses Namens sei bei ihnen registriert. Aber er meinte, ich hätte seine Neugier erregt, und er ist seine Akten auf die Adresse hin durchgegangen. Sie haben einem vollkommen anderen Antragsteller achtzigtausend Pfund auf dasselbe Grundstück geliehen.«

»Ich denke, Sie können Mr. France fragen, ob er nochmals ein wenig Zeit für uns erübrigen kann«, sagte Thackeray leise und befriedigt.

Laura rief Faith Lawrence an, um ein paar Einzelheiten zu überprüfen, und bekam mehr, als sie erwartet hatte.

»Werden Sie die Story bringen?«, fragte Faith vorsichtig.

»Ja, das werde ich«, antwortete Laura. »Reg Fairchild hat sich ins Krankenbett gelegt, und ich hab, ob Sie's glauben oder nicht, die Leitung übernommen. Ich werde damit aufmachen.«

»Also gut. Schicken Sie heute Nachmittag Ihren Fotografen hier rauf. Das reicht noch für die nächste Ausgabe, oder? Wir werden die Straße blockieren. Heute sind den ganzen Tag Lastwagen mit einem weiteren Berg Steine hinauf- und hinuntergefahren: Eine ganze Scheune und ein paar Mauern sind abgetragen worden. Wir halten den nächsten Laster auf, bevor der Schulbus eintrifft. So kann es nicht weitergehen.«

»Wir?«, fragte Laura.

»Die Mütter, deren Kinder in den Unfall verwickelt waren, und einige der Reisenden.«

»Das wird bei Ray Harding nicht allzu gut ankommen.«

»Nicht? Tja, Rob wollte mithelfen. Zwei der Kinder aus dem Lager waren vom Unfall betroffen, erinnern Sie sich?«

Laura erinnerte sich vor allem an die Feindseligkeit, die die Erwähnung der beiden ›Zigeunerkinder‹ hervorgerufen hatte. »Und den anderen Eltern macht das nichts aus?«

»Darum kümmere ich mich nicht mehr«, meinte Faith scharf. »Wenn sie wollen, dass gegen Hardings Pläne was geschieht, dann müssen sie ihren Stolz runterschlucken und jede Hilfe nehmen, die sie kriegen. Wenn es hart auf hart geht, sind die Einheimischen eine ziemlich lahme Bande. Es sind Zuwanderer wie ich, oder sogar die von ihnen so verachteten Reisenden, die etwas in Bewegung bringen und Widerstand leisten.«

Laura hatte Faith Lawrence bisher nie so heftig erlebt. Sie fragte sich, was geschehen war, um ihre Haltung zu stärken. Offensichtlich zögerte sie zu lange, denn Faith griff wütend an. »Vermutlich missbilligen Sie die Sache zwischen mir und Rob?«, sagte sie. »Mein Gigolo. Wie spießbürgerlich von Ihnen, Ms. Ackroyd.«

»Es steht mir nicht zu –«, begann Laura.

Aber Faith ließ sie nicht ausreden. »Sie haben keine Vorstellung davon, wie es ist«, meinte sie bitter. »Sie können nicht mal ahnen, wie es ist. Ohne Rob hätte ich die letzten Monate nicht durchgestanden. Er hat es erträglich gemacht ...« Sie brach ab, und Laura hörte, wie sie weinte.

»Es tut mir Leid«, sagte sie hilflos. »Wirklich.« Es folgte ein weiteres Schweigen, bevor die Stimme von Faith wieder erklang, stark und fest. »Werden Sie einen Fotografen schicken? Gegen vier Uhr? Es wird beinahe dunkel sein, wenn die Kinder mit dem Bus heimkommen. Wir haben hier keine Straßenlaternen, da kann jederzeit wieder ein Unfall geschehen.«

»Ich schicke jemanden«, versprach Laura. Sie nahm wahr, dass Jonathon West in der Bürotür stand und dem Gespräch unbewegt lauschte. Sie hängte ein und blickte das unfreundliche, bockige Gesicht einen Augenblick lang an. Dann sagte sie ihm, was Faith ihr über die Demonstration berichtet hatte.

»Das ist nicht unsere Art Story«, meinte er. Doch sein Protest klang halbherzig, und sie wusste, dass sie ihre Schlacht mit Jonathon gewonnen hatte.

Elf

Die Untersuchung eines gewaltsamen Todes durch den Coroner ist beinahe so altehrwürdig wie die englische Rechtsprechung, und zuweilen wirkt sich das aus. Der Coroner von Arnedale, Dr. John Priestley, reizte seine Jahrhunderte alten Rechte aufs Äußerste aus, um praktisch nach eigenem Gutdünken zu verfahren.

Ein Raum im oberen Stock des *Bull Hotel* war zur provisorischen Gerichtsstätte für die Untersuchung des vor vier Monaten erfolgten Todes von David Harding umfunktioniert worden. Laura Ackroyd saß im voll gepferchten Zimmer an einem euphemistisch mit Pressetisch bezeichneten Pult und staunte über die eigenwillige Arroganz des Vorsitzenden. Fergal Mackenzie, der zu spät gekommen war und sich von Dr. Priestley über die Ränder von dessen goldener Halbbrille hinweg einen behördlichen Tadel eingefangen hatte, setzte sich neben sie. Mit amüsiertem Zynismus musterte er die Versammlung.

Die Jury aus sechs Männern und zwei Frauen saß auf der linken Seite des Raums auf Stühlen, die aussahen, als ob sie von der Bar unten hochgebracht worden waren. Der Schreibtisch des Coroners war mit einem verblichenen Damasttischtuch belegt, auf das der zu Seiten des Doktors platzierte Schreiber bereits Tinte verspritzt zu haben schien. Der Presse war ein polierter Eichentisch zugewiesen, zweifellos von unten heraufgebracht, ohne die Bierflecken darauf abzuwischen. Es war ein auf die Schnelle improvisiertes Gericht, dachte Laura, wie es von einer Stadt erwartet werden konnte, in der pro Jahr höchstens ein Dutzend gerichtliche Untersuchungen durchgeführt wurde.

Dr. Priestley schien den selben flauschigen braunen Tweed-Anzug zu tragen wie bei der Weihnachtsfete der Handelskammer, als Laura ihn zum ersten Mal gesehen hatte. Diesmal steckte sein ausladender Bauch in einer weinrot geblümten Brokatweste, und sein fein kariertes Hemd wurde bizarrerweise von einer Blumenkrawatte in Purpur und Gold gekrönt. Er scheute sich offensichtlich nicht davor aufzufallen, wie unpassend es auch sein mochte, und seine Marotten und Vorurteile schienen ihn nicht im Geringsten verlegen zu machen. Im Gegenteil, sie beherrschten auf sehr handfeste Art das ganze Verfahren.

Priestley hatte die medizinischen Ausführungen offenkundig genossen, die ein erschöpft aussehender junger Arzt vom lokalen Krankenhaus dargelegt hatte, der sich ständig das strähnige Haar aus den Augen strich. Der Arzt hatte die traurige Pflicht gehabt, David Harding zu untersuchen und für tot zu erklären. Priestley hielt den Kollegen mit unermüdlicher Fröhlichkeit bei der Stange, als der junge Mann ähnlich wie die Jury vor den Details über die Gewehrwunde zurückschreckte. Die Kugel war durch Hardings Mund eingetreten und hatte den Großteil seines Gehirns hinten durch ein Loch im Schädel austreten lassen.

Danach terrorisierte der Coroner erbarmungslos die Witwe des toten Mannes, die an dem kleinen, als Zeugenstand dienenden Tischchen stand. »Sicherlich wissen Sie etwas über seine finanzielle Situation, Madam«, sagte Dr. Priestley. »Ich hab gedacht, ihr Frauen seid jetzt emanzipiert, gleichberechtigte Partnerinnen und dieser ganze Unsinn.«

Die bleiche, dünne, grauhaarige Frau, die einen marineblauen, mehrere Nummern zu großen Mantel trug, verschränkte verlegen und verstört ihre Hände. Die dunklen Augenringe sahen wie Schürfungen aus, dachte Laura, und ihre bleichen Augen waren voller Elend.»Über den Hof hat er mir nichts gesagt«, flüsterte sie angespannt. »Aber ich hab gewusst, dass er sich Sorgen machte. Das hab ich gemerkt.«

»Wie haben Sie das gemerkt?«, fragte Priestley. »War er niedergeschlagen?«

»Ja, das stimmt, niedergeschlagen«, bestätigte Mrs. Harding. »Er ist in die Stadt gefahren, um mit Leuten über Geldsachen zu reden. Das hab ich gewusst.«

»Aber Sie wissen nicht, mit wem er sich getroffen hat?«

Schweigend schüttelte sie den Kopf.

»Sprechen Sie laut«, forderte sie der Coroner auf.

»Er ist einer für mein kleines schwarzes Buch«, flüsterte Fergal Mackenzie Laura ins Ohr. Sie hob eine Augenbraue. »Wenn die Revolution kommt, steht er zuoberst auf der Liste«, meinte der Schotte mit einem boshaft amüsierten Glänzen in den Augen. Laura grinste, vermied aber sorgfältig, dass Dr. Priestley sie sah. Der Mann war durchaus fähig, unbotmäßig auffallende Journalisten aus dem Raum zu weisen. Das lag in seiner Macht.

»Aber nachdem er tot war, wussten Sie, in welchen Schwierigkeiten er gesteckt hatte?«, setzte Priestley nach. Diesmal nickte Mrs. Harding. »Er war bankrott«, sagte sie so leise, dass sich der ganze Raum anstrengte, sie zu verstehen.

»Bitte sprechen Sie etwas lauter, Madam. Also, wenn er in dieser Abschiedsbotschaft schreibt ...«, Priestley schwenkte ein Blatt billigen, linierten Papiers in Richtung der Witwe. »Wenn er schreibt, dass er wegen der ausstehenden Rechnungen nicht mehr weiter machen kann, dann ergibt das Sinn?«

»Ja«, meinte Mrs. Harding resigniert. »Für ihn hat das Sinn gemacht. Obwohl, wie er erwartet hat, dass ich und die Kinder alleine zurande kommen, das werd ich wohl nie wissen.«

Laura bemerkte, wie Mackenzie ruhelos den kleinen Raum musterte. Sie folgte seinem Blick zu den öffentlichen Sitzplätzen hinter ihnen und erkannte überrascht mehr als einen von den Männern, die sich auf einer engen Bank neben der Tür drängten. Ray Harding, mit dem sie in High Clough zusammengestoßen war, hockte an der Innenseite gegen die braune Wand gedrückt, in einem schlecht sitzenden dunklen Anzug, offensichtlich sein selten getragener Sonntagsstaat, das Gesicht gerötet, das rötliche Haar gesträubt, während er dem ungeschönten Gedenken an seinen Bruder zuhörte.

Neben ihm saßen zwei herkömmlich gekleidete Geschäftsleute, vermutlich Bankmanager oder Versicherungsagenten. Ihre ungerührte Aufmerksamkeit für das Verfahren verriet ein Interesse, das nicht den Gefühlen entsprach, die den Zeugenstand umgaben: eher finanzieller, nicht persönlicher Natur. Aber als Nächstes erkannte Laura überrascht die gut gekleidete Gestalt des Kriminalermittlers

Kevin Mower, der ihr vorsichtig grüßend zunickte, als sie seinen Blick auffing. Am Ende, gegen den Sergeant gedrückt, halb über den Rand der Bank hängend, saß der grimmig dreinblickende hiesige Kripochef Les Thorpe. Er sah erhitzt, unbehaglich und entschieden schlecht gelaunt aus.

»Bringen Sie morgen die High Clough-Story?«, flüsterte Mackenzie ihr ins Ohr, nachdem sie ihre Aufmerksamkeit wieder dem Verfahren zugewandt hatte, voller Fragen, auf die sie gegenwärtig noch keine Antworten finden konnte. Sie nickte und lächelte ihm verschwörerisch zu.

»Alles im Kasten«, murmelte sie. Der *Observer* wurde bereits für die nächtliche Auslieferung gedruckt und würde am folgenden Tag in den lokalen Geschäften liegen.

»War eine ganz schöne Auseinandersetzung dort oben, als sie die Straße blockiert haben«, meinte er. »Gut gemacht. Sie nehmen sich aber besser in Acht. Sie werden sich nicht sehr beliebt machen.«

»Ich habe gedacht, Sie hätten mir erklärt, es sei nicht unsere Aufgabe, uns beliebt zu machen«, erwiderte sie.

»Ja, aber ich hab nicht gesagt, dass es ein Riesenspaß ist, unbeliebt zu sein.« Mackenzie verstummte plötzlich, da sie die Aufmerksamkeit und das Missfallen des Coroners erregt hatten, der in ihre Richtung starrte. Pflichtschuldig wandten sie sich wieder ihren Notizbüchern zu, während Dr. Priestley mit der Belehrung der Jury begann, welche Möglichkeiten sie hatten, ein Urteil zu fällen – obwohl es eher nach Anordnung als nach Belehrung klang. Er hatte die Abschiedsbotschaft nicht verlesen, die David Harding geschrieben hatte, ehe er sich erschoss, aber er ließ die acht Jurymitglieder nicht im geringsten Zweifel, dass ihr einziges Verdikt auf Selbstmord lauten konnte.

Die Jury hatte mit diesem Verdikt offensichtlich keine großen Schwierigkeiten, denn nach zehnminütiger Beratung kehrte sie bereits wieder in den Saal zurück. Dr. Priestley gab keinerlei Kommentar ab, nachdem das Urteil gesprochen war, und schloss brüsk das Verfahren. Er ließ Mrs. Harding stehen, die an der Schulter einer Freundin zu weinen begann.

»Das wär's dann also«, meinte Fergal Mackenzie und fuhr sich unter etlichen Schwierigkeiten mit einer Hand durch das buschige schwarze Haar. Sie stiegen die Hintertreppe des *Bull* hinab und traten im bleichen Wintersonnenschein auf die Broad Street. »Kaum Zweifel, selbst wenn wir nicht gehört haben, was in der Abschiedsbotschaft stand. Ich frage mich allerdings, warum er die nicht vorgelesen hat«, murmelte er etwas außer Atem.

Laura lächelte ihm erneut zu. »Zweifellos werden Sie nicht lange brauchen, um es herauszufinden«, sagte sie.

»Und Sie nicht?«

»Ach, ich glaube, ich hab mir schon genug aufgeladen«, erwiderte sie. Sie sah, wie Chefinspektor Thorpe mit einem zögernden Kevin Mower im Schlepptau auf sie zusteuerte. Der einheimische Polizist blickte entschieden unfreundlich drein. Mower ein paar Schritte hinter ihm hob fragend eine Augenbraue, ein Signal, das sie nur als Warnung vor kommenden Schwierigkeiten deuten konnte. Sie fühlte mehr als dass sie sah, wie Fergal Mackenzie in der dicht gedrängten Menge auf dem Markt verschwand. Der Prinz war heute, dachte sie ironisch, offensichtlich nicht in Laune, einen Drachen zu erschlagen.

»Kann ich Sie kurz sprechen, Miss Ackroyd?«, sagte Inspektor Thorpe und legte ihr so aufreizend wie möglich eine amtliche Hand auf den Arm.

»Womit kann ich Ihnen dienen, Inspektor?« Laura biss die Zähne zusammen.

»Sie haben einen Fotografen oben in High Clough gehabt, als gestern versucht wurde, die Straße zu blockieren.«

Laura nickte. »Sie werden wohl vom *Observer* nicht erwarten, dass er eine solche Story ignoriert, oder?«, fragte sie, obwohl sie sehr gut wusste, dass genau dies allzu viele Leute in Arnedale erwarteten. Für Reg Fairchild war nur berichtenswert, was er berichten wollte, wie für Humpty Dumpty, und offensichtlich fand diese Politik in der Stadt beträchtlichen Anklang.

»Verkehrsfragen fallen nicht in meinen Bereich, Miss Ackroyd, aber Beihilfe zu einer Straftat gehört möglicherweise dazu.«

»Wie bitte?«, fragte Laura völlig überrascht von dieser Wendung. Sie bemerkte, dass sich Mower mit ausdruckslosem Gesicht schön im Hintergrund hielt. Noch ein verschämter Prinz.

»Sie müssen gewusst haben, was geschehen wird, bevor es geschehen ist«, meinte Thorpe. »Ist es Ihnen nicht in den Sinn gekommen, dass Sie, wenn Sie über ein geplantes Verbrechen informiert werden, Ihrerseits die Polizei hätten informieren sollen?«

Laura überlegte kurz, ob Thorpe einen Scherz machte. Doch sie musterte sein vierschrötiges, verbissenes Gesicht und erkannte, dass seinen dünnen Lippen wohl kaum je ein Scherz entspringen würde, außer vielleicht ein bösartiger. »Ein Verbrechen?«, fragte sie betont arglos. »Es ist doch wohl kaum ein Verbrechen, den Verkehr für eine halbe Stunde aufzuhalten.«

»Doch, das ist es, Miss Ackroyd, wie viele andere Dinge, die diese Protestler mit ihren direkten Aktionen unternehmen: Einschüchterung. Belästigung. Gewalttätigkeit der einen oder anderen Art. Eins führt zum anderen, und bevor man sich versieht, hat man Briefbomben in der Post von Leuten, die behaupten, Katzen zu lieben. Sehr hässlich. Sehr gefährlich. Genau deshalb ist das Gesetz geändert worden, um solche Aktivitäten zu unterbinden. Vielleicht denken Sie nächstes Mal daran, wenn Sie wieder mit diesen Leuten in Verbindung stehen. Werden Sie ihre Bilder verwenden?«

»Ja, natürlich«, antwortete sie.

»Ich werde sie mir genau ansehen«, meinte Thorpe. »Falls ich weitere Hilfe brauche, etwa die nicht verwendeten Fotografien, dann melde ich mich wieder.«

Er ging so schnell weg, wie er gekommen war, und soweit Laura in der dichtgedrängten Menge Gesichter ausmachen konnte, war Mower mit ihm verschwunden.

»Und Jesus weinte«, sagte sie leise zu sich. Sie wusste, sie war in aller Deutlichkeit gewarnt worden, noch bevor ihre Ausgabe des *Observer* das Tageslicht erblickt hatte. Äußerst nachdenklich ging sie in die Redaktion zurück, stand am Fenster des leeren Nachrichtenraums und schaute auf die volle Straße unten, wo sich die gesamte Bevölkerung von Arnedale an einer Art schlurfendem Menuett beteiligte, die überfüllten Marktstände nach einem Sonderangebot für Weihnachten absuchte oder sich vorsorglich mit Vorrat für den noch eine Woche entfernten Tag belud.

Laura hatte der übrigen Belegschaft den Rest des Tages für Weihnachtseinkäufe freigegeben, jetzt wo die Zeitung auf der anderen Stadtseite in die Druckerpresse ging. Weder sie noch sonst wer konnte verhindern, dass ihr ausführlicher Bericht über Faith Lawrences Kampagne in High Clough mit aussagekräftigen Fotos, wie die Menschenbarrikade den Lastwagen von Ray Harding aufgehalten hatte, am nächsten Morgen im ganzen Bezirk auf die Türmatten fiel. Und sie zweifelte nicht, dass die bunt zusammengewürfelte Truppe von Faith, ein halbes Dutzend Mütter mit Kinderwagen und Kleinkindern sowie ein Dutzend ungepflegte New Age-Reisende, darunter Rob Tyler und seine Familie, leicht erkennbar über vier Spalten auf Seite zwei ausgebreitet war.

Es würde keine Warnungen mehr geben, womöglich nur noch Vergeltung. Es hatte Fälle gegeben, in denen Zeitungen wegen der Verwendung von Fotografien als Beweismaterial mit der Polizei juristisch aneinander geraten waren, daher nahm sie Inspektor Thorpes kaum verhüllte Drohungen nicht auf die leichte Schulter. Sie glaubte nicht, dass David Ross sehr begeistert wäre, wenn ihre kurzfristige Übernahme des Chefredakteurssessels das Unternehmen in eine juristische Auseinandersetzung verwickelte, die sich über Monate, wenn nicht Jahre hinziehen konnte. Langsam wuchs in ihr der Verdacht, dass Fergal Mackenzies Vorsichtsmaßnahmen zum Schutz seiner Informationen vielleicht nicht so paranoid waren, wie sie angenommen hatte.

Hinter ihr öffnete sich leise eine Tür. Schnell, mit klopfendem Herzen drehte sie sich um. Überrascht sah sie Kevin Mower im Türrahmen stehen, sein besonderes, wissendes Lächeln auf den Lippen. »Die Tür unten stand offen, also bin ich raufgekommen«, sagte er.

»Ja, vielleicht sollte ich abschließen. Ich bin mir nicht sicher, ob ich euch hier drinnen ohne Haussuchungsbefehl sehen will«, erwiderte sie schärfer als beabsichtigt. Sie litt noch immer unter Les Thorpes verbaler Attacke, obwohl sie durchaus erfreut war, ein bekanntes Gesicht aus Bradfield zu sehen.

»Worum zum Teufel ging es da überhaupt?«, fragte Mower. »Er hat es ziemlich auf die Spitze getrieben.«

»Gute Frage. Hat er Sie nicht aufgeklärt?«

Mower schüttelte den Kopf. »Inspektor Thorpe war nicht sehr erbaut, mich bei der Untersuchung zu sehen«, meinte er. »Er ließ keinen Zweifel daran, dass ich in seinem Revier nicht sehr willkommen sei, obwohl alles höheren Orts geregelt war. Offensichtlich sind er und Michael Thackeray sich nicht gerade grün.«

»Den Eindruck hatte ich schon, als ich ihn zum ersten Mal traf«, erklärte Laura.

»Wissen Sie, warum?«, setzte Mower nach, aber Laura schüttelte unwillig den Kopf. Sie war nicht bereit, Thackerays Untergebenen in etwas einzuweihen, das sie kaum selber zu erforschen wagte.

»Weswegen waren Sie bei der Untersuchung? Ich habe gedacht, Sie stecken bis zum Hals in einer Mordermittlung?«, fragte sie ebenso ungehörig wie er. Sie war nicht überrascht, als er seinerseits ausweichend antwortete.

»Ich ermittle«, erklärte er unbestimmt. »Wir befassen uns auch mit Betrug. Harding war womöglich darin verwickelt, oder ein Opfer, oder ein bisschen von beidem. Vielleicht gibt es eine Verbindung zu Linda Wrights Tod.«

»Und ist Inspektor Thorpe hilfreich gewesen?«, fragte sie. Mower schaute sie einen Augenblick lang nachdenklich an. »Wie gesagt, Thorpe und Thackeray sind sich wohl nicht gerade grün ... Kann ich Ihnen einen Drink spendieren? Eine kleine Weihnachtsfeier um der alten Zeiten willen?«

Laura grinste unwillkürlich. Sie wusste, dass sie aus dieser Ecke noch immer bewundert wurde, obwohl Mower nicht wagen würde, diese Bewunderung anders als scherzhaft auszudrücken. »Schöne alte Zeiten das«, erwiderte sie. Er hatte sie einmal zum Abendessen ausgeführt, und der Abend hatte mit einer beinahe keuschen Umarmung geendet.

»Also auf die alten Zeiten, die möglich gewesen wären, wenn ein Chefinspektor nicht seinen höheren Rang geltend gemacht hätte«, setzte Mower nach.

»Heute nicht, Kevin, danke«, sagte sie ein wenig müde. Sie fragte sich, ob ihr Leben weniger kompliziert wäre, wenn sie sich für den Sergeant und nicht den Chefinspektor entschieden hätte. »Ich muss noch arbeiten, bevor ich heute Nacht nach Bradfield zurückfahre.«

»Ach«, sagte er leise und las mehr in ihre Aussage hinein als gerechtfertigt war. Tatsächlich kehrte sie heute Abend nach Bradfield zurück, um ihre Großmutter zu besuchen. Aber sie sah keinen Grund, Mower das zu erklären. Er warf ihr einen ironischen Luftkuss zu und ging, den Hauch eines exotischen Rasierwassers zurücklassend.

Laura lächelte schwach, während sie zuhörte, wie er die Treppen erheblich lärmiger hinunter polterte, als er sie heraufgestiegen war. Sie würde, dachte sie, immer eine Schwäche für den gut aussehenden Kevin haben, aber sie hatte auf die harte Tour gelernt, dass ihm ihre Geheimnisse anzuvertrauen ebenso unklug war wie ihrem ärgsten Feind.

Lustlos räumte sie ihren Schreibtisch auf. Der Adrenalinschub der Zeitungsproduktion war abgeflaut. Diesen Abend wollte sie vor dem Stoßverkehr auf der Talstraße und aus der Stadt sein. Aber zweimal hielt sie das Telefon auf. Beim ersten Mal war sie überrascht, die tönende Stimme von Barry Moore zu hören. »Essen Sie mit mir morgen im *Bull* zu Mittag?«, fragte er in einem Ton, der keinerlei Ablehnung in Betracht zog. Kein Mann, der sich mit einem Nein abfinden würde.

»Warum nicht?«, erwiderte sie süßlich. »Wir möchten mit unseren Anzeigenkunden auf gutem Fuß stehen.« Obwohl sie keinen Augenblick annahm, dass der Auktionator mit ihr über Anzeigen sprechen wollte.

Der zweite Anruf war beinahe ebenso kurz. »Hier ist Fergal, Prinzessin. Erinnern Sie sich an die beiden Männer in den Geschäftsanzügen bei der Untersuchung? Sie kamen von Hypothekenverleihern. Von zwei verschiedenen Hypothekenverleihern. Unser verstorbener Mr. Harding ist ungezogen gewesen und hat ein krummes Ding gedreht. Das stand in der Abschiedsbotschaft, die sie nicht verlesen wollten.«

»Warum erzählen Sie mir das?«, fragte Laura.

»Zur Absicherung«, erwiderte Fergal. »Meine nächste Ausgabe kommt vor Ihrer raus, aber ich habe das Gefühl, Sie und ich werden hier in der Gegend zunehmend unpopulär. Bis bald, Prinzessin. Hoffentlich.«

»Also, ich habe ein paar Leuten dabei geholfen, die Eigentumsübertragung selber zu erledigen. Das ist nicht illegal, oder?« Ronnie Shepherd, Anwaltshelfer und gelegentlicher Stein des Anstoßes für die Polizei, lehnte sich im Verhörraum in seinem Stuhl zurück, ein Bild verletzter Unschuld. »Ich mache es nicht *für* sie. Ich berate sie bloß.«

»Also nur eine Sozialleistung?«, fragte Chefinspektor Thackeray skeptisch. »Sind Ihre Arbeitgeber derselben Meinung?«

»Mit denen hat das nichts zu tun«, erwiderte Shepherd. Er war groß gewachsen mit einer Neigung zur Rundlichkeit, Hängebacken und scharfen Augen. Er war es weit mehr gewohnt, bei Polizeiverhören das Sagen zu haben – wenn er regelmäßig verschiedene Bradfielder Kleinkriminelle vertrat –, als dass man ihm den Takt angab. Die unerwartete Situation, nach der Arbeit auf die Polizeiwache gebracht zu werden, um bei einer Ermittlung Rede und Auskunft zu stehen, behagte ihm sichtlich nicht.

»Ich glaube, der Verlust möglicher Kunden, mit denen Sie Kontakt gehabt haben, geht Ihre Arbeitgeber durchaus etwas an«, erklärte Thackeray. »Auf jeden Fall möchte ich eine Liste der Leute, denen Sie freundlicherweise auf diese Art geholfen haben.«

»Wozu zum Teufel?«, fragte Shepherd. »Ich habe Ihnen gesagt, es ist nicht illegal. Eine Menge Leute können sich für diese Arbeit keinen Anwalt leisten. Sie kennen die Gebühren, die die verlangen: Ein Arm und ein Bein und zuweilen auch noch etwas delikatere Körperteile. Zumindest einige von ihnen. Ich helfe doch den Leuten bloß aus. Was geht das Sie überhaupt an? Ich habe wohl zu viele Verdächtigte losgeeist, deshalb wollen Sie mir Schwierigkeiten bereiten, nicht?«

Thackeray ignorierte den Ausbruch und wartete, bis Shepherd sich schwer atmend wieder in den Stuhl zurückfallen ließ.

»Wer empfiehlt diesen nützlichen Sozialdienst, den Sie betreiben?«, fuhr Sergeant Kevin Mower fort, als Thackeray keine Anstalten machte, dem entrüsteten Shepherd etwas zu erklären. Einen Moment lang kniff dieser die Augen zusammen.

»Ich habe Kontakte«, erklärte er ausweichend.

»War Linda Wright so ein Kontakt?«, fauchte Mower plötzlich aggressiv.

»Ja, einer davon«, murmelte Shepherd. »Sie ist sehr hilfreich gewesen, während sie im Musterhaus in Southwaite gearbeitet hat.«

»Erzählen Sie mir mehr über Ihre Beziehung zu Linda, Mr. Shepherd«, schaltete sich Thackeray ruhig ein. »Standen Sie sich nahe?«

»Beziehung?«, rief Shepherd offensichtlich entrüstet aus. »Ich habe keine Beziehung zu Linda Wright gehabt. Ich habe das Mädchen kaum gekannt. Ich habe sie mal in einem Pub mit ein paar Freunden getroffen, und wir haben über Häuser und so geredet, da sie ja in der Branche arbeitete, und ich habe gesagt, falls sie Kunden hätte, die eine billige Eigentumsübertragung suchten, könnte ich das vermitteln. Hin und wieder hat sie genau das gemacht.«

»Helfen Sie Leuten auch mit Hypotheken aus, Mr. Shepherd?«, wechselte Thackeray brüsk das Thema. »Hat Linda Ihnen auch Leute für sehr vorteilhafte Hypothekengeschäfte zugeschanzt?«

»Nein, das mache ich verflucht noch mal nicht«, schnarrte Shepherd. »Und nein, das hat sie verflucht noch mal nicht getan. Ich weiß gar nichts über Hypotheken. Das ist nicht mein Gebiet, da kenne ich mich überhaupt nicht aus.«

»Aber vielleicht kennen Sie jemanden, der das tut?«, meinte Mower.

»Jedermann kennt jemanden, der das tut«, antwortete Shepherd. »Sie sind nicht schwer zu finden. Meines Wissens heißen sie Makler.«

»Aber wenn ich ein wenig über das Übliche hinaus borgen möchte? Nicht eine einzige legale Hypothek, sondern zwei – oder vielleicht drei? An wen würde ich mich da wenden, Mr. Shepherd – Ihrer Erfahrung nach?«, fragte Thackeray leichthin.

Shepherd verzog mürrisch sein Gesicht. »Also darum geht's bei diesem so genannten Gespräch«, sagte er. »Ich habe mir gedacht, dass da mehr dahintersteckt als meine Hilfe bei der Eigentumsübertragung.«

»Es wird nicht schwierig sein herauszufinden, ob Sie Leuten beim Papierkram geholfen haben, die unseres Wissens in Hypothekenbetrug verwickelt sind, Mr. Shepherd«, erklärte Thackeray. »Wir haben bereits vier Leute unter Anklage gestellt, und es werden noch mehr werden.«

»Und wenn schon«, erwiderte Shepherd. »Ich habe Ihnen gesagt, ich weiß gar nichts über irgendwelche Hypothekenangelegenheiten.«

»Nun, ich nehme an, Ihr Arbeitgeber wird alle Einzelheiten bestätigen können, nicht wahr?«, sagte Thackeray.

Shepherd saß einen Augenblick lang ganz ruhig da. Mit der Faust trommelte er einen Rhythmus auf den Tisch, den er wohl in seinem Kopf hörte. »Das müssen Sie nicht machen«, sagte er schließlich, beinahe zu sich selber. »Nicht wahr?«, fragte er. »Sie müssen mit meinem Chef nicht über etwas reden, das vollkommen legal ist.«

»Selbst wenn es ein wenig heikel in Bezug auf ihren Arbeitgeber ist«, meinte Mower. »Vermutlich könnten wir Ihre kleine Gaunerei übersehen – falls Sie uns bei einer Sache helfen, die uns mehr beschäftigt.«

»Wie zum Beispiel ein paar Hypothekengeschäfte, meinen Sie?«, schlug Shepherd vor, als ob ihm der Gedanke eben erst gekommen sei.

»In denen Sie natürlich keinerlei Rolle gespielt haben«, meinte Mower eifrig. Zu eifrig.

»Falls wir allerdings herausfinden, dass Sie das doch getan haben, dann bekommen Sie es mit mir zu tun, das wissen Sie«, fügte Thackeray hinzu.

»Ich kriege manches mit«, murmelte Shepherd. »In meinem Job kriege ich manches mit.«

»Und als gesetzesfürchtiger Bürger – selbst wenn Sie Ihren Arbeitgeber übers Ohr hauen – sind Sie nur allzu gern bereit, uns zu sagen, was Sie in Sachen Hypotheken mitgekriegt haben, oder?«, meinte der Chefinspektor freundlich.

»Linda hat ihnen die Richtung gewiesen«, sagte Shepherd. »Vermutlich hat ihr Freund die eigentlichen Geschäfte abgeschlossen. Er war derjenige, der über das Know-how verfügte. Linda hat nur den Ehrgeiz beigesteuert.«

»Sie meinen Jimmy Townsend?«

»Ja, Jimmy. Das war sein Name«, gestand Shepherd widerstrebend ein.

»Also haben sie den Betrug zusammen gemacht?«, drängte Thackeray weiter.

»Er musste was machen, um das Mädel so auszuhalten, wie sie es erwartete«, erklärte Shepherd. »Hat gedacht, sie sei was Besonderes.«

»Ach, tatsächlich?«, murmelte Mower. Er dachte an Lindas erstaunlich luxuriösen Kleiderschrank und die teuren Schmuckstücke.

Zwölf

Für den *Daily Mirror* oder selbst die *Bradfield Gazette* wäre es keine besondere Schlagzeile gewesen, trotzdem war Laura stolz darauf, nicht so sehr auf die Formulierungskunst als auf den Durchbruch, den der Titel darstellte. ›Anti-Verkehrs-Kampagne kommt auf Touren‹ lief über sechs Spalten auf Seite zwei. Darunter war ein Foto von Faith Lawrence mit einer Gruppe von Müttern und Kinder aus dem Dorf sowie New Age-Reisenden, alles Leute, wollte man Inspektor Thorpe glauben, die schamlos das Gesetz brachen, als sie die Hauptstraße in High Clough absperrten.

Wenn die Polizei wirklich verwertbare Indizien für ein Delikt suchte, dann, dachte Laura ironisch, hatte sie ihr die zweifellos geliefert. Jedes entschlossene Gesicht in der protestierenden Gruppe war deutlich erkennbar, jedes Wort auf ihren Spruchbändern lesbar. Jede Forderung nach einem Lastwagenverbot im Gedenken an die getötete Allison entsprang tiefem, unmittelbarem Empfinden.

Laura saß früh am nächsten Morgen an Reg Fairchilds Schreibtisch, bewunderte ihr Werk und wartete auf die unvermeidliche Reaktion. Sie musste nicht lange warten. Fairchilds Stimme klang heiser, obwohl sie nicht beurteilen konnte, ob das an seiner Stimmung oder an seiner Grippe lag. »Machen Sie keinerlei Pläne für die nächste Ausgabe«, krächzte er, »ich werde zurück sein.«

»Gut«, meinte Laura unbewegt. »Ich hab gedacht, ich könnte Sie heute Nachmittag mal besuchen. Geht das in Ordnung?« Es war höchste Zeit, dass sie die Sache mit Reg anpackte. Auch wenn es nicht fair klang, einen Mann auf dem Krankenbett zu attackieren –

sie bezweifelte, dass David Ross viel auf Fairplayregeln gab, wie sie im Kricket Anwendung fanden. Körperbetonter Football australischer Art war mehr sein Stil. Das bedeutete, wenn sie es richtig verstand, einem am Boden liegenden Gegner eher den Kopf in den Dreck zu drücken, als ihm aufzuhelfen.

Faith Lawrence war die nächste, die anrief, des Dankes voll über die Berichterstattung und optimistisch über den Ausgang der Kampagne.

»Ich glaube nicht, dass ich so weitermachen kann«, gestand Laura. »Reg Fairchild hat gedroht, nächste Woche zurückzukommen, selbst wenn er im Krankenwagen gebracht werden muss.«

»Also, vielleicht haben Sie ihn so beschämt, dass er ehrliche Arbeit zu machen beginnt«, meinte Faith.

Als sie auflegte, kam Jonathon West ins Büro. Natürlich hatte er seine eigenen Gründe, über ihr Produkt nicht sehr beglückt zu sein.

»Mir hat Ihr Feature über die Weihnachtseinkäufe wirklich gefallen«, sagte Laura freundlich. Debbie, die leise eingetreten war und bereits an ihrem Schreibtisch saß, kicherte in ihr Exemplar der *Daily Mail*. West sah beide unterschiedslos mürrisch an.

»Ich nehme an, Reg wird schnellstens zurück sein«, meinte er. »Um die Weihnachtsausgabe zu machen.«

»Das möchte er zweifellos«, erklärte Laura mit Nachdruck. »Ich werde ihn morgen besuchen.«

»Na dann, viel Glück dabei«, meinte West unaufrichtig. »Ich nehme an, er wird Sie bis Weihnachten wieder nach Bradfield verfrachtet haben.«

»Ach, das bezweifle ich«, sagte Laura. Sie warf eine Strähne ihres roten Haars aus dem Gesicht. Aber sie fühlte sich nicht so zuversichtlich, wie sie hoffentlich klang.

Das *Bull Hotel* war voller Markthändler, Kunden und Bauern, die für die letzte Viehauktion vor den Ferien in der Stadt weilten und allesamt vorzeitig Weihnachten feierten. Laura drängelte sich durch die Menge. Ellbogen in Tweedjacken stießen sie an und wattierte Westen blockierten ihren Weg, als sie versuchte, Barry Moore im Speiseraum mit der tief hängenden Decke jenseits der Bar aufzuspüren.

Das *Bull* war eines dieser alten Wirtshäuser, die niemals den Architekten einer Brauerei benötigen würden, um das Publikum zu überzeugen, dass es alt war. Anbauten und Veränderungen, zugemauerte Fenster und niedergerissene Mauern hatten im Lauf der Jahrhunderte ein Labyrinth aus alter Eiche und verblichenen Wänden, unerwarteten Stufen und Schwellen sowie durchhängenden Decken geschaffen, an denen sich Unvorsichtige den Kopf anstießen. Das Gebäude ächzte unter seinem eigenen Gewicht, roch ständig nach Holzfeuer und warmem Bierdunst, die Balken schwarz durchtränkt von Lagerbier, Brandy und Tabakrauch. Es warf einen durchdringenden, freundlichen Mief über jeden, der über die ausgetretene Steinschwelle trat.

Die paar hier und da verstreuten, dürftig geschmückten Tannenzweige verkündeten im *Bull*, wie Weihnachten sein sollte und kaum je war. Wären Mr. Pickwick und Sam Weller hereinspaziert und hätten gebratene Lammkeule mit allen Beilagen verlangt, hätte das keinerlei Aufmerksamkeit erregt. Trotz ihrer Nervosität hatte sich Lauras Stimmung gehoben, sowie sie über die Schwelle trat. Der Lunch im *Bull* konnte nicht vollkommen schlecht ausfallen.

Schließlich entdeckte sie Moore. Er saß bereits an einem Ecktisch, tief ins Gespräch mit einem zäh aussehenden, grauhaarigen Mann mit Tweedmütze und dunkler wattierter Jacke versunken. Moore fing ihren Blick durch den voll gestopften, bereits in Rauch gehüllten Raum hinweg auf und machte offensichtlich eine abschätzige Bemerkung zu seinem Begleiter, der ebenfalls in Lauras Richtung blickte, ein halb volles Bierglas ergriff und zurück zur Bar ging.

»Laura, meine Liebe«, sagte Moore. Er hievte sich halb aus dem Stuhl, als sie sich näherte, wies sie in den alten Eichenstuhl dem seinen gegenüber und begrüßte sie mit einer Begeisterung, der sie keine Sekunde traute. »Es gibt hier einen Weinachtslunch, falls Sie gern Truthahn essen. Ich selber ziehe das Roastbeef vor. Und für ein paar Stammkunden führen sie einen hervorragenden Stilton-Käse, wenn Sie das mögen.«

»Darf ich die Speisekarte sehen?«, fragte Laura sowohl aus Prinzip als auch weil sie kein Roastbeef wollte. Moore erkannte die Spitze und reichte ihr die große, ledergebundene Karte ironisch lächelnd, mit ostentativer Höflichkeit. Sein Gesicht war bereits gerötet und seine

Stimmung ausgelassen. Sie nahm an, dass er direkt vom Viehmarkt ins *Bull* gekommen war. Die Bauern, die das Pub füllten, etliche davon mit dem Geld ihrer Verkäufe in der Tasche, ergriffen die letzte Gelegenheit für ein geselliges Beisammensein vor den Feiertagen.

»Sie sind jetzt also für den *Observer* verantwortlich«, sagte Moore nachdenklich. Er kniff die Augen zusammen und sah ihr zu, wie sie betont sorgfältig die Speisekarte durchging. »Das ist ein unerwartetes Vergnügen für die Leserschaft.«

»Ist es das?«, fragte sie skeptisch. »Einige Leser scheinen etwas verstört, weil sie zur Abwechslung mit der ungeschminkten Wahrheit konfrontiert sind.«

»Ach, wir haben eine Frau mit Prinzipien vor uns«, meinte Moore. »Aber Sie sollten mit dem alten Reg nicht zu hart ins Gericht gehen. Er ist schon eine ganze Weile in Arnedale. Ist schon beinahe selber eine Institution, könnte man sagen.«

Laura wandte sich wieder der Speisekarte zu und wollte sich nicht drängen lassen.

»Würden Sie den Job gern ganz übernehmen?«, setzte Moore nach. Laura hatte den Eindruck, er wollte wirklich eine klare Antwort auf seine Frage.

»Ich würde darüber nachdenken«, meinte sie unbeteiligt. »Falls die Stelle frei wird. Was sie sicher nicht wird.«

Er bestellte den von ihr gewünschten Salat mit nur ganz leicht gehobener Augenbraue und redete unzusammenhängend über Arnedale und dessen Charakter, während sie den Hauptgang aßen. Enthaltsam ging sie direkt zum Kaffee über; er hingegen ließ sich einen ganzen zerkrümelten Stilton zeigen, von dem er sich als Beilage zu einem Glas Portwein eine großzügige Portion genehmigte.

Die ganze Zeit über spürte Laura, wie sie von Moores abwägendem Blick begutachtet und taxiert wurde, von ihrem kupferroten Scheitel bis zu den schwarzen Schnürstiefeln. Am Ende der Mahlzeit merkte sie, dass er im Verlauf einer angeblich zwanglosen Unterhaltung ihre Herkunft, ihre Laufbahn und ihre Zukunftsaussichten erkundet hatte. Wenn sie einen Preis hätte, dann würde ihn der Auktionator bis auf den letzten Penny genau ausrechnen. Da sie keinen hatte, konnte sie sehen, dass er ein wenig durcheinander war.

Schließlich lehnte er sich im Stuhl zurück, während die Serviererin eine zweite Tasse Kaffee einschenkte. Er nahm eine Zigarre hervor und schwenkte sie flüchtig in ihre Richtung. »Stört es Sie?«

Sie fragte sich, wie er reagieren würde, wenn sie eine starke Allergie gegen Zigarrenrauch bekundete. »Nicht im Geringsten«, erwiderte sie süßlich. Sie wusste, jetzt würde er zum wahren Grund kommen, warum er sie zum Mittagessen eingeladen hatte. Sie entschied sich, zuerst zuzuschlagen. »Also, welche Pläne haben Sie denn nun für High Clough?«

Er antwortete nicht sofort. Sein Gesicht wurde plötzlich ganz unbewegt, und er presste die Kieferbacken zusammen, während er heftig an der Zigarre zog, um sie richtig zum Brennen zu bringen. Barry Moores Umgänglichkeit reichte nicht sehr weit.

»High Clough?«, fragte er schließlich. »Habe ich Pläne für High Clough?«

»Man hat mir gesagt, dass Sie, oder zumindest Ihre Firma, interessiert sind, Joe Thackerays Hof aufzukaufen. Ich nehme nicht an, dass sie da Schafe züchten wollen.«

Moores Augen irrten durch den Raum zur Bar hinüber, wo der Bauer, mit dem er zuvor gesprochen hatte, noch immer mit seinen Kumpel über nur allmählich zur Neige gehenden Biergläsern gebeugt saß. »Wir haben einen Kunden, der daran interessiert ist«, meinte er kurz angebunden. »Darüber habe ich mit Joe Thackeray gesprochen, als Sie hereinkamen.«

Laura folgte Moores Blick mit einer Überraschung, die sie nicht zu verbergen vermochte. Es gab keinerlei Familienähnlichkeit zwischen dem kleinen, drahtigen Bauern und seinem hoch gewachsenen, breitschultrigen Sohn. Sie wusste, dass sie sich verraten hatte, als Moore das Gespräch abrupt von den Grundstücksgeschäften in High Clough auf ein unwillkommeneres Thema lenkte.

»Sie kennen also Joe, den Vater, gar nicht?«, sagte Moore. Offensichtlich erwartete er keine Antwort, machte aber klar, dass er über ihre Bekanntschaft mit einem anderen Thackeray Bescheid wusste. Doch er nützte seinen Vorteil nicht sogleich aus. »Wie lange, denken Sie, wird der arme alte Reg Fairchild krank sein?«, fragte er stattdessen.

»Keine Ahnung«, erwiderte Laura. »Ich werde ihn morgen besuchen. Soweit ich weiß, ist es bloß eine Erkältung.«

»Er hat's auf der Brust, unser Reg«, meinte Moore. »Könnte ihn für eine ganze Weile außer Gefecht setzen. Natürlich würde es Ihnen nichts schaden, wenn Sie die Zeitung herausgäben, nicht wahr? Wird Ihren Chef in Bradfield ohne Zweifel beeindrucken.«

Laura lächelte vor sich hin. Sie wusste, dass Ted Grant mit nichts zu beeindrucken war, was sie mit dem wöchentlich erscheinenden *Observer* anzustellen vermochte.

»Sie berichten ziemlich viel über diese Unruhestifter in Bradfield, oder?«, bedrängte sie Moore jetzt etwas unverblümter. »Die Grünen, die Jagdsaboteure, die New Age-Reisenden?« Seine Aufzählung troff vor Verachtung.

»Wir suchen es uns nicht aus«, sagte sie, obwohl sie wusste, dass das nicht ganz stimmte. Ted besaß seine eigene Liste von Unberührbaren, die sich mit der von Moore überschnitt, aber nicht identisch war. Schwule und ›Rote‹, was für Grant alles links von Dschingis Khan bedeutete, kamen bei der *Gazette* ganz zuletzt.

Unerwartet wurde Moore durch irgendetwas oder irgendjemanden hinter Lauras Stuhl abgelenkt. Er setzte ein dünnes Lächeln auf, das etwa so freundlich wie das eines Piranha war. »Tag, Gerry. Du bist schon früh unterwegs«, sagte er, als Gerry Lawrence unsicher ins Gesichtsfeld wankte und in einem gefährlichen Winkel über dem Tisch zum Stillstand kam.

»Barry«, brabbelte Lawrence kaum verständlich, »fröhliche Weihnachten, Barry. Und ein glückliches neues Jahr.«

»Dir ebenfalls, Gerry«, erwiderte Moore herzlich, aber mit einer Wachsamkeit in den Augen, die Laura stutzig machte – wovor fürchtete er sich?

»Hast du geschehn ... hast du gesehen, was meine Frau wieder anstellt?«, fragte Lawrence. »Die ganze Scheitung isch voll davon. Dumme Kuh.«

»Du solltest sie dazu bringen, dass sie ruhigere Hobbys betreibt, Gerry«, meinte Moore. Er erhob sich leicht vom Stuhl, um Lawrence zu halten, als der sich gefährlich gegen die Kerze in der Tischmitte neigte. Lawrence nickte weise und richtete sich mit gewaltiger Anstrengung wieder auf.

»Bin aufm Weg zum Konschavativen Club«, erklärte er feierlich. »Schee... Seh dich dann später dort, Barry. Geb dir einen aus ...« Er nickte seiner eigenen Großzügigkeit zu, drehte sich um und wankte zwischen den Restauranttischen hindurch zur Bar zurück.

»Kennen Sie Gerry Lawrence?«, fragte Moore. »Natürlich werde ich ihm einen Drink spendieren, dem armen Kerl.«

Laura nickte. »Wir sind uns schon mal kurz begegnet.«

»Weiß nicht, wann er aufhören muss«, erklärte Moore. »Aber wer kann ihm das verübeln, bei der Frau?«

Laura versteifte sich. Sie mochte die Beleidigung nicht unwidersprochen durchgehen lassen, wollte sich mit Moore aber auch nicht in eine Diskussion über Faith Lawrence verwickeln. »Er braucht Hilfe, oder?«, bemerkte sie neutral.

»Seine Frau denkt, er hat sich bei den Anonymen Alkoholikern eingeschrieben«, meinte Moore verächtlich. »Mein Name ist Gerry, und ich bin ein Alkoholiker«, intonierte er bösartig. Laura zuckte zusammen. Sie fühlte, wie das Gespräch eine Wendung nahm, die sie auf alle Fälle vermeiden wollte. »Meiner Meinung nach gibt es für Gerry keine Heilung, außer einer neuen Frau. Aber vielleicht würde nicht einmal das helfen. Einmal Säufer, immer Säufer, meines Erachtens. Natürlich hängt das mit bestimmten Berufen zusammen. Journalismus ist nicht dagegen gefeit, oder? Gastwirte? Die Polizei?«

Laura nahm einen Schluck Kaffee und beherrschte sich. Sie wusste, dass sie provoziert wurde, obwohl sie nicht genau wusste, wohin die Provokation führen sollte.

»Sind Sie katholisch, Laura?«, fragte Moore unerwartet. Ihre Überraschung war ihr offenbar anzumerken, denn er lächelte ihr anteilnehmend zu. Es war das Lächeln einer Boa Constrictor, die im Begriff ist, ihr Opfer zu verschlingen. Sie schüttelte den Kopf. Eine leise aufkeimende Furcht warnte sie, dass das Gespräch eine Wendung nehmen könnte, die ihr noch weniger passte.

»Komisch«, überlegte Moore. »Jemand, den ich kenne, hat geglaubt, Sie oben bei der Kirche zum Heiligen Herzen gesehen zu haben, wie Sie mit dem alten Pater Rafferty sprachen. Hat gedacht, Sie wollten zur Beichte, gehörten vorübergehend zu seinen Schäfchen, so lange Sie hier oben sind.«

Lauras Mund fühlte sich sehr trocken an. Schnell leerte sie ihre Kaffeetasse. Sie mochte stolz darauf sein, keinen Preis zu haben, aber sie besaß sehr wohl eine Schwäche, die Moore jetzt anpeilte wie ein ferngesteuerter Marschflugkörper. Wenn er wusste, dass sie törichterweise mit Pater Rafferty gesprochen hatte – wer wusste es sonst noch oder konnte darüber informiert werden?

»Sind Sie denn katholisch?«, fragte sie. Sie vermied Moores indirekte Frage, indem sie sich daran erinnerte, dass Michael Thackeray gesagt hatte, er kenne den jungen Barry Moore von der Kirche her.

»Von der Wiege an, aber heute nur noch nominell«, erklärte Moore wegwerfend. »Obwohl ja behauptet wird, man streife es nie ganz ab. Wenn es zum Schlimmsten kommt, dann trudelt man wieder ein und erheischt Absolution, für alle Fälle. Ich war als Junge Ministrant. Zusammen mit dem jungen Michael Thackeray, Joes Sohn, obwohl der, wie man mir sagt, auch zu denen gehört, die vom Glauben abgefallen sind. Ich treff den Alten gelegentlich, wenn ich zur Messe gehe. Ostern, Mitternachtsmesse zu Weihnachten, wissen Sie. Ein bisschen klatschen, über alte Zeiten plauschen. Wir sind eine geschlossene kleine Gruppe, wir Linksfüßler. Jedermann kennt die Besonderheiten von allen anderen – persönliche Sünden und zuweilen auch ein paar Todsünden. Es wird alles bekannt. Wie in der chinesischen Gerüchteküche.« Die Drohung war nicht zu überhören, obwohl Moore leichthin durch den Raum und zur Bar blickte, ohne Joe Thackeray und seine Freunde anzuschauen.

»Ich muss gehen«, erklärte Laura ruhig.

»Ach, müssen Sie das? Ich habe unser Geplauder genossen«, meinte Moore aufgeräumt. »Und ich freue mich wirklich darauf, Ihre Beiträge im *Observer* zu lesen. Sie haben solch frischen Wind von Bradfield hochgebracht. Jammerschade, dass Sie nur kurze Zeit bei uns weilen werden.«

»Verflucht, verflucht, verflucht, verflucht«, murmelte Laura vor sich hin, als sie sich einen Weg durch die zunehmend festlich gestimmte Menge an der Bar bahnte und in die ebenso dicht gedrängte Broad Street trat. Die Weihnachtskunden suchten noch hektischer nach den besten oder billigsten Geschenken, während die ersten Schneeflocken aus einem bleiernen Himmel zu fallen begannen. Sie wusste, dass sie niemandem als sich selbst die Schuld geben konnte. Sie war ein Risiko eingegangen, hatte sich verletzlich gemacht, und verloren. Wie viel sie verloren hatte, darüber wagte sie nicht nachzudenken.

»Natürlich ist Sydney Cheetham so wenig ein echter Bradfielder wie Sie und ich«, meinte Kripochef Jack Longley nachdenklich, als er und Thackeray in dessen Wagen darauf wartete, dass sich die elektronisch gesteuerten Tore von Cheethams Landhaus für sie öffneten.

»Ich dachte, Sie wären durch und durch von hier«, erwiderte Thackeray überrascht. Er war schon einmal auf Zehenspitzen um Longleys ausgedehnte, gefeierte Bekanntschaften in der Stadt herumgestrichen und fürchtete, die Entscheidung, ein Gespräch mit Sydney Cheetham zu führen, werde seine begrenzten Vorräte an Takt und Diplomatie erneut strapazieren. Wohl aus eben diesem Grund hatte Longley überraschend verkündet, ihn zum Seniorpartner der Firma Cheetham and Moore begleiten zu wollen. Thackeray hatte beschlossen, dies nicht als Beleidigung aufzufassen, sondern als Absicherung gegen mögliche Ablenkungen von der bevorstehenden Aufgabe.

»Ich bin ein paar Kilometer jenseits der Grenze in Derbyshire geboren«, erklärte Longley düster. »Ihr Vorgänger Harry Huddleston erinnert mich immer wieder daran. Wer nicht berechtigt ist, für Yorkshire Kricket zu spielen, ist seiner Meinung nach nicht viel wert. Ich bin als Junge nach Bradfield gekommen. Bloß ein Adoptivsohn.«

Geräuschlos schwangen die Eisentore auf. Thackeray fuhr langsam an und rollte bedächtig den geschwungenen Kiesweg entlang auf das halb hinter Bäumen verborgene Haus zu. Er konnte wenig anfangen mit Leuten, die einen Beruf daraus machten, aus Yorkshire zu stammen. Er wusste aber auch, dass sich im Falle des früheren Chefinspektors Huddleston hinter dieser Fassade ein eisenharter Mann verbarg. Obwohl von Geburt weniger privilegiert, war Longley aus demselben Guss.

Sydney Cheetham, wie er selbst ein Zuzüger aus Arnedale, hatte sich besser in seiner Adoptivheimat Bradfield eingerichtet, dachte Thackeray, während er und Longley die Steintreppen zur Haustür von Mannigham House emporstiegen. Es war eine düstere, weiträumige viktorianische Villa, die unbeirrbare Grandezza ausstrahlte. Cheetham kam selber zur Tür, um sie zu empfangen: Ein schmaler, älterer Mann, immer noch mit federndem Schritt, hellwachen Augen und einer Vorliebe für elegante ländliche Kleidung, die viel teurer war als sie aussah.

Cheetham begrüßte Longley freundschaftlich, nickte Thackeray mit etwas weniger Wärme zu, als der vorgestellt wurde, und führte seine beiden Besucher in einen Raum, der offensichtlich als Bibliothek sowie Büro diente. An den Wänden reihten sich Bücher bis zur Decke, und auf dem Mahagoni-Schreibtisch stand ein teuer aussehender Computer, auf dessen Bildschirm sich ein geometrisches Muster endlos wiederholte.

»Wie kann ich Ihnen helfen, meine Herren?«, fragte er, bot ihnen Sessel am glühenden Holzfeuer an und hob einen silbernen Kaffeekrug vom Servierbrett auf dem kleinen Seitentisch neben dem Kamin. Longley nickte Thackeray kaum merklich zu. Er war, wie er ihm bereits erklärt hatte, zufrieden damit, dem Gespräch mit Cheetham stillschweigend zuzuhören. Er hatte es schnell bewilligt. Sowohl Ronnie Shepherd als auch Darrell France, der junge Lagerarbeiter aus Southwaite, der etwas kräftiger unter Druck gesetzt und mittlerweile der unrechtmäßigen Erschleichung einer Hypothek angeklagt worden war, hatten bestätigt, dass wenigstens zwei der Firmenangestellten in einen ausgedehnten Hypothekenschwindel verwickelt waren.

»Das erstaunt mich sehr«, meinte Sydney Cheetham, nachdem Thackeray die Anklage gegen Jimmy Townsend und Linda Wright erläutert hatte. »Ich muss gestehen, dass ich die beiden nur sehr von ferne kannte, obwohl es mich natürlich verstört hat zu hören, was Linda zugestoßen ist. Selbstverständlich habe ich ihren Eltern kondoliert. Townsend habe ich ein paar Mal im Büro getroffen. Er ist von unserer Arnedale-Filiale zu uns gekommen. Linda habe ich vielleicht ein Mal getroffen.«

»Wir haben erfahren, dass Linda womöglich einen weiteren Freund hatte, einen älteren Mann«, meinte Thackeray. »Sie wissen nicht zufällig, wer das war?«

Cheetham schaute den Chefinspektor ausdruckslos an. »Ich habe keine Ahnung«, erwiderte er. »Vermutlich wissen Sie, dass ich mich schon halbwegs aus dem Geschäft zurückgezogen habe und nur ein oder zwei Mal pro Woche ins Büro gehe. Ich kannte das Mädchen kaum. Hauptsächlich, so hat man mir gesagt, arbeitete sie im Musterhaus der neuen Wohnsiedlung – und sie muss sehr gut in ihrem Job gewesen sein, wie mir Stephen Stokes versichert.«

»Vertrauen Sie Mr. Stokes, Mr. Cheetham?«, fragte Thackeray. »Wäre es möglich, dass er in den Betrug verwickelt ist?«

»Das würde mich sehr überraschen«, meinte Cheetham. Diesmal röteten sich seine Wangen leicht. »Ich habe ihn bislang vollkommen vertrauenswürdig gefunden.« Was nichts beweist, dachte Thackeray, außer dass er sich von ihm absetzt, falls er ebenfalls darin verwickelt ist.

»Du bist dir bewusst, Sydney, dass wir, wenn wir die Sache vor Gericht bringen wollen, die Unterlagen jener Kunden anschauen müssen, die Townsend für euch betreut hat«, warf Longley ein und vergaß einen Augenblick lang sein selbst auferlegtes Schweigen.

»Alles, was du brauchst, Jack, alles, was du brauchst. Ich spreche mit Stokes darüber«, meinte Cheetham entgegenkommend. Aber seine Augen blickten eiskalt und irrten einen Augenblick lang zum Schreibtisch mit dem tanzenden Computerbildschirm ab. »Wir sind eine gut etablierte Firma, weißt du«, meinte Cheetham plötzlich höchst zornig. »Dass diese jungen Leute unseren Ruf beschädigen, betrübt mich zutiefst. Das tut es wirklich. Und du glaubst, es hat damit geendet, dass Townsend das Mädchen umgebracht hat?«

»Das können wir noch nicht sagen«, meinte Thackeray unverbindlich. »Wir versuchen, andere Beziehungen von Linda aufzuspüren. Aber ich nehme nicht an, dass Sie darüber irgendetwas wissen?«

Auf diese Frage antwortete Sydney Cheetham nur mit einem beleidigten, heftigen Kopfschütteln.

Nach weiteren zehn Minuten ergebnisloser Befragerei in den Wagen zurückgekehrt, schaute Thackeray Kripochef Longley mit einem leicht ironischen Lächeln an. »Was denken Sie?«, fragte er.

»Tja, er ist ohne Zweifel verärgert«, erwiderte Longley. »Und vielleicht tatsächlich, weil Townsend und Wright die Firma reingelegt haben. Vielleicht hat es aber auch gar nichts damit zu tun. Vielleicht treten wir ihm selber zu nahe.«

»Für jemanden, der sich aus dem Geschäft zurückgezogen hat, besitzt er einen ziemlich aufwendigen Computer«, meinte Thackeray nachdenklich. »Wir hätten Mower mitnehmen sollen. Er kennt sich damit besser aus als ich.«

»Auf jeden Fall fahren Sie nach Arnedale und finden heraus, was Townsend dort getrieben hat«, sagte Longley.

»Ach«, machte Thackeray leise, während er in die Hauptstraße einbog, die den Hügel hinunter ins Stadtzentrum führte. Es war die Herausforderung, die früher oder später hatte kommen müssen und der er nicht mehr ausweichen konnte.

»Haben Sie irgendwelche Probleme damit?«, fragte Longley kühl.

»Nein, Sir«, antwortete Thackeray unbewegt. »Wenn Sie es mit Chefinspektor Thorpe arrangieren, fahre ich morgen hinauf.«

Wieder zurück im Büro, hatte Thackeray keine Gelegenheit, über die Zusage nachzudenken, die er gegeben hatte. Sergeant Kevin Mower stand an seinem Schreibtisch.

»Also, Boss«, sagte er. »Wollen Sie die gute oder die schlechte Nachricht?«

»Die gute«, erwiderte Thackeray grimmig, »und gehen Sie mir nicht auf die Nerven, Kevin.«

Er hörte schweigend zu, während Mower ihm von einem Telefongespräch berichtete, das er mit einem Sergeant von der Polizeiwache in Arnedale geführt hatte. »Thorpe wollte mir gar nichts sagen, also habe ich seinen Sergeant angerufen, Armstrong, heute Morgen, und habe gesagt, ich wollte ein paar Einzelheiten der gerichtlichen Untersuchung zu David Harding in Arnedale überprüfen. Wirklich wissen wollte ich, was in der Abschiedsbotschaft stand.«

»Und?«, fragte Thackeray ungeduldig. Er fühlte, wie sich Arnedale unerbittlich um ihn schloss.

»Er war nicht einfach bankrott gegangen«, erklärte Mower. »Er war bankrott, weil er mehr als eine Hypothek auf den Hof aufgenommen hatte. Das wusste ich bereits von den Vertretern der Hausbaugenossenschaften, die bei der Untersuchung aufgetaucht waren. Aber ich hatte nicht gewusst, dass er demnächst wegen Betrugs verhaftet werden sollte. Die Genossenschaften hatten rausgefunden, was vor sich ging, und setzten Thorpe unter Druck, etwas zu unternehmen.«

»Gut«, meinte Thackeray, nachdem er die Folgerungen der Information verdaut hatte. »Und die schlechte Nachricht?«

»Die Spurensicherung sagt, dass die Fingerabdrücke auf Linda Wrights Wagen nicht von Jimmy Townsend stammen«, erwiderte Mower. »Sie stimmen mit nichts überein, was wir in seiner Wohnung gefunden haben. Wer auch immer den Wagen ins Wasserreservoir geschoben hat, Jimmy war es nicht.«

Dreizehn

Aufgewühlt fuhr Laura am nächsten Tag in die Redaktion. Der Schnee hatte die Dales auf dieser Höhe bereits fest im Griff. Die Hügel erstreckten sich in einem Muster aus leuchtend weißen Rechtecken, unterteilt durch die sich dahinschlängelnden Steinmauern. Hier und da, an geschützten Stellen, wurde das Muster durchbrochen von schwarzen Flecken aus Bäumen und einem gelegentlichen gedrungenen Stall samt Bauernhof, von der Umwelt abgeschnitten durch die über Nacht gelegte glitzernde weiße Decke. Der Himmel war ein zartes Hellblau; nur zuweilen verbarg eine Wolke die Wintersonne und warf einen wandernden Schatten über die unberührten Anhöhen. Normalerweise hätte Laura den Anblick genossen, aber der vorige Nachmittag hatte bei ihr nichts zurückgelassen als bittere Trauer über die Ungerechtigkeit des Lebens.

Der Schneefall hatte hier oben vor der Morgendämmerung aufgehört, und die Straßen waren geräumt worden. Dennoch fuhr sie vorsichtig, denn sie traute der ungewissen Oberfläche in der beißenden Kälte nicht. Der schmale Weg, den sie hinabfuhr, schlängelte sich schließlich wieder auf über 300 Meter hoch zur Dale-Anhöhe. Reg Fairchild wohnte in einem der letzten Cottages. Es stand in einer geschützten Mulde auf der Hügelseite, kurz bevor die Straße eine letzte scharfe Biegung zum Pass hinauf machte, der nach Swaledale führte. Es war ein abgelegener Ort, selbst bei guten Bedingungen mindestens vierzig bis fünfzig Minuten Fahrt von Arnedale. An diesem Tag hatte sie mehr als eine Stunde gebraucht, um die Kurven zu bewältigen, in denen der fein gefrorene Schnee vom Rand her bereits über den Asphalt wehte.

Nachdem sie den matten Messingklopfer gegen die solide Haustür hatte fallen lassen, war Fairchild zur Tür gekommen. Er trug einen verschossenen gemusterten Bademantel, einen Wollschal um den Hals, und sah grau im Gesicht und abgezehrt aus. Laura wurde bewusst, dass Fairchild kein junger Mann mehr war. In der Redaktion und seinen bevorzugten Jagdgründen in der Stadt verbarg sein lebhafter Schritt womöglich eine Zerbrechlichkeit, die er nie eingestehen würde. Jetzt war sie unübersehbar.

Er bat sie in die große Stube des Cottages rechts vom engen Eingangsflur. Im Kamin brannte ein Kohlefeuer, ein niedriger Tisch voller Bücher und Papiere war neben den durchgewetzten Armsessel gerückt, in dem er offenbar gesessen hatte. Laura wurde klar, dass sie gar nicht wusste, ob es eine Mrs. Fairchild gab. Den voll gestopften Raum regierten gewaltige Bücherregale, deren Inhalt in Haufen und Stapeln auch auf den Boden übergriff.

»Kann ich Ihnen etwas bringen?«, fragte sie. »Eine Tasse Tee machen, oder sonst etwas?« Fairchild betupfte seine gerötete Nase mit einem riesigen Taschentuch und nickte dankbar.

»Das wäre nett«, sagte er. »Sie finden alles beim Wasserkocher. Die Küche ist gegenüber.«

Laura zog ihren Mantel aus und wagte sich in die Küche vor, wo die Unordnung auf jeder verfügbaren Abstellfläche sie endgültig überzeugte, dass Fairchild allein wohnte. Sie seufzte, ließ heißes Wasser über die dreckigen Teller laufen, die das Spülbecken versperrten, und schaltete den elektrischen Wasserkocher ein. Dann ergriff sie die Teekanne, Tassen sowie einen Teller mit leicht angetrockneten Korinthenküchlein, die sie in einem Brotkasten gefunden hatte, und trug alles in die Stube. Fairchild las in einem Buch, das er wohl auch vor ihrer Ankunft studiert hatte. Sie stellte das Tablett auf ein Papierbündel auf dem, was als Esstisch zu gelten hatte, und goss zwei Tassen Tee ein.

»Sie scheinen zu Hause ebenso viel zu arbeiten wie in der Redaktion«, meinte sie und reichte ihm eine Tasse Tee. Widerstrebend wandte er sich von seinem Buch ab.

»Die Zeit enteilt auf Schwingen«, murmelte er, verschlang ein Küchlein und griff nach einem weiteren.

»Essen Sie regelmäßig?«, fragte Laura.

»Ach, ja. Die Nachbarin kommt hin und wieder, bringt mir eine Pastete oder einen Eintopf oder so was. Ich hab nicht einkaufen können.« Er brach ab, als ein Hustenanfall seine dünne Gestalt durchschüttelte. Er brauchte mehrere Minuten, um sich zu erholen und seine Augen mit dem Taschentuch auszuwischen.

»Sind Sie beim Arzt gewesen?«, fragte sie. Er schüttelte ungeduldig den Kopf. »Wissen Sie, Sie sind wirklich nicht kräftig genug, um in die Redaktion zu kommen.«

Er nickte düster zustimmend. »Gegen Grippe kann man nichts machen, oder?«, meinte er heiser. »Ich mag niemanden den ganzen Weg hier raufhetzen nur wegen eines Virus, gegen den man nichts ausrichten kann.«

»Sie sollten sich vorsehen«, erwiderte sie unverbindlich. Sie kannte ihn nicht gut genug, um ihn weiter zu drängen, wie sie ihre Großmutter in der selben Situation gedrängt hätte. »Ist das alles für Ihr Buch?«, fragte sie und zeigte auf die Papierberge, die sie umgaben, die sorgfältig auf dem Esstisch ausgebreiteten Notizbücher, die auf dem Boden ausgelegten Fotografien und die zwischen den Büchern aufgeschichteten Kassetten.

»Es muss so viel aufgezeichnet werden«, antwortete er unbestimmt. »Niemand hat es je seriös gemacht. Es gibt keine richtige mündliche Geschichtsüberlieferung. Eigentlich ist es ein Lebenswerk, und ich glaube nicht, dass ich noch ein ganzes Leben zur Verfügung habe. Ich habe zu spät angefangen. Die meisten Interviews sind gemacht und die Kassetten abgeschrieben. Jetzt geht es nur noch darum, alles zusammenzustellen und aufzuschreiben. Aber ich fürchte, es wird nie fertig, wie beim armen alten Casaubon.«

»Sie sollten einen Computer benützen«, meinte Laura müßig und war überrascht, als Fairchild sie leicht verschlagen musterte. »Die sind effizienter als eine geknechtete Ehefrau«, fügte sie nachdrücklich hinzu. Dorothea Casaubon aus George Eliots *Middlemarch* war nie eine ihrer bevorzugten Heldinnen gewesen mit all ihrem Eifer, als intellektuelles Dienstmädchen für ihren Gatten zu arbeiten.

»Ja, ja, das sagt Barry Moore auch«, erklärte Fairchild, dessen Wachsamkeit offensichtlich nachgelassen hatte. »Er wird mich beraten. Wird mir einen jungen Computerfachmann als Hilfe finden.«

»Barry Moore«, sagte Laura müde, überrascht, dass es sie noch überraschte, als der Name erneut auftauchte. »Ein Mann, der glaubt, jeder habe seinen Preis. Oder eine schwache Stelle.«

»Eine schwache Stelle?«, fragte Fairchild scharf und wurde sich offenbar gewahr, dass er womöglich zu viel gesagt hatte.

»Ach, machen Sie sich keine Sorgen«, meinte Laura bitter. »Wir sitzen beide im selben Boot ... Er hat meine Schwachstelle herausgefunden. Bloß um meinen Übereifer für ehrlichen Journalismus zu bremsen. Zwei Wochen hintereinander Storys über High Clough, das scheint ihm sauer aufgestoßen zu sein. Vermutlich ist Ihr Preis alle Hilfe, die Sie dafür bekommen können.« Sie zeigte auf sein Lebenswerk, für das die Zeit so offensichtlich auslief.

»Er ist immer sehr hilfreich gewesen«, erklärte Fairchild leise. »Sie können das nicht verstehen. Sie sind zu jung.«

»Ach, eine Leidenschaft verstehe ich durchaus«, erwiderte Laura. »Nur zu gut. Vielleicht nicht diese Art Leidenschaft, aber etwas, das immer wichtiger wird, irgendwann das ganze Leben dominiert und einen am Ende womöglich zerstört. Das verstehe ich vollkommen.«

»Sie können wieder weggehen, Laura«, meinte Fairchild scharf. »Sie müssen nicht in Arnedale bleiben. Das hier ist mein ganzes Leben. Ich kann mich auf nichts anderes freuen als darauf, mein Buch fertig zu stellen. Was schadet es schon, Barry mit seinen Projekten freie Bahn zu lassen? Sie sind überwiegend harmlos, und einige bringen sogar Verbesserungen für die Leute.«

»Nur solange sie Barry einen fetten Profit garantieren«, erwiderte Laura. »Und keine Fragen gestellt werden. Er ist bereit, jedermanns Tragödie auszubeuten, nicht wahr? Wie bei dem Bauern hier oben, der sich erschossen hat, David Harding. Moore hat das Land ziemlich schnell für ein Butterbrot aufgekauft. Und er ist dabei, in High Clough dasselbe zu machen, obwohl er es bestreitet. Ich wette, dass er Joe Thackerays Hof aufkauft, sowie der auf den Markt kommt. Er ist ein Geier, der darauf lauert, dass es Leuten schlecht geht, dann zuschlägt und alles fleddert, was sich zu fleddern lohnt.«

»Joe Thackerays Hof?«, fragte Fairchild. »Er verkauft also? Ich nehme nicht an, dass der Sohn großes Interesse daran hat, nach Arnedale zurückzukommen, nach allem, was passiert ist.«

Laura versteifte sich. Ein Klumpen im Hals hinderte sie beinahe daran, die Frage zu stellen, die sie stellen musste. »Was ist passiert?«, fragte sie so leise, dass sie glaubte, Fairchild habe sie nicht gehört. Aber er hatte und schien nichts Besonderes an der Frage zu finden.

»Ach, die Frau ist durchgedreht und hat das Baby umgebracht«, sagte er. »Schreckliche Sache. Schrecklich.« Zum Glück übermannte ihn ein weiterer Hustenanfall, und vermutlich nahm er ihre völlig entsetzte Miene gar nicht wahr.

Als er sich schließlich beruhigt und seine Augen getrocknet hatte, hatte sie sich wieder einigermaßen gefasst und lehnte sich ausgebrannt und gefühllos im Stuhl zurück.

»Also, werden Sie nach Bradfield rennen – oder geben Sie Ihre Meldungen direkt an David Ross? – und über all das hier berichten?«, fragte Fairchild scharf und wies auf seine Notizbücher.

»Sie wussten, dass es denen um so etwas geht?« Sie hatte all die Lügen und Verstellungen zu satt, um abzustreiten, was Fairchild offenbar längst klar war.

»Ich habe es vermutet. Wissen Sie, wir sind hier oben nicht alles Inzucht treibende Schaf-Ficker«, sagte er ungewöhnlich gehässig. »Wir können eine Spionin erkennen, auch wenn sie ohne Mata-Hari-Namensschild durch die Tür spaziert.«

»Ich muss David Ross Bericht erstatten«, meinte sie nüchtern.

»Dann berichten Sie«, erwiderte Fairchild nüchtern. »Vermutlich werden Sie Ihren Job verlieren, wenn Sie es nicht tun. Und Sie sind eine gute Reporterin. Mir hat Ihre Story über High Clough gefallen. Sie trifft die richtige Mischung zwischen Tatsachen und Gefühlen. Das gelingt nicht jedermann.«

»Aber Sie hätten sie nicht gebracht?«

»Ach, nein, ich hätte sie nicht gebracht. Jetzt verstehen Sie, warum nicht. Barry Moore hatte immer ein Talent dafür, Leute so zu manipulieren, dass er kriegt, was er will. Ich kenne die Familie, seit er ein Junge war. Ich glaube nicht, dass er der Welt je verziehen hat, dass seine Mutter davonlief und ihn verließ, als er acht oder neun war. Seitdem ist er alles wie ein Monopoly-Spiel angegangen und hat Schulden eingetrieben, wann es ihm am besten gepasst hat. Und er ist sehr erfolgreich dabei.«

»Doch zu welchem Preis?«, fragte Laura.

»Ach, der Preis ist nicht zu hoch, wenn man mitspielt. Man büßt ein wenig Selbstachtung ein, aber normalerweise gibt es etwas dafür. Er hält seine Versprechen.«

»Und wenn man nicht mitspielt?«, fragte Laura. Sie wollte es unbedingt wissen.

Fairchild blickte sie aus geröteten Augen abschätzend an. »Sein Vater hat mir mal erzählt, dass Barrys Mutter ihm jedes Jahr zuverlässig ein Geburtstags- und ein Weihnachtsgeschenk geschickt hat. Er hat die Pakete immer an den Jungen weitergegeben, weil er nicht wollte, dass der Kleine nachtragend blieb. Aber Barry trug sie nur in sein Zimmer und hat sie niemals erwähnt. Jahre später, als das Haus verkauft wurde und Barry in Bradfield arbeitete, fand der alte Mann zwei Koffer, im Dachgeschoss versteckt. Drinnen waren alle Geschenke, die Mrs. Moore geschickt hatte, zerschlagen oder in tausend Stücke zerrissen, das Geschenkpapier inbegriffen.« Laura schüttelte sich. Sie fröstelte plötzlich.

»Sie sehen meine Zwangslage«, meinte Reg. »Heißt es nicht, alles verstehen ist alles vergeben? David Ross wird nicht vergeben, aber vielleicht können Sie es. Sie besitzen die Fähigkeit dazu.«

Indem sie alles zu verstehen versucht hatte, dachte Laura traurig und beschleunigte hart, als sich die Straße kurz vor Arnedale verbreiterte, war sie ihrer Neugier gefolgt und bedauerte es bitter. Ihr war absolut unklar, wie sie mit Michael Thackerays Tragödie umgehen sollte, nachdem sie nun davon wusste.

Ein Unfalltod wäre schlimm genug gewesen, dachte sie, aber ein Mord, oder eine Kindstötung, was auch immer John Priestley bei der Untersuchung von Ian Thackerays Tod entschieden hatte, musste Thackeray und seine Frau in ein Labyrinth von Schuld und Anklagen geführt haben, das sie sich nicht annähernd ausmalen konnte und das er vermutlich nie zu teilen bereit sein würde. Er hatte sie gewarnt, nicht herumzuschnüffeln, und jetzt wünschte sie, sie hätte ihn ernst genommen.

Sie kehrte erst am späteren Nachmittag in die Redaktion zurück. Die Straßenlampen über dem immer noch belebten Weihnachtsmarkt in der Broad Street brannten bereits, und die Neonröhren warfen einen fahlen Schimmer über das bleiche Gesicht von Debbie, die Laura in der Tür zum Nachrichtenraum traf.

»Gott sei Dank sind Sie zurück«, meinte das Mädchen atemlos. »Ich hab nicht gewusst, was ich machen soll. Jonathon ist nach Eckersley, um jemanden zu interviewen, wie er gesagt hat, und ich bin hier ganz allein.«

Laura hängte den Mantel auf und nahm keine große Notiz von Debbie, bis die zur Sache kam. »Es ist ein Mord passiert«, erklärte sie. »Diese Frau oben in High Clough, deren Bild wir heute in der Zeitung haben. Faith Lawrence? Sie ist erschossen worden.«

Die Nachricht traf Laura wie ein Hieb in die Magengrube. Unsanft fiel sie in Jonathons Drehsessel, da ihre Knie sie nicht mehr tragen wollten. »Sag das noch mal ganz langsam«, bat sie.

»Jemand von der Polizei hat angerufen«, verkündete Debbie klar und deutlich. »Meinte, es würde uns interessieren. Sie haben eine Leiche im Moor gefunden. Es gibt verdächtige Umstände. Sie suchen nach einem Gewehr.«

»Mein Gott«, sagte Laura schwach. Sie fragte sich, ob sie an einem einzigen Tag ihr eigenes Glück zerstört und den Tod einer Frau herbeigeführt hatte, die sie bewunderte. »Doch nicht wegen der Aktion, über die wir berichtet haben?«, flüsterte sie. »Es kann doch nicht deswegen sein? Oder?«

Chefinspektor Michael Thackeray war an diesem Morgen mit schmerzlich gemischten Gefühlen nach Arnedale gefahren. Er war zur Arbeit ins Tal gekommen, mit offizieller Erlaubnis, die Betrugsermittlung, die nun ziemlich sicher zu einer Mordermittlung wurde, über seinen eigenen Wirkungsbereich hinaus durchzuführen. Als Antrieb diente ihm der Zorn, der ihn erstmals im Leichenschauhaus gepackt hatte, als er mit Amos Atherton über der Leiche von Linda Wright gestanden hatte, die wie eine Alabasterstatue auf der Totenbank lag. Thackeray hatte sich abgewandt, angewidert von der Verschwendung und der Beiläufigkeit des Todes. Er hatte gelernt, damit umzugehen, aber ihn niemals zu akzeptieren. Es hatte ihn zu persönlich gestreift, als dass er sich je damit abfinden würde.

Seine Stimmung auf der einsamen Fahrt verschlechterte sich, als der entlang der Hauptstraße verlaufende Fluss sich verengte, der Morgenverkehr nachließ und für die letzten paar Kilometer zum Marktstädtchen eine breite, verkehrsfreie Straße vor ihm lag. Er war nicht fähig gewesen, Arnedale völlig zu meiden, seit er es verlassen hatte. Aber nie, weder offiziell noch inoffiziell, war er zu der Polizeiwache zurückgekehrt, in der er rasch zum höherrangigen Ermittler aufgestiegen war. Er war der aufgeweckte Junge mit Oxford-Abschluss gewesen, für höhere Dinge ausersehen, bis aus scheinbar heiterem Himmel eine Katastrophe über ihn und seine Familie hereinbrach. Die bevorstehende Arbeit erfüllte ihn mit düsteren Vorahnungen.

Er wusste, es gab Leute beim Revier von Arnedale, die Sergeant Thackeray und die Art seines Abgangs nicht vergessen hatten, nicht zuletzt Les Thorpe, dessen Frau wenige Monate nach Aileen Thackerays erstem Kind ihr drittes geboren hatte und zur Vertrauten der jungen Mutter geworden war.

Kurz nachdem Ian gestorben war, so erinnerte er sich, hatte es eine Nacht gegeben, in der er sich bei irgendeiner Abschiedsparty im *Bull* besinnungslos betrunken hatte. Betty Thorpe hatte ihn quer durch die überfüllte Bar angebrüllt und dabei ausgedrückt, was die meisten seiner Kollegen dachten. »Es war deine Schuld, nicht Aileens«, hatte sie geschrien. »*Du* bist der verdammte Mörder!« In dem qualvollen Schweigen, das folgte, hatte kein Einziger seiner Kollegen ihn abzuhalten versucht, als er eine Flasche Whisky kaufte und die Bar verließ. Er war auf das dunkle, kohleüberkrustete Ufer des Kanals zugesteuert, wo er systematisch zu trinken begann, um den Mut zu bekommen, ins eiskalte Wasser zu springen und dem Alptraum ein für alle Mal ein Ende zu bereiten.

Aber selbst diese Prüfung hatte er nicht bestanden. Er war bewusstlos mit einer leeren Flasche aufgefunden, vor seine Vorgesetzten gezerrt und aufgefordert worden, entweder auszunüchtern oder den Dienst zu quittieren. Am Ende hatte der Job, der ihn beinahe zerstört hatte, ihn gerettet. Er beschäftigte seine Energien, befriedigte seinen Intellekt und ermöglichte ihm die meiste Zeit, in die hintersten Winkel seines Bewusstseins zurückzustoßen, was er verloren hatte: immer noch Stoff für Alpträume, aber erträglich.

Zehn Jahre hatte er allein auf der anderen Seite des Bezirks überlebt. Zehn disziplinierte Jahre langer Dienststunden, schwer erworbener Beförderungen und dem sorgfältigen Vermeiden von Verpflichtungen. Bis er nach Bradfield versetzt wurde und eine selbstbewusste junge Reporterin traf, die sein sorgfältig gepflegtes Gleichgewicht durcheinander brachte. Laura machte ihn oft wütend, aber er wusste, er konnte sie nicht ändern und würde es gar nicht versuchen. Er mochte sie so, wie sie war. Was er am meisten fürchtete, war, Betty Thorpes bittere Anschuldigung in Lauras offenherzigen grünen Augen zu sehen. Er wusste, das würde er nicht aushalten, und hatte keine Ahnung, wie er es verhindern sollte.

Auf der Polizeiwache von Arnedale wurde er von einem ihm unbekannten Polizisten mit aufgewecktem Gesicht begrüßt und zu Chefinspektor Les Thorpes Büro im ersten Stock gewiesen. Sein ehemaliger Kollege erhob sich. Er streckte ihm die Hand hin, aber in seinem Lächeln lag keine Wärme.

»Ich kann dir für ein paar Stunden einen Ermittler borgen, aber das ist alles«, erklärte Thorpe wenig hilfsbereit. »Ich stecke bis zum Hals in der Schießerei oben in High Clough.« Thackeray hatte die Nachricht von Faith Lawrences Tod im lokalen Radiosender gehört und fragte sich, wie Laura damit zurecht kam.

»Ich hab mich mit Barry Moore um zwei Uhr verabredet«, erklärte Thackeray. »Es wäre nützlich, wenn ich dafür Rückendeckung hätte. Sonst komme ich zurecht, danke.«

»Ich nehme an, du sagst mir nicht, warum du mit Barry Moore reden willst. Du weißt, er wird unangenehm, wenn er denkt, dass er unter Druck gesetzt wird – besonders von dir.«

»Ich habe gestern Sydney Cheetham in Bradfield gesprochen, und er war auch nicht gerade beglückt«, meinte Thackeray milde. Er gab aber keine weiteren Erläuterungen ab, und Les Thorpe verzog vor Frustration mürrisch das Gesicht.

»Das Mädchen im Wagen, nicht wahr?«, fragte er. »Ich hab gedacht, da hättest du jemanden im Visier. Ich hab in der *Bradfield Gazette* ein Foto von jemandem gesehen, mit dem ihr reden wollt.«

»Jimmy Townsend? Ja, mit dem will ich reden«, meinte Thackeray. »Aber ich bin nicht sicher, ob er seine Freundin getötet hat. Es ist nicht so einfach, wie es auf den ersten Blick schien. Wie sieht's mit Mrs. Lawrence aus? Familienstreit, oder?«

»Kann ich nicht sagen«, erwiderte Thorpe unverbindlich. »Sie war ziemlich bekannt als Unruhestifterin, unsere Mrs. Lawrence, deshalb könnte sie ziemlich vielen Leuten auf die Nerven gegangen sein.«

»Ich will später noch nach Netherdale hoch«, erklärte Thackeray. »Meinen Vater in High Clough besuchen, falls ich Zeit finde. Aber das Wetter sieht nicht viel versprechend aus.« Die beiden Männer blickten aus dem Fenster. Der Schnee fiel jetzt aus einem bleiernen Himmel und wurde in Schwaden von einem Wind herumgewirbelt, der vom bloßen Hinschauen stärker zu werden schien.

»Die Wettervorhersage ist schlecht«, meinte Thorpe. »Du brauchst Glück, wenn du es heute nach Netherdale und zurück schaffen willst. Du willst Mrs. Harding sprechen, oder? Hypothekenschwindel?«

»Gehst du dem nicht weiter nach?«, fragte Thackeray beiläufig.

»Der Mann ist tot und begraben», erklärte Thorpe. »Wozu soll das gut sein? Es gibt keine Hinweise, dass die Frau in die Sache verwickelt war.«

»Einen solchen Betrug kann er nicht alleine durchgeführt haben.«

»Vielleicht, vielleicht auch nicht«, sagte Thorpe. »Aber mit einem toten David Harding, ohne eine Aussage, war nicht mehr viel drin. Soweit es uns betraf, war es eine einmalige Sache, Regionalliga.«

»Soweit es uns betraf ebenfalls. Vielleicht nicht ganz so klein, weil wir vier Fälle hatten. Aber dann haben wir eine tote junge Frau gekriegt«, erwiderte Thackeray. »Deshalb ist es nicht mehr Regionalliga, sondern in die Bundesliga befördert worden; der Chef ist besorgt, und ich mag nicht, wenn meine Zeugen umgelegt werden, um ein Bundesligateam zu schützen, falls es darum geht.«

»Barry Moore könnte dir das Leben äußerst ungemütlich machen, so oder so«, warnte Thorpe.

»Glaubst du, das weiß ich nicht?«, erwiderte Thackeray. »Weshalb, glaubst du, bin ich persönlich nach Arnedale gekommen, wenn nicht, um zu zeigen, dass ich keine Angst mehr vor euch Scheißkerlen habe?«

Chefinspektor Thackeray und sein ausgeliehener Ermittler Brian Able hatten sich bereits in Barry Moores Büro niedergelassen, als der Auktionator von einem offensichtlich ausgiebigen Lunch im *Bull* zurückkehrte. Moore entschuldigte sich länglich und vollkommen unaufrichtig dafür, dass er sie hatte warten lassen, schüttelte den Schnee von Schaffelljacke und Schal, hängte sie auf und ließ sich hinter dem riesigen Nussbaumschreibtisch nieder. Sein wettergegerbtes Gesicht war noch röter als üblich, die blauen Augen verschwanden beinahe in einem Wald von Falten und hellen Augenbrauen. Nur der Mund wirkte störend dünnlippig und nachtragend. Unter der Winterkleidung trug er einen leichten Tweedanzug über einem Seidenhemd mit Krawatte. Der Goldschmuck, den er so liebte, war an diesem Tag auf zwei Ringe beschränkt.

»Es ist lange her, Michael«, sagte er zu Thackeray. »Möchtest du einen Drink?« Das folgende Zögern war offensichtlich beabsichtigt. »Kaffee, meine ich, oder Tee? Etwas Heißes?«

Thackeray schüttelte unbewegt den Kopf. »Deine Sekretärin hat uns schon etwas angeboten«, erklärte er.

»Also, womit kann ich dienen?« Der Auktionator breitete seine Arme weit aus. »Ich tue alles, um der Polizei zu helfen, das versteht sich von selbst. Obwohl ich mir nicht vorstellen kann, was dich von Bradfield hier raufbringt, um mich zu sehen. Du kommst doch nicht nach Arnedale zurück, oder? Ins alte Revier und so?«

Thackeray schüttelte erneut beinahe unmerklich den Kopf. Moore nickte anteilnehmend. »Nein«, meinte er, »ich nehme an, das würde nicht funktionieren, nicht wahr?«

»David Harding«, erklärte Thackeray und ließ sich nicht provozieren. »Ein Kunde von dir?«

»Nicht von mir persönlich«, erwiderte Moore. »Ein Kunde der Firma. Ich kann für dich herausfinden, wer mit ihm verhandelt hat, wenn du willst. Ich glaube, er kam etwa vor zwei Jahren zu uns, um Land zu verkaufen.« Er legte einen Finger auf den Knopf der Gegensprechanlage auf seinem Tisch und wartete einen Augenblick lang auf Thackerays Reaktion.

»Etwas später«, meinte Thackeray. »Erzähl mir doch zuerst, was du über die Hardings weißt, wie sie in solche finanzielle Schwierigkeiten geraten sind.«

»Alle Hügelbauern sind am Verzweifeln«, meinte Moore. »Ich dachte, du weißt das. Die Subventionen sind gekürzt worden, ein paar dumme Trottel wollen kein Fleisch mehr essen, und so weiter. Dein eigener Vater will verkaufen, nicht wahr? Harding war nur etwas verzweifelter, das ist alles.«

»Und hat versucht, Zeit zu schinden, indem er sich auf einen Hypothekenschwindel einließ?«

»So hab ich's gehört«, antwortete Moore. »Du weißt, nichts bleibt in Arnedale lange geheim, Michael.«

Erneut schluckte Thackeray seinen Zorn herunter und ließ die Bemerkung verklingen. »Hättest du, oder deine Firma, ihn dabei beraten?«, hakte er nach.

»Ja, bezüglich eines legalen Arrangements«, meinte Moore scharf. »Solange die Grundstückeinschätzung so hoch war, dass sie eine zweite Hypothek zuließ.«

«Und er sich die Rückzahlung leisten konnte?«

»Natürlich. Das ist es, was solche Leute immer gerne vergessen«, sagte Moore, als ob er eine niedrigere Lebensform diskutiere. »Darlehen müssen zurückgezahlt werden. Harding scheint sich laut dem, was John Priestley gesagt hat, hoffnungslos übernommen zu haben. Bei der Untersuchung ist nicht alles öffentlich geworden«, fuhr der Auktionator verbindlich fort. »Um Mrs. Harding unnötige Aufregung zu ersparen. Aber es stand im Abschiedsbrief. Du erinnerst dich doch an John Priestley?« Moore hielt inne und fixierte Thackeray mit einem Krokodilslächeln. »Selbstverständlich tust du das«, fügte er als Antwort auf seine Frage schnell hinzu.

Thackeray war weiß im Gesicht und sprachlos vor Zorn. Er fragte sich, welche alternative Karriere ihm wohl offenstand, wenn er der Versuchung erlag und Moore eine Faust ins Gesicht hieb. »Ich würde jetzt gern die Person sehen, die mit Harding verhandelt hat«, sagte er schließlich, nachdem er seinen Atem unter Kontrolle gebracht und die Kiefer wieder gelockert hatte. Diesmal betätigte Moore die Gegensprechanlage und gab seiner Sekretärin die entsprechenden Anweisungen. Die zwei groß gewachsenen Männer verharrten in unbehaglichem Schweigen. Der verwirrte Ermittler hinter ihnen, der mit Kugelschreiber und Notizblock hantierte, war sich zwar der starken Gefühle bewusst, die um ihn herumschwirrten, kannte aber die Gründe nicht.

Da er Moore nach all den Jahren wieder sah, erinnerte sich Thackeray an den Barry, den er gekannt hatte. Den grobknochigen, hellbraunhaarigen Klassensprecher und Ministranten, acht oder neun Jahre älter als er und immer schnell bereit, seine Größe einzusetzen. Es hatte ihm immer Vergnügen bereitet, jüngere Kinder in Schule und Kirche zu allerlei Unfug anzustacheln. Sein größtes Talent hatte darin bestanden, sich aus jeder Schwierigkeit mit einem vollkommen unaufrichtigen Aussehen verletzter Unschuld herauszureden und sich das Schweigen der anderen durch eine Mischung aus Drohungen und keine Spuren hinterlassender Gewalt zu sichern. Der Mann war genau wie einst der Junge, dachte Thackeray. Es wurde höchste Zeit, dass dem Sadisten und Gauner Barry Moore endlich Grenzen gesetzt wurden.

»Bleibst du Weihnachten in Arnedale?«, fragte Moore beiläufig, als sei nichts geschehen. »Sehen wir dich bei der Mitternachtsmesse?«

Thackeray schüttelte verärgert den Kopf und verweigerte eine Antwort. Binnen kurzem kam die hübsche blonde Frau, die bei Thackerays Eintreffen besorgt dreingeblickt hatte, mit noch besorgterem Blick ins Zimmer. »Jimmy Townsend hat die Wiederbeleihung von Mr. Harding bearbeitet, bevor er ins Bradfielder Büro gezogen ist, Mr. Moore«, sagte sie.

»Sieh mal an«, meinte Thackeray befriedigt. Moore sah unbeeindruckt aus.

»Ich hab gelesen, dass du Townsend in Zusammenhang mit dem Mord an Wie-heißt-sie-noch-gleich suchst? Linda Wright?«, sagte Moore mit ungerührtem Blick.

»Nebst einer Reihe von Hypothekenschwindeln in Bradfield«, bestätigte Thackeray. »Also, fangen wir mit allem an, was du über den jungen Mann weißt. Er hat, glaube ich, einige Zeit hier gearbeitet.«

»Er ist gleich nach der Schule hierher gekommen«, erklärte Moore leichthin. »War völlig zufriedenstellend, soweit es mich betrifft. Wurde schon bald ein gewiefter junger Verkaufsagent, eifrig, clever, ehrgeizig, alles, was man sich in diesem Geschäft wünscht. Ich hab gedacht, der wird es weit bringen.«

»Bis ins Gefängnis nach Armley, wenn auch nur die Hälfte von dem stimmt, was wir wissen«, meinte Thackeray grimmig. »Du hattest keine Ahnung, dass er krumme Sachen dreht?«

»Nicht die leiseste, Michael«, erwiderte Moore ernst. »Er wär im hohen Bogen rausgeflogen, wenn ich so was geahnt hätte. Er ist in Arnedale aufgewachsen, sein Vater besaß einen Laden in der Broad Street – vielleicht erinnerst du dich, Modesachen, Krimskrams für Touristen. Hat mit einer oder zwei Bestnoten am Gymnasium abgeschlossen und dann hier angefangen. Schien ein guter Junge, auf den ersten Blick. Dann gab's eine freie Stelle im Büro in Bradfield, und er meinte, er würde sich gerne verändern. Ich hab ihn ohne Zögern Sydney Cheetham empfohlen. Sofort. Ich glaube nicht, dass ich ihn seither wieder gesehen habe.«

»Und Linda Wright? Das Mädchen, das ermordet worden ist? Ich glaube, auch sie hat hier eine Weile gearbeitet?«

»Ach, ein paar Wochen als Azubi, das ist alles, muss vor etwa zwei Jahren gewesen sein. War nie beabsichtigt, dass sie hier blieb. Ein hübsches kleines blondes Ding, wenn ich mich recht erinnere.«

»Damals muss sie Jimmy Townsend kennen gelernt haben?«

»Ja, das stimmt wohl«, meinte Moore. »Ich kann die Einzelheiten überprüfen, wenn du willst.«

»Ja, das will ich«, meinte Thackeray knapp. »Alles, was du über die beiden in den Akten hast, bitte.«

Er erhob sich, erschreckte die Sekretärin, die sich hinter Moore herumgedrückt hatte, und erzeugte auf Moores markanten Gesichtszügen einen wachsamen Ausdruck. »Ich muss mit diesem jungen Mann reden, und zwar dringend«, erklärte Thackeray. »Ich nehme nicht an«, fuhr er beiläufig fort, »dass du Linda Wright persönlich gekannt hast? Sie mal zu einem Drink eingeladen oder so?«

»Persönlich?«, fragte Moore gepresst und blickte seine Sekretärin an, die peinlich berührt wegschaute. »Nein, ich habe sie verdammt noch mal nicht persönlich gekannt. Soweit ich weiß, war sie eine kleine Hure, der mehr Jungs nachgelaufen sind als Rüden einer läufigen Hündin.«

Vierzehn

An diesem Abend wandte sich Laura an Michael Thackeray, weil sie nicht wusste, an wen sie sich sonst wenden sollte. Ihr üblicherweise scharfer Verstand schien durch die Katastrophen des Tages außer Gefecht gesetzt, und sie konnte nicht entscheiden, was sie als Nächstes tun sollte. Aber Thackeray war schwer aufzuspüren. Sie erreichte ihn weder in seiner Wohnung noch im Büro in Bradfield, wo ein ihr nicht bekannter, wenig hilfsbereiter Sergeant sich weigerte, ihn für sie ausfindig zu machen.

Womöglich war er, dachte sie, nach High Clough zurückgekehrt, falls sich der Zustand seiner Mutter verschlechtert hatte. Lange saß sie an ihrem Schreibtisch und starrte die Telefonnummer des Hofes an, bevor sie sich überwinden konnte, anzurufen.

»Ich wollte nicht aufdringlich sein«, erklärte sie, als er ans Telefon kam. »Aber ich muss dich sehen.« Thackeray zögerte. Sie konnte seine Verunsicherung fühlen, in jenem Haus gestört zu werden, das er nur aus Pflichtgefühl besuchte.

»Es gibt ein Pub an der Ribblesdale Road, das *Drover*, auf der linken Seite vor der Abzweigung nach High Clough«, meinte er schließlich. »Triff mich dort in einer Stunde.«

Zum zweiten Mal an diesem Tag fuhr sie aus Arnedale hinaus und die Hügel hoch. Sie fuhr langsam, kam aber trotzdem vor Thackeray an. Sie parkte den Wagen und betrat eine abweisende, kühle Bar, in der ein mürrischer Gastwirt sie einen Augenblick lang musterte, bevor er ihr den bestellten Wodka mit Tonic servierte. Das Pub stand einsam und zog an einem Abend, an dem weiterer Schneefall drohte, offensichtlich nicht viel Publikum an.

Sie ging mit ihrem Drink zu einem Ecktisch und setzte sich, ohne den Mantel auszuziehen. Der alte steinerne Kamin wies Überreste eines Holzfeuers auf, war aber in letzter Zeit weder gereinigt noch gebraucht worden. Laura zitterte, nicht nur wegen der Kälte, nahm einen Schluck von ihrem Drink und mied den unfreundlichen Blick des Gastwirts, der sich über die Bar lehnte und ein beiläufiges Gespräch mit ein paar Männern in Mänteln begann, die gleich nach ihr die Bar betreten hatten.

Als Thackeray eintraf, war ihr Glas leer. Er brachte einen Wirbel aus Schnee und kalter Luft mit. Wortlos blickte er auf ihr Glas, ging zur Bar, um zu bestellen, und setzte sich dann ihr gegenüber.

»Wie geht es deiner Mutter?«, fragte sie mechanisch und starrte in den Drink, um seinem Blick auszuweichen.

»Sie stirbt«, erklärte er. »Langsam. Ich glaube nicht, dass sie noch länger da oben bleiben sollte, aber mein Vater will nicht, dass sie weggebracht wird.« Er zuckte die Achseln, ebenso sehr mit seinen Gefühlen beschäftigt wie sie mit den ihren, und ebenso wenig geneigt, sie zu teilen.

»Du weißt das mit Faith Lawrence?«, fragte er nach einer Pause leise. Sie nickte und vermochte nicht zu sprechen.

»Es tut mir Leid«, sagte er. »Sie schien eine nette Frau zu sein. Kam damit klar, als ich ihr damals den Mann abgeliefert habe. Kein Theater, keine Bezichtigungen. Jedenfalls nicht mir gegenüber.«

»Ich hab sie wirklich gern gehabt«, flüsterte Laura. Sie erinnerte sich an das lebhafte, bleiche Gesicht, das halb durch das silberne Haar verborgen war, an den entschlossenen Mund und den gelegentlichen Schalk in den klaren Augen. Eine Frau, die spät ihre volle Kraft entdeckt und eine wacklige Art Glück gefunden hatte, ehe sie starb. Laura fühlte sich außerstande, die Vorfälle und Enthüllungen der letzten zwei Tage zu verarbeiten. »Sie ist nicht wegen der Kampagne umgebracht worden, oder? Weil wir darüber berichtet haben? Es gibt hier oben ziemlich viele zornige Leute.«

»Ach, komm, Laura, man wird doch nicht erschossen, weil man mit Bild in der Zeitung erschienen ist«, meinte Thackeray wegwerfend. »Aber wenn sie sich Feinde gemacht hat, wird das untersucht. Es hat sich doch alles ziemlich öffentlich abgespielt, oder?«

»Das meiste«, gestand sie ein, nachdem sie sich mit einem weiteren

Schluck Wodka gestärkt hatte. »Deswegen musste ich mit dir reden. Sie hat mir ein paar Dinge gesagt, die vermutlich niemand sonst weiß, Privatangelegenheiten ...«

»Nichts, was Faith Lawrence betrifft, ist jetzt noch privat«, sagte Thackeray grimmig. »Ein Mordopfer wird zum öffentlichen Besitz, ohne Geheimnisse oder Privatsphäre.« Amos Atherton war vermutlich bereits auf dem Weg zum Krankenhaus in Arnedale, falls er nicht schon angekommen war, und bereit, die Leiche von Faith der unwürdigen Prozedur der Leichenschau zu unterziehen. Aber Thackeray glaubte nicht, dass Laura das wissen wollte.

»Und es war ganz sicher Mord? Sie hat sich nicht umgebracht? Weißt du das?«

Thackeray schüttelte den Kopf. »Der Ermittler von Inspektor Thorpe ist früher am Abend nach West Rigg raufgekommen, um nachzuprüfen, ob jemand etwas Ungewöhnliches gesehen oder gehört hat. Er war ziemlich gesprächig, als er mich dort oben traf. Laut ihm wurde neben der Leiche keine Waffe gefunden. Sie suchen das Moorland rund um den Fundort der Leiche immer noch ab – zumindest haben sie das getan, bis es dunkel geworden ist. Der Schnee hilft natürlich nicht gerade. Er verdeckt bereits die Spuren und mag die Waffe für Wochen verbergen, wenn er liegen bleibt.«

»Eine Schrotflinte?«

Er nickte.

»Was ist mit dem Jungen, Tim?«, fragte Laura und dachte an den unglücklichen, liebeskranken Pubertierenden, um den sich Faith solche Sorgen gemacht hatte.

»Ich weiß es nicht, Laura. Es ist nicht mein Fall. Ich kann mich nicht einmischen, selbst wenn ich es wollte, was nicht der Fall ist. Ich hab genügend eigene Probleme in High Clough, und Les Thorpe ist nicht gerade ein Freund von mir. Und morgen früh muss ich nach Bradfield zurück, weil ich selber einen Mord aufzuklären habe.«

»Faith hatte eine Affäre«, erklärte Laura unverblümt. »Sie hat mir einiges darüber erzählt. Ich weiß nicht, ob jemand davon weiß.«

Thackeray schaute sie an und fragte sich, warum sie die unwahrscheinlichsten Leute dazu brachte, sich ihr anzuvertrauen. In den ersten Tagen ihrer Beziehung hatte er selbst er das getan und ihr etwas, allerdings nicht alles, aus seiner Vergangenheit erzählt, das er lange Jahre niemandem gegenüber erwähnt hatte. Faith Lawrence, sofern er das nach ihrer kurzen Bekanntschaft auf der Türschwelle beurteilen konnte, als sie ziemlich würdevoll ihren halb bewusstlosen Ehemann in Empfang genommen hatte, schien keine Frau, die eine Schulter zum Ausweinen brauchte. Aber wenn Laura die Schulter anbot, konnte man nie wissen. »Wer ist der Freund? Hat sie das gesagt?«

»Ja. Ich habe ihn kennen gelernt. Er ist einer der Reisenden im Steinbruch oben. Sie hat ihn früher schon kennen gelernt, bei einer Anti-Verkehrs-Demo im Süden, und dann ist er hier wieder aufgetaucht.« Laura schien Schwierigkeiten beim Sprechen zu haben. Thackeray vermutete, dass es mehr zu erzählen gab und, ihrem Zögern nach zu schließen, vermutlich noch Wichtigeres.

»Na los, Laura«, sagte er. »Du wirst Les Thorpe alles erzählen müssen, was du weißt. Da gibt es kein Vertun. Die Frau ist tot. Du kannst sie nicht mehr schützen. Oder ihn?« Letzteres war ein Schuss ins Blaue, aber offenbar ein Volltreffer, denn Laura leerte ihr Glas und schaute weg.

»Glaubst du, ihr Freund hat sie umgebracht?«, setzte Thackeray nach. »Und wenn ja, warum?«

»Verhör mich bitte nicht, Michael«, protestierte sie heftig. »Du hast gesagt, dass es nicht dein Fall ist. Lass es dabei. Ich gehe morgen zu Chefinspektor Thorpe.«

»Die meisten Mordopfer werden von Leuten getötet, die sie kennen«, erklärte Thackeray düster.

Laura warf ihm einen ängstlichen Blick zu. Es gab so viel, was sie sagen wollte, und es bestand, dachte sie, nicht die geringste Möglichkeit, auch nur einen Einstieg zu finden. »Er hat eine Schrotflinte besessen«, murmelte sie schließlich. »Faiths Gigolo, wie sie ihn genannt hat. Aber ich kann nicht glauben, dass er sie umgebracht hat. Ich kann es nicht glauben.«

»Du musst es Thorpe sagen, sofort«, forderte Thackeray heftig. »Über Nacht kann alles Mögliche geschehen. Er kann versuchen abzuhauen, das Gewehr wegzuwerfen, alles Mögliche. Fahr runter zur Polizeiwache in Arnedale. Es wird jemand dort sein, der eine Aussage aufnehmen kann.«

»Für dich ist immer alles so klar«, erwiderte Laura wütend. Sie wusste, dass sie irrational war, aber es erbitterte sie. »Du lebst auf einer anderen moralischen Ebene als wir anderen. Für dich ist alles Schwarz und Weiß, ohne Grautöne.«

Thackeray zuckte zusammen, weil das so weit von der Wahrheit entfernt lag. Aber sie schien seine Reaktion nicht zu bemerken.

»Ich glaube nicht, dass Rob Faith umgebracht hat. Sie schienen so glücklich miteinander. Sie hat gedacht, ich würde es missbilligen, aber das hab ich gar nicht. Bei allem, was sie sich von ihrem schrecklichen besoffenen Mann gefallen lassen musste, hab ich es ihr gegönnt ...« Sie brach ab, weil sie sich bewusst wurde, dass der Boden unter ihren Füßen eine ganz dünne Kruste über einem sehr tiefen Krater war.

»Du musst sofort gehen«, wiederholte er mit versteinerter Miene. »Es spielt keine Rolle, was du glaubst. Du verfügst über wichtige Informationen, und wenn du sie nicht sofort weiterleitest, kann Thorpe ein Verfahren gegen dich einleiten. Wie ich ihn kenne, würde er es vermutlich genießen.«

Laura dachte an ihr jüngstes Zusammentreffen mit dem Chefinspektor von Arnedale und wusste, dass Thackeray mehr Recht hatte als er ahnen konnte. Sie stand auf und knöpfte mit zitternden Fingern ihren Mantel zu.

»Ich gehe«, sagte sie düster, »gute Nacht, Michael.«

»Ich ruf dich an«, erwiderte er. Aber er glaubte nicht, dass sie ihn gehört hatte, da sie ohne einen Blick zurück hinausfegte. Von den Männern an der Bar kam eine zotige Lache, die Thackeray nach Lauras abruptem Abgang prompt auf sich bezog. Er blieb einen Augenblick lang sitzen und fragte sich bitter, ob er je den langen Schatten der Vergangenheit zu entrinnen vermochte. Dann zog er seinen Mantel an und machte sich auf den Weg zurück zum Haus seines Vaters.

Das Allerletzte, was Michael Thackeray in dieser Nacht wünschte, war, in Chefinspektor Les Thorpes Mordermittlung verwickelt zu werden. Er fuhr durchs Dorf und übersah geflissentlich die beiden Polizeiwagen, die noch am Dorfrand standen, nahe beim Fundort der Leiche von Faith. Die Nacht war sehr dunkel, ab und zu ein paar

Schneeflocken, und es war unmöglich, den Abzugskanal zu sehen, den die Polizei mit blauweißem Markierband abgesperrt hatte.

In West Rigg fand er seinen Vater am Bett der Mutter sitzen. Er hielt ihre schlaffe Hand in seiner knorrigen, und beide Hunde lagen am Fuß des Bettes. Thackeray hob verwundert eine Augenbraue. »Ich habe gedacht, die Hunde gehören nicht ins Haus«, sagte er.

»Sie hat sie gern um sich«, erklärte Joe Thackeray.

»Hast du was gegessen?« Der alte Mann schüttelte den Kopf. Thackeray schien es, Essen sei das Letzte, was seinem Vater in den Sinn kam, als würde seine knochige Gestalt durch irgendeine psychische Kraft zusammen gehalten wie eine Marionette an Drähten, die zusammensacken würde, sobald Mollys Leben sie schließlich verließ, oder womöglich noch früher.

»Es schneit.« Thackeray wusste, dass sich sein Vater zumindest um die Sicherheit seiner Schafe kümmern würde.

»Die Mutterschafe sind alle auf dem unteren Feld«, erklärte Joe. »Sie sind in Ordnung, solange es keinen Schneesturm gibt.«

»Ich mach uns einen Tee«, sagte Thackeray. Er ging nach unten in die große Küche. Mit der offenen Feuerstelle in altmodischem Schwarz war sie der wärmste Raum im Haus. Er nahm den Schürhaken und stocherte in der Kohle herum, bevor er weitere Stücke nachlegte. Es würde eine lange Nacht werden.

Dann blickte er sich im kargen Speiseschrank seines Vaters um und nahm etwas Speck, zwei Büchsen gebackener Bohnen sowie ein halbes Dutzend Eier heraus. Wie lange es der alte Mann auch ohne Essen aushalten konnte, er selber war äußerst hungrig. Kochen lenkte ihn vorübergehend von seinen Problemen ab. Bald füllte sich der Raum mit dem Geruch von gebratenem Speck, der die Hunde anlockte, mit heftig wedelndem Schwanz und so gierig blickend, dass Thackeray sich fragte, wann sein Vater sie zum letzten Mal gefüttert hatte.

Ihre Fressnäpfe standen im Windfang auf dem Steinboden bei der Hintertür, die auf den Hof hinaus führte. Er öffnete zwei Büchsen Hundefutter, die die Hunde gierig verschlangen, und füllte ihren Wassernapf auf. Dann öffnete er die Tür, um sie hinauszulassen. Der Wind war stärker geworden und blies den Schnee in wirbelnden Windstößen umher, so dass die Hunde beinahe wieder kehrtmachten. Aber er schob sie sanft über die Schwelle. Wenn sie einen Unterschlupf brauchten, fanden sie den auf der anderen Seite des Hofs in der Scheune.

Er schloss die Tür und stellte zwei Teller auf den massiven alten Tisch. Dann rief er vom Fuß der Treppe nach seinem Vater. Der alte Mann kam langsam herunter und hielt sich am Geländer fest, wobei sich seine Knöchel weiß färbten.

»Die Pflegeschwester wird heute Nacht kaum kommen«, sagte Thackeray. Die Gemeindeschwester sollte zweimal pro Tag nach Molly Thackeray sehen, um sie zu waschen und anzukleiden.

»Ich komm schon zurecht. Wär nicht das erste Mal, dass sie nicht kommt«, erwiderte der alte Mann. Er setzte sich an den Tisch und stocherte lustlos mit einer Gabel in den gebratenen Eiern.

»Du musst essen. Du musst bei Kräften bleiben«, sagte Thackeray. Er fühlte sich hilflos in einer Situation, die sich zunehmend jeglicher Kontrolle entzog. Seine Mutter musste verlegt werden, und zwar schnell. Aber er schreckte davor zurück, das seinem Vater zu sagen, weil er befürchtete, damit die Auseinandersetzung über seine eigene Zukunft wieder auf den Tisch zu bringen. Es wäre bittere Ironie, dachte er, wenn er seinen Vater den Hof verkaufen ließ und dann die reorganisierte Polizeibehörde beschloss, auf seine Dienste zu verzichten.

Sie beendeten ihre Mahlzeit, und Joe ging wieder hinauf, um es Molly für die Nacht bequem zu machen. Jede Hilfe lehnte er ab. »Sie würde das nicht wollen«, sagte er unverblümt, und Thackeray wusste, dass er vermutlich Recht hatte. Stattdessen ließ er sich mit dem *Arnedale Observer* vom Vortag in dem Stuhl mit der hohen Rückenlehne nahe beim Feuer nieder, las noch einmal Lauras ungestümen Artikel und fragte sich, ob der Bericht, wie sie befürchtete, womöglich zum Tod von Faith Lawrence beigetragen hatte. Ohne Zweifel hatten die zunehmend lauter werdenden Proteste, die sie angeführt hatte, ihr in Arnedale mächtige Feinde geschaffen. Dennoch schien Mord eine unwahrscheinliche Reaktion darauf.

Er musste gedöst haben, denn das nächste, was er hörte, waren die heftig bellenden Hunde. Er blickte auf die Uhr: fast zehn. Der heftige Wind, der vorhin ums Haus gefegt war und zahllose Löcher und Spalten gefunden hatte, durch die er pfiff und stöhnte, hatte sich anscheinend etwas gelegt. Er ging zum Windfang und schaute hinaus.

Im dünnen Strahl gelben Lichts, das aus der Türe fiel, glitzerte eine neue Lage unberührten Schnees. Die Hunde waren nirgends zu sehen, aber ihr Gebell kam aus der Richtung der Scheune auf der anderen Seite des Hofs.

Er zwängte seine Füße in ein Paar Stiefel seines Vaters, nahm eine Taschenlampe vom Haken neben der Tür und stapfte durch den knirschenden Neuschnee, um der Sache nachzugehen. Die beiden schwarzweißen Hirtenhunde begrüßten ihn überschwänglich in der halb offenen Tür der Scheune, die für Winternahrung gebraucht wurde. Sie rannten aber gleich wieder in die dunkelste Ecke, duckten sich zitternd, die Schwänze ungewiss hin und her peitschend, und bauten sich vor etwas auf, was dort verborgen war. Thackeray richtete die Lampe auf die Stelle und machte eine menschliche Gestalt aus, halb hinter ein paar Heuballen verborgen.

Vorsichtig näherte er sich, merkte aber bald, dass der Mann keine Drohung darstellte. Er kauerte zitternd im Heu, um sich zu wärmen. Ein Arm versuchte sein Gesicht vor dem hellen Strahl der Taschenlampe abzuschirmen. Ein Landstreicher, vom plötzlichen Schneefall überrascht, vermutete Thackeray.

»Sie kommen besser ins Haus«, sagte er. »Hier draußen werden Sie heute Nacht erfrieren.« Ungeschickt richtete sich der unerwartete Besucher auf und strauchelte leicht, als ob ein Bein sein Gewicht nicht ganz zu tragen vermochte. Thackeray ließ den Lichtstrahl hinuntergleiten, entdeckte aber keinerlei Anzeichen einer Verletzung.

»Ich bin gefallen«, erklärte der Fremde. Seine Stimme war schwach, leicht undeutlich, als ob ihn Reden etliche Anstrengung kostete. »Ich weiß nicht, wie lange ich im Schnee gelegen habe.«

»Legen Sie den Arm um meinen Hals«, meinte Thackeray. »Es ist nicht weit.« Hoppelnd und strauchelnd schwankten die beiden über den verschneiten Hof zur Hintertür. Drinnen ließ Thackeray den Mann in den Stuhl nahe beim Feuer gleiten und trat zurück, um ihn zu mustern.

Er sah sich einem überraschend jungen Mann gegenüber, der im Stuhl zurückgelehnt mit geschlossenen Augen heftig zitterte. Eher ein Zigeuner als ein Landstreicher, schloss Thackeray angesichts der dunklen, wettergegerbten Gesichtsfarbe und dem dunklen Pferdeschwanz schnell; aber hoffnungslos unzureichend ausgerüstet für die

Moorlandschaft bei diesem kalten Wetter, das plötzlich aus Norden hereingebrochen war und ihn womöglich getötet hätte, wenn er nicht Unterschlupf in der Scheune gefunden hätte. Er trug völlig durchnässte Jeans und Turnschuhe sowie eine bunt karierte Jacke, auf der die gefrorenen Schneeklumpen in der Wärme des Feuers zu schmelzen begannen.

»Ziehen Sie am besten die nassen Sachen aus«, sagte Thackeray und ging nach oben, um ein paar Decken zu holen. Aber als er zurückkehrte, hatte der junge Mann keine Anstalten gemacht sich auszuziehen. Stattdessen saß er zusammengesackt vor dem Feuer und vergrub den Kopf in beiden Händen.

»Wo bin ich?«, fragte er dumpf, als Thackeray eine Hand auf seine Schulter legte und ihn aufforderte, die nasse Jacke abzulegen.

»Auf dem West Rigg-Hof«, erklärte Thackeray. Er drehte sich zur eichenen Anrichte, die eine Wand der Küche ausfüllte, und zog die flache Brandyflasche hervor, die dort in einer Schublade lag, so lange er zurückdenken konnte. Er goss einen Schluck ein und bot ihn dem Fremden an. Der trank und hustete. Etwas Farbe kehrte in die blassen Wangen zurück.

»Himmel, was für ein Chaos«, murmelte er. Ein Geräusch hinter ihnen ließ Thackeray überrascht herumfahren. Sein Vater stand im Nachthemd in der Tür und hielt eine Schrotflinte in einer Hand.

»Ich hab die Hunde bellen hören«, sagte er erklärend. »Was macht der denn hier?«

»Kennst du ihn?«, fragte Thackeray verblüfft.

»Ja, er ist einer der Jungs vom Lager im Steinbruch oben. Was streicht der hier herum?«

Der Besucher sagte nichts, während er die Jacke auszog und sich in die Decken wickelte, die ihm Thackeray gebracht hatte. Er trank den Brandy aus, und allmählich ließ das Zittern nach. Aber seine Augen blieben wachsam.

»Ich hab mich nach Netherdale aufgemacht, bevor es zu schneien begann«, erklärte er. »Ich bin hingefallen, hab mir den Knöchel verstaucht, und dann hab ich mich im Schneesturm total verlaufen. Ich hatte keine Ahnung, wo ich war, als ich die Scheune fand, war nur dankbar, irgendeinen Unterschlupf zu finden. Sie müssen Joes Sohn sein.«

Fragend blickte er Michael Thackeray an, zog dann vorsichtig den linken Turnschuh aus, streifte den durchnässten Socken ab, betastete versuchsweise den geschwollenen Knöchel und zuckte zusammen.

»Damit wirst du nicht weit laufen können«, meinte Joe Thackeray, der sich über den kaputten Fuß beugte. »Solltest vorsichtiger sein, Junge. Ist eine raue Nacht, um allein draußen zu sein.«

Allzu rau für einen nächtlichen Spaziergang den ungeschützten Weg entlang, der sich über fünfzehn anstrengende Kilometer nach Netherdale hinzog, dachte Thackeray. Er blickte aus dem Fenster auf den gefrorenen Schnee. »Ich komme mit meinem Wagen bei diesem Schnee nicht bis zum Steinbruch«, sagte er. »Es ist am besten, Sie bleiben bis zum Morgen hier, falls mein Vater nichts dagegen hat.«

»Er kann auf dem Sofa im Wohnzimmer schlafen«, erklärte Joe. »Es ist auf jeden Fall besser als in der Scheune.«

Thackeray begegnete den dunklen, misstrauischen Augen des Fremden mit einem leicht spöttischen Lächeln. »Nein«, sagte er. »Ich schlafe hier unten, und unser Gast kann mein Bett haben. Mit seinem Knöchel ist es dort für ihn bequemer. Und die Hunde werden ihn oben nicht belästigen.« Die Schultern des jungen Mannes sackten zusammen, wie Thackeray vermutet hatte. Der alte Mann bemerkte die plötzliche Spannung zwischen den zwei Männern. Er reichte beiden eine heiße Tasse Tee und kündigte dann an, sich wieder schlafen zu legen.

»Ich lasse das Gewehr hier», sagte er bedeutungsvoll zu seinem Sohn und nickte zur Ecke hinüber, wo er die Schrotflinte gegen die Wand gelehnt hatte. Aber Thackeray schüttelte den Kopf. »Schließ es wieder ein«, meinte er. »Mr. Tyler wird nirgendwohin gehen.«

»Sie kennen meinen Namen«, sagte der junge Mann schwach. »Natürlich, Sie sind der Polizist. Das hatte ich vergessen. Ich hab mir die falsche Scheune ausgesucht, nicht wahr? Allerdings, wenn ich in einem von Ray Hardings Gebäuden gelandet wäre, hätte er mich vermutlich zuerst erschossen und dann erst Fragen gestellt.«

Der Mann schlürfte ergeben seinen Tee, während Thackeray ihn beobachtete und sich fragte, ob er unabsichtlich einen Mörder gefangen hatte. Falls ja, dann war es eine der einfachsten Verhaftungen seiner Karriere gewesen.

»Was glauben Sie denn zu wissen?«, fragte Tyler etwas lebhafter, als der Tee ihn aufgewärmt hatte.

»Ich weiß gar nichts«, antwortete Thackeray ruhig. »Ich habe bloß gemutmaßt, dass Sie Rob Tyler sein müssen. Aber ich denke mir, niemand macht sich ohne guten Grund in einer Nacht wie dieser über das Moor nach Netherdale auf. Und da kaum einen Kilometer entfernt ein brutaler Mord passiert ist, kann ich mir einen sehr guten Grund vorstellen. Sie haben es nicht geschafft. Mit Ihrem Knöchel werden Sie es auch nicht mehr schaffen. Deshalb können Sie mir ruhig erzählen, worum es überhaupt geht.«

»Zeit für ein Geständnis, Inspektor? Sie sind doch Inspektor, nicht wahr?«, meinte Tyler und quittierte Thackerays Einschätzung mit einem Achselzucken sowie einem schwachen Lächeln. »Es wäre kein verwendbares Beweismaterial, nicht wahr, nur Sie und ich? Obwohl ich nicht annehme, dass Sie das stören würde.«

»Sie scheinen gut über Ihre Rechte Bescheid zu wissen«, entgegnete Thackeray.

»Das muss man, glauben Sie mir, wenn man sich heutzutage auffällig benimmt. Aber das macht keinen Unterschied. Ich habe Faith nicht umgebracht, obwohl jede Menge Leute hier oben erfreut wären, wenn ich deswegen verurteilt würde.«

»Sie sind einfach so aus Spaß in einem Schneesturm weggerannt?«

»Ich traue der Polizei nicht, Mr. Thackeray. Leute wie ich haben keinen Grund dazu. Als ich hörte, dass sie schwer bewaffnet anrücken, hab ich beschlossen, mich für eine Weile rar zu machen. Ich krieg es nicht so schnell mit der Angst, aber die Vorstellung, zwölf Jahre im Knast zu sitzen für etwas, das ich nicht getan habe, schreckt mich. Und sagen Sie mir bloß nicht, das könne nicht passieren, weil wir beide wissen, dass es das kann.«

»Gehört?« fragte Thackeray scharf. Wie konnte eine so wichtige Information entgegenkommenderweise das Lager im Steinbruch erreicht haben?

»Wir haben ein Handy«, erklärte Tyler. »Wissen Sie, Sie besitzen kein Monopol auf die neuen Technologien. Ist sehr nützlich, wenn man häufig unterwegs ist.«

Und der Polizei auszuweichen sucht, dachte Thackeray. »Von wem haben Sie es gehört?«, setzte er nach. Er war besorgt über die offensichtlich laxe Geheimhaltung der Polizei in Arnedale. Aber Tyler lächelte bloß und schüttelte den Kopf. »Sie erwarten wohl nicht wirklich, dass ich Ihnen das sage.«

»Nein, aber Chefinspektor Thorpe wird das erwarten, wenn er Sie in die Finger kriegt.«

Tyler fuhr sich mit einer Hand müde übers Gesicht und stöhnte. »Ich hab sie nicht umgebracht«, sagte er leise. »Ich hab Faith sehr gern gehabt. Sie war jemand Besonderes. Ich hätte sie ebenso wenig verletzen können wie meine Kinder. Aber ich schätze nicht, dass mir jemand glauben wird.«

»Sie haben eine Schrotflinte«, sagte Thackeray, der sich erinnerte, was ihm Laura gesagt hatte. Tyler blickte ihn einen Augenblick lang abwägend an und nickte dann.

»Sie sind ebenfalls gut unterrichtet«, meinte er. »Aber ich hab sie nach dem Angriff aufs Lager entsorgt. Ich weiß, das klingt nicht sehr glaubwürdig. Aber ich hatte damit geschossen, und ich dachte, jemand wird sich beschweren, die Polizei holen, und die würde kommen, um danach zu suchen. Es war blöd, so was zu tun, die Flinte zu benutzen. Aber alle waren verängstigt, in Panikstimmung, also hab ich in die Luft geschossen, und das hat die Angreifer vertrieben.«

»Entsorgt?«, fragte Thackeray skeptisch.

»Hab sie in einen Sumpf jenseits von East Rigg geworfen.« Wenn das stimmte, gab es keine Chance, sie je wieder zu finden. Das wussten sie beide. Doch die Flinte konnte so gut nach wie vor dem Mord in den Sumpf geworfen worden sein. Auch das wussten sie beide. Thackeray fühlte sich plötzlich sehr müde und wollte sich nicht länger mit einem Fall befassen, der ihn offiziell nichts anging.

»Sobald die Straße am Morgen befahrbar ist, kommen Sie mit mir nach Arnedale zu Inspektor Thorpe«, erklärte er. Das war eine Anordnung, keine Einladung, und Tyler nickte resigniert. Da er kaum laufen konnte, hatte er keine andere Wahl.

Thackeray ging zum Telefon an der Küchentür und rief die Polizeiwache Arnedale an. Er wurde schnell mit Chefinspektor Thorpe verbunden, der ausgesprochen wütend war.»Du kommst heute Nacht nicht mehr hoch. Es gibt ziemlich heftige Verwehungen, und niemand wird versuchen, vor dem Morgen die Straße zu räumen«, warnte Thackeray, als Thorpe sofort kommen wollte, um Tyler abzuholen. »Er geht nirgendwohin. Dafür garantiere ich.«

»Du hast *was* getan?«, rief Thackeray aus. Er war nicht sicher, ob er Thorpes nächsten wütenden Ausbruch richtig gehört hatte. »Das bewaffnete Einsatzkommando? Zum Teufel, wozu das denn?«

Er hörte erstaunt zu, als ihm Thorpe erläuterte, warum er die Elitetruppe der Polizei aufgeboten hatte, weil er glaubte, dass das Lager der Reisenden einen bewaffneten Mörder beherbergte. Die Peinlichkeit, als bei der Durchsuchung des Lagers weder Waffen noch ein Verdächtiger gefunden wurden, erklärte seine Wut. Dass seine Demütigung einem ranghohen Polizisten einer anderen Abteilung bekannt wurde, und zudem noch einem, der offenbar allein geschafft hatte, was Thorpes kleiner Armee nicht gelungen war, goss nur noch Öl in die Flammen. Thackeray brauchte fünf Minuten, um seinen Kollegen zu überzeugen, dass er die Übung nicht zu wiederholen brauchte und dass Rob Tyler am nächsten Morgen, sobald die Straße von West Rigg hinunter befahrbar war, sicher und friedlich zum Verhör in Arnedale abgeliefert werden würde.

Nachdem er den Hörer aufgelegt hatte, schaute Thackeray Tyler beinahe mit so etwas wie Sympathie an. »Sie sind unten auf der Wache nicht sehr beliebt«, meinte er.

Tyler seufzte. »Ich hab sie nicht umgebracht«, wiederholte er. »Aber ich hab kein hieb- und stichfestes Alibi. Ich werde es nie beweisen können. Glauben Sie mir?«

Thackeray schüttelte abwehrend den Kopf. Zu seiner eigenen Überraschung wollte er glauben, dass Tyler unschuldig war, ebenso sehr wie Thorpe offenbar glauben wollte, dass Tyler schuldig war. Aber er wusste, dass beide Reaktionen irrational waren.

»Ich habe die Beweislage nicht gesehen. Ich kann Ihnen nicht helfen. Tut mir Leid«, sagte er und meinte es ernst. »Jetzt brauchen wir aber etwas Schlaf. Ich helfe Ihnen die Treppe hinauf.«

Von Debbie alarmiert, die früh am Morgen die Polizeiwache angerufen hatte, überquerte Laura Ackroyd kurz nach neun am nächsten Morgen die Broad Street. Sie wollte überprüfen, welche Fortschritte die Polizeiermittlung zum Mord an Faith Lawrence gemacht hatte.

Hier unten war über Nacht nur wenig Schnee gefallen. Straße und Gehsteige waren von den Markthändlern, die das Geschäft am umsatzstärksten Samstag des Jahres aufrecht erhalten wollten, bereits gekehrt und mit Sand bestreut worden.

Zum zweiten Mal innerhalb von zwölf Stunden stieg Laura die abgenutzte Treppe unter der blauen Laterne mit einer bösen Vorahnung hinauf. Denn das kurze Gespräch mit Chefinspektor Thorpe am vergangenen Abend war nicht sehr erfreulich gewesen.

Trotz des Drängens von Michael Thackeray fand sie, dass sie in gewisser Weise Faith Lawrence verriet, wenn sie preisgab, was diese ihr bezüglich Rob Tyler anvertraut hatte. Im Stillen hegte sie den traurigen Verdacht, dass Rob Faith vielleicht wirklich erschossen hatte, in einem Gefühlsaufruhr, den sie nicht einmal erahnen konnte. Aber sie sah immer noch diesen Moment der Zärtlichkeit vor sich, den sie im Haus von Faith mitbekommen hatte, einen Moment, den sie in keiner Weise mit ihrem brutalen Tod zusammenbringen konnte.

Thorpe hatte keine solchen Zweifel oder Hemmungen, sondern beklagte sich bitter, dass sie sich nicht eher gemeldet hatte. Dann ging er mit ihr wiederholt jeden Fetzen Information durch, den sie in ihrem Gedächtnis auszugraben vermochte.

Besonders hartnäckig hatte er sie über Rob Tylers Schrotflinte befragt. Hatte sie sie gesehen? Wusste sie, wo er sie aufbewahrte? War sie ein- oder zweiläufig, von Hand nachladbar, abgesägt? Auf seine Fragen blickte sie nur verwirrt drein, da sie an sich kaum etwas über Schusswaffen wusste und schon gar nichts über die von Rob Tyler. Zudem war sie unsicher, ob sich die Mordwaffe anhand der zurückgelassenen Spuren identifizieren ließ, wie es bei anderen Waffen wohl möglich war.

Thorpe hatte keinerlei Interesse an ihrer Vermutung geäußert, dass der Mord an Faith womöglich mit ihrer Kampagne zusammenhing. »Sie hatte sich Feinde gemacht«, hatte Laura gesagt. »Im Dorf oben und hier unten in Arnedale.«

»Das haben Sie auch, Mädchen«, hatte Thorpe schnell geantwortet. »Aber niemand hat versucht, Sie wegzupusten.«

Die ganze Angelegenheit hatte sie unglücklich und unzufrieden zurückgelassen, und sie hatte im harten, schmalen Bett über dem

Büro des *Observer* schlecht geschlafen. Sie fragte sich, was Thorpe später am Abend auf Grund ihrer Aussage unternehmen würde. Diese Frage war durch Debbie beantwortet worden, die zur Frühschicht gekommen war und Laura kurz über die Durchsuchung des Lagers der Reisenden sowie den Misserfolg der Suche nach Rob Tyler und der Schrotflinte unterrichtet hatte. Chefinspektor Thorpe, dachte Laura, würde darüber nicht erfreut sein.

Überrascht traf sie beim Betreten der Polizeiwache auf Michael Thackeray, der gerade herauskam. »Was machst du denn hier?«, fragte sie.

»Ich habe letzte Nacht deinen Freund Rob Tyler getroffen und ihm eine Mitfahrgelegenheit zu Chefinspektor Thorpe gegeben«, erklärte Thackeray knapp und ohne große Rücksicht auf Präzision. Er war nicht geneigt, zu Lauras Enttäuschung beizutragen, indem er Tylers fruchtlosen Versuch der Polizei zu entkommen beschrieb sowie seine eigene Rolle bei dessen Vereitelung.

»Hat er ihn in Haft genommen?«, fragte Laura. Sie war erleichtert, als Thackeray den Kopf schüttelte.

»Noch nicht«, erwiderte er. »Aber ich glaube, das ist nur eine Frage der Zeit.«

»Kannst du nichts unternehmen, um ihn daran zu hindern?«

Thackeray ergriff Lauras Arm und führte sie die Stufen der Polizeiwache hinunter. »Laura, du weißt, dass ich das nicht kann. Es ist nicht mein Fall und nicht mein Revier. Thorpe ist eh schon wütend, dass ich gestern Nacht unabsichtlich darin verwickelt wurde. Ich muss jetzt nach Bradfield zum Treffen mit meinem Chef, es geht um meinen eigenen Mordfall. Wenn du einen Rat willst, was du sicher nicht willst, dann würde ich da drin nicht allzu offenherzig auftreten. Thorpe denkt, er hat eine wasserdichte Anklage gegen Tyler, und wird nicht gerade entzückt auf dich oder den *Observer* reagieren, wenn ihr etwas anderes andeutet.«

»Ich fahre rauf nach High Clough«, sagte Laura. Ihr Gesicht nahm einen entschlossenen Ausdruck an, den Thackeray nur zu gut kannte, und sie blickte grimmig. »Thorpe sieht das falsch, Michael. Ich weiß es. Ich kann eine weitere Ausgabe am Heiligen Abend herausbringen, eigentlich nur ein Alibi, um die Fernsehprogramme zu drucken, aber es ist noch genügend Zeit, um etwas zusammenstellen, wenn es so wichtig ist wie dieser Fall. Ich muss es versuchen, nicht wahr?«

Selbst wenn das zerstört, was immer zwischen uns beiden besteht, dachte sie bitter. Aber sie hatte keine Wahl. Barry Moore mochte ihr übel drohen, doch wenn es hart auf hart kam, musste sie ihn sein Blatt ausspielen lassen.

Plötzlich baten ihre Augen um Unterstützung. Thackeray stockte der Atem. Er wurde von der plötzlichen Sehnsucht gepackt, sie einfach in die Arme zu nehmen und ihr alles zu erzählen, was er ihr regelmäßig in Gedanken erzählte, bevor er einschlief. Aber ein Uniformpolizist schob sich, zwei Stufen auf einmal nehmend, ungeschickt an ihnen vorbei, und der Moment verstrich.

»Sei vorsichtig«, sagte Thackeray. Er umarmte sie nur kurz und unbefriedigend, dann verschwand er in der wogenden Menge der Weihnachtskunden.

Fünfzehn

Die Stimmung im *Quarryman* war an diesem Samstag um die Mittagszeit ziemlich gehässig. Das Pub war voll mit Einheimischen von High Clough, die mehr als die Finger einer Hand brauchten, um die Generationen abzuzählen, die ihre Familien schon Häuser oder Bauernhöfe im Dorf oder dessen Umgebung bewohnten.

Neuzuzügler waren ausgeblieben, vielleicht nur allzu gewahr, dass sie nichts Gutes über sich hören würden, während die jüngsten Ereignisse wieder und wieder mit zunehmender Entrüstung beredet wurden. Die Schuld wurde gleichmäßig auf die Fremden verteilt, die überhöhte Preise für feuchte Cottages zahlen konnten, und auf jene, die das nicht konnten, aber trotzdem mit ihren bunt bemalten, klapprigen Wohnwagen und Bussen auftauchten. Die Alteingesessenen schlossen sich gegen die Neuen zusammen, und an diesem Morgen war beinahe kein Verbrechen zu groß, um letzteren nicht auf Verdacht hin in die Schuhe geschoben zu werden.

Die Atmosphäre in der Bar war beinahe Übelkeit erregend. Der Dunst von klammen, durchschwitzten Kleidern und schneeigen Stiefeln mischte sich mit den Tabakwolken von einem halben Dutzend Pfeifen und ebenso vielen Zigaretten, dem Geruch von in Rinderschmalz frittierten Kartoffeln sowie dem hopfigen Aroma schäumenden Biers. Samstag war für die Männer von High Clough kein Werktag. Die Frauen waren, nachdem die Straße geräumt war, zum Markt in Arnedale gefahren, während ihre Männer die Sensationen zweier Tage durchhechelten.

»Ist verdammt noch mal Zeit, dass sie abhauen«, sagte Ray Harding unter zustimmendem Gemurmel laut in sein viertes Bier hinein. »Die Polizei hätte sie fortschaffen sollen, als sie sie gestern Nacht umzingelt haben. Hab es nicht glauben können, als sie mit leeren Händen abgezottelt sind. Da oben muss es doch was gegeben haben, was nicht da sein sollte. Wenigstens Drogen. Die sind doch alle auf dem verdammten Haschisch oder Schlimmerem. LSD, Heroin, Kokain – vermutlich haben die jede Menge, wenn man nur weiß, wo man suchen muss. Ich hab gedacht, als sie dieses neue Gesetz verabschiedet haben, dass die Polizei nicht mehr solche Umstände machen muss. Die hätten sie wegschaffen und die verdammten Wagen vom Fleck weg konfiszieren sollen.«

»Sie haben nach Tyler gesucht«, meinte ein anderer stämmiger Bauer. »Ich hab gehört, jemand hat gesehen, wie ihn Joe Thackerays Junge heute früh weggefahren hat.«

»Ja, Michael ist gestern Nacht wieder oben gewesen. Ich hab seinen Wagen gesehen«, bestätigte Harding. »Wie ich höre, geht es seiner Mutter sehr schlecht. Aber sie waren eingeschneit, bis ich um sieben mit dem Traktor den Weg runter bin. Sonst hätte er seinen Wagen nicht heil runtergebracht. Du meinst also, die Polizei hat Tyler geschnappt?«

Das wurde mit zustimmendem, wenn auch weiterhin unzufriedenem Gemurmel quittiert.

»Einer einkassiert, die übrigen noch zu erledigen«, murmelte eine Stimme und erntete kräftige Zustimmung.

»Wird verdammt noch mal Zeit, dass die abhauen«, meinte Harding erneut, wieder zu allgemein zustimmendem Gemurmel.

»Sag nur, wie's ist, Ray«, meinte der Gastwirt ermutigend.

Die Ankunft von Laura Ackroyd und Fergal Mackenzie ließ die voll gepackte Bar verstummen, als ob ein Eisengitter heruntergelassen worden wäre. Die beiden Journalisten hatten sich zufällig nach einer gefährlichen Fahrt von der Hauptstraße her auf dem Parkplatz getroffen. Fergals verschwörerisches Lächeln unter dem gekräuselten Backenbart hatte Laura wider Erwarten aufgemuntert.

»Immer noch auf der Jagd, Prinzessin?«, fragte er.

»Selbstverständlich«, hielt sie dagegen. »Ich hab noch Zeit, um etwas in der Weihnachtsnummer zu platzieren.«

»Pfui. Die ist doch wirklich nur für Kochrezepte und eine Würdigung der diesjährigen James-Bond-Premiere. In einer Weihnachtsausgabe können Sie doch keine Nachrichten bringen«, spottete er. »Wenn Sie auch nur ein Wort darüber verlauten lassen, ist Reg am Montag zurück. Denken Sie an meine Worte. Das wird Sie wieder auf den Teppich bringen.«

»Darauf würde ich keine Wette eingehen«, gab sie zurück.

»Na ja, bis Montag wird alles erledigt sein, wenn sie Rob Tyler unter Anklage stellen«, meinte Mackenzie, plötzlich todernst. »Alles, was Sie kriegen, ist die Vorführung vor dem Friedensrichter, und darüber lässt sich nie besonders viel schreiben.«

»Glauben Sie, dass sie ihn unter Anklage stellen?«, fragte Laura.

»Soll ich Ihnen sagen, was ich denke?«, meinte Mackenzie. »Ich glaube, Barry Moore hat es eingefädelt, aber Tyler hat den Abzug betätigt.«

»Jetzt geht aber Ihre Verschwörungstheorie mit Ihnen durch«, erwiderte Laura entsetzt.

»Tja, dann sagen Sie mir, warum ich die beiden kürzlich auf dem Markt in ein Gespräch vertieft gesehen habe? Ihr fröhlicher grüner Riese Tyler wird mit Moore wohl kaum die ökologischen Aspekte des Hügelbauerntums diskutiert haben, darauf können Sie Gift nehmen. Meines Erachtens schienen sie ziemlich gut miteinander auszukommen. Jedenfalls so gut, dass sie nachher zusammen auf ein Schlückchen ins *Lamb* gegangen sind.«

»Haben Sie das der Polizei gesagt?«

»Was gibt's da schon zu sagen, Prinzessin? Ich hab nicht gehört, was sie geredet haben. Ich war ein Stück von ihnen entfernt, und ein paar Schafherden und sechs Anhänger standen dazwischen. Ich hab damals bloß gedacht, dass es merkwürdig ist. Jetzt, wo die reizende Faith ermordet worden ist, halte ich es für noch merkwürdiger. Aber es beweist überhaupt nichts.«

»Verflixt«, meinte Laura. »Ich weiß nicht, was ich davon halten soll. Ich hab Rob Tyler und Faith zusammen gesehen, und es wirkte irgendwie sehr rührend. Ich kann nicht glauben, dass er sie umgebracht hat.«

»Ihr Problem ist, dass Sie mehr Ihrem Herzen als dem Verstand trauen«, meinte Mackenzie abschätzig. »Sie müssen einen gesunden Zynismus entwickeln. Stellen Sie sich alle als Exemplare in einer

Zoohandlung vor, alle mit irgendwelchen unangenehmen Eigenschaften. Dann sind Sie viel näher an der Wahrheit. Auf dieser Grundlage arbeitet diese Schlange Barry Moore, und sehen Sie, wohin es ihn gebracht hat. Kommen Sie jetzt auf einen Schluck mit, oder wollen wir hier draußen steif frieren, während Sie mit den Tatsachen des Lebens klarkommen?«

Laura willigte dünn lächelnd ein und folgte ihm in die Bar, wo sie von einer Mauer des Schweigens und misstrauischen Gesichtern empfangen wurden. Ray Harding war der Erste, der ein wenig auftaute. »Also dann«, sagte er zur Begrüßung. »Genug Aufregung für euch Zeitungsleute, oder?« Er wandte sich an Laura, während sie sich langsam zur Bar vordrängten. »Schade, dass sie mich nicht weitermachen ließen, als ich neulich anfing, den Haufen rauszuwerfen. Vielleicht wäre Ihre kostbare Miss Lawrence dann jetzt kein Würmerfutter.«

»Ist die Polizei immer noch oben?«, fragte Laura und unterdrückte ihren Abscheu.

»Ja, aber sie verfluchen das Wetter«, erwiderte Harding. »Der Schnee verdirbt ihnen die Spuren. Sie haben das halbe Moor abgesperrt und ein Dutzend Leute, die in Stiefeln herumtrampeln.« Er lachte ohne Mitgefühl.

Mackenzie spendierte Laura einen Scotch, ohne zu fragen, ob sie etwas anderes als seinen Nationaldrink wollte. Aber sie trank ihn dankbar, weil er sie gefühlsmäßig wie körperlich ein wenig wärmte. Sie fanden Stühle in einer Ecke der winzigen Bar, wo die Einheimischen nicht ganz so dicht gedrängt standen, und hörten eine Weile den Spekulationen zu, die herumgingen. Keine davon fiel sehr vorteilhaft für die tote Frau oder die Reisenden aus, die allgemein für ihren Tod verantwortlich gemacht wurden.

»Ich glaube, ich rede kurz mit Rob Tylers Freunden oben im Lager«, sagte Mackenzie nach einer Weile leise. Ohne große Aufmerksamkeit zu erregen, verließen sie das Pub durch die Seitentür und gingen auf den Parkplatz zurück.

»Sie haben ihn bereits vor Gericht gestellt und verurteilt«, meinte Laura aufgebracht. »Und Faith dazu ... ›Hat nichts anderes verdient‹«, machte sie das grausame Urteil der Bar nach. Sie war wütend über die heuchlerische, prüde Aburteilung einer Beziehung, die diese Leute überhaupt nichts anging.

»Sie sollten wissen, was mit Frauen geschieht, die sich ungebührlich aufführen«, meinte Fergal nüchtern. »Früher wurden sie auf einem Scheiterhaufen verbrannt oder im Dorfteich ertränkt. Was Tyler betrifft, so ist er einer der Außenseiter und Vagabunden, die sie aus den Städten zu prügeln pflegten. Lesen Sie Ihre Lokalgeschichten, Prinzessin. Es ändert sich nichts.«

»Sie würden ihn aufhängen, wenn sie die Möglichkeit bekämen«, sagte Laura.

»Natürlich würden sie das. Und zudem strecken und vierteilen, wenn sie damit durchkämen. Und alle seine Kumpel. Vermutlich ist Rob Tyler im Moment auf der Polizeiwache sicherer, ob er Faith Lawrence nun umgebracht hat oder nicht.«

Tim Lawrence saß auf der Stufe zu Rob Tylers Bus, als Laura und Fergal Mackenzie ankamen, nachdem sie sich mit etlichen Schwierigkeiten durch den Schnee auf dem steilen Weg gekämpft hatten. Hinter ihm klingelten in der offenen Tür des Busses Topaz' Glöckchen sanft im Wind. Der Junge blickte dumpf auf. Er war in eine wattierte Jacke gewickelt, die Jeans in Stiefel gezwängt, eine gebeugte, zusammengesunkene Gestalt mit hohlen Wangen und kummervollen dunklen Augen.

»Ist Topaz hier?«, fragte Laura sanft. Der Junge schüttelte den Kopf.

»Sie ist nach Arnedale, um nach Rob zu sehen«, antwortete er. »Ihm einen Anwalt besorgen. Ich soll auf die Kinder achten.« Er nickte zum schneebedeckten Rand des Lagers, wo Melody und Flint mit einem halben Dutzend anderer Kinder, atemlos und mit geröteten Wangen, eine Schneeballschlacht ausfochten. »Sie brauchen mich nicht wirklich, aber es ist wenigstens eine Aufgabe.«

»Solltest du nicht bei deinem Vater sein?«, fragte Laura. Der Junge starrte sie zur Antwort nur an, und ein wenig röteten sich seine Wangen vor Zorn.

»Er schläft und schnarcht wie ein Schwein«, sagte er. »War gestern Nacht sternhagelvoll. Typisch!«

»Kommst du klar?«, fragte sie. Er zuckte bloß die Achseln. Die Frage war überflüssig, dachte sie reuig.

»Er hat es nicht getan, wissen Sie«, erklärte Tim plötzlich heftig.

»Du meinst Rob Tyler?«, fragte Mackenzie.

»Natürlich meine ich Rob Tyler«, sagte der Junge. »Er hat meine Mutter nicht umgebracht. Sie waren ein Liebespaar, wissen Sie.« Das sagte er so beiläufig kultiviert, als wäre es die gewöhnlichste Sache von der Welt. Nur seine Augen, voller Elend und Tränen, die er nicht fließen lassen wollte, sagten etwas anderes.

»Wie lange weißt du schon davon?«, fragte Laura. Vielleicht hatte er heute Morgen ein bösartiges Gerücht aufgeschnappt, das vom Wind wie Unrat um das Dorf geweht wurde.

»Ach, seit Wochen«, erwiderte der Junge. »Ich hab sie eines Tages zusammen gesehen, als ich über West Rigg hinaus gewandert bin. Sie saßen im Farnkraut, die Arme umeinander, wie einst Cathy und Heathcliff, wissen Sie.« Laura zog scharf Luft ein. Es ließ sich nur schwer entscheiden, ob er sich an die Szene mit Kummer oder ein wenig Eifersucht erinnerte. Tim hatte Rob Tyler verehrt, hatte Faith gesagt, aber vielleicht steckte mehr dahinter.

»Hat die Polizei mit dir und deinem Vater über das gesprochen, was passiert ist?«, mischte sich Mackenzie ein, der bislang nur mit spöttischer Miene zugehört hatte.

»Nur als sie gekommen sind, um uns mitzuteilen, dass sie sie gefunden haben. Sie haben mit mir geredet. Mein Vater war nicht ansprechbar. Das ist er nie. Ein Nachbar hat sie identifizieren müssen. Sie haben gesagt, ich sei zu jung, und er war zu besoffen.«

»Hast du der Polizei etwas über deine Mutter und Rob gesagt?«, fragte Laura. Womöglich trug ein Schuldgefühl, dass er die Polizei auf Rob hingewiesen hatte, zu seinem Kummer bei. Aber er schüttelte den Kopf. Er schaute weg, so tief in sein Elend versunken, dass Laura seinen Anblick kaum ertragen konnte, und es blieb Mackenzie überlassen, die Frage weiter zu verfolgen.

»Hast du es irgend jemandem gesagt?«, hakte er nach. Tim nickte fast unmerklich.

»Ich hab's Topaz gesagt«, murmelte er. »Ich fand's abscheulich, was sie da gemacht haben. Ich fand, sie muss es wissen.« Laura blickte in sein Gesicht, voll der ungestümen Rechtschaffenheit eines Teenagers, und seufzte unhörbar. Tims Illusionen lagen in Scherben zu seinen Füßen und machten ihm den Verlust seiner Mutter noch schwerer.

Selbst Mackenzie mochte wohl die naheliegende nächste Frage nicht stellen. »Hat die Polizei gewusst, dass Rob eine Schrotflinte besaß?«, fragte er stattdessen.

Tim schaute rebellisch drein, schüttelte aber den Kopf. Laura vermutete, dass er die Wahrheit sagte. Die Information, die sie Inspektor Thorpe am vergangenen Abend gegeben hatte, war mit einem Feuereifer aufgenommen worden, der ahnen ließ, dass er hörte, worauf er sehnlichst gehofft hatte, und nicht bloß bestätigt bekam, was er bereits wusste. »Na und? Jedermann hier in der Gegend hat eine Schrotflinte«, erklärte Tim. »Sie benützen sie ständig. Sie schießen Kaninchen. Sie schießen Hunde, wenn sie die Schafe aufstören. Ray Harding hat letzte Woche oder so einen harmlosen kleinen Terrier abgeknallt, der kaum groß genug war, eine Ratte zu verängstigen, geschweige denn ein Schaf.«

»Und irgendwer erschießt Leute«, sagte Mackenzie brutal. »Falls du glaubst, es war nicht dein Freund Tyler, dann finde besser raus, wer es war, Junge.« Tim wickelte sich noch enger in die Jacke, und sein Blick wurde glasig. Laura dachte, es musste schwer für ihn sein, einen Verdacht auszusprechen, falls er eine Vorstellung besaß, wer das Verbrechen begangen hatte, es aber jemand war, dem er sich verbunden fühlte.

»Wie soll ich wissen, wer es war?«, murmelte er. »Die hassen Rob doch alle. Vielleicht wollten sie es ihm so heimzahlen. Ray Harding traue ich alles zu. Und meine Mutter haben sie auch gehasst. Harding hätte sie beim Weihnachtssingen beinahe geschlagen.«

»Was hat sie denn angestellt?«, fragte Laura erstaunt. Zögernd beschrieb Tim, wie Faith Robs unruhige Tochter aus der Kirche gebracht und sich deswegen harte Beschimpfungen der Einheimischen eingehandelt hatte.

»Das ist so typisch für sie«, sagte der Junge, halb peinlich berührt und halb stolz bei der Erinnerung. »Immer was für andere tun, genau wie am Tag des Unfalls, bei dem Alison getötet wurde.« Er blickte Laura und Fergal Mackenzie einen Augenblick erstarrt an, ehe die Tränen endlich kamen. »Was soll ich bloß ohne sie machen?«, fragte er verzweifelt.

Die Dezemberdämmerung hatte sich schon lange herabgesenkt, als Laura schließlich müde die Unterlagen auf Reg Fairchilds Schreibtisch zur Seite schob und beschloss, Feierabend zu machen. Auch wenn sie durch den Tod von Faith deprimiert war, musste sie immer noch eine Zeitung herausbringen, und zwar in der Hälfte der üblichen Zeit. Es würde eine dünne Ausgabe sein, so kurz vor Weihnachten mit wenig Anzeigen. Trotzdem war sie entschlossen, sie gut zu machen, mit dem Mord als unvermeidlicher Titelstory.

Fergal Mackenzies Vorhersage zum Trotz glaubte sie nicht, dass der Chefredakteur vor den Feiertagen ins Büro zurückkehren würde. Ein kurzer Anruf, um sich nach seinem Zustand zu erkundigen, hatte einen Hustenanfall ausgelöst, der sie beunruhigte. Der Arzt würde kommen, hatte er ihr atemlos versichert. Und angesichts ihrer Besorgnis hatte er zögernd zugestimmt, auf sich aufzupassen und nicht zu bald wiederzukommen.

Sie reckte sich müde und blickte aus dem Bürofenster auf die Broad Street. Müllmänner räumten die Marktabfälle weg, luden stapelweise leere Pappkartons sowie verfaulende Früchte, Gemüse und weggeworfene, verbogene Stechpalmenzweige auf Lastwagen. Die umherschlendernden Weihnachtskunden hatten sich längst verzogen, und die Kundschaft für die Pubs und die Bingohalle, die einst das einzige Kino der Stadt gewesen war, war noch nicht eingetrudelt. Der Wind blies wieder stärker. Er wirbelte Marktabfälle in die Luft, bevor die Müllmänner sie packen konnten. Schneeregen besprenkelte das Fenster.

Am anderen Ende der Straße konnte sie gerade noch die blaue Laterne der Polizeiwache ausmachen, die gelben Fensterrechtecke immer noch hell erleuchtet. Irgendwo hinter dieser Fassade wurde Rob Tyler immer noch zur Befragung festgehalten. Sie fragte sich düster, ob er die Wache je als freier Mann verlassen würde, und falls ja, ob er den Empfang überleben würde, der ihn in High Clough erwartete, wo er bereits in absentia verurteilt worden war.

Nachdenklich blickte sie wieder auf das Telefon. Wenn sie die Energie aufbrachte, könnte sie heute Abend nach Bradfield zurückfahren. Morgen würde sie auf jeden Fall fahren, um ihre Großmutter zu sehen. Doch das Heute war noch ein unbeschriebenes Blatt – sie hatte ganz die Wahl zwischen einer Mahlzeit in Arnedale plus dem schmalen Bett im Obergeschoss oder der Heimkehr in ihre leere Wohnung.

Schließlich wurde die Entscheidung für sie getroffen. Das Telefon läutete, und schnell griff sie nach dem Hörer. Sie wusste nicht genau, was sie erwartet hatte. Ein Weilchen herrschte am anderen Ende trotz ihrer mehrfachen, zunehmend besorgten Nachfrage nichts als Schweigen. Dann vernahm sie zu ihrem Schreck eine Stimme, die sie nur mit Schwierigkeiten als die von Fergal Mackenzie erkannte, weil sie so schwach und erstickt klang.

»Bin froh, dass ich Sie erwischt habe, Prinzessin«, sagte er. »Der große böse Wolf ist eingebrochen.« Dann brach die Verbindung ab.

Ohne lange zu überlegen packte Laura ihren Mantel und stürmte die Bürotreppe hinunter, über die Straße und durch die enge Gasse, die in die Straße mit Fergals Büro mündete. Als sie hinkam, stand die Tür offen und gab den Blick auf ein Durcheinander frei. Laura drückte den Lichtschalter, der aber nicht funktionierte. Zuerst konnte sie Fergal in der ganzen Unordnung nicht ausmachen. Doch langsam gewöhnten sich ihre Augen an die Dämmerung, und sie sah einen ausgestreckten Arm hinter seinem Schreibtisch hervorragen, auf dem ein zerschmetterter Computer neben durcheinander geworfenen Büchern und Papieren lag. Vorsichtig suchte sie sich einen Weg auf dem mit Resten der Wohnungseinrichtung übersäten Boden und fand Fergal, gekrümmt vor Schmerz, mit der anderen Hand noch immer das Handy umklammernd. Haar und Bart waren voller Blut, wie sie selbst im schwachen Licht von der Straße erkennen konnte. Er hielt die Augen geschlossen und bewegte sich nicht, als sie herantrat.

»Ach, Fergal, Fergal«, murmelte sie, elend vor Besorgnis. Unter dem Ohr tastete sie nach seinem Puls. »Hast deine Nase so oft in alles Mögliche gesteckt, dass sie dir eines Tages noch abgehauen wird.« Erleichtert spürte Laura eine stark schlagende Vene unter dem überraschend seidigen Barthaar. Sie nahm ihm das Handy aus der Hand und wählte die Notrufnummer.

Sie ließen sie im Krankenwagen mitfahren. Während der kurzen Fahrt zur Notaufnahme des Krankenhauses begann Fergal zu ihrer Erleichterung zu stöhnen und wieder das Bewusstsein zu erlangen. Die Notfallhelfer waren freundlich und effizient, unbeeindruckt von den Schürfungen und dem vielen Blut, das sein ganzes Gesicht zu bedecken schien und die Kleider mit großen, langsam trocknenden Flecken durchtränkt hatte. Eine Ewigkeit lang saß sie im Wartesaal mit einem Streifenpolizisten, der auf ihren Notruf hin gekommen war und nun viel mehr über den Vorfall wissen wollte, als sie ihm sagen konnte.

»Er war bewusstlos, als ich ihn fand«, wiederholte sie mehrfach. »Ich weiß nicht, was passiert ist. Ich kann Ihnen wirklich nicht weiterhelfen.« Der junge Wachtmeister blickte ungläubig drein, immer noch misstrauisch, seit sie ihm und seinen Kollegen gesagt hatte, dass sie Journalistin war.

»Sie wissen also nicht, was möglicherweise gestohlen worden ist?«, fragte er hartnäckig.

»Ich habe keine Ahnung. Es war sowieso zu dunkel, um viel sehen zu können. Das Licht hat nicht funktioniert.«

»Hat er irgendwelche Feinde gehabt?«

Laura schaute den Polizisten an, der kaum mehr als ein Junge war, und lächelte. »Fergal hat vermutlich mehr Feinde, als Sie warme Mahlzeiten gegessen haben«, erklärte sie. »Er hat es darauf angelegt, sich Feinde zu machen. Das war seine Lebensaufgabe.«

Die Fergals dieser Welt sind unersetzlich, dachte sie. Er war das Sandkorn in der Auster, einer aus der ungebärdigen Truppe, einer der unendlich neugierigen, dickschädeligen, aufreizenden Wahrheitssucher, die allein zwischen einer selbstzufriedenen Öffentlichkeit und wachsender Korruption standen. Falls Barry Moore ihm ernsthaften Schaden zugefügt hatte – und sie nahm ohne Zögern an, dass Moore hinter dem nächtlichen Vorfall steckte –, dann würde sie persönlich dort weitermachen, wo Fergal stecken geblieben war, und sie würde nicht ruhen, bis Moore gekriegt hatte, was er verdiente.

Eine Krankenschwester kam sie suchen. »Haben Sie Mr. Mackenzie begleitet?«, fragte sie Laura. »Sie können ihn jetzt sehen.« Der Polizist stand ebenfalls auf, aber die Schwester wies ihn unnachsichtig ab. »Für Sie ist er noch nicht kräftig genug«, verkündete sie entschieden. »Wir behalten ihn über Nacht hier. Am Morgen sollte er Fragen beantworten können.«

Sie hält mich für seine Freundin, dachte Laura erfreut. Sie wollte aus Fergal etwas herausbekommen, das er sicher nicht der Polizei mitteilen wollte.

»Sieht schlimmer aus, als es ist«, bemerkte die Schwester und wies ihr den Weg. »Hauptsächlich Schürfungen. Ein übler Schnitt über der Stirn, dicht am Auge, aber glücklicherweise dran vorbei. Darum hat er so stark geblutet. Natürlich eine Gehirnerschütterung, aber kein Schädelbruch. Wir müssen ihn bei einer Kopfverletzung unter Beobachtung halten, aber in einem Tag oder so sollte er wieder beieinander sein.«

Mackenzie saß halb aufgerichtet im Bett. Rechte Schläfe und rechtes Auge bedeckte ein Verband, auf der linken Seite war der Bart wegrasiert und enthüllte die Schwellungen und bunt schillernden Schürfungen. Sein heil gebliebenes Auge funkelte, als er Laura sah.

»Fünf Minuten«, meinte die Schwester. »Und sprechen Sie nicht zu viel«, warnte sie Mackenzie streng, der ein schiefes Pseudo-Lächeln zustande brachte.

»Sie sind meine Verlobte«, sagte er mit Reibeisenstimme. »Ich musste mir was überlegen, damit die mich Sie sehen ließen. Tut mir Leid, sie haben mir eins über die Kehle verpasst, unter anderem. Scheint mir etwas die Sprache verschlagen zu haben.« Tapfer täuschte er Nonchalance vor, aber Laura konnte sehen, dass er immer noch unter Schock stand. Sein Gesicht war bleich und verhärmt, wo es nicht violett und rot war, und er ballte auf der Decke unaufhörlich die Hände zu Fäusten.

»Das wäre mal was Neues«, meinte Laura. Ihre Stimme klang merkwürdig belegt. »Also, was ist passiert?«

»Sie haben auf mich gewartet«, erklärte er. »Ich bin rein, völlig ahnungslos, und sie haben mich gepackt. Zwei, vielleicht drei, das war in der Dunkelheit nicht festzustellen. Aber sie waren sehr gut informiert. Wussten genau, was sie wollten.«

»Einbrecher? Die Polizei behandelt es als Einbruch. Sie haben den Fernseher und die Stereoanlage mitgenommen.«

»Ja, das weiß ich alles«, meinte Mackenzie, schüttelte ärgerlich den Kopf und zuckte zusammen. »Aber das warn keine gewöhnlichen Einbrecher, obwohl ich das der Polizei nich gesagt hab.« Sein schottischer Akzent klang stärker durch, während er versuchte, durch einen sichtlich schmerzenden Kehlkopf zu reden.

»Trauen Sie der Polizei nicht?« Laura ärgerte sich über die naive

Frage, sobald sie sie gestellt hatte. Sie war selbst nicht sicher, wie weit sie der Polizei in Arnedale über den Weg traute.

»Dieser Ratte Les Thorpe trau ich ganz sicher nich, und ich hab ganz sicher nich vor, ihm und seinen Getreuen zu erzählen, warum mich diese Scheißkerle bewusstlos geschlagen ha'm.«

»Und zwar warum?«

Mackenzie zögerte einen Moment. Er schloss sein unversehrtes Auge und legte sich in die Kissen zurück. Er atmete schwer, und einen Augenblick lang dachte Laura, er sei in ein unruhiges Dösen verfallen. Sie wollte gerade aufstehen, als der Schotte plötzlich eine haarige Hand ausstreckte und sie beim Handgelenk packte.

»Ich werd die Story nich schreiben können«, sagte er in angestrengtem Flüsterton. »Tun Sie es, Laura? Haben Sie den Mumm dazu?«

»Ich weiß nicht, welche Story Sie meinen«, wandte Laura ein und entzog sich Mackenzies überraschend zähem und schweißfeuchtem Griff.

»Ich wollt's in meiner Silvesterausgabe bringen, das neue Jahr mit Schmackes beginnen. Aber jetzt bin ich nicht mehr so sicher. Ich glaube, es wär besser, es möglichst schnell zu bringen, bevor noch jemand verletzt wird. Reg Fairchild würd's nicht bringen, aber er ist auch krank. Also, tun Sie es?«

»Wenn es eine gute Story ist. Falls Sie juristisch vertretbar ist«, meinte Laura vorsichtig, obwohl sie ihren Jagdinstinkt erwachen fühlte.

»Ach ja, juristisch schon«, erwiderte er.

»Also, was haben Ihre Einbrecher gesucht? Die Disketten?«

Fergal schüttelte den Kopf und schnitt dann eine Grimasse, weil ihn jede Bewegung schmerzte. »Meine Sicherungskopien hatten sie schnell gefunden, und den Computer haben sie zertrümmert, also kann ich meine Harddisk in den Kamin schreiben.«

»Sie haben alle Informationen verloren?«, fragte Laura entsetzt.

»Nicht doch«, erwiderte er mit einem versuchten Grinsen. »Ich hab noch eine Sicherungskopie gemacht. Aber die waren nicht bloß hinter den Disketten her. Sie haben noch nach was anderem gesucht. Nur, ich bin bewusstlos geworden, bevor ich es ihnen verraten hab. Haben ein bisschen zu hart zugeschlagen.« Er gab nicht vor, dass er seinen Besuchern nie verraten hätte, was sie wissen wollten. »Wenn Sie zur Grange Farm in Netherdale fahren, finden Sie einen Jungen namens Andy Butler, einen alten Freund von mir aus Studienzeiten. Er hat ein Päckchen, das an mich adressiert ist. Die Sicherungskopien sind da drin, dazu ein paar Pläne. Es ist die beste Story, die Ihnen über den Weg läuft, solange Sie in Arnedale sind, das versprech ich.«

Die Anstrengung ds Sprechens schien ihn erschöpft zu haben, und er ließ sich hustend in die Kissen zurückfallen. Eine Schwester linste besorgt um den geblümten Vorhang, der das Bett abtrennte. »Ich fürchte, Ihre Zeit ist um«, sagte sie zu Laura. »Er ist eigentlich noch nicht kräftig genug, um nach einem Schlag auf den Kopf so viel zu reden.«

»Versuch mal, mich zu stoppen, Mädchen, versuch mal, mich zu stoppen«, murmelte Mackenzie in die Überreste seines Barts. Aber die Müdigkeit überwältigte ihn, und der Glanz in seinem unverbundenen Auge erlosch rapide. Er machte keine Einwände, als ihm die Schwester den Puls fühlte. Sie blickte besorgt drein, als er erneut hustete und ein wenig blutiger Schaum in seinem Mundwinkel erschien. Laura sah sie an und war nicht beruhigt. »Ich glaube, Sie gehen jetzt besser«, meinte die Schwester leise. »Der Doktor soll ihn noch mal untersuchen.«

Laura ergriff Mackenzies Hand. Sie fühlte sich kalt an. Laura drückte sie, beugte sich über ihn und küsste ihn sanft auf die Stirn. Er schwitzte und begann sich unruhig in den Kissen zu wälzen.

»Ich komme morgen wieder, sobald ich mit deinem Freund gesprochen habe«, sagte sie sanft, war aber nicht sicher, ob er sie gehört hatte. Beinahe unmerklich schien er in eine unruhige Halb-Bewusstlosigkeit geglitten zu sein. Sie verließ ihn mit dem flauen Gefühl, sie könnte ihn nicht mehr wieder sehen.

Wenn Laura angenommen hatte, ihr Soll an Krankenbettbesuchen wäre erledigt, so wurde sie eines Besseren belehrt. Als sie durch die beinahe verlassene Aufnahme ging, hörte sie überrascht, wie jemand ihren Namen rief. Sie drehte sich um und entdeckte Reg Fairchild auf einem fahrbaren Bett unter einer Decke. Schwächlich stützte er sich auf einen Ellbogen, um ihre Aufmerksamkeit zu erregen.

»Was ist denn los?«, fragte sie. Der Schreck, ihn hier zu sehen, wurde durch die vorangegangenen Ereignisse sowie alle möglichen bösartigen Szenarien, die in ihrem Kopf abliefen, noch vergrößert.

»Brustfellentzündung«, erklärte Fairchild bitter. Seine Stimme klang zugleich heiser und quengelnd. »Ich warte auf ein freies Bett. Werde womöglich die ganze Nacht hier liegen, sagen sie. Mein Hausarzt hat mich eingeliefert, hat behauptet, ich würde mich nicht richtig auskurieren ...« Er wurde von einem Hustenanfall geschüttelt, und Laura registrierte erleichtert, dass dieser zumindest natürliche Ursachen hatte.

»Müssen Sie über Weihnachten hierbleiben?«, fragte sie und dachte an sein unordentliches, ungastliches Haus.

»Ich wollte zurück, um die nächste Ausgabe zu machen«, meinte er. »Aber jetzt ...« Er verstummte, und sein Blick verlor sich in der Ferne. Laura wartete. Sie wusste, dass er noch mehr sagen wollte. Schließlich seufzte er und legte sich auf das Bett zurück, zog die Decke bis zum Kinn hoch und zitterte. »Ich bin erledigt, Laura«, meinte er.

»Unsinn«, erwiderte Laura mit mechanischer Fröhlichkeit. »Die kriegen Sie schnell wieder fit.«

»Sie missverstehen mich«, sagte er. »Es hat mir so Leid getan, das mit der Lawrence-Frau zu hören. Niederschmetternd, niederschmetternd ...« Wieder verstummte er minutenlang, und seine Augen beschlugen. »Es gibt so vieles, was Sie nicht wissen, meine Liebe. So vieles. Und zu guter Letzt war der Preis zu hoch.« Er wandte sein Gesicht ab. Sie wartete, weil sie nicht wusste, was sie fragen sollte.

»Ich mache Seite zwei mit dem Lawrence-Mord auf«, murmelte sie schließlich.

»Ja, natürlich«, antwortete Reg. »Es passieren nicht viele Morde in Arnedale. Arme Mrs. Lawrence. Das hat sie nicht verdient. Das hat sie wirklich nicht verdient. Sie konnte ja nicht wissen, worauf sie sich einließ.«

»Oder mit wem?«, fragte Laura sanft. Ihr Verstand begann wieder zu arbeiten. Sie achtete auf jede Nuance in Fairchilds Stimme. Schließlich war er ein Mann, der alles Wissenswerte über Arnedale wusste – wenn man ihn nur überzeugen konnte, es zu erzählen. Sie war einmal bei ihm gescheitert, aber jetzt schienen Krankheit und eine tiefe Depression die Geheimnisse freirütteln zu können.

»Barry Moore?«, suggerierte sie. Sie fürchtete, ihn wieder ins Schweigen zurückzutreiben, aber noch mehr fürchtete sie, das skrupellose, ungreifbare Gespinst nicht auflösen zu können, dem ihres Erachtens Faith zum Opfer gefallen war und das womöglich auch noch Fergal Mackenzies Leben forderte.

»Er wollte, dass ich eine Story über ihre Missetaten bringe«, sagte Fairchild mit einem angedeuteten Lächeln, das seine eingesunkenen Wangen wie ein Schwerthieb spaltete.

»Sie meinen, ihre Affäre mit Rob Tyler?«

Fairchild nickte mit einem Ausdruck des Abscheus. »Er wünschte eine richtige Enthüllung nach Art des *Globe*, boulevardmäßig. Eine Weigerung wollte er nicht akzeptieren. Meinte, er wolle sie aus High Clough vertreiben, ja, aus dem Bezirk. Ich wusste nicht, was ich tun sollte. Ich hab nicht gewagt, abzulehnen, aber ich konnte das nicht mitmachen. Das wäre im *Observer* unmöglich gewesen. Rufmord? Dreckwerfen? Ich hätte mich nicht mehr im Spiegel anschauen können.«

»Wie ist er dahintergekommen? Wissen Sie das?«, fragte Laura.

»Wie kommt Barry hinter alles Mögliche?», meinte Fairchild. »Er hält sich Leute, horcht sie aus, kauft sich ihr Vertrauen, wenn er muss.« Laura nickte. Sie kannte die Wahrheit dieser Einschätzung nur allzu gut. Barry Moores Apparat war ausgedehnt und wirkungsvoll, und er benutzte ihn skrupellos. Das konnte sie persönlich bezeugen.

»Das ist passiert, ehe Sie krank wurden, oder?«, fragte sie.

»Ziemlich genau, als Sie in Arnedale eintrafen. Nach dem Unfall in High Clough und der Aufregung, die das dort oben verursacht hat. Er wollte, dass ich etwas in der kommenden Ausgabe publiziere, wollte sie in Verruf bringen.«

»Aber Sie bekamen die Grippe und konnten es nicht machen. Und er muss gewusst haben, dass ich es nicht tun würde.« Barry Moores Widerstand gegen ihre plötzliche Beförderung, so merkte sie, hatte mehr als eine Ursache. Sie druckte nicht nur, was er nicht gedruckt sehen wollte, sondern sie verhinderte auch, was er gebracht wissen wollte.

»Glauben Sie an all dies psychologische Zeug, dass der Stress einen krank macht?«, fragte Fairchild quengelnd. »Vielleicht bin ich deshalb hier.«

Stress oder Schuldgefühle, dachte Laura. Such es Dir aus. »Gibt es in Arnedale irgendein Geschäft, in dem Moore nicht seine Finger drin hat?«, fragte sie zornig.

»Das bezweifle ich«, meinte Fairchild und drehte das Gesicht zur Wand.

Sechzehn

Der Tag würde nicht genügend Stunden haben, dachte Laura am nächsten Morgen um acht ungeduldig, besprühte die Windschutzscheibe ihres Wagens mit einem Antifrostmittel und kratzte den entstehenden Schneematsch ab. Sie fühlte sich so aufgeputscht wie Herkules, der vor dem Frühstück ein halbes Dutzend Arbeiten zu erledigen hat.

Es war hell und sehr kalt. Die tief stehende Sonne warf lange Schatten über die eine Seite der Broad Street, die zu dieser Sonntagsstunde verlassen dalag, und hob die pastellfarbenen Häuser auf der anderen Seite scharf hervor. Über Nacht war wieder Schnee gefallen, der jetzt zu diamantenen Kristallen gefroren war und die Dächer und Bäume zum Funkeln brachte. Die Luft berauschte wie Wein. Während Laura in ihrer wattierten blauen Skijacke mit dem hellgrünen Schal samt Handschuhen an der Scheibe herumrieb und sich warm werkelte, fühlte sie sich wider Willen aufgeregt.

Sobald sie erwacht war, hatte sie im Krankenhaus angerufen. Man sagte ihr, Fergal Mackenzies Zustand sei ›schlecht, aber stabil‹, nachdem ein schwerer Milzriss operiert worden war. Auf Lauras Nachfragen musste die Stationsschwester zugeben, dass man den Riss bei der ersten Untersuchung übersehen hatte. Es schien, dass Fergal hart in den Magen getreten worden war, was innere Verletzungen zur Folge hatte.

Laura knirschte vor ohnmächtiger Wut mit den Zähnen. Sie wollte den unerbittlichen Niedergang des einst so visionären staatlichen Gesundheitswesens verantwortlich machen, wusste aber, dass es vermutlich einfach Pech gewesen war. Sie zog Jeans und einen dicken Pullover aus Arranwolle an, packte Jacke und Schal und stürmte die Treppe ihrer winzigen Bleibe im Obergeschoss des *Observer*-Gebäudes hinunter, ihr Haar stand als ungebändigte kupferrote Wolke um ihr Gesicht.

Sie würde nie die zielstrebige Gewissheit ihrer Großmutter besitzen. Werd nicht wütend, sondern zahl es ihnen heim, dachte sie und stieg in den Wagen. Wie so oft dankte sie deutscher Ingenieurskunst dafür, dass ihr ramponierter kleiner Käfer selbst an diesem nicht sehr viel versprechenden Morgen unweigerlich ansprang. Schnell fuhr sie auf der verlassenen Hauptstraße aus Arnedale hinaus in Richtung Netherdale, zwischen versilberten Hecken und verschneiten Feldern hindurch.

Da erkannte sie eine Gestalt in einer gefütterten Jacke, die langsam in der gleichen Richtung humpelte. »Man hat Sie also freigelassen?«, sagte sie erleichtert zu Rob Tyler, nachdem sie neben ihm gehalten und die Tür zum Beifahrersitz geöffnet hatte. Rob zögerte kurz, ehe er in den Wagen stieg. Vermutlich nahm er die Mitfahrgelegenheit nur aus Erschöpfung an, die sich in seinen dunklen Augenringen zeigte, und wegen seines offensichtlich schmerzenden Knöchels.

»Scheißkerle«, erwiderte Tyler. Laura musste nicht fragen, wen er meinte. Er sah unrasiert und mitgenommen aus. Das Haar hing ihm, statt im üblichen Pferdeschwanz, in dunklen Strähnen lose ums Gesicht, und seine Hände, mit denen er den Sicherheitsgurt anzog, zitterten leicht. Er fluchte leise vor sich hin, während Laura wieder losfuhr.

»Inspektor Thorpe hat Sie wohl hart angepackt?«

»Er will mich auf die eine oder andere Art drankriegen«, meinte Tyler. »Und es kommt ihm nicht auf das Wie an.«

Laura warf ihrem Passagier einen neugierigen Blick zu. Auf der linken Gesichtsseite war eine Schürfung halb durch das strähnige Haar verdeckt, und er hing unbequem im Sitz, als ob linker Arm und Rippen schmerzten. »Haben die Sie etwa verprügelt?«, fragte Laura und wurde sich schockartig der Folgerung aus Tylers Worten bewusst.

»Nicht direkt«, erklärte er. »Ich bin nur ›zufällig‹ gestürzt, als ich die Treppe zur Zelle runterstieg. Reiner Zufall. Steht alles in den Verhörprotokollen. Aber es ist ein Haufen Lügen.«

»Hatten Sie schon früher Schwierigkeiten mit der Polizei?«, fragte sie.

Er lächelte grimmig. »Erinnern Sie sich an die Auseinandersetzungen um die neue Autobahn in Wiltshire? Der Typ, der wochenlang in einem Baumhaus gelebt hat, um den Bau aufzuhalten? Topaz und ich gehörten zum Crystal Tribe. Wir haben sie zwei Monate hingehalten, bevor sie die schweren Jungs mobilisiert, uns alle gewaltsam rausgeschleppt und mit Bulldozern die Bäume und die Cottages dahinter flach gelegt haben. Ein Haufen Leute ist unter Anklage gestellt worden. Ein Kumpel von mir wurde beschuldigt, eine gemeingefährliche Blechflöte bei sich getragen zu haben. Eine Frau, die Kleinkinder über Zebrastreifen begleitet, ist eingebuchtet worden, weil sie mit ihrer Signalkelle eine Schlägerei angezettelt habe. Starker Witz, wenn es nicht so verflucht ernst gewesen wäre. Ich hab sechs Monate bekommen für Handgreiflichkeiten gegen einen Polizeibeamten.«

»Und waren Sie das? Handgreiflich, meine ich.«

»So handgreiflich man eben in einem irren Gedränge wird, wenn die Errichtung eines Stacheldrahtes verhindert werden soll«, erwiderte Tyler. »Ich hatte gerade gesehen, wie Topaz an den Haaren weggeschleift wurde, deshalb war ich nicht in Stimmung, schlaff zu werden und mir Mahatma Gandhi zum Vorbild zu nehmen, als sie mich anpackten.«

»Hat Faith Lawrence das alles gewusst?«

Tyler lachte, ehrlich erheitert. »Sie hat Unterricht genommen, Süße«, meinte er. »Wollte die beste Strategie wissen, um die Lastwagen aufzuhalten und alles andere, das Ray Harding High Clough noch so zumuten würde. Ich hab ihr gesagt, sie würde den Knast nicht mögen, aber es schien ihr nichts auszumachen. Sie war eine ausgesprochen resolute Person, unsere Faith.«

»Inspektor Thorpe drohte mich wegen Mithilfe zu belangen, weil ich ihm nichts über die Aktion gesagt hatte«, sagte Laura nachdrücklich. »Ich fand, das ging denn doch zu weit. Haben Sie ihn überzeugt, dass Sie Faith nicht umgebracht haben?« Falls sie bezüglich Tyler Unrecht hatte, dachte sie, dann fuhr sie mit einem gewissenlosen Mörder über eine verlassene Landstraße. Wenn Michael Thackeray davon erfuhr, würde er ihr vermutlich vorwerfen, ein unnötiges Risiko eingegangen zu sein.

»Er überprüft mein Alibi«, erklärte Tyler bitter. »Aber er lässt sich Zeit damit. Vierundzwanzig Stunden lang bin ich auf der Wache gewesen, und er ist immer noch nicht zufrieden. Ich bin an dem Tag in Arnedale gewesen. Ich habe Zeugen, aber ich bin mir nicht sicher, ob jeder sich genau an die Zeit zu erinnern vermag. Ich glaube, das Einzige, was ihn daran gehindert hat, mich gleich unter Anklage zu stellen, ist die Tatsache, dass er mein Gewehr nicht finden kann. Das wird er auch nicht, weil es in einem Sumpf liegt, und zwar seit lange bevor Faith starb. Na ja, zum Teufel mit denen. Mir reicht's. Die kriegen mich nicht mehr.«

Er sackte in seinem Sitz zusammen und versank in ein grüblerisches Schweigen, das Laura nicht zu durchbrechen vermochte. Bei der Gabelung, wo die Straße nach Netherdale von der Hauptstraße abzweigte, hielt sie an. »Ich fahre nicht in Ihre Richtung«, erklärte sie.

Er machte keine Anstalten auszusteigen, sondern blieb zusammengekrümmt in seinem Mantel sitzen, als ob er friere. Laura wartete.

»Ich habe sie nicht umgebracht«, sagte Tyler schließlich mit allem Nachdruck. »Auch wenn es nicht nur Inspektor Thorpe ist, der mir das nicht glauben will, oder?«

»Ich habe nicht angenommen, dass Sie sie umgebracht haben«, erklärte Laura ruhig. Sie zog die Handbremse an. Vermutlich würde noch mehr kommen.

»Wissen Sie, wer sie umgebracht hat?«, tastete sie schließlich, da Tyler anscheinend Schwierigkeiten hatte, weiterzusprechen. Er schluckte schwer und schüttelte den Kopf.

»Himmel noch mal, glauben Sie denn, ich würde das der Polizei nicht sagen, wenn ich es wüsste?«, meinte er.

»Vielleicht, wenn es jemand ist, der Ihnen nahe steht ...«

»Sie meinen Topaz?«, fragte Tyler so ungläubig, dass Laura ihm einfach nicht unterstellen konnte, nur die Mutter seiner Kinder schützen zu wollen. »Sie könnte nie jemanden erschießen«, erklärte er mit belegter Stimme. »Sie lässt sich eher von einer Wespe stechen als sie zu töten, lässt die Ameisen über die ganzen Lebensmittel laufen ... Blöde Frau. Im übrigen hatten wir kein Gewehr. Ich hab Inspektor Thorpe wieder und wieder gesagt, dass ich die Schrotflinte entsorgt habe, in den Sumpf geworfen, nachdem ich wegen des Überfalls ausgeflippt war. Er hat mir nicht geglaubt, hat mir nicht glauben wollen, hat immer wieder dieselben Fragen wiederholt. Immer wieder. Sagte, er wüsste, dass ich lüge.«

Tyler sackte plötzlich gegen das Armaturenbrett und barg verzweifelt den Kopf in den Händen.

»Ich war Faith etwas schuldig, nach allem, was ich ihr angetan hatte«, sagte er schließlich mit so erstickter Stimme, dass Laura nicht sicher war, ob sie ihn richtig verstanden hatte. Ihr stockte der Atem, und sie wartete darauf, dass er fortfuhr. Schließlich hob er den Kopf und lächelte sie ironisch an. »Ich hab sie betrogen«, erklärte er. »Sie hat eine Schulter gesucht, an der sie sich ausweinen konnte. Die hab ich ihr geboten, hab ihr gesagt, was sie hören wollte, dass sie immer noch jung genug war, um attraktiv zu sein. Es war eine von Barry Moores kleinen Intrigen. Er wollte sie und ihre Kampagne in Verruf bringen. Also hat er ihr einen Liebhaber besorgt, und zwar einen von der Art, der hier oben einen saftigen Skandal auslösen würde: Einen Zigeuner, einen schmarotzenden Fahrensmann, das Nächstschlimmste nach einer Lesbe.«

»Moore hat Sie bezahlt?«, fragte Laura. Sie versuchte unbeteiligt zu klingen und unterdrückte den Abscheu, den sie verspürte.

Tyler nickte. »Ich fürchte, ja«, sagte er. »Ich hab Bares gebraucht. Die Zeiten sind hart, der Bus muss geflickt werden, falls wir je aus High Clough wegkommen wollen, Kinder brauchen Kleider, sogar Kinder von Reisenden ...«

»Aber er hat Sie nicht bezahlt, sie umzubringen?«

»Ich mag ja ein Schwein sein, aber nicht so ein Schwein.«

»Und Topaz?«, fragte sie. Sie war nicht mehr bereit, Rücksicht auf sein Zartgefühl zu nehmen. »Hat sie Bescheid gewusst?«

»Über mich und Faith?«, fragte er. »Sie hat es herausgefunden. Ich glaube, der junge Tim hat es ihr gesagt. Sie meinte, sie könnte damit leben. Aber das mit dem Geld hat sie nicht gewusst. Sie hätte mich umgebracht.«

»Trotz der Wespen?«, bemerkte Laura. »Warum sind Frauen nur so blöd?«, fragte sie und dachte dabei nicht an Topaz.

Der Grange-Hof stand am Rande von Netherdale, eine heruntergekommene Ansammlung von Scheunen und Nebengebäuden um einen Bauernhof, der kaum mehr als ein Cottage war. Er hätte hübsch aussehen können, mit einer kräftigen Kapitalspritze und sorgfältiger Aufmöbelung durch die Art Landbewohner, die an Ackerbau und Viehzucht nicht mehr interessiert ist als an einem Mondflug. Stattdessen war er schäbig, verwohnt und am Zaun sowie an der Scheunenwand entlang der Straße freizügig mit Plakaten verziert. Sie warben für Eier von glücklichen Hühnern, Ziegenmilch, die Dienste eines Astrologen, eine Protestversammlung gegen eine Golfanlage in Upper Netherdale und für verschiedene Treffen einer Ökogruppe in Arnedale.

Laura wurde am Tor von einer Schar Hunde begrüßt, die ihr überschwänglich wedelnd folgten, als sie sich einen Weg durch herumstreunende Hühner samt ziemlich zerzaustem Hahn zur Tür des Bauernhauses bahnte. Diese stand sperrangelweit offen und verströmte willkommenheißendes Toast-Aroma. Auf ihr Klopfen kam eine hübsche blonde Frau zur Tür. Sie war etwa gleich alt wie Laura, etwas kleiner und breiter, und trug ein etwa achtmonatiges Kind mit roten Bäckchen auf der Hüfte.

»Hallo«, sagte sie. »Was kann ich an diesem wunderschönen Morgen für Sie tun?« Der Akzent klang nicht einheimisch. Noch etwas nördlicher, dachte Laura, obwohl nicht schottisch.

Laura musste zugeben, dass es ein wunderschöner Morgen war. Nur hatte sie den strahlenden Sonnenschein auf den verschneiten Feldern kaum bemerkt, da sie versucht hatte, den Strom beunruhigender Informationen der letzten zwölf Stunden zu verarbeiten. »Ich suche Andy Butler.«

»Kommen Sie rein«, antwortete die Frau. »Wir sind in der Küche.«

Laura folgte ihr durch den engen Flur in einen großen Raum auf der Rückseite des Hauses. Ein junger Mann in Jeans und ausgefranstem Pullover mit blonden Haaren, die ihm bis auf die Schultern fielen, saß an einem alten Kieferntisch. Er warf Laura einen freundlichen Blick zu und fütterte dann weiter zwei Kleinkinder mit Marmeladentoast. Als die beiden Mäuler gefüllt waren und zufrieden kauten, scheuchte er eine schwarze Katze von einem Stuhl, bat Laura Platz zu nehmen und schaute sie prüfend an. Seine hellblauen Augen unter dem wirren Haarschopf blickten warm und unschuldig.

Als sie erklärte, warum sie gekommen war, nickte er, offenbar nicht überrascht. Die ganze Zeit fütterte er seine beiden Söhne mit klein geschnittenen Toaststücken. Seine Frau hob nicht im Geringsten verlegen den Pullover und begann ihr Baby zu stillen.

»Fergal kommt doch wieder in Ordnung, nicht?«, fragte er. Als Laura hilflos die Achseln zuckte und ihm mitteilte, was man ihr im Krankenhaus gesagt hatte, verhärtete sich sein Gesichtsausdruck. »Wer kann sich für Sie verbürgen?«, fragte er. Seine offenen blauen Augen musterten sie jetzt kalt von oben bis unten. »Wie kann ich sicher sein, dass Sie eine Freundin von Fergal sind und nicht von der Gegenseite?«

Das konnte Laura nicht beantworten. Sie blickte ratlos in der voll gestellten Küche umher, mit den Sträußen aus Kräutern und getrockneten Blumen, den Gläsern mit eingemachten Früchten und Konfitüren und den drei offensichtlich gesunden Kindern, die ihr Frühstück genossen. Sie warf einen Blick durch die offene Tür, die auf den Hof mit seinem Durcheinander von Werkzeugen und Vieh und zwischen den Heuballen spielenden Hunden führte. Und sie dachte an Fergal Mackenzie, der bewusstlos getreten und geschlagen worden war. Plötzlich wusste sie die Antwort. »Sie kennen Fergal viel besser als ich«, sagte sie, weil sie sich erinnerte, dass die Freundschaft bis in die Studienzeit zurückreichte. »Er hätte niemanden hierher geschickt, der Ihnen wehtun könnte. Das wissen Sie.«

Butler blickte seine Frau an. Sie lächelte und nickte ihm über den flaumigen Kopf des zufriedenen Babys hinweg zu. »Stimmt«, bestätigte sie.

»Mag sein«, antwortete Butler immer noch zweifelnd. »Wissen Sie, was in dem Päckchen ist, das er hier deponiert hat?«

»Nein«, erwiderte Laura wahrheitsgemäß. »Sie?« Butler schüttelte den Kopf und erhob sich vom Tisch. Er nahm ein kleines braunes Päckchen von der Kommode, wo es sichtbar gelegen hatte, und reichte es Laura. Sie wog es nachdenklich in der Hand.

»Worauf hat er sich da eingelassen?«, fragte Butler leise. »Er hat immer etwas für Risiken übrig gehabt.«

»Ich glaube, es ist besser, wenn Sie es nicht wissen«, meinte Laura. »Sicherer.« Plötzlich wurde ihr unangenehm bewusst, dass sie die Butlers durch ihre Anwesenheit möglicherweise in Gefahr gebracht hatte.

Sie hatte sich nicht ernsthaft überlegt, dass man ihr von Netherdale her hätte folgen können. Sie war sträflich unvorsichtig gewesen.

»Vertrauen wir dem Schicksal«, sagte sie leise. Sie blickte auf die beiden Kleinkinder, die sich vom Tisch davongemacht hatten und auf dem Boden mit der Katze spielten. Butler nickte. Er hatte verstanden.

»Ich werde ihn im Krankenhaus besuchen«, meinte er.

Laura schüttelte schnell den Kopf. »Noch nicht«, erwiderte sie. »Nicht, wenn Sie sich raushalten wollen. Warten Sie, bis ich am Mittwoch den *Observer* rausgebracht habe. Falls ich Fergals Story reinkriege, wird alles öffentlich sein. Dann sollte keine Gefahr mehr bestehen. Bis dahin würde ich mich von Fergal fernhalten. Ich weiß nicht, ob es sicher ist, ihn zu kennen.«

Laura schaffte es in Rekordzeit zu ihrer Wohnung in Bradfield zurück. Fergal Mackenzies Päckchen lag wie eine entsicherte Handgranate auf dem Beifahrersitz. Nervös blickte sie in den Rückspiegel, während sie das Stadtzentrum von Arnedale umfuhr. Auf der beinahe leeren Autostraße im Maze-Tal missachtete sie die Geschwindigkeitsbegrenzung und drückte aufs Gaspedal, bis der kleine Käfer protestierend zitterte. Doch so weit sie sehen konnte, wurde sie nicht verfolgt. Etwas beruhigt rannte sie zwei Stufen auf einmal nehmend die Treppe zu ihrer Wohnung im dritten Stock einer ungebauten viktorianischen Villa hoch und schloss außer Atem die Wohnungstür hinter sich.

Ohne auch nur den Mantel auszuziehen, warf sie sich in einen Sessel und zerrte das Packpapier von dem Päckchen. Wie erwartet enthielt es eine Schachtel mit Computerdisketten, die sie ohne passende Maschine nicht lesen konnte. Aber da war noch mehr. Mit zittrigen Fingern faltete sie eine ziemliche große Fotokopie auseinander und breitete einen sehr detaillierten Plan vor sich aus.

Sie brauchte ein paar Minuten sorgfältigen Studiums, um zu verstehen, warum Fergal so erpicht darauf war, den Inhalt des Dokuments zu veröffentlichen, und warum Barry Moore, aus dessen Büro in Arnedale das Dokument stammte, dies um jeden Preis verhindern wollte.

Auf der unteren Kante des Plans, der vor ihr lag, war das Dorf

High Clough eingezeichnet. Im Zentrum lagen die Höfe von East und West Rigg sowie Ray Hardings angrenzender Steinbruch. Der Plan war auf den ersten Blick nicht leicht zu lesen. Das Gebiet war nicht nur von den schwarzen Umrissen dessen durchzogen, was bereits jetzt am Rande der wilden Moorlandschaft jenseits des Dorfes gebaut war. Über die bestehenden Straßen und Gebäude zogen sich blaue Linien, die eine erheblich viel größere Siedlung um die Höfe und den Steinbruch herum skizzierten. In jedem ländlichen Gebiet würde ein solches Projekt Aufruhr verursachen. In einem Landschaftsschutzgebiet würde es einen nationalen Aufschrei auslösen.

Barry Moore, oder sein Kunde, plante offenbar, das Land zu kaufen und eine Freizeitanlage zu errichten, mit Golfparcours, Tennisplätzen, Restaurants und einem Teich, wo jetzt der Steinbruch war. Den größten Skandal aber, dachte Laura, würde bei den Einheimischen eine neue Zufahrtstraße über die düsteren Hügel von Netherdale verursachen. Der Verkehr würde nicht an der Haustür von Faith vorbeibrummen, sondern stattdessen einen der schönsten Flecken der Pennines verunstalten. Laura war sicher, dass das für Faith keine annehmbare Alternative gewesen wäre.

Sie pfiff leise vor sich hin. Für das kleine Lokalblättchen bedeutete dies eine Jahrhundertgeschichte. Das Projekt würde ganz Arnedale und die umgebende Region erzürnen. Es würde Proteste und Kampagnen geben, um die Spalten des *Observer* für Monate zu füllen, und nicht einmal Reg Fairchild könnte sie gänzlich ignorieren.

Aber war es eine Story, um dafür zu sterben? Fergal Mackenzie hatte das offensichtlich geglaubt. Sie konnte sich nicht vorstellen, wie er an eine Kopie von Moores Plan geraten war. Aber er hatte sein Leben aufs Spiel gesetzt, um diese Information zu bewahren. Jetzt war es an ihr, Moore die Stirn zu bieten, und sie kannte mit schrecklicher Gewissheit zumindest einen Teil des Preises, den sie dafür zahlen würde.

Sie schaute auf die Uhr. Um zwölf musste sie ihre Großmutter abholen und zum Sonntagslunch in ihre Wohnung mitnehmen. Plötzlich sehnte sie sich nach Joyce Ackroyds treffsicherem Rat. Sie versteckte den Plan und Fergals Disketten hinter den Büchern in ihrem Regal und hastete in die Küche, taute im Mikrowellenherd ein Hühnchen auf und briet es.

Aber als Joyce nach dem Essen bequem in einem Sessel saß, wusste Laura immer noch nicht, wie sie das zur Sprache bringen sollte, was einen Schatten auf ihre sonst lebhaften Debatten über aktuelle Fragen warf. Die Sonntagszeitungen lagen praktisch ungelesen da. Joyce war durch und durch politisch, ein altes Streitross – wahrscheinlich hätte sie diese Titulierung genossen, wenn jemand so tollkühn gewesen wäre, sie ihr ins Gesicht zu sagen –, eine Kriegerin, die fast ihr ganzes Leben lang für die Armen und Unprivilegierten von Bradfield in die Schlacht gezogen war.

Sie hatte zwei Enttäuschungen erlebt: Ihr Sohn Jack war in die Wirtschaft gegangen und hatte ein Vermögen gemacht, worauf er sich, als die Rezession begann, prompt nach Portugal in Rente absetzte. Und Laura, in die sie noch größere Hoffnungen gesetzt hatte, hatte sich von den sozialistischen Gewissheiten ihrer Studienzeit abgewandt und entschieden, das politische Geschehen mit journalistischer Skepsis von der Seitenlinie aus zu beobachten.

Joyce sah ihrer Enkelin zu, wie sie stirnrunzelnd den Kaffee eingoss. Joyces körperliche Gebrechlichkeit und das weiße Haar, einst so rotgold wie das von Laura, verbargen eine kämpferische Härte, die selbst halb so alte Menschen überraschte. »Sagst du mir endlich, was los ist?«, fragte sie.

Laura reichte ihr eine Tasse und versank im Sessel gegenüber. Fest schlang sie ihre Hände um die Knie. Sie wusste nicht, wo beginnen, und fürchtete, der Kloß in ihrer Kehle würde sie auf jeden Fall verraten.

»Geht es um deinen Freund?«, wollte Joyce wissen.

»Nein – ja – also, teilweise«, erwiderte Laura. Nachdem das heraus war, kam der Rest leichter. Joyce hörte unbewegt zu und zeigte nur einen leichten Ausdruck des Abscheus bei Barry Moores Drohungen und dem Überfall auf Fergal Mackenzie. Nachdem Laura geendet hatte, saß Joyce einen Augenblick da und starrte mit versteinertem Gesicht blind aus dem Fenster auf die im auffrischenden Nordwind über den Horizont ziehenden dunkel gezackten Wolken. Sie seufzte.

»Liebst du ihn, deinen Michael?«, fragte sie schließlich.

»Ja«, erwiderte Laura leise.

»Er führt dich schön an der Nase herum«, meinte ihre Großmutter mit einer winzigen Spur Kritik.

»Ja«, erwiderte Laura erneut.

»Also, dann kannst du wohl nur eines tun, oder?«, meinte Joyce. »Erzähl ihm, was du gerade mir erzählt hast, bevor dieser Halunke Moore seinen Senf dazu geben kann. Dann kannst du die Sache veröffentlichen und den Sturm abwarten.«

»Ja«, meinte Laura erneut so leise, dass Joyce sie kaum hören konnte. Sie griff nach ihr, eine knorrige, arthritische, gesprenkelte Hand packte eine ebenso schmale, bleiche, gesprenkelte.

»Wenn du ihm ebenso viel bedeutest, wird er es verstehen«, sagte sie. »Und wenn nicht, bist du ohne ihn besser dran.«

»Ja«, erwiderte Laura. »Vielleicht.«

»Und was ist mit dieser Siedlung?«, fuhr Joyce fort. Ein Schimmer der politischen Auseinandersetzung, die sie so liebte, erhellte ihr Gesicht. »Die wollen die Gegend wohl in ein weiteres Grassington verwandeln, mit Autos, die jeden Sonntag im Stau auf einen Parkplatz warten, und Antiquitätengeschäften, die den Metzger und den Bäcker in den Konkurs treiben?«

»Es ist viel größer, und viel zerstörerischer«, sagte Laura. »Aber im Landschaftsschutzgebiet kriegen sie bestimmt keine Baubewilligung.«

»Tja, also, meiner Erfahrung nach finden gewisse Leute immer eine Möglichkeit, eine Baubewilligung zu kriegen. Sofern genügend Geld im Spiel ist«, sagte Joyce.

»Du meinst Bestechung?«

»Auf die eine oder andere Weise«, erwiderte Joyce. »Es gibt jede Menge Wege für so was. Ich hab mir gedacht, dass hier in Bradfield was faul ist, als diese Baufirma auf dem verlassenen Industriegebiet neben der Umgehungsstraße Wohnsiedlungen bauen durfte. Erinnerst du dich? Eine Bewilligung für veränderte Gebietsnutzung haben sie gekriegt, um aus der Industrie- eine Wohnzone zu machen. Für mich ergibt das keinen Sinn, wenn wir Arbeitsplätze brauchen. Aber so sieht's aus.«

»Waren Cheetham and Moore da auch beteiligt?«, fragte Laura, deren Interesse wieder erwacht war.

»Na ja, sie verkaufen die Häuser. Sie bauen sie nicht selber. Falls Barry Moore diese Pläne für so wichtig hält, dass dafür jemand beinahe umgebracht wird, dann stehen seine Verhandlungen über die

Baubewilligung vermutlich in einem kritischen Stadium. Versuch rauszukriegen, wer die Planer kontrolliert, und schau, ob dich das zu Barry Moore zurückführt. Jedenfalls würde ich es so machen, wenn ich noch gesund und kräftig wäre«, erwärmte sich Joyce begeistert. »Es gibt immer einen Halunken, der noch etwas mehr Geld scheffeln will. Hat es immer gegeben, wird es immer geben. Du wirst schon sehen.«

Siebzehn

Michael Thackeray hätte als Erster zugegeben, dass er sich an diesem Sonntagnachmittag mit allzu vielen Problemen herumschlagen musste. Erst die Nachricht von Kevin Mower, dass Linda Wrights Freundin Jacquie Coates um ein Treffen mit ihm gebeten habe. Thackeray hatte Billie Holliday mitten in einem Bluessong abgewürgt und eingewilligt, seinen Sergeant um fünf Uhr auf der Polizeiwache zu treffen. Wenige Minuten später hatte Laura angerufen, nachdem sie ihre Großmutter heimgefahren hatte.

»Kannst du zu mir kommen? Ich habe Probleme«, hatte sie unverblümt gesagt, so unverblümt, dass er seine ursprüngliche Ausflucht nicht äußerte. Er spürte eine Dringlichkeit, die ihn unwiderstehlich anzog.

»Ich muss später noch zur Arbeit«, sagte er ruhig. »In einer halben Stunde?«

Laura fand das Warten unerträglich. Sie stand am Fenster und schaute auf die von Bäumen gesäumte Straße, wo ein paar abgehärtete Nachbarn trotz beißendem Wind ihr sonntägliches Ritual des Wagenwaschens pflegten. Einige Gärten weiter spielten ein paar Kinder, in Skijacken und Halstücher verpackt, mit einem jungen Labrador. Es sah alles so behaglich, so häuslich und alltäglich aus, dass Laura sich fragte, ob sie sich die Drohung, vor der sie am Morgen aus Arnedale geflüchtet war, nur einbildete, so wie die Verschwörung des Schweigens in der Stadt, das tiefer liegende Motiv hinter einem gewöhnlichen Einbruch, der schief gelaufen war, sowie einem Mord, der durchaus ein Verbrechen aus Leidenschaft hätte sein können, aber ihres Erachtens nicht war.

»Ich bekomme noch Verfolgungswahn«, sagte sie sich. »Dank Fergal Mackenzie. Er gerät in einen Feld-, Wald- und Wieseneinbruch hinein und sieht sofort überall schurkische Zauberer und drohende Drachen. Er ist verrückt. Ein versponnener Kelte, romantisch, melodramatisch und verrückt.« Aber sie wusste, das stimmte nicht.

Auch Michael Thackeray, merkte sie gleichermaßen erleichtert und beunruhigt, hielt sie nicht für paranoid. Tatsächlich nahm er sie äußerst ernst, als sie ihm erzählte, was Mackenzie zugestoßen war, über die Pläne berichtete, die in ihren Besitz gelangt waren, und ihre Überzeugung äußerte, dass Rob Tyler die Wahrheit sagte, wenn er behauptete, Faith Lawrence nicht umgebracht zu haben.

»Du magst Recht haben«, meinte er mit einer Gewissheit, die sich auf mehr gründete als was sie ihm erzählt hatte. »Aber du hast gegen Moore keine Beweise, die vor Gericht etwas wiegen. Um die zu kriegen, braucht es eine seriöse Polizeiermittlung.« Und zwar eine, dachte er befriedigt, die sehr gut zu seiner eigenen Untersuchung passen würde.

»Was ist mit Tylers Kuhhandel mit Moore?«, fragte Laura.

»Zweifellos hässlich. Ganz sicher unmoralisch. Aber es ist nicht ungesetzlich, jemanden davon zu überzeugen, mit dir zu schlafen, selbst wenn du dafür bezahlt wirst. Solange dieser Jemand willig ist, und du scheinst anzunehmen, dass Faith durchaus willig war.«

Laura erinnerte sich an Faiths verhaltene Befriedigung über ihren jungen Liebhaber und schauderte bei dem Gedanken, wie leicht die kluge Frau sich hatte hinters Licht führen lassen.

»Und die Landgeschäfte? Land aufzukaufen, ohne den Nutzungszweck offen zu legen?«, fragte sie, da sie sich nicht weiter mit Faiths Demütigung beschäftigen wollte.

»Komm schon, Laura. Das passiert doch dauernd«, meinte Thackeray. »Für dich interessanter ist die Frage, warum er so sicher ist, für eine so riesige Siedlung in einem Landschaftsschutzgebiet eine

Baubewilligung zu bekommen. Entwirft man solche Projekte ohne Erfolgsaussicht? Das glaube ich kaum.«

»Meine Großmutter vermutet, auch in Bradfield seien Baubewilligungen unter der Hand erteilt worden.« Sie erzählte ihm von der Wohnsiedlung, die im ehemaligen industriellen Zentrum der Stadt genehmigt worden war.

»Ich nehme an, du wirst über die Pläne für High Clough etwas im *Observer* bringen?«

»Natürlich«, erwiderte Laura mit einer Spur ihres gewohnten Enthusiasmus. »Davon bringen mich keine zehn Pferde ab.«

»Und auch Barry Moore nicht«, sagte Thackeray treffsicher. Laura blickte weg und antwortete nicht.

»Ich bin es Fergal schuldig«, erklärte sie schließlich.

»Auf jeden Fall wird es in Arnedale einigen Aufruhr geben«, sagte Thackeray grimmig. Er war gar nicht unglücklich darüber, dass Barry Moore aufgestört wurde. »Vermutlich vergeude ich meine Zeit, wenn ich dich bitte, vorsichtig zu sein? Niemand weiß, dass du die Dokumente von Mackenzie hast? Abgesehen von den Butlers?«

Sie schüttelte den Kopf, allerdings nicht vollkommen zuversichtlich. »Ich kann mir nicht vorstellen, woher es jemand wissen sollte.«

»Was Tyler und den Rest betrifft«, sagte Thackeray behutsam. »Du solltest Les Thorpe sagen, was du weißt.«

Laura schüttelte erneut den Kopf, wobei ihr Haar wie ein ungestümer Sonnenuntergang um ihren Kopf flog.

»Ich traue ihm nicht«, meinte sie. »Er hat versucht, mich einzuschüchtern. Er versucht Rob Tyler für den Mord dranzukriegen. Tyler ist grün und blau aus der Polizeiwache gekommen. Ich hoffe, er entwischt ...«

Thackeray schaute in Lauras empört gerötetes Gesicht und die glänzenden Augen und fragte sich, ob seine einstige Leidenschaft für Gerechtigkeit nicht in gefährlichem Maße gedämpft worden war. Nicht, dass er Les Thorpe nicht der Korruption für fähig hielt, aber er vermutete, dass viele, wenn nicht die meisten seiner Kollegen das wären, wenn die Versuchung nur groß genug war. »Was meinst du mit entwischen?«

Laura sah weg, da sie mehr gesagt hatte als beabsichtigt.

»Laura!«, sagte Thackeray scharf. »Will er sich wieder davonmachen? Falls ja, musst du das Thorpe sagen. Du hast keine Wahl.«

»Ich glaube nicht, dass er sie umgebracht hat«, sagte sie mit dem starrköpfigen Ausdruck, der ihm vertraut war.

»Darum geht es nicht«, erklärte Thackeray. »Falls Thorpe ihn nochmals befragen will, hat er dazu jedes Recht.«

»Er steckt mit Moore unter einer Decke«, meinte Laura unbesonnen. »Ganz sicher.«

»Dafür hast du keine Beweise, Laura«, erwiderte Thackeray. »Inspektor Thorpe untersucht einen Mord. Wenn du ihn nicht anrufst und ihm sagst, was Tyler vorhat, dann muss ich es tun.«

Das musste ja so kommen, dachte Laura unglücklich und nahm Thackerays plötzlich undurchdringlichen Gesichtsausdruck wahr. Sie hatten sich auch früher schon auf Kollisionskurs befunden, doch den Zusammenstoß immer im letzten Moment vermieden, da ihre beruflichen Anliegen, die sie leicht in entgegengesetzte Richtungen führen konnten, am Ende stets miteinander vereinbar gewesen waren.

Diesmal war es anders. Bezüglich Rob Tyler hatte sie keinen Rechercheauftrag, nur die Überzeugung, dass er Opfer einer großen Ungerechtigkeit zu werden drohte. Sie wusste, wenn er sich auf der Anklagebank wiederfand und einer Jury gegenüberstand, die mit einem Reisenden als modernem Häretiker, für den die öffentliche Meinung wie einst die Inquisition sowohl den Widerruf seiner Meinungen wie gnadenlose Bestrafung verlangte, sicherlich kurzen Prozess machen würde – dann würde der wahre Mörder von Faith davonkommen.

»Wenn ich in zehn Jahren eine Kampagne starte, um ihn aus dem Gefängnis zu bekommen, da offensichtlich wird, dass er als Sündenbock missbraucht wurde, dann wirst du vermutlich immer noch Entschuldigungen für Chefinspektor Thorpe finden«, sagte sie bitter.

»Du weißt, das ist unfair«, erwiderte Thackeray. »Ich sage ja nicht, dass du in Bezug auf Thorpe Unrecht hast, sondern nur, dass du deine Schlussfolgerungen auf Grund sehr dürftiger Indizien ziehst. Du hast nichts Handfestes außer deiner Abneigung gegen ihn und dem Wort eines Mannes, der laut eigenem Eingeständnis ein Lügner und

Betrüger ist. Was Tyler Faith Lawrence angetan hat, war abscheulich. Ich dachte, du wärst darüber empört.«

»Das war ich. Und ich bin es noch«, meinte Laura unglücklich. »Aber trotzdem glaube ich nicht, dass er sie umgebracht hat. Es würde zu vielen Leuten gelegen kommen, wenn Anklage gegen ihn erhoben würde. Es wäre allzu passend, Michael. Die Sache stinkt zum Himmel.«

»Trotzdem kannst du ihn nicht decken. Falls Thorpe beschließt, Anklage zu erheben, dann bist du wegen Beihilfe zur Flucht dran. Das kannst du nicht machen, Laura. Ich lasse es nicht zu.«

So wird es also enden, dachte Laura. Ich brauche ihm gar nicht von meinem Besuch in der Kirche zum Heiligen Herzen zu berichten. Es wird alles längst vorbei sein, bevor Barry Moore seine Drohung wahr machen kann. »Wenn du es Les Thorpe sagst, weiß ich nicht, ob ich dir je vergeben kann«, sagte sie. Sie wusste, dass sie irrational handelte und er dafür kein Verständnis aufbringen konnte.

Thackeray saß einen Augenblick da und fuhr sich mit der Hand durch das wirre dunkle Haar. Seine Schultern waren zusammengesackt wie nach einer Niederlage. Sie wollte ihn umarmen und ihm versprechen, alles zu tun, was er wollte, aber es ging nicht. Schließlich seufzte er und zuckte resigniert die Achseln. Nur in seinen Augen stand Enttäuschung.

»Ich rufe Thorpe aus dem Büro an«, erklärte er gleichmütig. »Ich werde ihm nicht sagen, woher ich Robs Pläne kenne. Ich lasse ihn im Glauben, ich hätte es in High Clough aufgeschnappt. Du weißt, dass ich keine andere Wahl habe.«

Laura antwortete nicht. Sie schaute schweigend zu, als er den Mantel anzog und die Wohnungstür öffnete. »Michael, es tut mir Leid«, sagte sie schließlich. Aber es war zu spät. Er hatte die Tür hinter sich geschlossen.

Kevin Mower war bereits im Büro, als Thackeray eintraf. Dessen Miene war so frostig, dass Mower sein Gedächtnis nach irgendeiner begangenen Untat oder einer Unterlassungssünde absuchte, die ihm die Missbilligung des Chefinspektors eingetragen haben mochte.

»Ich glaube, wir sind etwas viel Größerem auf der Spur, als wir bisher dachten«, erklärte Thackeray. »Nicht nur kleinere Hypothekenschwindel-Affären – eher groß angelegte Finanztransaktionen, die durch die geringste Andeutung finanzieller Unbotmäßigkeiten bei Cheetham and Moore in Gefahr geraten. Linda Wrights Tod ist nur ein Teil davon. Ich spreche morgen mit Kripochef Longley. Ich will nochmals auf Sydney Cheetham los. In der Zwischenzeit finden Sie bei der Lokalverwaltung heraus, welche Maklerfirma in letzter Zeit – sagen wir in den letzten vier Jahren – Land für größere Wohnsiedlungen aufgekauft hat, und überprüfen, ob es bei der Baubewilligung irgendwelche Auffälligkeiten gab, unerwartete Zustimmungen, Bewilligung für Nutzungsänderungen und so weiter. Ich nehme an, über Jimmy Townsend gibt es nichts Neues?«

»Nein, Boss. Scheint vom Erdboden verschwunden zu sein.«

»Also, hoffen wir bloß, dass er nicht auf dem Grund des Reservoirs von Scarsdale liegt«, meinte Thackeray. »Es ist ja möglich, dass zwei Personen in Linda Wrights Wagen saßen, als er ins Wasser fuhr, und nur noch eine, als er aus dem Wasser gezogen wurde. Fragen Sie bitte die Notfallstreife, ob sie sich erinnern können, ob die Beifahrertür offen war. Falls er ins eisige Wasser fiel, wäre er vermutlich sehr schnell ertrunken.«

»Wollen Sie Taucher einsetzen?«, fragte Mower ungläubig.

»Vielleicht«, erwiderte Thackeray. »Aber noch nicht. Sie können sich mit der Polizei in Manchester in Verbindung setzen und denen mitteilen, Sie hätten gerne mit seiner Mutter gesprochen. Und dehnen Sie die Suche nach dem Wagen aus. Der kann nicht vom Erdboden verschwunden sein.«

»In Ordnung, Boss. Und Jacquie Coates? Sie hat angerufen und wollte mit jemandem reden.«

»Schauen Sie mal, was sie zu sagen hat. Falls es brauchbar ist, dann bieten Sie ihr besser Schutz an. Wir wollen nicht, dass noch jemand verschwindet – oder Schlimmeres.«

»Sie glauben, es ist so ernst?«

»So ernst«, erwiderte Thackeray.

Mower erhob sich und schlüpfte in seine Lederjacke.

»Ach, übrigens, Sergeant«, rief Thackeray, als der jüngere Mann die Tür öffnete.

»Sir?«

»Nehmen Sie um Himmels willen noch einen Ermittler mit. Ich will nicht, dass Sie mit einer weiteren Versuchung konfrontiert werden.«

Mower schloss die Tür fest hinter sich. Er wagte nicht, sie zuzuknallen, um sein Missvergnügen zu zeigen. Thackeray blieb nachdenklich mit einer Hand auf dem Telefon sitzen. Verlor er die Sache aus dem Griff?, fragte er sich. Seit Beginn des Falls war der Name Barry Moore immer wieder aufgetaucht, und immer wieder hatte er ihn ignoriert, aus Furcht, seine Abneigung gegen den Jungen habe sich zu Vorurteilen gegenüber dem Mann verfestigt. Jetzt, nachdem er ihn wieder getroffen hatte, zweifelte er nicht, dass aus dem rabaukenhaften Teenager ein ausgewachsener Schurke geworden war. Aufzudecken blieb, wohin Moore die Schurkerei geführt hatte.

Zögernd hob er den Telefonhörer und bat die Zentrale, ihn mit der Polizeiwache in Arnedale zu verbinden. Die letzte Aufgabe des Tages würde darin bestehen, Rob Tylers Pläne an Chefinspektor Thorpe zu verraten und damit die nachtragende Entrüstung von Laura Ackroyd auf sich zu ziehen. Vielleicht war ein einfacheres Leben mit einer Schafherde doch vorzuziehen, dachte er bitter, als er darauf wartete, dass Thorpe sich meldete.

Chefinspektor Thackeray und Kripochef Longley sahen nicht beglückt aus, als Sergeant Mower am nächsten Tag ihre morgendliche Konferenz unterbrach. Longley, dessen Krawattenknopf so tief in sein Doppelkinn schnitt, dass er ihn beinahe erwürgte, blickte mit der üblichen Abneigung auf das offene Ralph Lauren-Hemd des Sergeant.

»Ich habe das Gefühl, Boss, die Leute versuchen uns auszuweichen«, sagte Mower direkt zu Thackeray und vermied den frostigen Blick von Longley. »Erst hat Jacquie ihre Verabredung mit mir gestern nicht eingehalten. Und jetzt Sydney Cheetham. Sie wollten ja, dass ich ihn wegen eines weiteren Termins anrufe. Nun, er ist ausgeflogen. Seine Haushälterin meint, er fliegt heute mit ein paar Freunden nach Madeira in den Urlaub. Kommt erst nach Weihnachten zurück. Ich habe gedacht, Sie würden das gerne wissen.«

Die beiden hochrangigen Polizisten tauschten einen Blick, der mehr Befriedigung als Überraschung enthielt.

»Gut«, meinte Longley. »Sergeant, kriegen Sie raus, welchen Flug er gebucht hat. Mit wem er fliegt. Wer die Flugkarten bezahlt hat. Und falls Zeit bleibt, fahren Sie und ein Junge mit einem Fotoapparat zum Flughafen und schauen, ob Sie im Voraus ein paar Schnappschüsse von Sydneys Gruppenreise kriegen. Falls er bereits abgeflogen ist, setzen Sie sich mit dem Sicherheitsdienst des Flughafens in Verbindung und schauen die Videoaufnahmen an. Vielleicht ist die Gruppe drauf. Und falls das nicht hinhaut, dann kontaktieren wir die portugiesische Polizei und sehen, ob wir sie am anderen Ende erwischen.«

»Sir«, sagte Mower und schaute leicht verwirrt drein.

»Na los, Junge, stehen Sie nicht mit offenem Mund herum«, sagte Longley ungeduldig.

»Soll ich ihn aufhalten, wenn er noch nicht abgeflogen ist, Sir?«

»Nein, nein, wir lassen Sydney seine Kurzferien. Wir wissen ja, wo er ist, falls wir ihn brauchen. Er hat eine Villa in Madeira, also sollte er einfach aufzuspüren sein. Und vielleicht sind es ja für lange Zeit seine letzten Ferien.«

»Sir«, sagte Mower und blickte noch etwas verwirrter drein. »Und Jacquie? Sie ist bei der Arbeit. Ich hab es nachgeprüft. Soll ich ihr nachjagen?«

»Bitten Sie Val Ridley, mit ihr zu sprechen. Sie soll schauen, was sie auf dem Herzen hat. Und Sergeant«, fügte Thackeray hinzu, als Mower die Tür öffnete, »wenn Sie nach Manchester fahren, könnten Sie die Fotos zurückschicken lassen und die Gelegenheit eines Gesprächs mit Jimmy Townsends Mutter ergreifen.«

»In Ordnung, Boss«, meinte Mower und schloss die Tür hinter sich.

»Die Villa in Madeira«, erklärte Longley nachdenklich. »Er hat mich mal dorthin eingeladen, wissen Sie. Ich hab ihm gesagt, Sydney, du bist entweder ein Gauner oder ein Narr, und da ich keins von beidem bin, nehme ich dein Angebot lieber nicht an.«

Longley wandte sich wieder den Unterlagen zu, die die beiden Männer vor der Unterbrechung durch Mower studiert hatten. »Da haben wir's also. Es kann kaum einen Zweifel geben, dass unser Sydney ein schlimmer Junge gewesen ist, oder?« Mit seinem kurzen dicken Finger fuhr er eine vor ihm liegenden Namensliste entlang.

»Ich frage mich, wer von denen mit ihm fliegt. Sechs Firmendirektoren: Sydneys Tochter – ich war vor Jahren bei ihrer verdammten Hochzeit –, Barry Moores Onkel, Stephen Stokes, der Manager der Filiale in Bradfield, und Mrs. Alison Freeman, von der ich vermuten muss, dass sie die Ehefrau unseres geschätzten Planungsbeamten der Stadtverwaltung ist. Und zwei, die wir nicht kennen. Richtig?«

»Der Name Jonathon West kommt mir bekannt vor«, sagte Thackeray.

»Tja, schauen Sie mal, was Sie über jeden ausgraben können«, meinte Longley. »Und informieren Sie bitte das Betrugsdezernat. Ich will Dales Development GmbH bis auf die Unterhosen ausgezogen. Mit etwas Glück können wir Sydney Cheetham bei der Rückkehr einen heißeren Empfang bereiten, als er ihn in seinem sonnigen Inselparadies erlebt hat.«

Laura saß an diesem Morgen früh an ihrem Schreibtisch und hackte auf Reg Fairchilds urtümlicher Schreibmaschine ihre Story über die Freizeitanlage in High Clough herunter. Zorn und Verzweiflung trieben sie an. Sie war in der vergangenen Nacht noch aus Bradfield hergefahren, hatte vier Wodka mit Tonic getrunken, um ganz sicher alles zu vergessen, und war in ihr schmales, kaltes Bett gefallen. Einsam hatte sie gefröstelt, bis der Schlaf sie schnell aus ihrem Elend erlöst hatte.

Der Morgen war grau und düster. Dichter werdende Schneeflocken fielen auf die Straßen eines ruhigen Montagmorgens. Das versprach weiße Weihnachten, aber vermutlich nicht sehr glückliche, dachte Laura und verschlang ein Frühstück aus Tee und altbackenem Toast. Dann ging sie direkt ins Büro. Sie wollte mit der Arbeit beginnen, bevor die anderen kamen.

Jonathon West war der Nächste. Er steckte den Kopf ins Chefredakteursbüro, ohne seine schneebedeckte Jacke auszuziehen. »Ich habe gerade Armstrong von der Polizei getroffen«, erklärte er. »Es hat sich was Neues im Lawrence-Mord getan. Soll ich zur Wache gehen und fragen, wie es steht?«

Laura blickte ihn einen Augenblick lang an. Die böse Vorahnung, die sie seit dem vergangenen Abend bedrückte, nahm spürbar zu. »Was hat sich Neues getan?«, fragte sie.

»Sie haben diesen Zigeuner Tyler wieder verhaftet, wie's aussieht«, erklärte West. »Sie haben ein Gewehr gefunden, das ihm zu gehören scheint. Natürlich streitet er alles ab, aber Armstrong erwartet, dass Anklage gegen ihn erhoben wird. Ich überprüfe es, ja?« Der Zeitpunkt der Anklage war für den *Observer* von zentraler Bedeutung. Sobald sie erhoben war, durfte man nicht viel mehr als die nackten Tatsachen des Falls berichten.

Laura nickte. Sie hätte den Mord gern selber weiter verfolgt. Aber an diesem Morgen passte es ihr besser, wenn West nicht in der Redaktion war, während sie die ihm noch unbekannte Titelstory vervollständigte. Sie war überzeugt, dass West in Arnedale zu viele Verbindungen besaß, als dass man ihm die Information anvertrauen konnte, für die Fergal Mackenzie beinahe gestorben war.

»Ich verstehe nicht, warum dieser Harding die Meute überhaupt auf sein Land gelassen hat«, sagte West. Er war offenbar neugierig, was sie schrieb, konnte sich aber nicht dazu bringen, offen und grob auf die Seite in der Schreibmaschine zu starren. »Das musste doch Ärger geben. Es kann Monate dauern, bis er sie los wird. Mein Onkel hat vor ein paar Jahren Schwierigkeiten mit Zigeunern gehabt. Schließlich musste er eines Morgens mit ein paar Wildhütern samt Gewehren und Hunden zu ihrem Lager ziehen, um sie loszuwerden. Ich bin in dem Sommer dort gewesen. Toller Sport. Heutzutage scheinen die Halunken schon selber Gewehre zu haben. Harding ist ein verdammter Narr, sich überhaupt mit ihnen einzulassen.«

»Wie ich höre, hat er das Geld gebraucht«, meinte Laura mit wenig Mitgefühl für Hardings Notlage. »Gehen nicht alle Hügelbauern bankrott?«

»Das behauptet Reg ständig«, meinte West überheblich. »Was mich daran erinnert, dass ich Barry Moore anrufen muss, bevor ich festsitze. Er kommt am Stephanstag zu meinem Onkel auf die Jagd. Sie wissen nicht, was Ihnen entgeht. Der alte Tom Clayton, der Abgeordnete für die Dales, wird auch da sein. Und natürlich der Lord Lieutenant. Sie hätten nützliche Kontakte herstellen können. Aber das müssen Sie entscheiden. Ich bin sicher, Sie wissen, was Sie tun. Bis dann.«

Nachdem er gegangen war, stand Laura nachdenklich auf, ging ins Hauptbüro und ergriff eine Kopie des Who's Who. Lord Radcliffe, erfuhr sie ohne große Überraschung, stand der Planungskommission der Landschaftsschutzgebiete vor. Zweifellos würde sich Barry Moore während seines Ausflugs mehr damit beschäftigen, herauszufinden, was seine Lordschaft von Feriensiedlungen in den Dales hielt, als einer Meute aufgeregter Hunde durch die raue Landschaft zu folgen. Wenn er sich eine Einladung auf das Landgut von Lord Radcliffe organisiert hatte, war er sicher nicht an kleinen flauschigen Tieren interessiert. Und es erklärte, warum er mit allen Mitteln verhindern wollte, dass seine Pläne allzu früh bekannt wurden.

Laura beendete ihre Darlegung von Barry Moores Absichten für High Clough und machte sorgfältig zwei Kopien des Artikels sowie des Plans. Eine Kopie verschloss sie in einem Briefumschlag und adressierte ihn an sich selbst unter der Adresse ihrer Großmutter in Bradfield.

Zweifellos würde Moore seine Drohungen steigern, wenn er entdeckte, dass sie Fergal Mackenzies Knüller in ihren Besitz gebracht hatte und drucken wollte. Michael Thackeray von ihrem Besuch in der Kirche zum Heiligen Herzen zu berichten wäre dann vermutlich ihre geringste Sorge. Sie hatte sich geweigert, an die möglichen Konsequenzen dieses Besuchs zu denken, seit Michael gestern Abend ihre Wohnung verlassen hatte. In diesem Schmerz herumzuwühlen war eine Ablenkung, die sie nicht brauchen konnte, bevor die Zeitung produziert war. Für den Augenblick verstaute sie das Problem im Hinterkopf, wo es pochte wie ein schmerzender Zahn.

Sie hatte Thackeray versprochen, so vorsichtig wie möglich zu sein, bis der *Observer* am Mittwoch erschien. Aber falls sie nicht vorsichtig genug war, sollte zumindest eine weitere Fassung ihres Artikels und die Begründung dafür vorliegen. Sollte ihr in den nächsten Tagen etwas zustoßen, dann würde ihre Großmutter wissen, was zu tun war. Und sie würde es verlässlich tun. Moore würde sich wohl kaum durch eine weit über siebzig Jahre alte Rentenbezieherin bedroht fühlen, deren Existenz er ziemlich sicher nicht einmal ahnte und deren kämpferischen Mut er unmöglich voraussehen konnte.

Laura zog ihren Mantel über, ließ die Redaktion in Debbies Obhut zurück und ging langsam die Broad Street hinauf. Sie überquerte die befahrene Straße, bahnte sich einen Weg durch die hektischen Einkäufer, die sich gegen den immer noch fallenden Schnee vermummt hatten, und warf den Brief ein. Dann ging sie durch eines der engen

Gässchen auf den Kanal zu, wo der Drucker des *Observer* in einem Gebäude arbeitete, das kurz nach Erfindung der Buchdruckerkunst in Betrieb genommen worden zu sein schien. Sie stieß die ramponierte Holztüre auf und betrat die lärmige, ölige Atmosphäre einer altmodischen Druckerei. Begrüßt wurde sie von Bert Oldroyd, dem Vorarbeiter, einer schmalen und runzligen Gestalt im Blaumann, der zwischen sechzig und achtzig sein mochte.

»Na, dann, Miss Ackroyd«, sagte er, hängte in seinem winzigen verglasten Büro eine Reihe Druckfahnen an einen Haken und wischte sich die tintenbefleckten Hände mit einem Lappen ab. »Etwas für Seite zwei bräuchte ich, sonst sind Sie zu spät dran für den Druck.«

»Ich hab Ihnen die Titelgeschichte mitgebracht, Bert«, erwiderte sie. »Aber diesmal ist sie etwas Besonderes. Würden Sie mir einen Gefallen tun und sie selber setzen? Und sie niemandem anderen zeigen.«

Oldroyd blickte sie einen Augenblick lang listig an und nickte. »Soll wohl ein paar Leute auf Trab bringen, nicht?«

Laura grinste. Sie wusste, Oldroyd hatte nichts dagegen, ein paar Leute auf Trab zu bringen. »Kann durchaus sein«, sagte sie.

Oldroyd nahm die Blätter entgegen und überflog sie schnell. Seine Augen hinter den dicken Brillengläsern funkelten, während er las. »Damit verschaffen Sie dem alten Reg glatt einen Rückfall«, meinte er schließlich anerkennend. »Hab gehört, er ist ins Krankenhaus gebracht worden. War auch langsam Zeit, wenn Sie mich fragen.«

»Können Sie den Plan drucken?«, fragte Laura. Sie war sich nicht sicher, was die hier verwendete Technologie leisten konnte, die so veraltet war, dass sie mit ihr nicht mehr vertraut war.

Der Vorarbeiter blickte auf das Blatt, das sie ihm reichte, und nickte. »Oh ja«, meinte er. »Das geht in Ordnung. Wenn Sie's über vier Spalten bringen, wird man die Details klar sehen.«

»Und könnten Sie mir die Fahnen direkt bringen? Lassen Sie sie bitte nicht herumliegen, damit sie niemand sieht.«

»Ja, ich bring sie persönlich rüber, Herzchen«, versprach Oldroyd. »Wird höchste Zeit, dass sich jemand mit diesen Halunken anlegt, die glauben, ihnen gehöre die Stadt. Barry Moore wird kein Wörtchen darüber vernehmen, bis es am Mittwoch auf seinem Frühstückstisch landet. Und ich hoffe, er verschluckt sich an seinen verfluchten Cornflakes. Das hoffe ich wirklich.«

Achtzehn

Bert Oldroyd, gegen die sibirische Kälte in einen ehemaligen Militärwintermantel und ein graues, bis zu den Augen hochgezogenes Halstuch eingemummt, brachte Laura die Druckfahnen nach dem Mittagessen. Er stand neben ihr im engen Büro und zitterte wie ein Spaniel an der Leine, während sie sie las.

»Gut«, sagte sie, als sie fertig war, und fiel in sein triumphierendes Lächeln ein. Die wässrigen Augen des alten Mannes leuchteten vor boshaftem Vergnügen.

»Darüber wird es ziemlich sicher zu Demonstrationen auf dem Marktplatz kommen«, meinte er mit offensichtlicher Befriedigung. »Es wird Zeit, dass sie endlich ihre Quittung kriegen, Cheetham and Moore. Sie sind über diese Stadt hinweggetrampelt mit ihren Supermärkten und Ferienhäuschen und was noch alles, völlig unbekümmert darum, was die Leute wirklich brauchen.«

Gemeinsam entwarfen sie das Layout für die erste Nachrichtenseite. Dort war zusätzlicher Raum frei geworden, nachdem der Bericht über den Mord an Faith Lawrence angesichts der Entwicklungen auf der Polizeiwache zusammengestutzt werden musste. Sowie Anklage erhoben war, wurde die Berichterstattung eingeschränkt, um Meinungsmache zu unterbinden. Tyler musste am nächsten Tag vor Gericht erscheinen.

Jonathon West hatte Laura unterrichtet, dass Tyler aufgrund der neuen Beweise der Polizei im Gefängnis bleiben würde. »Was er auch immer mit dem Gewehr gemacht hat, es lag im Schnee und ist von Ray Harding gefunden worden«, erklärte West mit dem überlegenen

Lächeln eines Mannes, der Recht behalten hat. »Und offenbar ist es kürzlich abgefeuert worden. Ich hab ja gewusst, dass es Schwierigkeiten geben würde, als sie dieses Pack da oben hausen ließen.«

Laura verkniff sich einen Kommentar und verstaute die unwillkommene Neuigkeit im Hinterkopf. Sie war zu sehr damit beschäftigt, die Zeitung herauszubringen, um darüber zu brüten, dass ihres Erachtens eine große Ungerechtigkeit bevorstand. Wenn sie Rob Tyler helfen wollte, was sie immer noch vorhatte, dann musste sie warten. Bis er vor Gericht erscheinen musste, konnte sowieso nichts unternommen werden, um seinen Verbleib im Gefängnis zu verhindern. Die Beweise auseinander zu nehmen, die ihn ins Gefängnis gebracht hatten, würde Zeit beanspruchen.

Sie schickte Oldroyd zur Druckerei zurück und verpflichtete ihn, die High-Clough-Story weiterhin geheim zu halten. Nachdem alle Texte für die reduzierte Weihnachtsausgabe beisammen waren, beschloss Laura, Jonathon West und den Rest der Angestellten in die Weihnachtsfeiertage zu entlassen.

»Ich bin hier, bis Oldroyd morgen mit dem Druck beginnt«, sagte sie. »Falls etwas Dringendes passiert, rufe ich euch an. Wenn nicht, schöne Weihnachten.« Jonathons Festtage würden durch ihren Exklusivbericht über High Clough erheblich gestört werden, dachte sie, als sie ihn auf den Weg zum stattlichen Anwesen seines Onkels im Norden des Bezirks entließ. Für den alten Mann, Landbesitzer und Mitglied unzähliger lokaler Kommissionen, würde es nur allzu offensichtlich werden, warum sich Barry Moore eine Einladung für einen Tag organisiert hatte, an dem die Hälfte aller Leute, die den Erfolg seiner Pläne garantieren konnten, anwesend sein und den Jagdhunden folgen würden. Über ihre eigenen Feiertage wagte sie nicht nachzudenken.

Nachdem die anderen gegangen waren, saß sie ohne das Licht einzuschalten in der dunkler werdenden Redaktion. Sie gebot über alles, was sie überblickte, fühlte aber keine Freude über das, was sie getan hatte. Noch immer war zu viel ungelöst, standen zu viele Drohungen aus, um Licht in der umgebenden Düsternis zu sehen. Draußen fiel der Schnee weiterhin heftig, und die drohende Wolkendecke, die wie ein schweres Gewicht über den Dächern lag, ließ keinerlei Aufhellung erkennen. Sie griff nach dem Telefon und rief im Krankenhaus an, um sich nach Fergal Mackenzies Zustand zu erkundigen.

»Gut, dass Sie anrufen«, sagte die Stationsschwester etwas außer Atem. Einen herzzerreißenden Augenblick lang fürchtete Laura das Schlimmste. Aber es war nicht Fergals Gesundheitszustand, der die Schwester beschäftigte. »Er hat nach Ihnen gefragt. Und da wir aus ihm nichts über seine Verwandten herausbekommen haben, wäre es wohl gut, wenn Sie vorbeikämen. Wissen Sie, ob er Verwandte hat?«

Laura schloss das Büro sorgfältig ab und fuhr durch die matschigen Straßen zum Krankenhaus. Schnee begann sich im Rinnstein zu dreckigen Haufen aufzutürmen. Der Schwester, die Mackenzies Erholung von seiner Operation überwachte, musste sie gestehen, dass sie nichts über seine Familie wusste. Die Schwester hob eine Augenbraue, schürzte die Lippen und machte eine Notiz auf den Formularen, die sie auf sich trug.

»Er stammt aus Schottland«, meinte Laura hilflos. Sie wusste, wie ungeeignet Mackenzie für die ordentliche, computerisierte Tüchtigkeit der Krankenhauswelt war, in der nicht nur erwartet wurde, dass man Verwandte hatte, sondern auch, dass man sie auf Knopfdruck herbeischaffen konnte. Es wird hier bald wie in Amerika sein, dachte sie düster, wo sie dich nicht mehr ohne Ausweis und Versicherungsnummer über die Schwelle der Notaufnahme lassen.

»Ach so«, meinte die Schwester, als erklärte Fergals nördlicher Ursprung seinen unerklärlichen Mangel an angemessenen Referenzen. Sie führte Laura einen kurzen Flur entlang und zu einem Wandschirm. Dahinter lag ein graugesichtiger Mackenzie auf einem hohen Bett, an zahlreiche Schläuche und Röhren und Bildschirme angeschlossen. Das linke Auge war nicht mehr verbunden, aber durch lilarote Schwellungen und ein paar Nähte, die erschreckend nahe am Augenlid vorbeiführten, halb geschlossen. Der Glanz darin war beinahe erloschen. Er war dem Tod knapper entronnen, als sie beide eingestehen mochten.

»Prinzessin«, meinte er zur Begrüßung schwach. Sie setzte sich dicht ans Bett und tätschelte seine Hand mit verlegener Zuneigung.

»Hast du es getan?«, fragte er kaum hörbar flüsternd, da die Schwester bei der Türe herumstrich. Laura schluckte schwer und nickte.

»Ich habe gerade die Druckfahnen abgezeichnet«, erwiderte sie und wurde mit einem ganz schwachen Lächeln belohnt. Er griff vorsichtig nach ihrer schmalen Hand und nahm sie in seine haarige. Sie rückte näher ans Bett heran. Verwundert stellte sie fest, wie wenig sie über diesen Mann wusste und wie sehr es sie trotzdem getroffen hätte, wenn sie ihn verloren hätte. Die Schwester nickte und ließ die beiden allein, anscheinend zufrieden mit Laura als annehmbarem Ersatz für Mackenzies nicht auffindbare Verwandtschaft.

»Fein«, meinte Mackenzie und wurde etwas lebhafter. »Nun hör mir zu, Mädel, und dann stecken wir den Schweinehund vollends in die Tasche, wenn wir gerissen sind.«

»Fergal«, erwiderte Laura, »das kann nicht dein Ernst sein. Er hat dich beinahe umgebracht.«

»Kümmere dich nicht darum«, meinte Mackenzie, »hast du dein Aufnahmegerät dabei?«

Sie nickte und sah zur Sicherheit in ihrer Tasche nach.

»Kapierst du nicht?«, fragte Mackenzie eindringlich, obwohl ihn die Anstrengung offensichtlich seine letzte Kraft kostete. »Er wird nicht aufgeben. Die Schwester hat gesagt, es habe ein paar Anrufe gegeben, die sich nach meinem Zustand erkundigten, ob ich bei Bewusstsein sei und Besuch empfangen könne. Das warst nicht du, oder?«

»Nein, ich hatte zu tun.«

»Also, wer hat angerufen? Wer will mich unbedingt sehen? Es kommt nur einer in Frage, Laura. Und er – oder seine Freunde – wird nicht mit Gute-Besserung-Karten und Weintrauben anrücken.«

»Lass mich die Polizei benachrichtigen«, meinte Laura. »Du brauchst Schutz.«

»Von Moores Kumpel, Inspektor Thorpe? Du machst Witze, Prinzessin.«

Zum ersten Mal in Arnedale spürte Laura den kalten Hauch echter Angst: Angst um Fergal, der immer noch schwer krank und noch verwundbarer neben ihr lag; Angst um Rob Tyler, der in einer Zelle saß mit geringer Aussicht, je wieder herauszukommen; und Angst um sich selber. Wenn Fergal Recht hatte und der Auktionator tatsächlich hinter der Gewalt und all den Betrügereien steckte, die Faith umgebracht und die anderen rettungslos verstrickt hatten – und sie hatte keine Gründe, daran zu zweifeln –, dann würde sie als Nächste Moores Aufmerksamkeit anheim fallen. Sei vorsichtig, hatte Michael Thackeray gewarnt, aber in den Schlingen eines Netzes, das sie kaum sehen, geschweige denn umgehen konnte, war es unmöglich zu wissen wie. Sie griff in ihre geräumige Tasche und reichte Mackenzie das kleine Aufnahmegerät, das sie immer bei sich trug.

»Die Batterien sollten in Ordnung sein«, sagte sie. »Was willst du machen?«

»Ich werde es bei mir behalten.« Er packte den kleinen Apparat fest mit einer haarigen Hand.

»Es ist zu riskant«, wandte sie ein. Aber Mackenzie schüttelte bloß den Kopf, dann winselte er von der Anstrengung, doch sie wusste, dass sie ihn nicht umstimmen konnte.

»Die Besuchszeit ist fast vorüber«, meinte Laura und blickte auf ihre Uhr. »Er kommt bestimmt nicht danach. Ich bleibe noch einen Moment. Nur zur Sicherheit.«

Mackenzie, durch das Gespräch ziemlich erschöpft, nickte. Laura bezweifelte, dass er die Kraft hatte zu tun, was er plante. Sie blickte sich in dem engen Alkoven um, doch es gab nicht die geringste Möglichkeit, sich irgendwo zu verstecken. Sie trat hinaus und blickte den leeren Flur hinauf und hinunter. Im nächsten Alkoven, nur durch eine Stellwand aus Holz und Glas abgetrennt, brannte kein Licht. Sie schaute kurz hinein, um sich zu überzeugen, dass er leer war, und ging dann zum Krankenbett zurück.

»Ich bin nebenan, bis ich rausgeworfen werde«, erklärte sie. Er nickte. Seine Augen glänzten immer noch leicht.

»Prinzessin«, murmelte er. »Dornröschen? Nein, nein, die andere. Die mit dem Biest.« Er schaffte ein schwaches Lächeln und ließ sich dann in die Kissen zurückfallen. Das Aufnahmegerät war unter der Bettdecke versteckt. Fergal wartete.

Es war Moore persönlich, der kam, obwohl Laura nichts hörte, bis er zu sprechen begann. Sie hatte sich auf dem Boden des Alkovens niedergelassen, mit dem Rücken zum unteren, hölzernen Teil der Trennwand, die Stiefel unter das Bett gestreckt, und suchte für ihre Schulterblätter in der dicken Jacke eine bequeme Position. Für einen so schweren Mann war Moore erstaunlich unbemerkt eingetreten, aber seine Stimme drang deutlich durch die Glasscheibe und war sofort erkennbar.

»Sie haben etwas, was mir gehört, Mackenzie«, sagte er ohne Umschweife. »Ich will es zurück.«

Mackenzies Erwiderung war weniger deutlich zu hören, offenbar eine Ausflucht, die sofort und entschieden beantwortet wurde.

»Mir ist klar, dass Sie zu bedrohen nur zeitraubend und womöglich Zeitverschwendung ist«, meinte Moore. »Und Zeit habe ich nicht. Ich gebe Ihnen eine Minute, um Folgendes zu bedenken. Als Sie das erste Mal nach Yorkshire kamen, haben Sie bei Freunden in Netherdale gewohnt, den Butlers. Richtig?« Wieder war Mackenzies Antwort nicht zu hören, aber Laura konnte sich sein Entsetzen vorstellen.

»Drei Kinder? Zwei kleine Jungs und ein Baby? Richtig?«, fuhr Moore unerbittlich fort. Laura erinnerte sich an die Kinder und fühlte sich elend. Moore musste eigentlich nicht aussprechen, womit er drohte, aber er tat es dennoch. »Wäre doch jammerschade, wenn den Kleinen was zustößt, nicht wahr? Oder der Mutter?«

»Fahr zur Hölle«, sagte Mackenzie und fand die Kraft, seinen Peiniger beinahe anzuschreien. »Fahr zur Hölle.«

»Wo sind meine Unterlagen? Ich will sie zurück, und ich will, dass Sie aus Arnedale verschwinden«, sagte Moore. »Das ist alles.«

»Fahr zur Hölle«, sagte Mackenzie erneut, mit einem Krächzen in der Stimme. Laura versteifte sich. Sie ahnte, was jetzt kommen würde, und fühlte die kalten Saugarme der Furcht in ihrem Magen. Zweifellos war sie als Nächste an der Reihe, und Fergal konnte sie nicht mehr schützen. Aber sie hatte sich getäuscht. »Sie können die Unterlagen nicht kriegen«, sagte Mackenzie etwas leiser. »Niemand kriegt sie. Nicht bis lange nach Weihnachten. Ich hab sie an mich selber geschickt, ans Hauptpostamt in Edinburgh. Billig frankiert, per Schneckenpost. Sie werden nicht mal bis Silvester ankommen.«

Laura atmete leise aus und rutschte ein wenig an der Trennwand hinunter. Erleichterung durchflutete sie. Es war eine unschuldige Geschichte, die weder widerlegt noch bewiesen werden konnte. Barry Moore konnte nur warten. Sie hätte gern sein Gesicht gesehen, als er verarbeitete, was Mackenzie ihm gesagt hatte. Aber sie konnte nur ein zorniges Grunzen hören und dann einen schwachen Schrei von Mackenzie. Hastig stand sie ungelenk auf. Als sie aus dem Alkoven kam, sah sie Moores untersetzte Gestalt, die vertraute weite Schaffelljacke lose schwingend, den immer noch leeren Flur hinuntereilen, ohne sich umzusehen. Sie eilte in Fergal Mackenzies winzigen Raum. Entsetzt sah sie, wie er mehrere Schläuche in der Hand hielt, die an seinem Körper befestigt waren. Blut spritzte aus seinem Arm, wo einer der Schläuche herausgerissen war.

»Die Klingel«, sagte Mackenzie schwach und nickte zur roten Schnur, die über dem Bett hing. Laura zog heftig daran.

»Er hat versucht, mich umzubringen«, murmelte er, während sie versuchte, mit einem Handtuch das Blut zu stoppen.

»Du bist unzerstörbar«, erklärte sie. Zwei Schwestern stürmten in den Raum und leisteten entsetzt erste Hilfe an ihrem Patienten. Nachdem er wieder sicher an seine Schläuche und Kanülen angeschlossen war, packte die Abteilungsschwester Laura zornig am Arm und führte sie aus dem Zimmer.

»Was um Himmels willen ist geschehen?«, wollte sie wissen.

Laura berichtete, ohne den Angreifer beim Namen zu nennen. »Sie müssen auf ihn aufpassen«, rief sie, ebenso zornig wie die Schwester. »Ich bin nur einen Augenblick aus dem Zimmer gegangen, und schon hat ihn jemand angegriffen.«

»Ich melde es unserem Sicherheitspersonal«, versprach die Schwester grimmig. »Wie sieht es mit der Polizei aus?«

»Er will keine Polizei«, erklärte Laura entschieden. »Ehrlich gesagt glaube ich nicht, dass sein Angreifer wiederkommt. Aber Sie sollten kein Risiko eingehen.«

Laura durfte nochmals ins Zimmer, um sich zu verabschieden. Mackenzie drückte ihr mit ironischem Lächeln das winzige Aufnahmegerät in die Hand. »Wir haben ihn, Prinzessin«, flüsterte er.

Laura nickte. »Ja«, stimmte sie zu. »Ich glaube, wir haben ihn womöglich.«

Langsam ging sie durch die verlassenen Flure des Krankenhauses. Das Echo ihrer Schritte und der durchdringende Geruch von erkaltetem Essen und Desinfektionsmitteln deprimierten sie. Trotz Mackenzies Jubel war sie nicht überzeugt, dass Barry Moore so leicht gestellt werden konnte.

Auf der Krankenstation fand sie Reg Fairchild aufrecht im Bett sitzend. Er sah immer noch leichenfahl und bleich aus, konnte aber bei ihrem Anblick immerhin schwach lächeln.

»Wie geht es Ihnen?«, fragte sie.

»Etwas besser«, meinte er heiser. »Die Schmerzen lassen nach. Ich habe viel nachdenken können. Habe in meinen Gedanken aufgeräumt und ein paar Entscheidungen getroffen.«

Sie zog eine Augenbraue hoch, kauerte sich auf den Besucherstuhl neben seinem Bett und wartete, bis er fortfuhr.

»Ich habe mich entschieden, zurückzutreten«, meinte Fairchild schroff. »Ein hübscher kleiner Job wartet auf Sie, falls Sie ihn wollen. Dann können Sie Ihre Nachrichten auf die Titelseite bringen.«

Laura lächelte schwach. »Nein danke«, antwortete sie. »Ich glaube nicht, dass ich mich in Arnedale niederlassen möchte. Aber was hat Sie dazu gebracht?«

Fairchild seufzte und blickte weg. »Ach, eine ganze Menge«, erwiderte er. »Aber hauptsächlich der Unfall in High Clough und der Mord an dieser armen Frau. Dazu Zeit und Gelegenheit zum Nachdenken. Ich habe begriffen, dass ich falsch liege. Ich habe Barry Moore geglaubt, als er gesagt hat, dass wir die Dales nur retten können, indem wir neue Arbeitsplätze schaffen, neue Siedlungen bauen, damit die jungen Leute hier bleiben. Dass man den Ort nicht in Aspik legen könne, wie es die Grünen wollen, indem man die Häuserpreise hochtreibt und die Einheimischen vergrault. Aber Moores Idee funktioniert auch nicht, oder? So wie er vorgeht, wird er den Ort noch viel schneller erledigen. Wissen Sie, was sein jüngstes Projekt ist? Oben in High Clough eine Freizeitanlage zu bauen.«

»Davon haben Sie also gewusst«, meinte Laura, nicht überrascht.

»Ja, davon habe ich gewusst«, erwiderte Fairchild. »Er hat es mir gesagt – im Vertrauen. Soll bekannt gemacht werden, wenn er die Planungsbehörde hinter sich hat. War über alle Maßen erfreut. Wissen Sie, wie er es nennen will?«

Laura schüttelte den Kopf.

»Das ›Heathcliff-Erlebnis‹! Ist das zu glauben? Wir sind hier fünfzig Kilometer von Haworth und dem Pfarrhaus der Brontës entfernt. Und das, behauptet er, wird nur die erste Freizeitanlage sein. Er will oben in den Lakes das ›Wordsworth-Erlebnis‹ und in den Highlands das ›Rob-Roy-Erlebnis‹ bauen. Er wird das ganze Land in einen verfluchten Freizeitpark verwandeln – alles angeblich, um es zu bewahren. Sieht mir doch mehr nach Profit aus. Er hält sich für den Billy Butlin der Gedichte lesenden Mittelklasse – und sieht sich ohne Zweifel schon als Millionär. Was wird dann von der alten Lebensweise übrig bleiben? Ich habe völlig falsch gelegen, Laura. Ich habe den größten Teil meines Lebens falsch gelegen.«

Fairchild schrumpfte zu einem zerbrechlichen alten Mann zusammen. Seine Selbstüberzeugtheit, die sie zuerst herausgefordert hatte, waren mit seiner Gesundheit verschwunden, und zum ersten Mal bedauerte sie ihn. Noch eins von Barry Moores Opfern, dachte sie. Das Aufnahmegerät in ihrer Tasche fühlte sich so schwer an wie ein schlechtes Gewissen.

»Sie haben also genug?«, fragte sie.

»Es ist besser, wenn ich gehe, bevor ich gestoßen werde«, meinte er. »David Ross wird mich auf jeden Fall absetzen, oder?«

Laura nickte. Sie konnte es nicht abstreiten. Ross würde nicht zweimal über das Schicksal seines kompromittierten Chefredakteurs in Arnedale nachdenken. »Wie steht es mit Jonathon West?«, fragte sie. »Er scheint ziemlich befreundet mit Moore. Hat ihn für den Stephanstag zu seinem Onkel eingeladen ...«

»Moore benutzt ihn, wie er alle anderen benutzt. Jonathon ist eine nützliche Verbindung zu seinem Onkel und dessen einflussreichen Freunden in der Verwaltung des Landschaftsschutzgebiets. Und Jonathon macht bereitwillig mit. Er macht überall mit, wo er sich einen Vorteil verspricht«, sagte Fairchild leise. »Aber er wird nicht lange hier bleiben. Er schaut sich nach etwas Aufregenderem als dem *Arnedale Observer* um.«

»Was kriegt er von Moore? Oder hat ihn Moore in der Mangel?«

»Das weiß ich nicht«, antwortete Fairchild. Er war müde und zog die Bettdecke bis zum Kinn hoch, als ob er die Welt abhalten wolle. »Gibt es jemanden, den Moore auf die eine oder andere Art nicht in der Mangel hat?«

»Ich wüsste niemanden«, erwiderte Laura düster.

Neunzehn

Laura hatte ihren Stolz hinuntergeschluckt und die Polizei in Bradfield angerufen. Sie brauchte Hilfe und musste davon ausgehen, dass nur Michael Thackeray sie bieten konnte.

»Ich bin nicht sicher, wo er ist. Ich war heute die meiste Zeit in Manchester«, erklärte Sergeant Mower. Er nahm die Anspannung in ihrer Stimme wahr. »Ist es dringend?«

»Sehr«, erwiderte Laura. Sie wollte nichts weiter sagen, war sich aber bewusst, dass das Tonbandgerät vor ihr auf dem Schreibtisch wie eine scharfe Zeitbombe war. Sie blickte sich in der leeren Redaktion um. Ihre Nerven waren zum Zerreißen gespannt. »Ich kann es am Telefon nicht erklären«, meinte sie.

»Ich mache ihn für Sie ausfindig«, versprach Mower. »Ich rufe Sie gleich zurück.«

Laura leitete das Telefon ins Obergeschoss um, nahm immer zwei Stufen zugleich und verriegelte die Tür hinter sich. Draußen fiel stetig Schnee, die Marktfahrer hatten frühzeitig zusammengepackt, da bei diesem Wetter die Kunden ausblieben, und mitten am Nachmittag dunkelte es rasch. Sie schlüpfte aus ihren Bürokleidern und zog einen Wollpullover, Jeans, dicke Socken und Stiefel an. Auto fahren würde gefährlich sein, und sie wollte kein Risiko eingehen. Dann setzte sie sich auf die Kante ihres harten Bettes und wartete auf Mowers Anruf.

Sie fürchtete sich mehr als je zuvor in ihrem Leben. Entschieden sagte sie sich vor, dass Moore nichts von der kurzen Kassettenaufnahme wissen konnte, die vermutlich seine Karriere beenden und ihn für lange Zeit ins Gefängnis bringen würde. Und er konnte auch nicht wissen, dass sie in den Besitz seiner Pläne für High Clough gelangt war.

Trotzdem konnte sie sich nicht völlig überzeugen. Der Mann verfügte über Fangarme, die ganz Arnedale zu umspannen schienen. Er hatte weniger als zwei Wochen gebraucht, um einen Weg zu finden, sie unter Druck zu setzen. Vielleicht hatte er sogar in der Druckerei, in der eben der *Observer* für den Druck vorbereitet wurde, willige Augen und Ohren. Oder im Krankenhaus, oder er hatte sich erfolgreich nochmals an Fergal Mackenzie herangemacht und die Wahrheit aus ihm herausgepresst. Ganz sicher hatte er Augen und Ohren in der Polizeiwache gegenüber, womit jegliche Hilfe von dort ausgeschlossen war.

Einer Eingebung folgend zog sie den Koffer unter dem Bett hervor und begann zu packen. Sie wollte nicht noch einmal in diesem undankbar schmalen Bett schlafen. Als das Telefon läutete, erschrak sie und ergriff schnell den Hörer, ihre Nervosität verfluchend.

»Er ist nach High Clough gerufen worden, um seine Mutter zu sehen«, erklärte Kriminalermittler Mower. »Ihr Zustand hat sich verschlechtert. Er hat gesagt, das Wetter wird ziemlich übel und er werde womöglich heute Abend nicht mehr nach Bradfield zurückkehren.«

»Verdammter Mist«, sagte Laura leise.

»Kann ich irgendwie helfen, Laura?«, fragte Mower, beunruhigt durch die offensichtliche Nervosität in ihrer Stimme. »Stecken Sie in Schwierigkeiten?«

»Ist das Wetter bei euch schlecht?«, fragte sie ausweichend. Vielleicht, dachte sie, war es einfacher, das Tal nach Bradfield hinunter zu fahren als hinauf in die Hügel.

»Schrecklich«, erklärte er. »Auf der M62 von Manchester bewegt sich kaum noch was. Ich habe geglaubt, ich schaffe es nicht zurück. Und dann hat es auf der Arnedale Road einen Unfall gegeben, falls Sie daran denken, hierher zu kommen. Sie ist gleich oberhalb von Eckerley gesperrt.«

»Ich versuche, ob ich ihn in High Clough treffen kann«, sagte sie ernüchtert. Sie wusste, dass die Fahrt den Hügel hinauf im heftigen Schneefall nicht einfach sein würde. »Kevin ...« Sie zögerte und fragte sich, ob sie endgültig vom Verfolgungswahn gepackt war. Dann zuckte sie die Achseln. Was zum Teufel soll's, dachte sie. »Kevin, ermittelt ihr immer noch gegen Barry Moore?«

»Aber sicher«, erklärte Mower.

»Also, falls ich aus irgendwelchen Gründen keinen Kontakt zu Michael aufnehmen sollte, dann müssen Sie mit Fergal Mackenzie sprechen, der im Krankenhaus in Arnedale liegt, sowie mit meiner Großmutter. Erinnern Sie sich an meine Großmutter?«

»Laura, was ist los?«, fragte Mower, mittlerweile hörbar beunruhigt.

»Vielleicht gar nichts, vielleicht bloß meine überhitzte Phantasie. Aber für alle Fälle – werden Sie daran denken?«

»Natürlich. Aber planen Sie da oben irgendeine krumme Sache? Irgendwas Gefährliches?« Er erinnerte sich lebhaft an gewisse Gelegenheiten, bei denen Laura für eine Story Risiken eingegangen war, die sie an den Rand einer Katastrophe geführt hatten. »Laura! Michael Thackeray wird mir nie vergeben, wenn ich Sie etwas Dummes tun lasse.«

»Meinen Sie?«, fragte sie. Sie lächelte schwach und wunderte sich, ob Mower mehr wusste als sie. »Keine Sorge«, sagte sie dann. »Ich fahre bloß nach High Clough hinauf, um ihn zu suchen. Ich verspreche es.« Und sie legte auf, bevor Mower weitere Einwände machen konnte.

Der Schnee fiel stetig, doch solange Laura auf der Hauptstraße in westlicher Richtung fuhr, hatte sie keine besonderen Schwierigkeiten. Lastwagen, die Kies streuten, waren früh unterwegs gewesen, und obwohl die Fahrbahn durch den an den Rändern aufgehäuften Schnee allmählich enger wurde, konnte sie auf der kaum befahrenen Straße ein halbwegs vernünftiges Tempo halten. Aber sobald sie das zu ihrer Linken durch den fallenden Schnee kaum sichtbare *Dover* passiert hatte und in den steilen, mehrere Kilometer langen Weg hinauf nach High Clough abbog, begannen die Probleme.

Der Schnee wirbelte jetzt heftiger. Zweimal rutschte sie seitlich über die Straße in tiefe Verwehungen hinein, und zweimal schaffte sie es trotz durchdrehenden Reifen wieder freizukommen. Der einzige Vorteil bestand darin, dass es auf diesem schmalen Sträßchen keinen Gegenverkehr gab. Die Einheimischen hatten vernünftigerweise beschlossen, den Ratschlag des lokalen Rundfunksenders zu beherzigen und das Auto nur in Notfällen zu benützen.

Sie kämpfte sich weiter voran. Die Scheibenwischer schafften es kaum, Schnee und Eiskristalle von der Scheibe zu fegen. Die Sicht war auf wenig mehr als einen durch die Scheinwerfer beleuchteten Tunnel wirbelnder Schneeflocken reduziert, und sie fragte sich, ob sie es den Hügel hinauf schaffen würde. Früher, dachte sie, hatten Autofahrer Schneeketten besessen. Ob es die heute immer noch gab?

Sie wollte schon fast die Hoffnung aufgeben, je das Dorf zu erreichen, da erkannte sie die Steinbrücke über den Fluss. Gerade noch rechtzeitig schaltete sie runter, um die scharfe Kurve in die Hauptstraße zu schaffen. Zu ihrer Rechten nahm sie die Kirche und das Bauernhaus der Lawrence-Familie wahr, bevor die Straße weiter nach rechts schwenkte. Plötzlich sah sie sich durch den wirbelnden weißen Schneevorhang erschrocken den Scheinwerfern eines anderen Autos gegenüber. Instinktiv trat sie auf die Bremse, schlidderte seitwärts und kam unbeschädigt an der Wand des *Woolpack* zum Stehen.

Der andere Wagen bremste nicht. Sie drehte sich ungelenk im Sitz um und sah die Schlusslichter einer großen, dunkelroten Limousine – ein Jaguars oder BMW –, die die Kurve hinter ihr nahm, immer noch in der Mitte der Straße fahrend.

»Schweinehund!«, schrie sie wütend. Vorsichtig schaltete sie in den Rückwärtsgang und versuchte den Käfer aus der hohen Verwehung zu fahren, in der er steckte. Doch die Räder drehten leer durch, der Motor heulte hilflos auf, und ihr wurde klar, dass sie festsaß.

Laura öffnete die Tür und versank mit den Füßen in dreißig Zentimeter Pulverschnee. Ein Lastwagen, der den Hügel hinab am Pub vorbeidonnerte, besprühte sie mit weiterem Schnee. Wenn sie dem Lastwagen in der Kurve begegnet wäre, dachte sie grimmig, dann hätte sie keine Chance gehabt, ihm auszuweichen. Bei diesem Wetter und auf dieser Straße bedeutete ein schwer beladener Lastwagen, dass bald mit einem weiteren Unfall gerechnet werden musste.

Vorsichtig stapfte sie zur Tür des Pubs. Zu ihrer Überraschung ließ sich die Tür öffnen, und die Bar begrüßte sie mit einer Dampfwolke biergeschwängerter Wärme. Der Gastwirt blickte von einer kleinen Gruppe von Männern herüber, die in ein Gespräch vertieft an seiner Bar lehnten, und hob eine Augenbraue.

»Gestrandet?«, fragte er ohne viel Mitgefühl. »Wir vermieten keine Zimmer, Schätzchen.«

»Nein, nein«, erwiderte Laura schnell. »Ich hab's nicht mehr weit bis dort, wo ich hinwill. Aber mein Wagen ist stecken geblieben. Vielleicht könnte mir jemand helfen, ihn wieder frei zu kriegen?«

Die Gruppe hatte sich ihr geschlossen zugewandt, die meisten Männer breitschultrig und untersetzt und nur mäßig an ihrer Ankunft interessiert. Aber Laura erkannte schockiert, dass einer von ihnen Ray Harding war. Mit seinen blauen Augen unter den borstigen rötlichen Augenbrauen musterte er sie eindeutig unfreundlich. Er war offenbar gerade erst eingetroffen, und auf seiner gefütterten Jacke glitzerte immer noch Schnee, während er sein Bierglas mit dem Enthusiasmus eines Mannes an die Lippen hob, der nach einem Jahr in Saudi-Arabien seinen ersten Schluck Alkohol zu sich nahm.

»Sie sind doch die Reporterin vom *Observer*, nicht wahr?«, fragte Harding. Er kostete das Bier schmatzend und betrachtete Laura mit kalter Konzentration. »Wohin wollen Sie denn? Sie werden nicht bis zum Steinbruch hochkommen, wenn Sie zu den verfluchten Zigeunern wollen.«

»Nein, ich habe versucht, nach West Rigg zu fahren ...«

»Zu Joe Thackerays Hof?«, fragte Harding. Sie nickte, wollte sich aber nicht weiter darüber auslassen.

»Was fahren Sie denn?«, fragte der Gastwirt zweifelnd.

»Einen VW-Käfer«, erklärte Laura, was die Gesellschaft mit dröhnendem Gelächter quittierte.

»Na, der Kleine wird es bei diesem Wetter nicht da rauf schaffen«, meinte einer.

»Wenn Sie warten können, nehm ich Sie mit«, sagte Harding widerwillig und trank sein Glas aus. »Ich bin auf dem Rückweg und hab einen Range Rover. Der wird es schaffen. Bestellen Sie sich einen Drink. Ich trinke nur noch schnell ein zweites Bier.«

Laura bestellte sich einen Wodka mit Tonic und ging damit zu einem Tisch in der Nähe des Feuers, das in Erwartung einer bitterkalten Nacht hoch im Kamin loderte. Harding ließ sich Zeit, und sie würde ihn nicht zur Eile antreiben. Sie schaute zu, wie das Bier unmerklich weniger wurde. Während eines langen und unzusammenhängenden Geplauders über die geplante Ausweisung der Reisenden, nachdem Rob sicher aus dem Weg war, nahm er ungleichmäßige Schlucke. Laura verbiss sich ihren Zorn darüber, dass Leute mit Kindern mitten im Winter auf die Straße gesetzt werden sollten. Sie brauchte die Mitfahrgelegenheit, die ihr Ray Harding anbot, und konnte es sich nicht leisten, ihn gegen sich aufzubringen.

Dann ging die Tür erneut auf. Eine schneebedeckte Gestalt stolperte über die Schwelle und schüttelte sich heftig wie ein Hund, um den Schnee von der wasserundurchlässigen Jacke zu entfernen.

»Und Jesus weinte, verflucht noch mal«, sagte der Fremde. Dann erkannte er offenbar Harding und hob die Hände in gespielter Verzweiflung. »War nicht mein Fehler, Boss«, sagte er. »War eine verfluchte Scheiße am Fuß des Hügels. Ich hab in der Kurve die Kontrolle verloren und bin in die Brücke geknallt.«

»Du bist was?«, fragte Harding ungläubig. »Doch nicht noch ein verdammter Unfall? Verflucht noch mal, ich glaub es nicht.«

»Niemand verletzt, Boss, niemand verletzt«, beschwichtigte der Fahrer schnell. »Aber der Brücke hat es nicht gerade gut getan. Der Ladeteil ist durch die Mauer gekracht, der Wagen hängt über dem Wildbach, und die Ladung wird vermutlich runterrutschen. Wahrscheinlich braucht's einen Kran, um ihn wegzuhieven.«

»Du hast die verdammte Brücke kaputt gemacht?«, fragte der Gastwirt.

»Sie haben die Straße blockiert?«, fragte Laura.

»Tja, na ja, man kommt ja sowieso nicht den Hügel rauf oder runter, solange der Schnee nicht weggeräumt ist«, sagte der Fahrer, als ob das ein Trost wäre.

»Das kann länger dauern, wenn wir auf einen Kran warten müssen, um deinen verfluchten Laster wegzuhieven«, erwiderte der Gastwirt zornig. »Weißt du, wir haben hier oben nicht alle Range Rovers.« Er warf Harding einen wütenden Blick zu. Der reagierte mürrisch, aber ohne Verlegenheit über die Verwüstung, die sein Steintransport im Dorf verursachte.

»Im Notfall kann man immer noch von Netherdale her über den Hügel fahren«, meinte er besänftigend. Laura fragte sich unvermittelt, wie ein finanziell angeblich so gebeutelter Bauer sich einen Range Rover leisten konnte.

»Bei diesem Wetter?«, murrte der Gastwirt.

»Hast du beim Runterfahren einen Jaguar gesehen?«, fragte Harding den Fahrer etwas nervös. »Dunkelbraun? Ist er rausgekommen, bevor du die Tür zugeknallt hast?«

»Ich hab ihn nicht gesehen, also hat er es vermutlich geschafft«, antwortete der Fahrer. »Nach mir ist keiner mehr heruntergekommen. Gar keiner.«

»Na, da können wir aber von Glück sagen«, meinte Harding. »Er wäre gar nicht erfreut gewesen, wenn er hier oben stecken geblieben wäre, das kann ich dir garantieren.«

»Kannst du mich für die Nacht unterbringen, Ray?«, fragte der Fahrer. »Ich kann nicht in der Fahrerkabine schlafen, weil der Wagen über dem Wildbach hängt. Würde vermutlich im Wasser landen.«

»Das geschieht dir Recht«, meinte Harding ohne Mitgefühl. »Wie krieg ich meine Steine aus dem Bach, wenn sie von deinem Laster schliddern? Kannst du mir das sagen? Du redest am besten mit deinem Boss und siehst zu, dass er dich so schnell wie möglich auf die Straße zurückkriegt.«

»Du kannst hier bleiben, wenn es dir nichts ausmacht, auf der Couch in der Bar zu schlafen. Wir vermieten keine Zimmer«, erklärte der Gastwirt mit einem bedeutungsvollen Blick zu Laura hinüber.

»Tja, also, wollen Sie immer noch mitfahren, Mädel, oder übernachten Sie in Ihrem Käfer?«, fragte Harding und trank sein Glas leer.

Laura schluckte schwer und nickte. Sie hatte keine Wahl. Harding schlüpfte achselzuckend in die Jacke, stülpte sich die Tweedmütze auf und ging voraus zum Parkplatz. Ein Range Rover, mit ein paar Zentimetern Neuschnee bedeckt, stand als einziger Wagen dort.

»Verfluchte Lastwagenfahrer«, bemerkte Harding, als Laura neben ihm einstieg. »Man könnte meinen, die haben noch nie Schnee gesehen, so wie die fahren. Müssen aus dem verdammten Süden gekommen sein, zusammen mit den verfluchten Fahrensleuten und Pommes frites in Olivenöl.«

»Hat Barry Moore Sie geschäftlich besucht?«, fragte Laura auf Basis einer kühnen Vermutung, wer den Jaguar so rücksichtslos durch den Schneefall gesteuert hatte. Der Bauer fuhr den Range Rover vorsichtig auf die verschneite Straße und nahm die steile Strecke langsam aber sicher in Angriff. Erst am oberen Ende des Dorfes warf er ihr einen scharfen Blick zu.

»Geht Sie gar nichts an, mit wem ich rede«, erklärte er.

»Ich habe mich nur gefragt, ob Sie verkaufen, wie Joe Thackeray«, spekulierte Laura mit gewinnendem Lächeln. Aber sie kriegte als Antwort nur ein Grunzen.

»Wissen Sie, dass Rob Tyler in Untersuchungshaft sitzt?« Laura änderte ihre Taktik.

»Ja, und ich hoffe, sie halten den Gauner dort fest bis ans Ende seines Lebens«, gab Harding zurück. »Und den verfluchten Rest des Stammes werd ich los, sobald der Schnee hier aufhört, wenn nicht noch früher.«

»Ich hab gehört, Sie haben das Gewehr gefunden.«

Harding warf ihr einen Blick aus Triumph und Verschlagenheit zu. »Ja, hab ich. War ja anzunehmen, dass er es nicht im Lager versteckt hatte, oder? Die Polizei hat nur Zeit vergeudet, als sie dort gesucht hat.«

»Wo haben Sie es denn gefunden?«, fragte Laura.

»Im hinteren Teil des Steinbruchs, unter Farn versteckt. Ich hätte es gar nicht gesehen, aber die Sonne spiegelte sich gerade im Metall, und mir fiel's ins Auge, und da wusste ich, dass ich ihn hatte.«

»War es denn nicht mit Schnee bedeckt?«, fragte Laura unschuldig.

»Was?«, fragte Harding. Er bremste sacht am Tor zum West Rigg-Hof.

»Ach, nichts«, erwiderte Laura schnell. Sie öffnete die Tür und sprang in den tiefen, bis zum Stiefelrand reichenden Schnee. »Ich hab bloß gedacht, es wäre schwierig zu sehen gewesen, wenn er es versteckt hätte, nachdem Faith umgebracht worden war und es zu schneien begonnen hatte, das ist alles.«

Harding blickte sie unter den struppigen rötlichen Augenbrauen hervor hart an. Zornesröte überzog sein Gesicht, während er die Tür schloss. Er legte krachend den Gang ein und brauste los, wobei er sie mit Schnee besprühte.

Laura wandte sich um und schaute dorthin, wo das niedrige Steinhaus von West Rigg sich im Schutz des Moors an den Abhang duckte. Im immer noch fallenden Schnee waren die Fenster als schwache gelbe Vierecke auszumachen, obwohl die Flocken jetzt, nachdem sich der Wind gelegt hatte, mit trügerischer Sanftheit fielen, doch nicht weniger hartnäckig. Sie stapfte den Pfad hinunter bis zur Haustür und klopfte. Lange blieb es drinnen still. Dann wurden Riegel zurückgeschoben, ein Schlüssel drehte sich, und sie stand Michael Thackeray gegenüber, der völlig überrascht war, sie zu sehen.

»Ich hab etwas für dich«, sagte sie, bevor er reden konnte. »Kevin Mower hat mir gesagt, dass du hier oben bist, und jetzt, nachdem die Brücke zerstört ist, sieht es so aus, als würde ich hier festhängen. Ich hab nicht herkommen wollen, Michael. Wirklich nicht. Aber schließlich schien es keine andere Wahl zu geben. Ich stecke tief in der Patsche.«

»Schon wieder?«, sagte er resigniert. Er trat beiseite und ließ sie ins Haus seines Vaters eintreten.

In Bradfield stützte ein junger Häusermakler namens Jimmy Townsend den Kopf in die Hände und weinte. »So ist es nicht gewesen«, sagte er durch sein Schluchzen hindurch. »So ist es überhaupt nicht gewesen. Sie sehen das alles ganz falsch.«

Townsend saß an einem Tisch im Verhörzimmer, ihm gegenüber Kevin Mower und Kriminalermittlerin Val Ridley. Eine Stunde zuvor hatte er sich am Empfangsschalter der Polizeiwache gestellt. Er hatte, sagte er, einen Anruf seiner Mutter bekommen, die durch Sergeant Mowers früher am Tag geäußerte Vermutung, er könnte ebenfalls tot sein, aufgeschreckt worden war.

Mower staunte über die Wirksamkeit des Drucks, den er auf Mrs. Townsend ausgeübt hatte, ihren Sohn davon zu überzeugen, sich zu stellen, und traf auf einen bleichen jungen Mann in zerknittertem Anzug und nicht mehr ganz weißem Hemd, der eher erleichtert als besorgt schien, dass er sich in Polizeigewahrsam befand. Aber falls Townsend gedacht hatte, dass ihn die Polizei zu seiner unerwarteten Wiederauferstehung beglückwünschen würde, dann belehrte ihn Mower schnell eines Besseren. Brüsk erklärte er Townsend, dass er den verdächtigen Todesfall von Linda Wright untersuchte, nahm ihn fest, gab ihm seine Rechte bekannt und hatte ihn nach wenigen Minuten in einer Zelle verstaut, wo er die Befragung abwarten sollte.

Mowers erster, intuitiver Eindruck von Townsend war nicht vorteilhaft gewesen. Jimmy war ein hoch geschossener, eher knochiger als schlanker junger Mann, der aussah, als hätte er in letzter Zeit nicht besonders gut geschlafen. Sein kurzes braunes Haar war nicht gekämmt, er hatte dunkle Ringe um die hellgrauen Augen, die Mowers Blick auswichen, und volle, leicht sinnliche Lippen, die zu zittern begannen, sobald Lindas Name fiel. Val Ridley blickte den Sergeant neugierig an, während sie den Verdächtigten am Tisch im Verhörzimmer platzierten, und packte zwei Tonbänder für das Aufnahmegerät aus. Sie konnte Zorn in Mowers Augen sehen, verstand ihn aber nicht ganz. Er schien allzu persönlich.

»Sie kannten Linda Wright?«, fing Mower an. Er ließ es mehr nach Feststellung als nach Frage klingen, und Townsend nickte, da er kaum zu reden wagte.

»Mr. Townsend hat genickt«, bemerkte Mower für das Aufnahmegerät an seiner Seite. Sie saßen im selben Zimmer, in dem er vor ein paar Wochen Lindas Aussage aufgenommen hatte. Damals war er sich seiner Reaktion auf ihre etwas vulgäre Hübschheit bewusst gewesen, normalerweise für seinen Geschmack zu süß, aber verschärft durch ein leicht neckisches Lächeln und ein entschieden interessiertes Glänzen in ihren strahlend blauen Augen. »Wie gut haben Sie sie gekannt?«, schnappte er.

Townsend zögerte, blickte auf die unerbittlich drehende Tonbandspule und schluckte leer. »Wir sind ein paar Mal zusammen ausgegangen«, sagte er schließlich so leise, dass Val Ridley, die etwas hinter Mower saß, sich anstrengen musste, ihn zu verstehen.

»Sprechen Sie lauter«, befahl Mower brüsk. »Wie oft sind Sie mit ihr ausgegangen? Ungefähr?«

»Einmal in Arnedale, als sie eines Tages zur Ausbildung in unsere Filiale kam. Da hab ich sie kennen gelernt«, erklärte Townsend. »Und dann, nachdem ich hierher versetzt worden bin, einigermaßen regelmäßig zweimal pro Woche, etwa die letzten sechs Monate.«

»Es war also was Ernsthaftes, richtig?«, setzte Mower nach.

Townsend zuckte die Achseln. Dann erinnerte er sich an das Aufnahmegerät und versuchte sich zu erklären. »Vermutlich war es von meiner Seite aus ernsthafter als von ihrer«, murmelte er.

»Haben Sie mit ihr geschlafen, Mr. Townsend?«, fragte Val Ridley ruhig.

Townsend starrte sie einen Augenblick an, unfähig, seine Nervosität zu verbergen. »Ja, das habe ich«, antwortete er. »Aber nicht oft. Sie war ... sie hat sich geziert. Sie hat sich Zeit genommen, ja zu sagen.«

»Hat sie Sie abblitzen lassen?«, fragte Mower erbarmungslos. Townsend zuckte zusammen.

»Zuerst ja«, sagte er. »Sie hat gesagt, sie wolle es nicht übereilen. Ehrlich gesagt, ich glaube, sie hatte jemand anderen im Auge. Für einen gelegentlichen freien Abend war ich gut genug, aber ich glaube nicht, dass sie uns je als Paar betrachtet hat.«

»Gut«, meinte Mower. »Kommen wir also zur Sache. Haben Sie Linda Wright an jenem Samstag Abend gesehen? In der Nacht, in der sie verschwunden ist?«

Townsend schluckte schwer und schaute sich im düsteren kleinen Verhörraum um, als suche er nach Inspiration. »Wir hatten eine Verabredung«, sagte er schließlich. »Wir wollten im Pub zu Abend essen und nachher in die Disco gehen. Aber sie hat abgesagt.«

»Ach ja, und warum?«, fragte Mower skeptisch.

»Das hat sie nicht gesagt. Nur, dass etwas dazwischengekommen sei.«

»Sie haben sie also in dieser Nacht nicht gesehen?«

Townsend schüttelte elend den Kopf »Wenn ich sie gesehen hätte, wär sie vielleicht noch am Leben.«

»Das soll es also sein?«, meinte Mower bissig. »Sie haben Linda Wright in der Nacht, in der ihr Wagen ins Reservoir rutschte, gar nicht gesehen?«

»So ist es.«

»Wann hat sie Sie angerufen, um die Verabredung abzusagen?«, fragte Val Ridley etwas freundlicher.

»So gegen sieben«, erklärte Townsend. »Ich wollte mich gerade umziehen.«

»Kann jemand diesen Anruf bezeugen? War jemand da, als sie anrief?«

»Nein, ich hab früher eine Wohnung mit jemandem geteilt, aber mein Mitbewohner ist ausgezogen, und ich hab seit einiger Zeit allein gewohnt.« Townsends Elend schien mit jeder Frage und jeder unbefriedigenden Antwort zu wachsen.

»Können Sie sich vorstellen, was Linda in jener Nacht allein dort oben auf dieser Moorstraße gemacht hat? Zum Beispiel, wohin sie wollte«, setzte Mower nach. »Das Wetter war grässlich.«

»Ich weiß nicht, wohin sie wollte, aber ich weiß, dass sie nicht gern auf der Autostraße fährt. Sie wissen ja, wie die M62 ist. Erschreckt mich immer wieder zu Tode.« Er barg sein Gesicht einen Augenblick lang in den Händen, bevor er die beiden Polizisten wieder anschaute, als wolle er sich dafür stählen, was jetzt unweigerlich kommen musste.

»Nun, ich möchte Ihnen eine andere Version der Ereignisse präsentieren, Mr. Townsend«, meinte Mower. »Ich halte es für viel wahrscheinlicher, dass Sie oder vielleicht jemand, den Sie kennen, für den Sie vielleicht arbeiten, sich allmählich Sorgen wegen Linda gemacht hat, besonders als klar wurde, dass sie uns kürzlich bei unseren Ermittlungen geholfen hat. Sie haben sich plötzlich wegen Ihres Versicherungsbetrugs gesorgt und entschieden, dass Linda für eine Weile auf ruhige Art verschwinden sollte. Oder sogar für immer. Um sich und Ihr einträgliches Geschäft zu schützen, sorgten Sie dafür, dass Linda und ihr Wagen an jenem Samstagabend im Reservoir verschwanden. Es wäre beinahe das perfekte Verbrechen gewesen, wenn der Rand des Reservoirs nicht ein wenig uneben, ein wenig holprig wäre, so dass der Wagen nicht direkt auf den Grund sank und am nächsten Tag ein einheimischer Bauer das Heck knapp über der Wasseroberfläche entdeckte. Wenn der Wagen noch etwas tiefer gesunken wäre, hätten wir Linda vermutlich jahrelang nicht gefunden. War einfach Ihr Pech, dass sie so früh aufgetaucht ist. Hat einen beinahe perfekten Mord verkachelt.«

Zu diesem Zeitpunkt hatte sich Jimmy Townsend in einem Weinkrampf über den Verhörtisch geworfen. »So ist es nicht gewesen, so ist es überhaupt nicht gewesen«, hatte er immer wieder wiederholt. »Sie sehen das alles ganz falsch.« Aber er wollte nichts weiter sagen.

Zwanzig

Thackeray half Laura ihre Stiefel ausziehen, klopfte den Schnee ab und stellte sie zum Trocknen nahe ans Küchenfeuer. Sie hatten sich durch einen halben Meter hohe Schneeverwehungen zu seinem Wagen hindurchgekämpft, um das von ihr mitgebrachte Tonband abzuhören. Sein Vater besaß kein Kassettengerät, und in ihrem tragbaren Gerät waren nach dem Zurückspulen die Batterien leer.

Sie rückte den schweren Eichenstuhl zum Aufwärmen näher ans Feuer und zog die Klammern aus ihrem Haar, so dass die glitzernden Eistropfen in der anheimelnden Wärme von Joe Thackerays Küche zu trocknen vermochten. Thackeray strich mit einer Hand über die rotgoldene Wolke, die sich über ihre Schultern ergoss, aber mit einem Ohr horchte er auf den alten Mann. Der saß wieder an Mollys Bett, nachdem er Lauras Anwesenheit mit einem spröden, gleichgültigen Nicken zur Kenntnis genommen hatte. Thackeray hatte sie als Bekannte aus Bradfield vorgestellt, und Joe hatte keinen Kommentar dazu abgegeben, bevor er wieder die Treppe hinaufgestapft war.

Laura ergriff Thackerays Hand und presste sie kurz gegen ihr feuchtes, erhitztes Gesicht. »Ich nehme an, deine Eltern werden mich nicht akzeptieren, oder?«

Thackeray zuckte die Achseln. »Mich akzeptieren sie auch nicht.« Der leichte Ton wirkte angestrengt. »Da hat kaum jemand eine Chance.«

»Was hältst du also von der Aufnahme?«, fragte sie, nachdem sie entschieden hatte, dass dies weder der Ort noch der Zeitpunkt war, ihn zu drängen.

»Wenn du und Fergal Mackenzie aussagen, kriegen wir ihn vermutlich wegen versuchter Körperverletzung dran, vielleicht sogar wegen versuchten Mords. Das reicht für den Anfang.«

»Super«, meinte sie nachdrücklich. »Ich bin sicher, er hat versucht, Fergal zu töten. Nicht unbedingt beim ersten Mal, während des Einbruchs, aber später im Krankenhaus. Er war wie ein verwöhntes Kind, das nicht kriegt, was es will, und deshalb alles – oder jeden – zu Klump haut, was ihm im Weg steht.« Sie war sich durchaus bewusst, dass sie weit oben auf Barry Moores Liste der zu Klump zu hauenden Dinge stand, wenn er dahinter kam, was sie getan hatte.

»So war er schon immer«, ergänzte Thackeray nachdenklich. »Ich erinnere mich, wie er als Junge all die anderen Ministranten terrorisiert hat. Seine Spezialität war, herauszufinden, was man getan hatte, was Pater Rafferty missbilligt hätte, und dann mit Ausplaudern zu drohen, wenn jemand nicht tun wollte, was er wollte. Und falls das nicht wirkte, verstand er es ausgezeichnet, Schaden anzurichten – hier ein verbogener Fahrradreifen, dort ein Schulbuch, das geheimnisvollerweise zerrissen war.«

»Hat er dich auch bedroht?«, fragte Laura neugierig. Thackeray lächelte schwach. »Ein oder zwei Mal«, sagte er. »Schließlich hab ich ihm geraten, abzuhauen und zu tun, was er nicht lassen kann. Also hat er mich beim Priester verpetzt. Der hat ihn ins Ohr gekniffen und ihm gesagt, er soll sich dünne machen. Was eine nützliche Lektion bezüglich Erpressung war. Allerdings blieb mein Fahrrad trotzdem verbogen.«

»Er hat sich nicht verändert«, meinte Laura. Ihre angespannte Stimme überraschte Thackeray und führte ihn in die Gegenwart zurück, die noch problembeladener als die Vergangenheit war. »Das Dumme ist nur, dass ich womöglich mehr zu verlieren habe als du damals«, sagte Laura langsam.

Thackeray blickte sie scharf an. Aber sie wich seinem Blick aus. Stattdessen starrte sie ins offene Feuer. Ihr Gesicht war mittlerweile durch die Wärme gerötet, und das Feuer erleuchtete ihr kupferrotes Haar.

Er nahm einen Holzstuhl, setzte sich nahe zu ihr und ergriff ihre Hand. »Sag es mir«, meinte er mit Nachdruck.

Sie lächelte ihn unsicher an. »Du hast gesagt, ich soll nicht herumschnüffeln«, begann sie. »Aber ich hab es doch getan. Ich hab das *Observer*-Archiv durchsucht, und dann bin ich zur Kirche zum Heiligen Herzen hinaufgefahren und zufällig auf Pater Rafferty gestoßen. Moore hat das irgendwie rausgekriegt und mir gedroht, es dir zu sagen, wenn ich mich mit meinen Artikeln nicht zurückhalte. Aber das konnte ich nicht ...«

»Laura, Laura«, sagte Thackeray und packte ihre Hand fester. »Hast du wirklich gedacht, ich würde auch nur einen Augenblick lang glauben, du würdest mir nicht nachspionieren?«

»Was?«, fragte sie verstört.

»Du musst mir schon zugute halten, dass ich dich mittlerweile so weit kenne«, sagte er. »Ich habe angenommen, wenn du eine Zeit lang in Arnedale bist, wirst du zwangsläufig auf jemanden stoßen, der dir erzählt, was genau Ian zugestoßen ist, und vermutlich noch viel mehr. Du hättest es auf die eine oder andere Weise herausgekriegt ...«

»Aber du hast gesagt ...«

»Wunschdenken«, erklärte er und starrte ins Feuer. »Man kann sich vor der Vergangenheit nicht verstecken. Sie holt dich zum Schluss immer ein, wie ein Schatten. Und vielleicht ist das gut so, wenn die Zukunft eine solide Grundlage haben soll.«

»Es tut mir Leid, Michael«, sagte Laura, obwohl die Worte nur ungenügend ausdrückten, was sie wirklich sagen wollte.

»Weißt du, die Geschichte wiederholt sich«, erklärte er und lenkte das Gespräch entschieden von dem Thema weg, über das er offenbar immer noch nicht sprechen wollte. »Es ist beinahe dreißig Jahre her, dass ich Barry Moore gesagt habe, er soll mich in Ruhe lassen, und jetzt machst du dasselbe. Wahrscheinlich wird dein Fahrrad auch verbogen.«

Sie packte ihn ungestüm. »Michael ...«, setzte sie an, aber er legte ihr einen Finger auf die Lippen und blickte bedeutungsvoll zur Treppe. »Nicht jetzt«, sagte er. »Nicht hier. Einverstanden?«

Sie schluckte schwer und nickte zustimmend. Er rückte seinen Stuhl in züchtige Distanz auf die andere Seite des Feuers. Der Geist von Molly Thackeray schien das Haus bereits heimzusuchen, obwohl sie sich noch immer hartnäckig an ein Restchen Leben klammerte. Laura spürte, dass Michael sich unter diesem Dach niemals entspannen würde. Das Haus umklammerte die Thackerays und alle anderen, die über seine Türschwelle traten, in einem Schraubstock schmerzender Erinnerungen, aus dem sie niemand befreien konnte.

»Also, wie wirst du den anscheinend unaufhaltsamen Aufstieg von Barry Moore stoppen?«, fragte sie.

»Solange ich nicht nach Bradfield zurückfahren kann, wird das schwierig , meinte er. »Irgendwie halte ich es für ziemlich hoffnungslos, Les Thorpe anzurufen und ihn zu bitten, Moore auf mein Wort hin zu verhaften. Das muss bis ganz zur Spitze hinaufgehen, bevor es erledigt werden kann.«

»Und dann ist da noch der Mord an Faith«, ergänzte Laura. »Ich bin sicher, Ray Harding lügt über das Auffinden von Rob Tylers Gewehr. Er hat ganz überrascht ausgesehen, als ich ihn gefragt habe, warum es nicht mit Schnee bedeckt war.«

»Du gibst nie auf, nicht? Du wirst nicht zufrieden sein, bis du Tyler frei gekriegt hast, oder?«

»Nein, ich gebe nicht auf«, sagte Laura ohne Verlegenheit. »Harding kann Faith genauso gut umgebracht haben. Wir wissen, dass er gewalttätig ist, wir wissen, dass er ein Gewehr besitzt, wir wissen, dass er einen Hass auf sie und ihre Kampagne gegen die Lastwagen hatte, und wir wissen, dass er dick mit Barry Moore befreundet ist. Er muss als Verdächtiger gelten.«

»Offenbar glaubt Chefinspektor Thorpe das nicht«, meinte Thackeray nachdenklich. »Obwohl es sich lohnen würde, herauszufinden, ob Tylers Gewehr wirklich in einem Sumpf versenkt worden ist. Die Spurensicherung sollte das so oder so feststellen können. Es wird Dreckspuren geben, die kein Reinigen wegbringen kann, falls stimmt, was Tyler sagt. Aber wer auch immer die Wahrheit über das Gewehr sagt, Harding mag für den Mordtag immer noch ein hieb- und stichfestes Alibi besitzen.« Er seufzte. »Es ist alles bloße Spekulation«, schloss er. »Und der Mord an Faith Lawrence ist nicht mein Fall, Laura.«

Aber Laura genügte das nicht mehr. Sie setzte nach. »Wir wissen, dass Chefinspektor Thorpe mit dem Einbruch falsch lag. Er war nicht bereit, zu glauben, dass Moore in den ersten Überfall auf Fergal Mackenzie verwickelt war.«

»Eines ist sicher«, erklärte Thackeray. »Meine Ermittlungen in

Bradfield und seine in Arnedale sind untrennbar miteinander verbunden. Da wir Beweise gegen ihn an beiden Orten haben, muss jemand entscheiden, wer die Untersuchung gegen Barry Moore durchführt, wenn ich zurück bin. In der Zwischenzeit rufe ich Kevin Mower an und höre mal, was er herausgefunden hat. Bist du sicher, dass Mackenzie nicht weiß, wer ihm diese Pläne zugeschickt hat?«

»Das hat er behauptet«, meinte Laura. »Obwohl er vermutlich nur seine Quelle schützt.«

»Ich weiß nicht recht«, sinnierte Thackeray. Er rief Mower von dem altmodischen Telefonapparat mit der Drehscheibe an, der auf der Kommode seines Vaters stand, und hörte ausdruckslos zu, während der Sergeant ihn über das unerwartete Wiederauftauchen von Jimmy Townsend, dessen Verhör und die anderen Entwicklungen in Bradfield informierte. Laura konnte die Aufregung in Mowers Stimme selbst aus der Distanz hören. »Sie haben dem Chef die Aufnahmen gezeigt?«, fragte Thackeray, als er endlich zu Wort kam.

»Es handelt sich um das Foto eines Firmenausflugs«, erklärte Mower. »Mr. Longley hat die meisten von ihnen erkannt, den Vorsteher der Planungsbehörde eingeschlossen.«

»Gut«, sagte Thackeray. »Und Townsend? Überprüfen Sie seine Geschichte?«

»Da ist nicht viel nachzuprüfen. Alles ziemlich dünn«, erwiderte Mower schnell.

»Wo ist er jetzt?«, fragte Thackeray.

»Ich hab ihn in der Zelle schmoren lassen«, erwiderte Mower ohne Mitgefühl. »Er hat sich wohl ausweinen wollen.«

»Lassen Sie Lindas Tod fürs erste beiseite und befragen Sie ihn über die Betrügereien«, wies Thackeray an. »Und lassen Sie durchblicken, dass demnächst größere Fische ins Netz gehen. Vielleicht bringt ihn das zum Reden. Überprüfen Sie, ob er Moore bei der Ausarbeitung von Plänen für eine Freizeitanlage in High Clough geholfen hat. Jemand hat sie der Presse zugespielt, und womöglich könnte er es gewesen sein.«

»Die Presse hat Sie also gefunden?«, fragte Mower beiläufig.

»Konzentrieren Sie sich auf Ihren Job, Sergeant«, entgegnete Thackeray. »Hat der Junge wirklich etwas für das Mädchen übrig gehabt?«

»Val Ridley glaubt das«, erklärte Mower skeptisch.

»Val ist nicht dumm«, erwiderte Thackeray scharf. Er vertraute auf das Urteil einer seiner wenigen Ermittlerinnen. »Versuchen Sie es andersrum«, riet er. »Fragen Sie Townsend, ob er Unterlagen an einen Mann namens Fergal Mackenzie weitergegeben hat. Und falls ja, warum. Halten Sie mich auf dem Laufenden.«

»Also los. Lass mal hören, was dir deine weibliche Intuition sagt«, meinte Mower gereizt zu Ermittlerin Val Ridley, nachdem er den Hörer aufgelegt hatte und die Chance einer Mordaufklärung mit Anklage entschwinden sah.

»Du musst mich nicht herablassend behandeln, Kevin«, erwiderte Val Ridley scharf. »Ich hab bloß gedacht, sein Kummer schien echt, das ist alles. Wenn nicht, ist er ein verdammt guter Schauspieler.«

»Tja, also der Boss scheint zu denken, dass du Recht hast«, räumte Mower ein. »Wir sollen es andersrum versuchen.«

Als Kriminalermittlerin und Kriminalermittler in den Verhörraum zurückkehrten, saß Townsend noch so am Tisch, wie sie ihn zurückgelassen hatten, den Teebecher zerdrückt zwischen den Händen. Seine Augen waren rot geändert, aber das hilflose Schluchzen hatte aufgehört, und er straffte die Schultern, als er sie sah, und blickte ihnen in die Augen.

»Ich möchte eine Aussage machen«, sagte er.

»Eine andere Aussage?«, fragte Mower. »Diesmal die Wahrheit?«

»Die ganze Wahrheit«, erwiderte Townsend »Ich weiß nicht, warum ich die Sache für den Scheißkerl ausbaden soll.«

»Und welcher Scheißkerl wäre das?«, fragte Mower. Er versuchte seine Aufregung zu verbergen, während er das Aufnahmegerät wieder anstellte.

Townsend atmete tief ein. »Barry Moore«, erklärte er. »Das reicht alles ziemlich weit zurück, etwa fünf Jahre, als ich als Azubi in die Filiale von Cheetham and Moore in Arnedale eingetreten bin. Mein Vater – er ist inzwischen gestorben – hatte ein Geschäft in der Broad Street, Modesachen, Souvenirs für Touristen, Brontë-Gebäck und Zitronenquark, so in der Art. Nur blieben die Touristen aus, wegen der Arbeitslosigkeit und der Rezession und so. Es sah alles ziemlich düster aus, bis ich ihn überzeugte, eine Hypothek auf die Liegenschaft aufzunehmen. Schien wirklich einleuchtend, um ihn die harten Zeiten durchstehen zu lassen. Die Liegenschaft war seit meinem Großvater in der Familie, unten ein Geschäft, oben Wohnräume – Sie kennen das sicher ...« Er lächelte schwach. »Tut mir Leid, ich klinge, als ob ich es verkaufen wollte. Ist einfach Gewohnheit.«

Mower brachte ihn scharf zur Sache zurück. »Eine Hypothek, haben Sie gesagt.«

»Also, nicht eine Hypothek, sondern streng genommen gleich zwei«, erklärte Townsend. »Eine wäre ihm gleich durch die Finger geronnen, zwei hielten ihn eine Zeitlang über Wasser. Damals schien es ganz einfach. Die Baugenossenschaften lassen sich leicht übers Ohr hauen. Und ich hatte einen Freund, der Anwaltshelfer ist und mir geholfen hat.«

»Und wer hat diese neue Art, das Geschäft Ihres Vater zu finanzieren, empfohlen?«, fragte Mower.

»Empfohlen?«, erwiderte Townsend. »Niemand hat es empfohlen. Ich wusste, dass man es machen konnte, das ist alles. Aber dann hat es Mr. Moore rausgekriegt. Hat mich ins Büro zitiert und mir mit der Polizei gedroht.«

»Er hat was gemacht?«, fragte Mower ungläubig.

»Also, zuerst hat er mir mit der Polizei gedroht«, wiederholte Townsend. »Aber dann hat er die Melodie gewechselt. Hat gesagt, wenn ich mit dem Betrug für mich selber davonkäme, dann könnte ich das ja auch für ihn versuchen. Ein hübscher kleiner Nebenverdienst, hat er gemeint, und zuerst hab ich nicht gewusst, ob er Witze macht oder nicht. Aber es war kein Witz.«

»Ganz sicher nicht«, murmelte Mower vor sich hin. »Was passierte dann?«

»Dann wurde ich sein wichtigster Mittelsmann«, fuhr Townsend fort. »Es blieb mir nicht viel anderes übrig, oder? Er hat einen Anteil von allen meinen Abschlüssen kassiert.«

»In Ordnung, Sie können die Einzelheiten später ausführen«, meinte Mower. »Zunächst, wie passt Linda Wright da hinein?«

»Anfangs überhaupt nicht«, sagte Townsend und sah aus, als würde er gleich wieder in Tränen ausbrechen. »Aber Barry meinte, da sie in den Musterhäusern arbeite, sei sie in einer idealen Position, die

Leute herauszupicken, die finanzielle Hilfe brauchen konnten. Also hab ich sie eingeweiht. Sie hatte nichts gegen den Zusatzverdienst.«

»Sie verlangen von uns ernsthaft, das zu glauben?«, fragte Mower. »Eine Stütze der Gesellschaft wie Barry Moore von Cheetham and Moore.«

»Ich bin nicht blöd«, erwiderte Townsend. »Ich hab Vorsorge getroffen, um mich abzusichern. ich kann Ihnen alles haarklein belegen.«

»Weshalb hat dann alles mit Tränen geendet?«, fragte Mower.

»Das lag an Linda. Ich hab mich total in sie verknallt, und ich hab mir ausgerechnet, dass wir nur zusammenkommen, wenn wir aus Bradfield wegziehen. Also hab ich Pläne gemacht. Ich hab mir für Neujahr in Manchester einen neuen Job organisiert. Ich wollte, dass Linda mit mir kommt.«

»Und sie hat Ihnen einen Korb gegeben?«, fragte Val Ridley.

»Sie meinte, sie hätte einen größeren Fisch an der Angel«, erklärte Townsend bitter.

»Also haben Sie sie zum Moor gefahren und ins Reservoir gestoßen?«, forderte ihn Mower heraus.

»Nein, nein. Sie wollen das nicht verstehen. Das ist alles vor ein paar Wochen passiert. Ich habe vermutet, sie machte sich Hoffnungen auf Barry Moore. Sie war sehr ausweichend. Aber ich ahnte schon seit etlicher Zeit, dass er ein Auge auf sie geworfen hatte. Und plötzlich schien sie sehr häufig ihre Haare zu waschen. Sie kennen das. Die alte Ausrede. Also hab ich versucht, mich zu rächen. Ich hab die Pläne seiner geheimen Siedlung in High Clough fotokopiert. Ich wusste, dass die Baubewilligung zu bekommen eine heikle Sache war und dass Publizität das Geschäft womöglich zum Platzen brachte. Deshalb hab ich die ganzen Unterlagen an die neue Zeitung in Arnedale geschickt.«

»Und dann haben Sie beschlossen, sich auch an Linda zu rächen?«, insistierte Mower.

»Ich hab sie nicht umgebracht«, erklärte Townsend verzweifelt eindringlich. »Aber Barry Moore rief mich an jenem Samstag an. Er sagte, er wolle mit Linda reden, weil er dachte, sie haue ihn übers Ohr. Vermutlich hat er gedacht, sie habe ihm die Pläne gestohlen. Er wollte, dass ich seinen Wagen bis zum Reservoir fuhr und dort auf ihn wartete. Als ich mich weigerte, hat er gedroht, meine Hypothekengeschäfte an euch zu verraten. Also bin ich gefahren. Ich hab etwa eine halbe Stunde im Schnee auf ihn gewartet, und als er zu Fuß den Hügel runterkam, hab ich ihn nach Arnedale zurückgefahren. Das ist alles, ich schwöre es. Ich hab erst am nächsten Morgen gehört, dass Linda tot ist. Ich bin in meinen Wagen gesprungen und wie ein Irrer Richtung Süden gefahren. Ich hab Angst gehabt, ich bin als Nächster dran.«

»Sie erwarten allen Ernstes, dass wir glauben, gerade als Sie sauer auf Ihre Freundin sind, weil die Sie abserviert hat, kommt jemand anderes vorbei, erwürgt sie halb und stößt sie in ein Reservoir?«, meinte Mower.

»Das ist die Wahrheit«, erwiderte Townsend verzweifelt. »Sie können es nachprüfen.«

»Das werden wir, Mr. Townsend. Das werden wir«, erklärte Mower und legte ein neues Band ins Aufnahmegerät. »Und jetzt können Sie mit den Einzelheiten anfangen. Haarklein bitte.«

Einundzwanzig

Laura stand am Fenster von Molly Thackerays Schlafzimmer und schaute deren Ehemann und Sohn zu, wie sie versuchten, Joes Mutterschafe aus der erdrückenden Umarmung des Schneesturms zu retten. Hinter ihr setzte Mollys flacher, gleichmäßiger Atem einen Kontrapunkt zum ersten zaghaften Zirpen der Vögel. Die Morgendämmerung hatte eben begonnen.

Laura hatte im Gästebett der Thackerays geschlafen, allein, unruhig und bis auf die Knochen durchgefroren. Sie war aufgewacht, lange bevor sie Joes schleppenden Gang im benachbarten Schlafzimmer gehört hatte, und dann wie er leise mit seiner Frau redete und schließlich nach unten in die Küche ging.

Schnell hatte sie sich angezogen und war nach ihm hinuntergeschlichen. Sie hatte die geschlossene Küchentür vermieden und war ins Wohnzimmer geschlüpft, wo Michael Thackeray, ebenfalls allein, auf dem Sofa geschlafen hatte. Auch er war bereits angezogen und trug einen dicken Pullover, der ihm zu klein war. Erschöpfung zeichnete sein Gesicht. Er zog die staubigen Vorhänge zurück. Draußen herrschte ein eiskalter grauer Morgen. Schnee fiel noch immer langsam auf eine Welt, die sich in einen wogenden weißen Ozean verwandelt hatte, in dem nur noch die obersten Kanten der Steinmauern anzeigten, wo der Hof und wo die offene Moorlandschaft endete und die eingehegten Felder begannen.

Sie legte einen Arm um seine Hüfte und stand in der ungeheizten, kahlen Stube zitternd neben ihm. »Ich glaube nicht, dass ich mich zur Bauernfrau eignen würde«, meinte sie leise.

»Das trifft sich gut, weil ich auch kein Bauer sein will«, sagte er und erwiderte ihre Umarmung.

»Dein Vater hat da oben ein sehr keusches Bett«, beklagte sie sich. »Ich hab ganz schön gefroren.«

»Du hast dein ganzes Leben lang in Städten gewohnt«, erwiderte er. »Du weißt nicht, wie düster es hier oben werden kann. Selbst ich habe es fast vergessen.« Sie wandte sich ihm zu und zog seinen Kopf herunter. Seine Lippen trafen auf ihre, zuerst widerstandslos und dann zunehmend leidenschaftlich, bis eine hinter ihnen geöffnete Tür sie auseinander fahren ließ.

»Du könntest warten, bis deine Mutter ihr irdisches Leben verlassen hat, bevor du deine Todsünde zur Schau stellst«, sagte Joe Thackeray säuerlich. »Das Frühstück steht auf dem Tisch.«

Sein Sohn antwortete nicht. Er schob Laura mit einer Hand auf ihrem Arm in die Küche und zeigte ihr das Frühstück auf dem alten Eichentisch, wo Joe ein kärgliches Mahl aus Toast, Butter, Konfitüre und einer Kanne dunklem, starkem Tee angerichtet hatte.

»Wenn wir Glück haben, haben sich die meisten Mutterschafe bei der unteren Mauer zusammengeduckt und es da überstanden«, meinte Joe. »Aber wir müssen das ganze Feld absuchen.«

»Kannst du bei meiner Mutter sitzen, während wir draußen sehen, was wir machen können?«, fragte Thackeray. Laura nickte und erwartete, dass Joe Thackeray Einwände erhob. Aber der alte Mann starrte sie nur unbewegt an. Eiskalt und ohne jede Regung, dachte sie.

»Ja, das wird das Beste sein«, räumte er ein. Während die Männer sich in Jacken und Schals und dicke Socken in Stiefeln einpackten, ging sie mit ihrer Teetasse langsam wieder die Treppe hinauf. Sie setzte sich nahe zur sterbenden Frau, ohne, so dachte sie, im geringsten mit ihr verbunden zu sein.

Laura hatte das Gefühl, Molly Thackeray hatte diese Welt schon so gut wie verlassen. Sie lag tödlich ruhig da. Unter der Bettdecke bildete sie nur noch eine kleine Wölbung wie ein Kind. Ihr Gesicht wirkte friedvoll, die Augen waren geschlossen. Ihr Haar war bereits gekämmt und der Rosenkranz liebevoll zwischen den Fingern platziert worden.

Ich hoffe, dachte Laura, dass jemand mich mal genug liebt, um bis zum bitteren Ende so für mich zu sorgen. Sie strich mit einer Hand über die glatte Tagesdecke und drehte sich zum Fenster, aus dem sie sehen konnte, wie Joes Herde gerettet wurde.

Die beiden Männer hatten sich mit langen, altmodischen Hirtenstöcken ausgerüstet, wie man sie kaum noch sah außer bei solchen gefährlichen Wetterbedingungen. Joe ließ die beiden Hunde aus der Scheune, wo sie die Nacht verbracht hatten. Während die Männer sich teilweise bis zu den Hüften durch die Schneeverwehungen mühten, sprangen und tollten ihnen die Hunde voraus. Sie waren außer sich vor Entzücken, aber gut genug ausgebildet, um zu wissen, dass dieser unerwartete Ausflug in eine schäumende See aus Pulverschnee einen ernsten Zweck verfolgte.

Zwei Felder mussten abgesucht werden. Wie Joe vorhergesagt hatte, hatte sich der Hauptteil der Herde an die untere Mauer gedrängt und konnte relativ leicht aus dem weichen, rutschenden Schnee getrieben werden, elend blökend zwar, aber am Leben und unverletzt. Doch die Hunde schienen zu spüren, dass es weitere gab, und sprangen aufgeregt durch die jungfräulichen Verwehungen. Gelegentlich hielten sie inne, bellten, zeigten mit ihren Schnauzen und scharrten mit den Pfoten an einer bestimmten Stelle im Schnee, die fürs bloße Auge kaum anders als alle übrigen aussah, über die der Wind den weichen, trockenen Schnee blies.

Vorsichtiges Stochern mit dem Stock stieß in den meisten Fällen unter der Verwehung auf einen zottigen Rücken. Nach hektischem Graben mit einem Spaten, den Joe Thackeray mitgebracht hatte sowie mit den Händen im Falle Michaels, konnten sie ein Swaledale-Schaf hervorzerren, mit schwarzem Gesicht, blökend und voller Schnee im zottigen Fell. Das gerettete Schaf mühte sich davon, um mit den anderen Schutz an der unteren Mauer zu finden. Doch die Suche ging unerbittlich weiter. Thackerays Zehen und Finger, die in den ausgeliehenen Stiefel und Handschuhen nur unzulänglich vor der Kälte geschützt waren, begannen schmerzhaft zu brennen.

»Wie viele noch?«, fragte er außer Atem, nachdem sie vier Schafe den Abhang hinunter in Sicherheit geschickt hatten. Sein Vater, der durch die Aufgabe kaum aufgewärmt schien, warf einen Blick über die Herde und dann auf die Hunde, die immer noch den Hügel weiter oben erforschten.

»Zwei oder drei vielleicht«, sagte der alte Mann. Er drehte sich um und beobachtete die Hunde, die wie kleine schwarz-weiße Furien begonnen hatten, in einer Verwehung zu wühlen, die bis zur Höhe der Grenzmauer anstieg. »Dort drüben«, sagte er. Seite an Seite stapften sie zu den Hunden. Thackerays Rücken- und Armmuskeln protestierten gegen die ungewohnte Anstrengung. Diese auf düstere Weise wunderschöne Landschaft war einst seine Welt gewesen, dachte er. Jetzt kehrte er als Fremder zurück. Die Vertrautheit mit den Hügeln und den Tieren, die seinen Vater im Kampf durch die sich folgenden düsteren Winter aufrecht hielt, war verschwunden und verloren.

Alle drei fehlenden Mutterschafe waren, wo die Hunde sie gefunden hatten, gegen die Mauer zusammengedrängt und mit einem halben Meter Schnee bedeckt. Seufzend stemmte Thackeray das letzte hervor und schaute zu, wie es sich auf die Füße mühte und zur Herde torkelte.

»Jetzt kommen sie vollends klar«, meinte sein Vater. Er stützte sich auf den Spaten und blickte ein letztes Mal scharf über die Felder. »Schafe sind blöde Racker«, erklärte er mit einer Spur Stolz. »Aber wir haben seit Jahren nicht mehr so viel Schnee gehabt.«

»Wie lange dauert es, bis die Straße geräumt ist?«, fragte Thackeray. Er blickte auf die arktische Szenerie um den Hof, die sich immer deutlicher abzeichnete, da der Schnee allmählich zu fallen aufhörte, die

Wolken sich lichteten und im Hintergrund die wogenden Weiten der entfernten Moorlandschaft sichtbar wurden.

»Vermutlich wird Ray Harding mit einem Traktor zum Dorf hinunterfahren«, sagte Joe. »Aber deinen Wagen wirst du nicht so schnell rauskriegen. Hast du es eilig?«

»Ich muss nach Bradfield zurück.«

»Also wenn die Brücke gesperrt ist, wird das nicht möglich sein«, sagte der alte Mann. »Jetzt wollen wir mal sehen, ob dein Mädel Speck braten kann.«

Thackeray öffnete den Mund, um mit allen möglichen Gründen dagegen zu protestieren, ließ es dann aber bleiben. Ausnahmsweise hatte ihn sein Vater durch die Schale hartnäckiger Schweigsamkeit und unbeugsamer Rechtschaffenheit hindurch einen Blick auf einen menschlichen Zug tun lassen. Es überraschte ihn völlig.

»Sie ist nicht mein Mädel«, murmelte er. »Jedenfalls jetzt noch nicht, und vielleicht nie.«

»Tja, du musst das Beste daraus machen«, meinte Joe. »Du weißt, deine Mutter ist unbeugsam, aber Pater Rafferty denkt, dass es vielleicht mehr als einen Weg ins Himmelsreich gibt.«

Schweigend trotteten sie zum Hof zurück. Joe winkte seinem Sohn hinein zu gehen, während er eine Ladung Heu aus der Scheune auf eine Gabel lud. Bei diesem Wetter konnten die Schafe das grüne Gras für ihre Äsung durch den gefrorenen Schnee nicht finden, und wenn sie nicht von Hand gefüttert wurden, würden sie verhungern.

Thackeray zog die Stiefel aus, klopfte den Schnee ab und schälte sich aus den verschiedenen Kleiderschichten. Nach der Anstrengung fühlte er sich gesundheitlich besser als seit langem. Er traf auf Laura, die gerade die Treppe herunterkam, nahm sie zu ihrer Überraschung in die Arme und küsste sie.

»Wir sind beauftragt, ein richtiges Frühstück zu machen«, meinte er. »Da du offensichtlich eine Städterin bist, glaubt mein Vater, dass du eine Speckscheibe nicht von einem Stück gebratener Blutwurst unterscheiden kannst.«

Kaum hatten die drei ihre Mahlzeit beendet, läutete schrill das Telefon. Joe Thackeray hob ab und blickte gleich darauf zu seinem Sohn. »Ja, er ist hier«, sagte er. »Es ist Len Smith vom *Woolpack*. Will mit dir reden.«

Verdutzt nahm Thackeray den Hörer und hörte dem atemlosen Gastwirt am anderen Ende einen Augenblick lang zu. »Ist die Straße frei?«, fragte er schließlich und nickte, von der Antwort offensichtlich befriedigt. »In Ordnung, ich komme runter. Aber ich kann nicht garantieren, dass ich viel helfen kann.«

Er drehte sich mit einem ironischen Lächeln um. »Len Smith scheint mich zum verantwortlichen Gesetzeshüter ernannt zu haben«, erklärte er. »Der junge Sohn von Faith Lawrence rennt angeblich mit einer Schrotflinte herum, und Len will, dass ich etwas dagegen unternehme.«

»Das ist der Junge, der die ganze Zeit bei den Hippies verbringt,« meinte Joe. »Ist vermutlich durchgedreht.«

»Eine Schrotflinte?«, fragte Laura entsetzt. »Woher hat er die?«

»Das fragen wir besser ihn«, meinte Thackeray grimmig.

Lauras Magen meldete sich, als ihr ein neuer, unwillkommener Verdacht aufstieg. »Du glaubst doch nicht ...?«, setzte sie an. Dann schüttelte sie abwehrend den Kopf. »Nein, das ist unvorstellbar.«

»Zieh keine voreiligen Schlussfolgerungen, Laura, weder in die eine noch die andere Richtung«, meinte Thackeray leise. »Ich gehe und schau mal nach. Len sagt, die Straße sei zu Fuß begehbar, nachdem der Traktor ein paar Mal rauf- und runtergefahren ist. Falls wir Verstärkung brauchen, rufen wir die Wache in Arnedale vom Pub aus an. Das Dorf mag halbwegs abgeschnitten sein, aber wenn wir wirklich Hilfe brauchen, dann kriegen wir sie.«

»Ich komme mit«, erklärte Laura in einem Ton, der keine Widerrede zuließ. Thackeray sah die zusammengepressten Kiefer sowie die Entschlossenheit in ihren Augen und entschied, dass Einspruch sinnlos wäre.

Die Tür zum Haus der Lawrences stand weit offen. Weicher Schnee war über den Fliesenboden geweht und formte gegen die Beine des Kieferntisches winzige Türmchen. Thackeray zögerte einen Augenblick lang auf der Schwelle, aber Laura hatte keine Hemmungen und ging in die Küche, wenn auch mit ungutem Gefühl, weil sie hier Faith Lawrence zum letzten Mal lebend gesehen hatte.

Doch jetzt war keinerlei Wärme zu spüren, weder physische noch emotionale. Der Steinherd stand erkaltet und verloren in seiner Nische, mit geöffneter Tür und ohne einen Funken Glut in der Asche. Auf dem Tisch stapelten sich dreckige Teller, die Spüle stand voller gebrauchter Pfannen. Eine geöffnete Büchse mit Bohnen lag auf dem Boden; ihr Inhalt ergoss sich in eine orangefarbene Lache und trocknete an den Rändern bereits ein.

Die Tür zum Haus war geschlossen. Einen Augenblick lang zögerte Laura. Nachdem sie sich durch den Schnee einen Weg zum Pub gebahnt hatten, hatte sich der Gastwirt über den Verbleib von Tim Lawrence sehr unbestimmt geäußert und bloß berichtet, dass er vor etwa einer Stunde mit einem Gewehr in der Hand gesehen worden sei.

Laura blickte Thackeray unschlüssig an. »Wo wir schon so weit gekommen sind, machen wir besser weiter«, meinte er leise, öffnete die Tür und betrat vor ihr einen engen Flur, von dem verschiedene Türen abgingen. Nur eine stand offen, und aus dieser Richtung hörten sie ein gleichmäßiges Schnarchen.

Vorsichtig trat Thackeray über die Schwelle. Laura folgte ihm dichtauf. Sie standen in einer altmodischen Stube, die offensichtlich mit der ursprünglichen Sitzgarnitur aus trostlosem Möbelplüsch und einem blauen Perserteppich von Faiths Tante ausgestattet war. Ein ebenso dunkler Samtvorhang war praktisch ganz zugezogen und tauchte das Zimmer in tiefe Düsternis. Das Schnarchen kam vom Sofa, auf dem Gerry Lawrence besinnungslos flach auf dem Rücken lag. Neben ihm lagen zwei leere Ginflaschen.

Thackeray zog scharf den Atem ein und riss die Vorhänge kräftiger auf als nötig. Fragend schaute ihn Laura an. Sein Gesicht war starr, und er überließ es ihr, Lawrence in einem vergeblichen Weckversuch an der Schulter zu rütteln.

Laura blickte mit einer Mischung aus Faszination und Schrecken auf den schlafenden Mann. Sein Gesicht war gerötet, der Atem klang mühsam, und ein wenig Speichel rann am Kinn entlang und hatte auf dem kragenlosen Hemd einen feuchten Fleck gebildet. Er spürte die bittere Kälte des Raums offensichtlich so wenig, wie er ihre Ankunft bemerkte. Sie schüttelte ihn erneut. Er stöhnte schwach, aber seine Augenlider zuckten kaum.

»Er ist hinüber«, meinte sie.

»Vermutlich wird er den ganzen Tag schlafen«, sagte Thackeray voller Zorn und Abscheu. Er ging in den Flur zurück und kehrte mit zwei Mänteln zurück, die er Laura gab.

»Deck ihn zu«, bat er. Sie stopfte die Mäntel um Lawrence und stützte seinen Kopf mit einem Kissen ab. Der Mund hing schlaff offen, und er stöhnte erneut schwach, gab aber immer noch kein Zeichen, dass er wieder zu Bewusstsein kam.

»Komm, schauen wir uns den Rest des Hauses an«, meinte Thackeray abschätzig. »Er wird uns nicht verraten, wo der Junge steckt.« Laura zog erneut die schweren Vorhänge zu, ebenso sehr um Lawrence vor der Außenwelt zu verbergen wie ihn vor dem blendend weißen Tageslicht zu schützen.

Raum für Raum arbeiteten sie sich durchs Haus, in dem offenbar seit dem Tod von Faith weder aufgeräumt noch geputzt worden war. Schmutzige Teller und Gläser verstellten Tische und Fensterbretter, verdreckte Aschenbecher quollen über, leere Flaschen standen achtlos auf dem Boden, ein Haufen Briefe lag unberührt hinter dem Briefkastenschlitz in der Haustür. Die ganze Zeit, während sie das Haus durchsuchten, war sich Laura bewusst, dass Thackeray sich mit zunehmenden Schwierigkeiten zu beherrschen versuchte.

Im Schlafzimmer der Lawrences, das Doppelbett ungemacht, ein Gewirr von schmutzigen Laken und Decken, öffnete sie einen Schrank. Ein kleiner Sturzbach von Flaschen ergoss sich klirrend auf den Boden.

»Mein Gott«, sagte Thackeray erschrocken. Er setzte sich mit aschfahlem Gesicht abrupt aufs Bett. »Was ist los?«, fragte Laura sanft.

»Ich habe bis heute noch nie so deutlich gesehen, was ich Aileen angetan habe«, erwiderte er. »Ich war immer zu betrunken. Wie dieses Schwein da unten. Ich nehme an, er weiß es auch nicht. Man muss es nüchtern sehen, um es zu verstehen.«

»Michael, das ist lange her«, sagte Laura. Aber sie war nicht sicher, ob sie überhaupt zu ihm durchdrang, wenn er sich so quälte wie jetzt.

»Das spielt keine große Rolle«, sagte er. Er stand so abrupt auf, wie er sich gesetzt hatte, und verließ den Raum schnell.

Die letzte Tür, die sie öffneten, führte ins Zimmer von Tim Lawrence. Er selber war zwar nicht dort, aber alle Anzeichen: Die große Stereoanlage, die Gestelle mit CDs und Kassetten, die Poster an allen

Wänden, sogar der leicht abgestandene Geruch ungewaschener Kleider, die auf dem Boden verstreut herumlagen.

Aber nicht diese Zeichen von Teenager-Anarchie zogen den Blick auf sich. Auf Tims Bett lag ein langer Lederkoffer, auf den Thackeray mit einem überraschten Ausruf zutrat. Er öffnete das Schloss und enthüllte ein gepolstertes Inneres, auf dem eine einzelne Schrotflinte neben einer leeren Stelle lag, die offensichtlich für ihre Zwillingsausführung vorgesehen war.

»Also hat er ein Gewehr«, meinte Laura leise.

»Das kann nicht ihm gehören«, meinte Thackeray. Er betrachtete die verbliebene Flinte, ohne sie zu berühren. »Das sind ziemlich hochklassige Gewehre.«

»Vielleicht die von Gerry? Eine Erinnerung an die guten alten Tage, als Geld keine Rolle gespielt hat? Tim behauptet sowieso, er hasse Schießen.«

»Tut er das?«, meinte Thackeray trocken. »Warum rennt er dann mit einer geladenen Flinte herum? Ich kann keine Patronen sehen, also hat er sie vermutlich bei sich.«

»Wir müssen ihn finden, Michael«, sagte Laura. »Bevor er jemanden verletzt.«

»Oder sich selbst«, erwiderte Thackeray.

»Nein«, sagte sie verzweifelt. Dann musste man folgern, dass er seine Mutter umgebracht hatte. Und das wollte sie nicht glauben.

Die Spur von Tim Lawrence führte gradlinig aus der Hintertür des Bauernhauses durch den Garten über eine niedrige Steinmauer und weiter durch den Tiefschnee. Es ließ sich nicht ersehen, wann er weggegangen war. Thackeray zögerte einen Augenblick. Er fragte sich, ob es sinnvoller wäre, zum Dorf zurückzukehren und sich zu erkundigen, ob er seither gesehen worden war.

»Wohin würde er in dieser Richtung kommen?«, fragte Laura.

»Um das Dorf herum, zum Steinbruch hinauf«, meinte Thackeray. Er erinnerte sich an seine Ausflüge als Junge, wenn er ebenfalls der Erwachsenenwelt hatte ausweichen wollen.

»Und dann weiter zum Haus von Ray Harding? Tim hasst Harding. Vielleicht hat er sich eingeredet, dass Harding Faith umgebracht hat.«

»Ich glaube, wir gehen ihm besser nach. Es dauert zu lange, Hilfe zu organisieren«, erwiderte Thackeray. »Wir brauchen dafür nicht gerade Pfadfinderfähigkeiten.« Die Wolken hatten sich endlich gelichtet, und die Sonne begann allmählich durchzubrechen. Die beschneiten Abgänge hinter dem Dorf verwandelten sich in glitzernde Goldflächen und hoben den Weg, den Tim durch den Schnee genommen hatte, in aller Schärfe hervor, so weit das Auge reichte.

Im Gänsemarsch folgten sie der Fährte des Jungen. Pulverschnee reichte ihnen über die Stiefelränder und hing als glitzernde Schicht an ihren Hosen. Unter anderen Umständen wäre es eine belebende Wanderung gewesen, aber obwohl die kalte Luft und die Bewegung Lauras Wangen färbte und ihre Augen zum Glänzen brachte, wurde sie von unguten Gefühlen vorangetrieben. Am Tag, als Rob Tyler verhaftet worden war, hatte sie die tiefe Hoffnungslosigkeit von Tim Lawrence gesehen. Sie wusste nicht, was er tun würde, wenn er zur Verzweiflung getrieben wurde.

Die Spur, der sie folgten, blieb unterhalb der Hügelkuppe, die das Dorf vor den schlimmsten Winterwinden schützte. Aber plötzlich schien Tim davon abgegangen und direkt den Hügel hinauf auf den Horizont zu bergan gestiegen zu sein.

»Ist das Rauch?«, fragte Laura außer Atem, als sie den steilen Aufstieg begannen. Thackeray hielt einen Augenblick inne und starrte auf den dunklen Nebelschleier, der zwischen ihnen und der Sonne vorbeizog.

»Wenn ja, dann kommt er vom Steinbruch«, sagte er. »Und er ist zu dicht für ein bloßes Lagerfeuer.«

Sie legten noch einen Schritt zu, mühten sich durch Verwehungen, als sie die Höhe des Aufstiegs erreicht hatten, und hielten an. Hundert Meter vor ihnen, durch ein Schneefeld getrennt, tanzte Tim Lawrence wie ein Derwisch, in der einen Hand noch immer die Flinte.

Thackeray legte warnend eine Hand auf Lauras Arm. »Ganz ruhig«, sagte er leise. »Wir wissen nicht, ob das Gewehr geladen ist.«

Sehr vorsichtig näherten sie sich dem Jungen, der schließlich in ihre Richtung herumfuhr. Er hörte mit seinem manischen Stampfen und Armeschlenkern auf, stand einen Augenblick lang stocksteif da und starrte sie an. Dann warf er sich mit dem Gesicht nach unten zu Boden und lag bewegungslos. Er rührte sich nicht, während sie herantraten, und er versuchte nicht, Thackeray daran zu hindern, ihm das Gewehr aus der Hand zu nehmen. Der klappte es auf und ließ zwei leergeschossene Patronen zu Boden fallen. Laura seufzte tief erleichtert auf. Dann musterte sie die Lage, entsetzt von dem, was sie sah.

Sie standen am äußersten Rand des Steinbruchs. Dahinter fiel das Land zu einer Felsfläche ab, und unter sich konnten sie sehen, was vom Lager der Reisenden übrig geblieben war. Eine Schar Leute, Hunde und Kinder zwischen ihnen, stand ziellos umher und schaute zu, wie die ausgebrannten Wracks von einem Dutzend Fahrzeugen und Wohnwagen, die wie schwarze Punkte im Schnee verstreuter Dominosteine herumlagen, letzte Rauchschwaden in den klaren, kalten Himmel entsandten.

Etwas weiter weg, auf der anderen Seite der felsigen Mulde, wo der Weg zur Hauptstraße ins Dorf hinunterführte, marschierte ein halbes Dutzend Männer hinter einem Traktor den Abhang hinauf; eine feste Front offensichtlich selbstzufriedener Bürger, überzeugt genug, dass ihre Tat rechtmäßig sei, um ihren Opfern verächtlich den Rücken zuzukehren. Nur das Stottern des Traktors störte die Ruhe, denn aus der Mulde unten stieg weder Beschwerde noch Jubel empor. Selbst die Hunde der Reisenden waren verstummt.

»Mein Gott«, sagte Laura. »Was haben sie angerichtet?«

Zu ihren Füßen regte sich Tim Lawrence. Laura kniete nieder und half ihm, sich aufzusetzen. Mit hängendem Kopf umfasste er seine Knie, und seine Schultern zitterten vor Erregung. »Die Schweine, diese Schweine«, sagte er. »Ich hab sie kommen sehen, aber ich konnte nicht hinunter. Mit dem Gewehr hätten wir sie vielleicht vertreiben können.«

Thackeray blickte leidenschaftslos auf ihn hinab. »Hast du von hier aus auf sie geschossen?«, fragte er und sah auf die Patronen zu seinen Füßen.

Der Junge nickte. »Ich hab gewusst, es ist zwecklos, weil es zu weit weg ist. Aber ich hab gedacht, der Krach macht ihnen Angst.«

»Hast du noch mehr Patronen?«, fragte Thackeray. Tim griff in die Tasche seiner Militärjacke und warf die Schachtel in den Schnee zu Füßen des Inspektors. Thackeray zog ein Taschentuch hervor, nahm die gebrauchten Patronen und die Schachtel sorgfältig auf, wickelte sie ins Taschentuch und steckte es in seine Jackentasche.

»Du weißt, falls die Patrone gefunden worden ist, die deine Mutter getötet hat, besteht die Möglichkeit, dass sie mit dem Gewehr in Verbindung gebracht werden kann, das sie abgefeuert hat«, erklärte er. Tim starrte ihn aus Augen an, die in tiefen, dunklen Höhlen lagen, und schüttelte den Kopf.

»Das hab ich nicht gewusst«, sagte er dumpf.

»Hast du genau gesehen, was da unten passiert ist?«, fragte Thackeray und nickte in Richtung Steinbruch. Dort begannen die Leute, die Überreste ihrer ausgebrannten Wohnstätten zu durchsuchen. »Hast du es genau genug gesehen, um jemanden identifizieren zu können?«

»Ja, sicher«, erklärte Tim. »Das war der verfluchte Ray Harding auf seinem Traktor, nicht wahr. Der Scharfmacher, wie gewöhnlich. Man hat die Sonne in seinem rötlichen Haar selbst von hier aus sehen können. Ein paar andere sind mir vom Sehen bekannt, obwohl ich ihre Namen nicht weiß. Und Fred Rawdon, und der Gastwirt des Pubs, Mr. Smith.«

»Der uns zum entscheidenden Zeitpunkt auf die andere Seite des Dorfes geschickt hat«, meinte Laura bitter.

»Wohin bist du gerannt, Tim?«, fragte Thackeray. Aber der Junge hatte offensichtlich genug Fragen beantwortet. Er wandte sich ab, mit verschlossenem, abwesendem Gesichtsausdruck, und schüttelte stumm den Kopf.

»In Ordnung«, meinte Thackeray in einem Ton, der keinen Widerspruch duldete. »Zuerst müssen wir die rettende Kavallerie benachrichtigen, also brauchen wir ein Telefon. Dann will ich dir in Anwesenheit deines Vaters ein paar weitere Fragen stellen, junger Mann.«

»Bestimmt nicht«, gab Tim wild entschlossen zurück und drehte sich im Schnee auf den Absätzen um, als ob er davonrennen wolle. Aber Thackeray packte ihn fest am Arm, so hart, dass er stöhnte und Laura protestierend den Mund öffnete. Aber sie besann sich eines Besseren. Sie spürte, was Thackeray dachte, und hielt es entsetzt und erschreckt für möglich.

»Timothy Lawrence«, erklärte Thackeray förmlich. »Wenn ich dich verhaften muss, dann tu ich es, aber du kommst auf jeden Fall mit mir, um ein paar Fragen über den Tod deiner Mutter zu beantworten.«

Zweiundzwanzig

»Scheiße«, rief der Junge wütend. »Ich hab gedacht, ich hätte alles weggeschafft.« Er stand in der Küche im Haus seiner Mutter und hielt eine leere Whiskyflasche in der Hand, die sie auf dem Kieferntisch gefunden hatten, wo sie vorher nicht gewesen war.

»Bleibt hier«, meinte Thackeray grimmig zu Laura und dem Jungen. Sie hörten, wie er rasch durch das Haus ging.

»Er ist weg«, erklärte Thackeray bei der Rückkehr. »Und er hat die andere Flinte mitgenommen.«

»In seinem Zustand wird er sicher nicht weit kommen«, meinte Laura.

»Für eine Weile wird er ganz fit sein, sofern er einen Drink gekriegt hat«, erklärte Tim wissend. Laura sah, wie Thackeray düster nickte.

»Du hattest eine Schachtel Patronen dabei. Waren noch mehr da?«, fragte Thackeray den Jungen. Der nickte. Er führte sie ins Zimmer, in dem sein Vater geschlafen hatte, und öffnete einen Schrank.

»Er hat sie mitgenommen«, erklärte er.

»Hast du je das Gefühl gehabt, dein Vater sei selbstmordgefährdet?«, fragte Thackeray sanft.

Tim schüttelte den Kopf. Er setzte sich aufs Sofa, auf dem sein Vater gelegen hatte, als ob ihn die Beine nicht mehr tragen würden. Laura zog die schweren Vorhänge zurück und ließ das helle, weiße Morgenlicht herein.

»Wenn er sich erschießen wollte, hätte er das doch getan, als meine Mutter starb«, erklärte Tim. »So läuft es doch für gewöhnlich ab, oder?«

»Du begreifst, dass das, was du mir sagst, als Beweismittel vor Gericht verwendet werden kann?«, fragte Thackeray. Die Augen des Jungen weiteten sich, aber er nickte.

»Wann hast du den Gewehrkasten aus dem Zimmer deines Vaters genommen?«, fragte Thackeray. Tim schlug die Augen nieder und mied den Blick des Chefinspektors.

»Heute Morgen«, murmelte er schließlich.

»Und hast du je zuvor ein Gewehr ausgeliehen?«

Der Junge nickte betäubt, sagte aber nichts weiter.

»Was hast du mit dem Gewehr vorgehabt, das du mitgenommen hast?«, fragte Thackeray weiter.

Der Junge zögerte erneut. »Nichts«, erklärte er dann. »Ich wollte zum Lager der Reisenden, um Topaz zu sehen. Ich hab gedacht, das Gewehr könnte nützlich sein.«

»Du hast nicht vorgehabt, es zu gebrauchen?«

»Sie meinen, ob ich vorhatte, mich zu erschießen? Selbstmord begehen?«, fragte Tim ungläubig. »Sie machen wohl Witze. Obwohl, wenn ich Ray Harding angetroffen hätte, wäre ich wahrscheinlich versucht gewesen, es zu gebrauchen.«

»Weil du gedacht hast, er habe deine Mutter umgebracht?«, fragte Thackeray. Er war sich bewusst, dass sich unnatürliche Stille über das Zimmer gesenkt hatte, da sich Laura auf seine unerbittlichen Fragen konzentrierte.

»Nein«, sagte der Knabe sehr leise.

»Du hast nicht gedacht, er habe deine Mutter umgebracht?«

»Ich hab gewusst, dass er es nicht getan hat«, antwortete Tim.

»Warum hast du das gewusst, Tim?«, fragte Thackeray.

»Das kann ich Ihnen nicht sagen.« Der Junge blickte erneut zu Boden und weigerte sich, Thackerays ausdruckslosen Blick zu erwidern.

»War es, weil du sie selber umgebracht hast?«

Die Frage hing über ihnen wie eine Gewitterwolke, aus der ein Blitz gleich das Zimmer spalten würde. Aber es gab keinen Donnerschlag, nur einen langen Seufzer des Jungen, auf dessen bleicher, schmutziger Wange eine Träne hinunterzurinnen begann.

»Nein«, sagte er so leise, dass sie sich anstrengen mussten, ihn zu verstehen. »Weil ich weiß, dass mein Vater sie umgebracht hat. Ich hab ihn an dem Abend mit dem Gewehr in der Hand über die Hügel zum Haus zurückkommen sehen.«

Zwei Stunden später stand Laura neben ihrem Wagen, der durch menschliche Muskelkraft aus der Schneeverwehung, in der sie ihn zurückgelassen hatte, gehievt worden war und mit der Schnauze hügelabwärts in Richtung der engen Brücke stand. Sie fühlte sich ausgepumpt.

Lange hatte sie noch im Haus gesessen, einem Arm um Tim gelegt, während sie auf die dringende Verstärkung warteten, die Thackeray geordert hatte. Die war einem Schneepflug samt Kran den Hügel hinauf gefolgt und hatte das Dorf mit blauen Uniformen und Blaulichtern gefüllt. Schließlich war eine Polizistin erschienen, um Tim für weitere Fragen nach Arnedale zu begleiten. Beim Weggehen hatte er sich impulsiv nach Laura umgewandt.

»Topaz und die Kinder können nirgendwohin«, sagte er. »Sagen Sie ihnen, dass sie hier schlafen können, zumindest, bis Rob zurückkommt. Das hätte meine Mutter getan. Jetzt müssen sie ihn freilassen, oder?«

»Ja, jetzt müssen sie ihn freilassen«, hatte sie ihm versichert. Tim würde, wenn er seinen Weg durch die pubertären Unsicherheiten und die gegenwärtige Trauer fand, ganz der Sohn seiner Mutter werden.

Ray Harding war der Nächste gewesen, der in Polizeigewahrsam abtransportiert worden war. Er hatte so wütend gegen seine Verhaftung wegen Beteiligung am Angriff auf das Lager der Reisenden protestiert, dass er mit Handschellen an einen stämmigen Polizisten gekettet werden musste, bevor er die Dorfstraße durch den Schnee hindurch zu einem Polizeiwagen geführt werden konnte.

Laura hatte Thackeray beobachtet, als er die Führung der Operation übernahm, die sich jetzt darauf konzentrieren würde, Gerry Lawrence und sein Gewehr zu finden. Sie fühlte sich fremd vor den leidenschaftslosen Kräften des Gesetzes, die er zu Hilfe gerufen hatte, um in High Clough wieder Ordnung herzustellen; und auch Thackeray fühlte sich fremd an, als er mit unpersönlicher Autorität Uniform- und Zivilpolizisten dirigierte, die seine Anweisungen fraglos befolgten.

Sie wusste, es war unvermeidlich, dass unter solchen Umständen ihre Jobs eine Kluft zwischen ihnen rissen. Es stieß ihr trotzdem auf. Sowie ihr Wagen aus dem Schnee befreit und der Lastwagen Zentimeter um Zentimeter aus seiner heiklen Lage auf der Brücke gerettet worden war, hatte sie es sehr eilig, High Clough zu verlassen.

Thackerays letzte Aufgabe war es gewesen, einen Notfallwagen zu bestellen, der seine Mutter aus West Rigg zum Krankenhaus nach Arnedale bringen würde. Joe und er wussten, dass dies ihre letzte Reise sein würde. Der alte Mann war mit ihr gefahren, schweigsam und erstarrt vor Gefühlen, die er nicht ausdrücken konnte. Thackeray hatte stumm, mit steinernem Gesicht und ausdruckslosen Augen, vom Polizeiwagen aus zugeschaut.

Laura öffnete die Wagentür, ließ sich schwer in den Sitz fallen und lehnte ihren Kopf aufs Steuerrad, überwältigt von den Geschehnissen. Nur langsam merkte sie, dass etwas nicht stimmte. Der Geruch nach Whisky hätte sie warnen sollen. Aber erst als Gerry Lawrence ihr von seinem Versteck auf dem Rücksitz aus das Gewehr in die Seite rammte, begriff sie die Gefahr.

»Ich will nach Arnedale«, sagte Lawrence ganz langsam und deutlich. »Ich will zu Barry Moore in Arnedale. Und wenn Sie sehr vorsichtig fahren, geschieht Ihnen nichts. Also lassen Sie den verdammten Motor an!«

Chefinspektor Thackeray fiel wie ein Racheengel auf der Polizeiwache von Arnedale ein. Er marschierte direkt zu Les Thorpes Büro und fand dort seinen ehemaligen Kollegen am Schreibtisch sitzend, im Mantel und verblüfft dreinblickend.

»Ich habe gerade mit der Bezirksleitung gesprochen«, sagte Thorpe tief widerstrebend. »Ich soll dir jede Unterstützung gewähren. Und dein Sergeant ist auf dem Weg hierher. Behauptet, er habe dir was Wichtiges zu zeigen.«

»Gut«, erwiderte Thackeray kurz angebunden. »Gibt es Neues von Lawrence und seinem Gewehr?«

»Die Suchtrupps suchen immer noch ums Dorf herum. Bis jetzt haben sie nichts gefunden.«

»Ich wüsste nicht, wie er aus High Clough hätte verschwinden können«, meinte Thackeray. »Sein Wagen ist eingeschneit, und ich habe ihn bewachen lassen.«

»Er ist unter Garantie nicht in der Verfassung zu fahren«, meinte

Thorpe. »Du musst doch sein Problem kennen. Was hat ihn überhaupt aufgeschreckt? Bis jetzt hat er nie irgendwelchen Ärger gemacht.«

»Soweit ich weiß, hat ihn bis jetzt auch noch nie jemand zu verhaften versucht«, erwiderte Thackeray und überhörte Thorpes erste Bemerkung. »Aber ich glaube auch, dass er unter den gegebenen Umständen nicht weit kommt.«

»Bei der Bezirksleitung wollen sie wissen, ob sie die bewaffnete Einsatztruppe alarmieren sollen.«

»Im Moment noch nicht«, antwortete Thackeray. Er dachte an Thorpes jüngsten voreiligen Einsatz der Elitetruppe. »Ehrlich gesagt, ich glaube trotz allem, was sein Junge sagt, dass er sich eher selber etwas antut als jemand anderem.«

»Darf ich also wissen, warum du ihn verhaften willst? Oder ist das ein verdammtes Staatsgeheimnis?«, fragte Thorpe mit einer Spur von seiner gewohnten Aggressivität.

»Sein Sohn sagt aus, er hat ihn am Tag, als seine Mutter umgebracht wurde, mit dem Gewehr unterwegs gesehen«, sagte Thackeray kurz angebunden. »Übrigens habe ich Ray Harding unten in einer Zelle. Er wartet darauf, wegen Brandstiftung im Lager der Reisenden verhört zu werden. Vielleicht möchtest du die Gelegenheit ergreifen, ihn nochmals zu fragen, wann und wo er Rob Tylers Gewehr gefunden hat.«

»Was willst du damit sagen?«

»Ich will damit sagen, dass vermutlich Gerry Lawrence seine Frau erschossen hat. Und es ist nicht ausgeschlossen, wenn Ray Harding merkt, dass wir ihn und seine Freunde wegen des Angriffs auf die Reisenden in die Mangel nehmen wollen, dass er seine so gelegen gekommene Entdeckung von Tylers Gewehr noch mal überdenkt. Mit anderen Worten, die Wahrscheinlichkeit wächst, dass du für den Mord an Faith Lawrence den Falschen eingesperrt hast. Und je schneller du dieses Durcheinander ausbügelst, desto besser für alle Beteiligten, nicht zuletzt dich.«

»Wer sagt, dass wir Harding in die Mangel nehmen?«, fragte Thorpe.

»Ich sage das«, erwiderte Thackeray. »Und soweit ich Jack Longley verstehe, gibt mir die Bezirksleitung Rückendeckung. Hast du das Gewehr von der Spurensicherung nach Dreck untersuchen lassen, um zu sehen, ob Tylers Geschichte, er habe es in einen Sumpf geworfen, womöglich stimmt?«

Thorpe antwortete nicht. Thackeray schüttelte angewidert den Kopf. »Du bist genau so schlimm wie diese Schläger in High Clough«, sagte er. »Du wärst zufrieden, wenn er schuldig gesprochen würde, ob er es getan hat oder nicht.«

Es klopfte an die Tür, und Sergeant Mower, eingepackt in eine gemusterte Jacke, trat mit triumphierend blitzenden Augen herein.

»Morgen, Boss«, sagte er fröhlich zu Thackeray. Thorpe nickte er kaum merklich und frostig zu.

»Was gucken Sie denn so fröhlich?«, fragte Thackeray. »Haben Sie Townsends Geschichte überprüft?«

»Ein paar Leute arbeiten daran, Boss«, erklärte Mower ungeniert. »Aber ich hab mir gedacht, Sie würden das hier gern persönlich sehen.« Er reichte dem Chefinspektor einen Briefumschlag und sah zu, wie er eine glänzende Schwarz-Weiß-Fotografie hervorzog. Thackeray stand einen Moment lang reglos da und betrachtete die Blitzlichtaufnahme von Barry Moore zusammen mit Linda Wright: Linda im Abendkleid und offensichtlich durch Drinks und die Aufregung in Hochstimmung. Entscheidender noch aber war, dass die beiden sich eng, ja intim umarmten.

»Woher haben Sie das?« fragte Thackeray. Sein Ton verriet nichts von seiner Befriedigung, obwohl Mower die Aufregung in seinen Augen wahrnahm.

»Von Lindas Freundin Jacquie, nachdem wir sie endlich aufgespürt und überzeugt hatten, mit der Wahrheit herauszurücken. Ein Schnappschuss aus diesem neuen Nachtclub in Leed, dem *Parsonage*. Jacquie war selbst mal dort und hat die beiden zusammen gesehen. Sie hat den Fotografen um einen Abzug gebeten, um ihn Linda zu geben, ist aber nie dazu gekommen. Das Bild ist erst eingetroffen, als Linda schon tot war. Sie hat es heute Morgen für mich abgegeben. Sieht aus, als hätte Linda gedacht, sie habe jemanden Besonderen gefunden, nicht wahr?«

Thackeray wandte sich Chefinspektor Thorpe zu, der mürrisch schweigend an seinem Schreibtisch saß. »Barry Moore wohnt immer noch draußen in der Grassington Road, oder?«, fragte er ruhig und ließ die Fotografie auf Thorpes Schreibtisch fallen. »Ich muss mit ihm über den Mord an einer jungen Frau reden, die er angeblich kaum gekannt hat.«

Laura Ackroyd bog mit dem Käfer vorsichtig in die Zufahrt eines geräumigen modernen Hauses ein, das etwas zurückversetzt von der Straße stand, die aus dem Maze-Tal in Richtung der Hügel oberhalb von Wharfedale anstieg. Der Schnee in der gewundenen Auffahrt und auf dem weiten Rasen war verharscht und unberührt, die Bäume trugen noch die Last der schweren Schneefälle, die hell glitzerte, als die Sonne darauf schien. Hinter ihr grunzte Gerry Lawrence befriedigt, als sie den kastanienbraunen Jaguar mit offenem Kofferraum vor der Haustür geparkt sahen.

»Halten Sie hier«, befahl er und stieß sie mit der Mündung der Schrotflinte, die er während der ganzen Fahrt von High Clough gegen ihre Rippen gedrückt hatte. »Sie können jetzt abhauen. Der Rest ist zwischen mir und diesem Schweinehund.«

Gerade als er das sagte, sahen sie Moore mit einem Koffer aus dem Haus treten. Er starrte verblüfft auf den Käfer, den Laura dort zum Stillstand gebracht hatte, wo sich die Zufahrt in einen Wendekreis verschwenkte, so dass sie Moores Ausfahrt blockierte.

»Tun Sie nichts Verrücktes, Gerry«, sagte Laura mit einer Stimme, von der sie hoffte, sie klänge selbstsicher. Dabei hatte sich die Übelkeit, die sie zu überwältigen gedroht hatte, als sie langsam die vereisten Straßen hinuntergefahren war, kaum vermindert, als sie die Handbremse zog. »Es ist schon genug Schaden angerichtet worden«, fügte sie hinzu.

Moore setzte seinen Koffer auf der Treppe zur Haustür ab. Er watete durch den Schnee auf sie zu und kniff die Augen gegen die Sonne zusammen, um zu sehen, wer im Wagen saß. Als er Laura erkannte, rötete sich sein Gesicht, sein Schritt beschleunigte sich, und er wedelte zornig mit den Armen. Laura riss plötzlich die Fahrertür auf. »Gehen Sie zurück, Moore«, schrie sie. »Gerry hat ein Gewehr!«

Einen Augenblick lang stand Moore wie gelähmt im Schnee. Sein Gesicht verzerrte sich vor Wut und Unentschlossenheit. Dann, während Gerry Lawrence sich noch abstrampelte, um sich und das Gewehr aus dem Rücksitz des Käfers zu befreien, wobei er vor Frustration beinahe weinte, begriff Moore die Gefahr. Er drehte sich um, rannte ins Haus zurück und schlug die Türe hinter sich zu.

»Blöde Schlampe, blöde Schlampe!«, schrie Lawrence. Unsicher stand er bis beinahe zu den Knien im Schnee. Laura sah jetzt erst, dass er noch immer in dem leichten Hemd und den Hosen steckte, in denen er früher am Morgen seinen Rausch ausgeschlafen hatte. Binnen kürzester Zeit schlotterte er unkontrollierbar im bitterkalten Wind. Die Flinte hielt er lose in einer Hand, die Mündung zu Boden gerichtet und den Schnee berührend. Laura stieg ganz langsam aus dem Wagen. Sie wollte ihn nicht provozieren, war sich aber bewusst, dass sie im Fahrersitz das sprichwörtliche leichte Ziel abgab.

»Noch mehr Gewalt hilft nicht, wissen Sie«, sagte sie. »Lassen Sie es gut sein.«

»Es war alles seine Schuld«, erklärte Lawrence. Er drehte sich plötzlich zum Haus hin und hob erneut das Gewehr. Laura stand stockstill.

»Aber das lässt sich jetzt nicht mehr einrenken«, meinte sie. »Nicht so.« Sie hörte, wie ein anderer Wagen hinter ihr langsam über den Schnee fuhr und hielt, traute sich aber nicht, ihren Blick von Lawrence zu wenden, falls er wieder herumfuhr und auf sie zielte.

»Kommen Sie, Gerry«, sagte sie. »Sie sollten jetzt an Tim denken.«

»Der ist ohne mich besser dran. Der ist besser dran, wenn ich tot bin«, erwiderte Lawrence. Laura sah, wie er das Gewehr umdrehte und ungeschickt damit hantierte, als wollte er es gegen sich selbst richten. Hinter ihrem Rücken tat sich etwas, aber sie wagte keinen Blick über die Schulter zu werfen, um nicht Lawrences Aufmerksamkeit darauf zu richten.

»Das ist nicht wahr«, sagte sie und machte ein paar vorsichtige Schritte auf die jetzt noch heftiger zitternde Gestalt zu. »Er hat versucht, Sie zu schützen, hat es nicht übers Herz gebracht, jemandem zu erzählen, dass er Sie mit dem Gewehr gesehen hat.«

Lawrence erstarrte. Er stand ganz ruhig, bevor er sich halb zu ihr wandte, mit flehendem Blick und tränenüberströmt. »Wirklich?«, fragte er, »das hat Tim gemacht?« Laura trat einen letzten Schritt auf ihn zu, legte einen Arm um seine Schultern und nahm ihm das Gewehr aus der erschlafften Hand.

»Wirklich«, sagte sie schwach. Sie drehten sich beide um und sahen in die Gesichter von Jonathon West, Chefinspektor Thackeray und Sergeant Mower, die stockstill im Schnee hinter ihnen gestanden und sie hilflos beobachtet hatten.

»Jonathon?«, fragte Laura verdutzt. Die beiden Polizisten reagierten schnell und bemächtigten sich Lawrence' und des Gewehrs.

»Ich bin gekommen, um Barry zum Flughafen zu fahren«, erklärte West. »Was zum Teufel geht hier vor?«

»Ich glaube, ich weiß selber nur die Hälfte«, sagte Laura. Sie sah zu, wie Mower Lawrence Handschellen anlegte und ihn auf den Hintersitz des Wagens bugsierte, mit dem er und Thackeray gekommen waren. Thackeray kam und legte einen Arm um sie. Sie merkte, dass sie unter ihrer dicken Jacke ebenfalls hemmungslos zitterte.

»Mach das bitte nicht zu oft«, sagte er und zog sie enger an sich. »Ich glaube nicht, dass ich das aushalte.«

»Ihr wart verdammt schnell, das muss ich euch lassen«, mischte sich Barry Moore ein. Er war wieder aus dem Haus gekommen, mit einem weiteren Koffer in der Hand und einem Regenmantel über dem Arm.

»Schnell?«, fragte Thackeray.

»Ich hab die Notrufnummer gewählt und gesagt, hier sei ein Spinner mit einem Gewehr. Verfluchte Alkoholiker. Die sollten zu ihrem eigenen Schutz eingesperrt werden.«

»Ach, dann müssten wir ja wie der Teufel persönlich angerückt sein«, meinte Thackeray und grinste Moore entschieden wölfisch an. »Ich war sowieso hierher unterwegs, weißt du. Und du? Wohin bist du unterwegs?«

Moores Gesicht rötete sich. Sein Blick überflog die merkwürdige Gruppe und kehrte zu Jonathon West zurück. »Ich bin auf dem Weg zu Lord Radcliffe, über die Weihnachtsfeiertage«, sagte er. »Nicht wahr, Jonathon?« West schaute weg, sich peinlich bewusst, dass er bereits einen anderen Grund für seine Anwesenheit hier genannt hatte.

»Und ich bin hier, um dich zu bitten, mit mir auf die Polizeiwache Arnedale zu kommen, um ein paar Fragen zu beantworten«, erklärte Thackeray beiläufig.

»Was?«, fragte Moore. »Warum zum Teufel?«

»In Verbindung mit dem Tod von Linda Wright«, sagte Thackeray.

»Ich hab das Mädchen kaum gekannt«, erwiderte Moore. »Was

soll das sein, ein Witz? Wo ist Les Thorpe? Was machst du überhaupt in Arnedale? Das ist nicht dein Revier.«

»Les wird dich nicht mehr schützen können, Barry«, erklärte Thackeray. »Ich habe das Kommando, und ich will mit dir auch über den Mordversuch an Fergal Mackenzie reden. Dazu über etliche Fälle von Hypothekenschwindel und eine Reihe Grundstücksgeschäfte hier und in Bradfield. Und ich muss dich darauf aufmerksam machen, dass alles, was du sagst, als Beweismaterial verwendet werden kann.«

Die vertraute Formel ließ jede Farbe aus Moores Wangen weichen. Offenbar erkannte er zum ersten Mal den Ernst der Lage. Einen Augenblick lang blickte er wild um sich, als wollte er davonrennen. Dann zuckte er die Achseln. »Du wünschst dir nichts so sehr wie einen Vorwand, mir eins auszuwischen, nicht wahr, du selbstgerechter Schweinehund?«, sagte er zu Thackeray. »Mein Gott, du hast ein verflucht gutes Gedächtnis.«

»Danke gleichfalls«, erwiderte Thackeray.

»Sieh ihn dir an, Mädel«, spie Moore zu Laura hinüber. »Denk daran. *Er* ist derjenige, der mit einem Mord davongekommen ist.«

Spät am Heiligen Abend tranken Laura Ackroyd und Michael Thackeray einen letzten Kaffee. Sie waren die letzten Gäste in Bradfields neuem Thai-Restaurant. Laura ergriff das warme, feuchte Händetüchlein und sog anerkennend den Geruch des Rosenwassers ein, bevor sie ihren Kopf senkte und es gegen ihren dröhnenden Schädel presste. Es war ein unausgewogenes, unbefriedigendes Essen gewesen, passend zu einem unausgewogenen, unbefriedigenden Tag, an dem sie halbherzig versucht hatte, mit den hektischen Polizeiaktivitäten in High Clough und Bradfield Schritt zu halten.

»Du bist müde«, sagte Michael und sah zu, wie sich Laura mit dem feuchten, parfümierten Tuch Strähnen ihres kupferroten Haars aus den Augen strich.

»Nur traurig über die verwirrlichen Netze, die wir weben«, antwortete sie.

»Na, immerhin ist dein New Age-Reisender Tyler freigekommen. Wenigstens musst du nicht diesen Justizirrtum aufklären.«

»Es wird andere geben«, erwiderte sie. »Wird Gerry Lawrence wegen Mordes verurteilt?«

»Schwer zu sagen«, meinte Thackeray. »In seinem gegenwärtigen Zustand erinnert er sich vielleicht nicht einmal, was passiert ist. Es können dir ganze Tage aus deinem Leben fehlen, wenn du auf Sauftour warst ...«

»Aber er wird sicher eine Behandlung kriegen?«

»Die einzige Behandlung, die er kriegen wird, besteht darin, in einer Zelle zu sitzen und vor sich hin zu lallen, bis die kleinen grünen Flaschenteufelchen aufhören, ihn aus der Wand anzugrinsen.«

»Armer Mann«, meinte Laura leise. Sie schwieg einen Augenblick und hoffte, Thackeray würde sein Elend mit ihr teilen. Aber er starrte entschlossen in seine Kaffeetasse, bis sie als letzten Ausweg ihren Zorn wiederfand. »Es ist ein verfluchter Jammer, dass du Barry Moore nicht auch wegen des Mordes an Faith unter Anklage stellen kannst«, sagte sie. »Er war schuld daran.«

»Barry wird ziemlich lange sitzen«, meinte Thackeray. »Die Fingerabdrücke auf Linda Wrights Wagen stammten von ihm.«

»Aber warum?«, fragte Laura. »Womit hat sie das auf sich gezogen?«

»Ach, ich glaube, sie wurde ihm lästig. Wie du weißt, will Barry alle manipulieren. Hat er immer gewollt. Linda aber hat versucht, ihn zu manipulieren. Die junge Linda besaß Ehrgeiz und dachte, Barry sei das richtige Objekt dafür. Das war eine schreckliche Fehleinschätzung. Sie hätte bei jemandem ihres Kalibers bleiben sollen, zum Beispiel Jimmy Townsend.«

»Und Jonathon West?«, fragte Laura. »Steckt er auch so tief mit drin?« Sie hatte sich gewünscht, dass Jonathon etwas zurechtgestutzt würde, aber sie hätte nie gedacht, dass er im Gefängnis landen könnte.

»Wir haben ihn für den Augenblick gehen lassen. Er steckt zweifellos bis zum Hals in der Betrugssache, aber es ihm nachzuweisen dauert einige Zeit. Wir müssen warten, bis Sydney Cheetham und seine Freunde zurück sind, bevor wir da weiterkommen. West hatte Flugtickets für Moore in der Tasche, der offensichtlich gewarnt worden war, dass seine Zeit ablief.«

»Gewarnt?«

»Les Thorpe ist bis auf weiteres suspendiert. Vermutlich hat er

Moore über den Fortschritt meiner Ermittlungen auf dem Laufenden gehalten.«

Sie schwiegen wieder, erschüttert von der Gegenwart wie der Vergangenheit, die sie beide unerwartet eingeholt hatte.

»So viel Schuld und so viele Opfer«, murmelte Thackeray.

Laura vermutete, dass er nicht bloß an den jüngsten Fall dachte. »Du klingst schon fast nach einem verschwommen linksliberalen Weichei, wie ich es bin«, neckte sie ihn sanft und versuchte die Düsternis zu verscheuchen, die sie beide zu überwältigen drohte. »Als Nächstes tätschelst du den Verbrechern den Kopf und schickst sie in die Psychotherapie.«

Er schüttelte den Kopf und lächelte sie etwas erleichtert an. »Und wie steht es bei dir?«, fragte er. »Waren deine Vorgestezten zufrieden mit deiner Exklusivstory?«

»Sehr zufrieden«, antwortete sie.

»Wirst du also die neue Chefredakteurin des *Arnedale Observer*?«

Ihr war klar, dass er diese Frage schon den ganzen Abend lang hatte stellen wollen, aber aus Angst vor der Antwort vermieden hatte. Sie lächelte und ergriff seine Hand über den Tisch hinweg. »Es gibt eine bessere Lösung«, erklärte sie. »Sie haben Fergal Mackenzie den Job angeboten.«

»Du kommst also nach Bradfield zurück?« Die Erleichterung in seiner Stimme ließ sie breiter lächeln, weil sie so viel mehr enthüllte, als ihm bewusst war.

»Ich komme nach Bradfield zurück, sobald Fergal gesund ist«, sagte sie. »Und du kommst zu mir, um mit mir die Feiertage zu verbringen.«

Einen Augenblick lang dachte sie, er würde ablehnen. Er zögerte. Dann schien die Anspannung von ihm zu weichen. Er schaute auf seine Uhr und lächelte. Es war zwei Minuten nach Mitternacht.

»Ich ergebe mich«, sagte er. »Fröhliche Weihnachten, Laura.«

Patricia Halls Krimizyklus um Laura Ackroyd und Michael Thackeray

Tödliche Wahl

Der erste Fall: Ackroyd meets Thackeray

Adrenalin 2022. ISBN 3-88619-922-3. 19,80 DM

Wahlkampf im nordenglischen Bradfield: Die überregionalen Medien übernehmen die Stadt – so scheint es zumindest Laura Ackroyd vom Lokalblatt des abgewirtschafteten Industriestädtchens. Weder Labour noch Tories haben Rezepte gegen den Bankrott des Reviers, in dem die Betriebe dicht machen und die Arbeit längst mehr als knapp ist.
Doch schlagartig treten diese Themen in den Hintergrund: Erst wird im nahen Moor ein Toter entdeckt, dann begeht ein Stadtrat Selbstmord, der wegen homosexueller Affären erpresst wurde. Ein schwuler Journalist zahlt einen hohen Preis für seine Recherchen ...
Brisanter Whodunnit bester britischer Tradition um das Zwangs-Outing von Politikern.

Tödlicher Sommer

Der zweite Fall: In der Glut der Betonwüste

Adrenalin 2035. ISBN 3-88619-935-5. 19,80 DM

Heißer, angespannter Spätsommer in Bradfield: In den Schluchten der vom Sozialabbau gezeichneten Hochhaussiedlung, ironisch als »Sturmhöhe« bekannt, quietschen Reifen, Motoren heulen auf, Gummi verewigt stinkend eine Bremsspur. Wettrennen in geklauten Autos sind für die Jugendlichen eine Art sportliche Attraktion ...
Zeitungsberichterstatterin Laura Ackroyd recherchiert auf der Sturmhöhe im Zusammenhang mit einem 10 Jahre zurückliegenden Gerichtsurteil. Chefinspektor Michael Thackeray aber hat Gründe, eine Verbindung zwischen Vergangenheit und Gegenwart zu fürchten. Dann eskaliert die angespannte Stimmung auf der Sturmhöhe ...